Über dieses Buch

Man mag es kaum glauben, aber es gilt, einen Fontane-Roman zu entdecken, oder: Fontane ist immer für eine Überraschung gut. Mit ›Quitt‹ schrieb er die schicksalhaft-tragische Geschichte des schlesischen Handwerkers Lehnert Menz, der nach Amerika fliehen muß, weil er den Förster erschossen hat. Nicht aus bloßer Mordlust, sondern durch subtile Kränkungen wird der stolze Lehnert zum Mörder, der sein Schuldbewußtsein nur mühsam unterdrücken kann. In Amerika stößt er nach einer Zeit als Goldwäscher sechs Jahre später zu einer Gruppe von Mennoniten und findet dort ein friedliches Leben. Bei einem dramatischen Versuch, den jungen Toby, den Sohn seines Gastgebers, zu retten, stürzt Lehnert – er bricht sich die Hüfte und stirbt bewegungsunfähig einsam unter einem Busch: das genaue Spiegelbild seines Opfers Opitz. Im Tod sind die beiden Kontrahenten »quitt«. Fontane zeigt sich auch in diesem Roman fasziniert vom Thema Schuld und Sühne, das er teils als Kriminalgeschichte, teils als politischen Roman gestaltet. Seinen Reiz erhält das 1890 erstmals veröffentlichte Buch auch durch den damals sehr fremden Schauplatz Amerika, die noch ungebrochene Faszination des Aufbruchs in die neue Welt.

Literatur · Philosophie · Wissenschaft

Theodor Fontane

Quitt

Roman

Mit einem Nachwort
neu herausgegeben von
Helmuth Nürnberger

Deutscher Taschenbuch Verlag

Vollständige, im Kommentar revidierte und mit einem Nachwort versehene Ausgabe.

Von Theodor Fontane
sind im Deutschen Taschenbuch Verlag erschienen:

Frau Jenny Treibel (2339)
Irrungen, Wirrungen (2340)
Vor dem Sturm (2345)
Wanderungen durch die Mark Brandenburg
3 Bände (59025)
Unwiederbringlich (2349)
Mathilde Möhring (2350)
Stine (2351)
Cécile (2361)
Effi Briest (2366)
Der Stechlin (2367)
Schach von Wuthenow (2375)
Grete Minde (2377)

Juli 1996
Deutscher Taschenbuch Verlag GmbH & Co. KG,
München

dritte, durchgesehene und im Anhang erweiterte Auflage
Umschlagtypographie: Celestino Piatti
Umschlagbild: Quint Buchholz
Gesamtherstellung: C. H. Beck'sche Buchdruckerei,
Nördlingen
Printed in Germany · ISBN 3-423-02378-3

INHALT

QUITT

ERSTES KAPITEL

Die Kirche war noch nicht aus, aber die alte Frau Menz und ihr Sohn Lehnert – ein schlanker, hübscher Mensch von siebenundzwanzig, dem man, auch ohne seine Siebenziger Kriegsdenkmünze (neben der übrigens auch noch ein anderes Ehrenzeichen hing) den altgedienten Soldaten schon auf weite Entfernung hin angesehen hätte – hatten den Schluß des Gottesdienstes nicht abgewartet und saßen bereits draußen auf einem großen Grabstein, zu dessen Häupten eine senkrechtstehende Marmorplatte mit einer Christi Himmelfahrt in Relief in die dicht dahinter befindliche Kirchhofsmauer eingelassen war. Der Sohn, der schon während einer ganzen Weile mit der Kante seiner Stiefelsohlen allerlei Rinnen in den Sand gezogen hatte, war augenscheinlich verstimmt und vermied es, die Mutter anzublicken, die ihrerseits ängstlich vor sich hinsah und darauf wartete, daß der Sohn reden solle. Dazu kam es aber nicht, und so hörte man denn nichts als die letzte Liederstrophe, die drinnen eben gesungen wurde. Sonst war alles still. Der grelle Sonnenschein lag auf den Gräbern, die Schmetterlinge flogen dazwischen hin und her, und über dem Ganzen wölbte sich der tiefblaue Himmel und versprach einen heißen Tag.

Endlich nahm die Mutter ihres Sohnes Hand. Er zog sie aber unwirsch wieder zurück und sagte: »Ach laß, Mutter. Du meinst es gut. Aber was hab' ich davon? Eigentlich bist du doch schuld an allem, weil du nicht weißt, was du willst, und auch nie gewußt hast. Auf Paschen und Wildern hast du mich erzogen, und wenn's dann schief geht und du's mit der Angst kriegst, dann steckst du dich hinter Siebenhaar und jammerst ihm was vor, und der soll dann mit einemmal einen Heiligen aus mir machen.«

»Du weißt ja doch, Lehnert, was er alles für dich getan hat.«

»Weiß alles. Aber er darf mich nicht anpredigen, und wenn er's tut, so darf er nicht nach mir hinsehen, daß auch der Dümmste merken kann, wen er meint. Das darf er nicht, und wenn ich ihn sehe, dann sag' ich's ihm auch.«

»Er will dich sprechen nach der Kirche.«

»Da haben wir's. Also wieder abgekartet. Dacht' ich's doch. Ach Mutter, du quälst mich und richtest nichts Gutes damit an.«

In diesem Augenblicke schwieg es drin, und statt des Gesanges der Gemeinde hörte man nur noch das Nachzittern der Orgel und bald danach den eigentümlichen Klapperton, mit dem die Pfennigstücke der einzeln und in Gruppen aus der Kirche Kommenden in die dicht an der Kirchentür aufgestellte Sammelbüchse fielen.

Und nun kamen auch die Leute selbst und gingen an dem Grabstein vorüber, auf das weit offenstehende, kaum dreißig Schritt entfernte Kirchhofsportal zu, wobei sie der Frau Menz und ihrem Sohne freundlich zunickten, aber ehe sie noch den Ausgang erreicht hatten, erschien auch schon in Front der nach wie vor auf dem Grabstein Sitzenden ein breitschultriger und kurzhalsiger Mann von Mitte Dreißig, dessen Stutzhut und hechtgrauer Rock mit grünen Rabatten (des Hirschfängers ganz zu schweigen) über seinen Beruf keinen Zweifel lassen konnte. Vorn, im zweiten Knopfloch, an einem absichtlich nicht allzu kurzen Bande, trug er das Eiserne Kreuz, das sich, eben weil das Band zu lang war, bei jedem Schritt in herausfordernder und jedenfalls in respekterwartender Weise hin und her bewegte. Der ganze Mann ein Bild von Selbstbewußtsein und Hochmut.

»Guten Tag, Herr Förster«, sagte Frau Menz und stand rasch auf, um ihm einen Knicks zu machen.

Der Förster nickte kurz, streifte Lehnert, der sich nicht gerührt hatte, mit einem Blick und ging dann weiter.

»Was bliebst du nicht sitzen, Mutter? Warum hast du geknickst? *Er* kam, *er* mußte grüßen, nicht du. Aber das ist immer die alte Geschichte mit dir. Du hast nur zwei Gedanken: Angst und Vorteil, und hast keinen Stolz und keine Ehre. Du bist noch ganz aus der Kriechezeit. Und nun gar kriechen vor *dem*, vor solchem Schubbejack. Ist er denn dein Herr? Unser Feind ist er, weiter nichts. Gott sei Dank, er fürchtet sich vor mir. Aber ich wollt' es ihm auch raten. Er kennt mich noch vom

Görlitzer Scheibenstand her und weiß, ich hab' eine sichere Hand und ein gutes Auge.«

»Sei doch still, Junge! Du redst dich noch ins Gericht. Und wenn du durchaus reden willst, so rede nicht so laut. Es kann's ja jeder hören.«

»Soll auch.«

Er hätte wohl noch weitergesprochen, wenn nicht in ebendiesem Augenblicke der alte Pastor Siebenhaar in Person von der Kirche her den Kirchhofsgang heraufgekommen wäre, neben ihm der Küster, zu dem er leise sprach.

Und jetzt erhob sich auch Lehnert.

»Ich möchte dich noch sprechen«, sagte der Alte, während er Lehnert im Vorübergehen die Hand reichte. »Komm in einer Viertelstunde! Das heißt, so dir's beliebt.« Und mit einem freundlichen Blick, der Lehnert zu Herzen ging, ging der Alte weiter, erst auf das Portal und dann, etwas rechts abbiegend, auf das hinter einer Reihe verschnittener Linden gelegene Pfarrhaus zu.

ZWEITES KAPITEL

Lehnert — nach dieser flüchtigen Begegnung — setzte sich wieder. Sonst, wenn der Gottesdienst aus war, ging er mit seiner Mutter in den nahen Kretscham hinüber, um erst eine Stonsdorfer und hinterher einen »Grünen« oder auch wohl einen Ingwer zu trinken. Heut' aber war ihm nicht danach zumute. »Laß uns sehen, Mutter, wie das Grab aussieht!«

Er meinte das seines Vaters, und während er so sprach, der alten Frau Arm nehmend, ging er mit ihr den langen Hauptgang hinauf, bis sie vor einem gut gepflegten Grabe standen, an dem nur die halb verwaschene Inschrift erkennen ließ, daß der Tote schon seit langen hier liegen müsse. Die Jahreszahl bestätigte das auch. »Hier ruhet in Gott Anton Menz, Stellmacher und Schreiner zu Wolfshau bei Krummhübel, geb. 13. März 1821, gest. 17. August 1859. Selig sind, die da Leid tragen, denn sie sollen getröstet werden.«

Lehnert, als er die Worte las, faltete die Hände, als er aber sah, daß die Alte nach ihrem Sacktuch suchte, riß er die Hände gleich wieder auseinander und sah ärgerlich weg, weil er wußte, daß alles bloß Schein und Komödie war und die Alte nur weinte, weil sie weinen wollte. Sie steckte denn auch das Tuch wieder ein und bückte sich, um eine große gelbe Studentenblume zu pflücken.

»Das war seine Lieblingsblume«, sagte sie.

»Weißt du das gewiß, Mutter? Ich habe noch keinen Menschen gekannt . . .«

In diesem Augenblicke schlug die Turmuhr ein Viertel, und Lehnert unterbrach sich mitten im Satz. »Es ist Zeit«, fuhr er fort, »ich kann den Alten nicht warten lassen und muß nun hin und mir meine Litanei holen. Als ob ich in der Kirche nicht schon genug gehabt hätte. Willst du hier auf dem Kirchhof warten oder gehst du lieber gleich nach Hause? Eine Weile wird es in der Pastorstube doch wohl dauern, Siebenhaar ist nicht immer der Kürzeste. Oder willst du lieber nach dem Kretscham hinüber und dir bei Pohl einen Ingwer geben lassen?«

Die Alte verschwor sich gegen den Kretscham und den Ingwer; ihr sei heute so andächtig wie lange nicht, und so wollte sie denn lieber gleich nach Hause. Da sei sie doch am liebsten und am nötigsten. Opitzens Christine hab' ihr freilich versprochen, in der Küche nach dem Rechten zu sehen, aber vielleicht habe die gute Seele selber alle Hände voll zu tun.

Und so verließen sie denn gemeinschaftlich den Kirchhof.

Als sie draußen am Portal waren, mußte die Alte, wenn sie nach Krummhübel und Wolfshau zurück wollte, scharf nach links hin abbiegen, sie ließ sich's aber nicht nehmen, ihren Sohn erst noch bis zur Pfarre, die nach der entgegengesetzten Seite hin lag, zu begleiten, wo sie, vor dem Pfarrhaus angekommen, vorsichtig wartete, bis er eingetreten und im Flur verschwunden war. Dann aber steuerte sie sofort mit einem geschickten kleinen Umwege nach dem Kretscham hinüber, um sich hier den Ingwer geben zu lassen, den sie, »weil ihr noch so andächtig sei«, vor wenig Minuten erst abgelehnt hatte.

Lehnert stand inzwischen auf dem kühlen Fliesenflur und wartete, denn niemand erschien, trotzdem die Klingel zweimal angeschlagen hatte. Die Hoftür, hinter der ein alter Nußbaum stand, stand weit auf, und das Summen einer Wespe, die sich vom Hof her in den Flur verirrt hatte, war das einzige, was die Stille unterbrach. Endlich kam die Magd und sagte, sie wisse schon, er möge nur eintreten.

Das tat er denn auch.

Es war des Alten Studierstube, die Lehnert von seinen Kindertagen her kannte. Das Christusbild, mit Friedrich Wilhelm III. und dem Kronprinzen zur Linken und Rechten, hing noch gerade so schief wie vor vierzehn Jahren, als er hier, wöchentlich zweimal, auf einer wackligen Konfirmandenbank gesessen hatte. Alles genau wie damals, und nur die Dielen noch etwas ausgehöhlter.

Lehnert hatte so seine Betrachtungen, kam aber nicht weit damit, denn in der nächsten Minute schon trat der Alte, der mittlerweile seinen Talar abgelegt und einen Imbiß genommen hatte, von der Nebenstube herein und ließ sich in einen vor seinem Schreibtisch stehenden Polstersessel nieder.

»Ja, Lehnert«, hob er an, »es ist das alte Lied. Deine Mutter hat sich wieder über dich beklagt.«

»Ach, Herr Prediger . . .«

». . . Und daß du wieder deine Tobsucht hast und nichts wie bittere Worte sagst und *ihm*, ich meine natürlich deinen Nachbar Opitz, den Tod an den Hals wünschst und fluchst und dich verschwörst, daß er dran glauben solle. Lauter gotteslästerliches, dummes Zeug, für das du viel zu klug, und ich muß dir das nachsagen, auch eigentlich viel zu gut bist. Ich begreife dich nicht. Du hast doch einen guten Verstand und hast die gute Schule gehabt, und wenn ich auch weiß, daß man nicht immer nach dem Worte Gottes lebt, so kennst du's doch und darfst nicht so sprechen, als ob du's *nicht* kenntest und als ob es gar nicht da wäre. Du weißt recht gut, daß es da ist, und weißt auch recht gut, daß Gottes Wort heilig ist und daß es das klügste und beste ist, seine Gebote zu halten. Aber du redest drauflos wie ein Heide und Türke . . .«

»Ach, Herr Prediger . . .«

»Wie ein Heide und Türke, sag' ich, und tust es nicht bloß zu Haus und in deinen vier Pfählen, du sagst es auch jedem, der's hören will, und wenn du dich müde gesprochen und keine Worte mehr gegen ihn finden kannst, dann bindest du mit dem Grafen an, dem guten gnädigen Herrn, von dem du doch weißt, wie nachsichtig er ist, und hältst ihm vor, daß er was Besseres tun könne, als solchen Großtuer und Menschenquäler in die Försterei zu setzen, und daß es kein gutes Ende nehme.«

Lehnert nickte.

»Nun siehst du, du nickst und hältst es nicht mal für nötig, ›nein‹ zu sagen und deinem alten Freund und Lehrer, von dem du weißt, daß er's gut mit dir meint, in einer Entschuldigung oder so was Ähnlichem entgegenzukommen. Du bist geblieben, wie du schon warst, als du hier mit deinem blonden Krauskopf auf der Konfirmandenbank saßest. Das krause Haar haben sie dir bei den Soldaten weggekämmt, aber den krausen Sinn haben sie dir nicht wegschaffen können, du bist ein Trotzkopf, voll Selbstgerechtigkeit, und glaubst, alles am besten zu wissen. Und nun liest du auch noch allerlei dumme Blätter, in denen hochmütige Schulmeister und verlogene Winkeladvokaten ihre Weisheit zu Markte bringen, und redest hier in den Kretschams herum von Freiheit und Republik und dem glücklichen Amerika. Lehnert, Lehnert, dazu bist du mir viel zu schade! Sieh, Junge! aus dir hätt' eigentlich was Ordentliches und was ganz apart Gutes werden müssen, und nun vertust du deine Zeit mit schlechter Tat und schlechtem Wort. Und das schlechte Wort ist schlimmer als die schlechte Tat. Ich lebe nun hier seit anno 29, und noch zwei Jahre, dann hab' ich mein Jubiläum, und ich darf wohl sagen, ich kenne euch und weiß, daß euch allen der Pascher und Wilddieb von Kindheit an im Leibe steckt. Das wird euch so gleich mit in die Wiege gelegt, und so nehmt ihr's als euer gutes Recht, und wenn ihr einen Grenzer oder Förster über den Haufen schießt, dann ist es nicht Mord, dann ist es Notwehr. Ich weiß das alles und find' es traurig genug. Aber ich finde mich darin zurecht, das heißt, mißversteh mich nicht, ich finde mich darin zurecht, weil ich die schwache menschliche Natur kenne, der es schwer wird, der Versuchung und der Sünde, die heute so ist und morgen so, zu widerstehen. Aber daß ihr das alles in der Ordnung findet, daß ihr tut, als ob das Gesetz sich gegen *euch* versündige, sieh, *das* ist das Traurige. Und daß du die Dummheit mitmachst und auch so sprichst, als ob der Opitz ein Scheusal und eigentlich nicht viel besser als der Gottseibeiuns wäre, das tut mir leid. Und nun sprich und sage was Vernünftiges. Aber erst trink ein Glas Wein mit mir. Es ist heiß, und die Zunge klebt einem am Gaumen.«

Der Pastor trank auch wirklich ein Glas; Lehnert aber dankte.

»Nun gut, dann setz dich wenigstens. Und dann sage mir, was du zu sagen hast.«

»Ach, Herr Prediger, Sie wissen ja wie's liegt und wissen auch, wir sind nicht so schlimm, *ich* schon gewiß nicht. Ich war bei den Soldaten und weiß, was Gehorchen heißt, und is gar kein vernünftiger Mensch, der gegen 's Gehorchen is. Denn das hält alles zusammen. Und so muß auch das Gesetz sein. Aber die Menschen, ja, Herr Pastor, die Menschen, die machen den Unterschied, und wenn die nichts taugen, dann ist es schlimm. Das weiß ich auch noch von den Soldaten her, und ich darf wohl sagen, und ich hab' es schriftlich in meinen Attesten, ich war ein guter Soldat. Aber auf die, die den Befehl haben, auf *die* kommt es an, und was gibt es nicht für Vorgesetzte! Da muß man antreten mit Gepäck und zwei Stunden auf dem Hofe nachexerzieren, und die Sonne brennt und sticht, und wie man sich quälen mag, der Paradeschritt taugt nichts, die Griffe bleiben falsch, und wenn sie noch so richtig wären; immer wieder ran, immer wieder vor, und dann einen Stoß unters Kinn und Verwünschungen und Drohungen, ›daß man's wohl noch bis zum Zuchthaus oder bis zum Baugefangenen bringen würde‹. Ja, Herr Pastor, solch Unteroffizier – und es gibt's ihrer – verlangt *auch* Gehorsam und findet ihn auch, aber wenn's dann paßt, dann stellt man ihm ein Bein oder schafft ihn über Eck. Und die, die das tun, die sind nicht gegen Gehorsam und Disziplin, die sind bloß gegen den Unteroffizier. Und was mich angeht, Herr Prediger, ich bin nicht gegen das Gesetz, auch wenn ich's nicht immer halte, ich bin bloß gegen den Opitz, diesen Schuft und Schelm, diesen Saufaus und Menschenschinder.«

Siebenhaar lächelte. »Da haben wir's wieder, ganz wie ein Puter, wenn er den roten Lappen sieht. Du willst Person und Sache trennen. Aber geht das, hast du ein Recht dazu?«

»Ich meine ›ja‹, Herr Pastor. Sie wissen, daß ich zwei Monat drüben in Jauer war, wie'n Verbrecher, unter lauter Gesindel. Und das verdank' ich *ihm*.«

»Er hat dich angezeigt. Das war seine Pflicht.«

»Er hat mich angezeigt, das war seine Lust. So liegt es. Er ist immer lustig dazu, bei jedem, aber doppelt bei mir, denn wir sind alte Feinde, noch von den Soldaten und vom Kriege her. Ich kenn' ihn, Herr Pastor; er ist ein schlechter Kerl, und solang ich denken kann, hat er mich gequält. Er war mein Oberjäger, und kein gutes Wort hat er mir je gegönnt. Immer hart, immer roh, auch vorm Feind, und nur wenn's in die Schlacht ging, war er wie'n Ohrwurm. Es gibt eben Kugeln, die sich verirren. Und dann, Herr Pastor, wenn *er* nicht war, so hätt' ich das Kreuz. Aber er hat dagegen gesprochen. Und was hat er gesagt? Ich taugte nichts, ich wäre frech und übermütig, und man könne nicht jedem das Kreuz geben, der ein paarmal aus einem Fenster geschossen habe, bei guter Deckung. Wahr und wahrhaftig, ›bei guter Deckung‹, so hat er gesagt, der schlechte Kerl. Und er war gar nicht einmal dabei. Ich will nicht sagen, daß er feige ist, nein, feige ist er nicht, aber ein Neidhammel ist er. Und was dann nachher kam, ich meine das vorige Jahr, nun, das weiß der Herr Pastor. Von Unschlitt und Schimmelbrot will ich leben, wenn ich's dem Kerl verzeih', daß er mich belauert und an die Grenzaufseher verraten hat und daß sie mich nach Jauer abgeliefert haben. Und warum? Um ein Stück Reichenberger Tuch, nicht der Rede wert! Immer hat er mir den Weg gekreuzt. Hol ihn der Teufel!«

Siebenhaar drohte halb scherzhaft mit dem Finger. Lehnert aber trat an den Alten heran und bat in einem Tone, drin sich Ernst und gute Laune die Waage hielten, um Entschuldigung.

»Ich will dir den ›Teufel‹ zugute halten, Lehnert, wiewohlen man ihn nicht anrufen soll. Aber versprich mir dafür, Friede zu halten. Ich weiß nicht, ob er dir unrecht getan hat mit dem Kreuz, aber wenn es auch wäre, du mußt es vergessen.«

»Will's versuchen.«

»Versprichst du's ernsthaft? Hab' ich dein Wort?«

»Ja. Aber wenn er wieder anfängt ...«

»Er wird nicht. Ich werde mit ihm sprechen, und du sollst Bescheid haben. Vielleicht bald. Und dann komm' ich selbst.«

DRITTES KAPITEL

Während Lehnert dieses Gespräch hatte, schritt *der*, dem all diese Drohungen galten, heimwärts auf Wolfshau zu, wo seine Försterswohnung mit der der Menzschen Stellmacherei grenzte. Der nächste Weg nach Haus' wäre der unten im Tal, an der Lomnitz hin, immer flußaufwärts, gewesen, er mied ihn aber, weil dieser nähere Weg ohne Wirtshaus war und er ernstlich vorhatte, sich bei einem Glase Bier und einem guten Gespräch von den Anstrengungen der Siebenhaarschen Predigt, die, wie gewöhnlich, gut, aber etwas lang gewesen war, zu erholen.

So stieg er denn, den Umweg nicht scheuend, die große Straße bergan auf Krummhübel zu, wo er sicher war, in dem prächtiggelegenen Wirtshause »Zur Schneekoppe« den ersehnten guten Trunk und vor allem auch eine gute, das heißt eine gefällige Gesellschaft zu finden, die sich's angelegen sein ließ, ihn reden zu lassen und ihn bei jedem dritten Worte »Herr Förster« zu nennen. Denn sich umworben und ausgezeichnet zu sehen und Ehre vor den Menschen zu haben, war das, wonach ihm zumeist der Sinn stand. Sein Hühnerhund Diana, der darauf dressiert war, die Predigt draußen auf einer von der Sonne beschienenen Kiesstelle zu verschlafen, folgte dicht hinter ihm, ein schönes, schwarz und weiß geflecktes Tier.

Und keine halbe Stunde, so bog er in Krummhübel ein, drin eine sonntägliche Stille herrschte. Links lief ein Wässerchen und schäumte, Hühner und Sperlinge pickten überall umher, wo eine Krippe gestanden hatte, und in der offenen Haustür lehnten einzelne Dorfbewohner und genossen der Sonntagsruhe.

»Guten Tag, Herr Förster«, sagte Gerichtsmann Klose, seine Pfeife respektvoll aus dem Munde nehmend, und »Guten Tag, Herr Förster«, wiederholte die nebenan wohnende, für gewöhnlich mit ihren Gunstbezeigungen etwas kargende Frau Böhmer den Gerichtsmann Kloseschen Gruß auch ihrerseits und trat aus ihrem Kramladen in die Dorfstraße hinaus, um dem Vorübergehenden die Hand zu geben, ja, sie schien ihn sogar anreden zu wollen. Des Försters Haltung aber war so steif und gemessen, daß selbst Frau Böhmer mit ihrer Frage zurückzuhalten für gut fand.

Und nun noch hundert Schritte, so stand unser Förster Opitz vor Exners »Schneekoppe«, trat aber nicht über den Schwellstein in den Flur, sondern bog gleich daneben in einen von einem Staketenzaun eingefaßten Garten ein, in dem, um einen plätschernden Springbrunnen herum, und zugleich in Front einer großen Veranda, viele Sommergäste saßen. Sich diesen zu gesellen, fiel Opitz aber nicht ein, weil er im Vorübergehen herausgehört hatte, daß es Berliner waren, also Leute, von deren eigener Eingebildetheit er für die seinige nicht viel zu hoffen hatte. So ging er denn lieber auf eine kleine, von wildem Wein umwachsene Holzlaube zu, wo noch niemand saß, und ließ sich hier an einem langen braungestrichenen Eßtisch nieder, von dem aus, unmittelbar an der Wand daneben, ein Klingeldraht nach dem Wirtshause hinüberführte. Diesen zog er. Die Bedienung war aber einigermaßen säumig, was ihn, weil er eine Verkennung seiner Wichtigkeit und Würde darin erblickte, sofort heftig ärgerte. Wirklich, sein ohnehin etwas auf Schlagfluß deutendes Gesicht wurde von Minute zu Minute röter, und erst den Hut vom Kopf nehmend und gleich danach das Sacktuch aus seiner Tasche ziehend, begann er sich in nervöser Unruhe bald mit dem einen, bald mit dem andern zu beschäftigen. Endlich kam die Bedienung, eine schöne schwarze Person, von der es hieß, daß sie Kunstreiterin gewesen und als Kind durch fünf Reifen gesprungen sei, was ihr jetzt freilich etwas schwer hätte werden sollen, und entschuldigte sich, daß der »Herr Förster« so lange habe warten müssen.

»Schon gut, Marie, schon gut.«

Und nun bestellte er eine Kulmbacher und ein Schnitzel. »Aber ohne Kapern und Sardellen!«

Die Kulmbacher kam denn auch bald, aber das Schnitzel au naturel ließ auf sich warten, und in der ihm sofort wiederkehrenden Unruhe nahm er diesmal, statt des Sacktuches, ein Notizbuch aus seiner Tasche und begann Einzeichnungen zu machen, die, seiner Miene nach, von besonderer Wichtigkeit sein mußten. In Wahrheit aber waren es bloß Krikelkrakel, bei deren gedankenloser Hinmalung er, aller Aufregung und Wichtigtuerei zum Trotz, nach der großen Veranda und den in Front derselben stehenden Tischen hinübersah.

Der ihm zunächststehende Tisch war der unzweifelhaft anziehendste: zwei Herren und eine Dame saßen daran, mit ihnen zwei hübsche Kinder. Letztere freilich waren von einer Beweglichkeit, daß man sie kaum noch als Tischgäste rechnen konnte, woran, neben angeborener Fahrigkeit, vor allem der Springbrunnen schuld war, von dessen Staubregen sich treffen zu lassen ein nicht endenwollendes Vergnügen für sie war. Die weißen Waschkleider machten denn auch bereits ihrem Namen Ehre und wurden in ihrer Durchnäßtheit nur noch von dem blonden Haar übertroffen, das in einzelnen langen Strähnen bis auf die rosafarbenen Schärpen herabhing.

»Geraldine«, sagte der ältere der beiden Herren, indem er sich der, trotz ihrer Neununddreißig, immer noch sehr schönen Dame zuwandte, »du solltest es ihnen verbieten. Es ist weder opportun noch sanitätlich zulässig.«

»Aber unterhaltlich und vergnüglich«, antwortete die Dame mit sehr überlegener Miene. »Nur keine Philistereien, Espe; dazu hast du zu Hause Zeit genug, in unserem lieben schrecklichen Berlin. Es wird sich ja wohl eine Plätterin hier finden lassen. Jugend ist Jugend, und daß sie keine Tugend hat, ist bloß Verleumdung. Frage nur Herrn Lieutenant Kowalski.«

Dieser, der schon vor fünfzehn Jahren den mageren Dienst in der Armee mit dem vorteilhafteren in einer Hagelversicherungsgesellschaft vertauscht, seinen »Leutnant« aber trotzdem beibehalten hatte, wartete die von dem älteren Herrn zu stellende Frage gar nicht erst ab, sondern entschied sich sofort für ein unbedingtes und mit großer Emphase vorgetragenes »laisser aller«, was durchaus zu dem phrasenhaften Wesen des Herrn Lieutenant stimmte, der seine ganz auf Flunkerei, Zynismus und Prosa gestellte Natur hinter hochtönenden Redensarten, zu denen auch ein paar französische Sätze gehörten, zu verbergen trachtete. Je mehr er persönlich, so fuhr er nach einem mehrfach wiederholten »laisser aller« fort, in zurückliegenden Jahren unter dem Drill des Dienstes gelitten habe, je mehr sei er für Freiheit. Freiheit sei das einzige richtige Lebensprinzip, und der inneren Stimme gehorchen zu dürfen, und hierbei suchte sein Blick das Auge der schönen Frau, sei nicht bloß das Glück, sondern auch das Heil des Daseins. Nichts über eine freie Seele. Ganz frei. Nur auf die Weise werde die Lüge hinschwinden, was dann gleichbedeutend sei mit dem Siege wirklicher Sittlichkeit.

Kowalski, wenn er einen längeren Satz sprach, schloß immer mit Sittlichkeit ab.

Opitz, so scharf er aufpaßte, saß doch zu weit ab, um jedes Wort, das am Nebentische gesprochen wurde, wegfangen zu können, aber wenn er es auch aufgeben mußte, dem Gange der Unterhaltung in aller Deutlichkeit zu folgen, so gab er es doch nicht auf, sich mit Hilfe dessen, was er mit scharfem Auge sah, in dem Verhältnis der drei Personen zueinander zurechtzufinden. Der aschfarbene kleine Herr mit dem wenigen Haar und der Goldbrille war offenbar der Gatte der Dame, was sich schon aus der Devotion ergeben haben würde, mit der er sich gegen sie benahm. Aber wie kam sie zu diesem Hutzelmännchen? Viel erklärlicher war ihm der militärisch wirkende Herr, hinsichtlich dessen ihm eigentlich nur unsicher blieb, ob er ihm eine dauernde oder nur eine vorübergehende Beziehung zur schönen Frau zuschreiben sollte.

Das Schnitzel, mit dem Marie jetzt endlich erschien, unterbrach seine Betrachtungen, die natürlich nur den Charakter von Vermutungen gehabt haben konnten, und gab ihm statt dessen die Möglichkeit in die Hand, durch einige direkt gestellte Fragen um einen reellen Schritt weiterzukommen.

»Sagen Sie, Marie, wer sind die Herrschaften da?«

»Rechnungsrat Espe mit Frau und Kindern.«

»Und der große stattliche Herr?«

»Ist ein Herr Lieutenant, aber bloß a. D.; seinen Namen hab' ich vergessen.«

»Und gehören zusammen?«

»Nein. Er hat sich erst neuerdings hier eingefunden. Und nun machen sie Partien. Jeden Tag eine.«

»So, so.«

»Ja.«

Hier brach es ab, und es entstand eine Pause, während welcher Marie sorglich und langsam den Tisch arrangierte, gerade langsam genug, um zu weiteren Fragen aufzufordern.

Und wirklich, es gab auch kein langes Warten darauf.

»Espe«, fuhr Opitz nach einer kleinen Weile fort. »Und Rechnungsrat. Hm. Er behandelt seine Frau, als wäre sie wenigstens eine Prinzeß oder doch eine vom Theater . . .«

»Ist auch so was. Und er soll ihr zweiter Mann sein . . . Das heißt, eigentlich ihr erster. Denn ihr erster war keiner und war zu vornehm, um es zu werden. Und da kam Espe, der damals noch sehr unten war. Und die Kinder, so heißt es, sind auch gleich mitgekommen.«

»Von Espe?«

»Nein«, kicherte Marie. »Von Espe nicht; von dem andern. Es soll, glaub' ich, ein Präsident gewesen sein. Ach, es ist doch ein merkwürdiges Leben in dem Berlin, und ich möchte da nicht hin. Man ist da ja keinen Augenblick seines Lebens sicher, und ich hätte keine ruhige Stunde mehr.«

»Na, das ist recht, Marie«, lachte Förster Opitz und patschelte der Sprecherin die Hand. »Aber wissen Sie, Marie, bedenken Sie sich's noch; – Sie sehen ja, daß nicht viel Schlimmes dabei herauskommt. Eine ›Rätin‹ ist am Ende nicht zu verachten und sollt' Ihnen schon gefallen.« Opitz hätte wohl noch weiter gesprochen, wenn nicht in ebendiesem Augenblick ein Kamerad, der alte Förster von der Annakapelle, samt Grenzaufseher Kraatz und Lehrer Wonneberger, dessen Schule bei den »Baberhäusern« hoch oben im Gebirge lag, in den Exnerschen Garten eingetreten wäre. Das war alte Bekanntschaft, und Opitz, der einen guten Diskurs liebte, ging ihnen, was eine große Auszeichnung war, drei Schritte entgegen und begrüßte jeden einzeln. Er sei froh, daß sie kämen, denn er hab' einen ganzen Sack voll Neuigkeiten. Es gehe wieder was vor und der gottvergessene Kerl, der Gambetta, stecke dahinter.

»Ja«, fuhr er fort, »der Gambetta, wenn's nich der Skobeleff is; *dem* trau' ich auch nicht. Alle Wetter, wir haben sie nun all am Kragen gehabt und jeden geschüttelt und ausgeschmiert; nur der Russe war noch nicht dran, der fehlt noch. Aber ich denke, den fassen wir auch noch. Nennt sich immer Freund. Aber was heißt Freund! Alles Fusel und Dusel. Wenn sie nicht den Kaviar und die Juchten hätten, wär's gar nichts. Da muß auch einmal aufgeräumt werden. Was meinen Sie, Kraatz? Sie sind ja doch auch ein Mann, der was hört und weiß und mit dabei war.«

Während Opitz noch so sprach, hatte man sich's um den Tisch her bequem gemacht. Die Klingel wurde gezogen, eine Bestellung folgte der anderen, und ehe zehn Minuten um waren, hörte man, aus der Holzlaube her, nichts als Lachen und das Zusammenstoßen der Seidel.

Unter der nachbarlichen Veranda aber, wo die Espes gesessen hatten, war alles still und leer geworden.

Ja, alles war still und leer geworden, und doch wurden Opitz und seine Freunde beobachtet, nicht von Gästen draußen, deren es kaum noch gab, wohl aber von Gästen, die drinnen im Exnerschen Hause saßen und durch die Fenster der Gaststube nach der Holzlaube hinübersahen, kleine Leute von Querseiffen und Wolfshau her, Freunde Lehnerts, Führer und Träger, auch wohl Pascher und Wilderer, die hier herkömmlich nach dem Gottesdienst – und sie waren auch heute wieder mit unten in der Arnsdorfer Kirche gewesen – ihren Sonntag feierten. Allen gemeinsam war das Gedienthaben bei den »Görlitzern« oder den Siebenundvierzigern oder den Königsgrenadieren in Liegnitz, und kaum einer befand sich unter ihnen, der nicht die Kriegsdenkmünze getragen hätte. Von einer richtigen Mahlzeit war nicht die Rede, sie begnügten sich mit einem »Grünen« oder einer Stonsdorfer, und die kleine Stummelpfeife ging nicht aus.

»Opitz läßt heute was draufgehn«, sagte der dem Fenster zunächst Sitzende. »Wenn ich recht gezählt hab', ist er schon beim dritten Seidel und sieht aus wie'n Puter. Ihr sollt sehen, er biert sich noch den Schlag an den Hals, und eh Gott den Schaden besieht, ist er um die Ecke.«

»Du mußt ihm heute was zugute halten, Schmidt. Siebenhaar hat ja gepredigt, als ob Krummhübel und Wolfshau so was wie Sodom und Gomorrha wär'. Und so was hört Opitz gern. Und was ihn am meisten gefreut haben wird, nu das war, daß Siebenhaar immer nach der Ecke hin sah, wo Lehnert Menz saß, und hätte bloß noch gefehlt, daß er ihn beim Namen genannt hätt'. Und ich sah auch, wie Lehnert sich verfärbte.«

»Ja«, sagte Schmidt. »Und dabei hat Lehnert noch 'nen Stein bei ihm im Brett und ist eigentlich sein Liebling. Daß er ihn, weil er so findig und anschlägig war, auf die Schule geschickt hat, nach Jauer hin, na, das wißt ihr, und nun nimmt er doch Partei für den Opitz, der ihn zwei Monat' ins Jauersche *Prison* geschickt hat. Und das muß ich sagen, Schule war gerad auch nicht mein Fall, aber doch immer noch lieber als Prison. Ich versteh' den Alten nicht, und ich kann es mir mit seiner Predigt bloß so denken, daß er ein Unglück verhüten will. Er weiß, daß es beide harte Steine sind und daß es kein gutes Ende nimmt, wenn nicht Friede wird. Einer muß klein beigeben, und der eine muß Lehnert sein, weil es Opitz nicht sein kann. Er is doch nu mal ein Mann im Amt und sozusagen im Recht. Hol's der Teufel, daß ich das sagen muß.. Und da hat Siebenhaar ihn warnen wollen, ich meine den Lehnert, und ihn ermahnen, daß er zu Kreuze kriecht.«

»Es wird aber nicht helfen. Is alles ein alter Schaden noch von den Soldaten her und nun schon viele Jahre zurück. Opitz ist ein Quäler und Schufter und war es immer. Er hat ihn schikaniert vom ersten Tag an, ich weiß nicht warum. Ich glaube, Lehnert war ihm zu forsch und zu freiweg und nicht untertänig genug, und ich erinnere mich, daß das ein ewiges Schnauzern war. ›Das will ein Jäger sein, du mein Gott‹, ›der Menz hat keinen Zug im Leibe‹, ›der Menz hat keine Ehre‹, ›der Menz hat keinen Schneid‹. Und so ging es weiter und nahm kein Ende, bis Menz den kleinen Fähnrich von Uttenhoven aus dem Wasser zog. Opitz natürlich spöttelte bloß, als sei's nichts gewesen, keine vier Fuß tief, und der Fähnrich so leicht wie 'ne Feder; als aber dann die Medaille kam und das Bataillon Karree schloß, da mußte Opitz still sein und von ›nicht Ehre und nicht Schneid‹ war keine Rede mehr. Ich sage euch, Major Griepenkerl, der damals das Bataillon hatte, der hielt eine Rede, Donnerwetter, der verstand es, das ging an die Nieren, und hätte sich alles wieder zurechtgezogen, wenn nicht der Krieg gekommen wär' und die Geschichte mit dem Kreuz. Opitz hat ihm das Kreuz gestohlen. Eine ganz verdammte Geschichte . . .«

»Warst du denn mit dabei . . .«

»Nein. Aber so gut wie mit dabei, denn ich stand in demselben Zug und habe den ganzen Spektakel, der nachher kam, mit erlebt. Alles war für Menz. Aber Opitz, der sich bei seinem Hauptmann — es war ein neuer, der alte war gefallen — in Tee gesetzt hatte, das versteht er, denn nach oben hin kriecht er und nach unten hin tritt er und schuhriegelt er, Opitz, sag' ich, wußt' es so zu drehen, daß Lehnert leer ausging und das Nachsehen hatte. Und von dem Tag an war der Unfrieden wieder da.«

»Wie war es denn eigentlich? War es denn noch bei Sedan? Lehnert spricht nie davon.«

»Nein, bei Sedan war es *nicht*. Bei Sedan, das war Spaß, trotzdem wir fünf Minuten lang scharf drinsteckten. Aber das ging vorüber wie 'ne Regenhusche. Nein, dies war im Winter, als der französische General . . . nu, Donnerwetter, wie hieß er doch? Bazaine war es nicht . . .«

»Ducrot.«

»Richtig, Ducrot . . . als *der* seinen letzten Ausfall machte. Maywald muß ja davon wissen, die Sechsundvierziger standen dicht neben uns. Aber was ich sagen wollte, das mit dem Lehnert, ja das war eine verdammte Geschichte. Die dritte Kompanie hielt die Vorderreihe von St. Cloud, und in dem Eckhause rechts, dran die große Straße vorbeiläuft, lagen zwölf Jäger von uns unter Oberjäger Jaczewski, und bei diesen zwölfen war auch Lehnert. Nun, daß ich's kurz mache, die ganze Linie mußte zurück, und der Angriff ging zuletzt auf das Eckhaus, das der Punkt war, auf den es ankam. Ging das Eckhaus auch verloren, so nahm man uns in die Flanke. Jaczewski fiel und das Kommando kam an Lehnert, und da war bald keiner mehr, der nicht einen Denkzettel weggehabt hätte; Lehnerten, das hab' ich nachher gesehen, wurde der Gefreitenknopf und der Ohrzipfel weggeschossen. Aber er wollte nichts von Übergabe wissen und hielt aus, bis Sukkurs kam und die ganze Linie wieder genommen wurde.«

»Und kein Kreuz? Das begreife, wer kann. Du mein Gott, da waren doch die Aussagen der Leute.«

»Ja, die Aussagen der Leute. Die Leute, die lagen verwundet im Lazarett und ließen sich natürlich betimpeln und beschwatzen und sagten aus, was Opitz ihnen vorredete. Jaczewski habe das Kommando gehabt und Jaczewski sei gefallen . . .«

»Aber bist du denn auch sicher, daß Opitz unrecht hatte? Menz ist ein forscher Kerl, aber er dünkt sich was, weil er auf Schulen war, und ist eitel und hält sich für mehr, als er ist. Er hat einen Nagel.«

»Ja, den hat er, und es ist schwer, Friede mit ihm zu halten. Er hat so was wie Opitz selber und ist gleich aus dem Häuschen. Aber eins muß doch wahr bleiben, er is ein guter Kerl und ein guter Kamerad und dabei grundehrlich und läßt keinen im Stich, und wenn man ihn nicht reizt und ihm nicht widerspricht und ihm in seinem Willen zu willen ist, dann ist er wie'n Kind, und man kann ihn um den Finger wickeln.«

»Das sag' ich auch. Und wenn Siebenhaar es recht angefangen hätte, na, dann hätt' er Opitzen angepredigt und *dem* ins Gewissen geredet und von den Geizigen und Hartherzigen gesprochen, die nicht ins Himmelreich kommen. Aber er hat den Spieß umgedreht und hat Opitzen recht gegeben. Und das ist nicht recht. Denn Opitz ist ein Narr und ein Quälgeist, und ich wollte bloß, er tränke sieben Seidel und hätte seinen Schlag weg. Dann wären *wir* ihn los und das arme Volk wär' ihn los, das in den Wald geht, und könnte sich ruhig sein bißchen Holz raffen.«

»Und wir könnten einen Spießer wegschießen, ohne Gefahr und Prison. Und das ist doch immer die Hauptsache.«

VIERTES KAPITEL

Opitz hatte keine Eile, nach Hause zu kommen, und die dritte Stunde war schon fast heran, als er aufbrach und seinen Weg nach seiner Wolfshauer Försterei hin fortsetzte. Der alte Förster von der Annenkapelle blieb noch im Exnerschen Lokal zurück, ebenso Grenzjäger Kraatz, und nur Lehrer Wonneberger, der bis zur Obermühle hin denselben Weg mit Opitz hatte, schloß sich ihm an. Es war ein in wunderlichen Sprüngen gehendes Gespräch, das sie führten, erst über den Papst und das neue Dogma, von dem beide nicht viel wissen wollten, dann über Mac Mahon, der viel zu gut für die Franzosen, und über General Tümpling in Breslau, der zu lang im Dienste sei. All dies wurde übrigens in kurzen, großen Sätzen erledigt, um dann um so ausführlicher auf das Nächstliegende einzugehen, auf Siebenhaar, auf Exner, Vater und Sohn, auf den alten Laboranten Zölfel mit seinem Melissengeist und seinen Wundertropfen, auf das Blitzmädel »die schwarze Marie« und nicht zum wenigsten auf Rechnungsrat Espe und seine schöne Frau.

»Sehen Sie, Wonneberger«, sagte Opitz, der stark angeheitert und in der all seinen Freunden wohlbekannten Stimmung war, in der er alle Welt küssen und jeden, der dies ablehnte, niederstechen wollte. »Sehen Sie, Wonneberger, wenn ich der Rechnungsrat wäre, so soll mich der Teufel holen, wenn ich nicht mit der Marie anbändelte, bloß um dieser eingebildeten Madame ein Schnippchen zu schlagen. *Die* sollte zappeln.«

Wonneberger lachte. »Ja, Förster Opitz, wenn Rechnungsrat Espe der Förster Opitz wäre, dann ging' es. Aber er ist bloß ein Männchen und bringt, wie meine Berliner oben sagen — Sie wissen doch, daß ich wieder Sommergäste habe — ›die Forsche nicht raus‹. Und wenn er auch wollte, würde denn die Marie wollen? Und wenn auch die Marie wollte, was man am Ende nie wissen kann, so hälf' es ihm auch nicht viel. Die Rätin ist doch keine Frau, die sich so was zu Herzen nimmt, und ich wette, sie würde bloß lachen und sagen: ›Mein armer Espe! Wenn es ihm nur nicht schadet‹.«

»Ach, Wonneberger, reden Sie doch nicht so. Man merkt es, bei den ›Baberhäusern‹ hört die Welt auf, und deshalb kennen Sie die Welt nicht. Ich sag' Ihnen, die Weiber sind ganz anders, und wenn sie heut' einen kleinen stumprigen Mann ausgelacht haben, so lachen sie morgen einen langen Laband aus. Und wenn es ein Simson wäre. Na, und ein Simson ist dieser Lieutenant Kowalski noch lange nicht. Immer was anderes, *das* ist die Hauptsache. Heute der große Goliath und morgen der kleine David. Und die Kleinen, glauben Sie mir, Wonneberger, die Kleinen haben auch ihre Meriten, und wenn sich dieser Rechnungsrat ein Herz nehmen und der Marie einen Kuß geben wollte, das heißt einen ordentlichen, der schmatzt und den man in der Nebenlaube hören kann, so hätte die Rätin morgen die schönsten Krämpfe.«

Wonneberger schien wenig überzeugt, übrigens auch unlustig, sich überzeugen zu lassen, und so brach er denn ab und sagte: »Die Marie soll sich ja verheiraten wollen. Ist es denn richtig, daß sie Kunstreiterin war und als Kind durch fünf Papierreifen gesprungen ist?«

»Ich habe sie nicht gezählt, und es mögen wohl auch ihrer sieben gewesen sein. Aber fünf oder sieben, es ist eine forsche Person und sie hat so was, was nicht jede hat, und wenn sie so das Essen bringt und die Messer und Gabeln über den Tisch hinfliegen läßt wie die chinesischen Messerspieler, dann denk' ich immer, es geht wieder los. Haben Sie mal solche Messerspieler gesehen?«

»Ei freilich, einen Messerspieler und einen Degenschlucker. Und waren noch dazu Brüder. Das Runterschlucken ging noch; aber wenn er dann die lange Klinge wieder rausholte ... na, so was wird die Marie doch wohl nicht gemacht haben.«

»Wer weiß. Sie hat so was Biegiges, und da geht alles. Und dann, lieber Wonneberger, Sie glauben gar nicht, was die Weiber alles können, wenn sie wollen. Sie können eigentlich alles, und wenn ich höre, Marie hat einen Windmühlflügel mit der Kniekehle festgehalten ... aber hier ist ja schon die Mühle ... Nu Gott befohlen, Wonneberger, und stecken Sie nicht immer mit dem Menz zusammen. Er hat jetzt seine zwei Monat' abgesessen, und wenn ich ihn recht kenne, so ruht er nicht eher, als bis er die zwei Monat' auf zwei Jahre gebracht hat. Er ist ein Tunichtgut und, was schlimmer ist, ein Übermut und ein hochfahrender Schlingel, der große Rosinen im Sack hat. Aber ich werde sorgen, daß sie klein werden.«

Wonneberger wollte was zur Verteidigung sagen, weil er eigentlich eine Liebe für Lehnert hatte. Opitz unterbrach ihn aber und fuhr fort: »Und Sie wissen doch, Freund, die Lehrer sollen ein gutes Beispiel geben. Der Liegnitzer Schulrat paßt auf und da steht man im schwarzen Buch, man weiß nicht wie:

Reputation, Wonneberger! Immer aufpassen und nie vergessen, daß man Vorgesetzte hat, und daß man dem Staat dient, und daß man mitzählt. Alles andere gilt nicht, und wenn es gelten will, ist es Hochmut und Unsinn. Und der Frau Rätin, wenn ich ihr oben im Gebirge begegne, vielleicht mit dem Kowalski, werd' ich ein Kompliment bestellen, ein Kompliment von ihrem neuen Ritter Wonneberger, Ritter und Schulmeister, der hoch von ihr denkt. Na, ich nicht. *Ich* wollte sie schon ziehen. Spät is es, aber besser spät, als gar nicht ... Und nun Gott befohlen, Wonneberger. Und nehmen Sie sich in acht, wenn Sie weiterhin übers Wasser müssen; die Brücke ist weggeschwemmt, und die Steine sind glatt, und Sie sind nicht mehr ganz fest auf den Beinen. Adieu, Wonneberger. Sie sind eigentlich ein guter Kerl, eine gute Schulmeisterseele. Kommen Sie her, Sie sollen noch einen Kuß haben.«

Und nun schieden sie wirklich, und während der Lehrer höher bergan stieg, stieg Opitz einen Abhang nieder, der ihn unten, an einem Waldsaume hin, auf die Wolfshauer Gemarkung führte. Freundliche Häuser waren über einen weiten Wiesengrund hin ausgebreitet, durch den die Lomnitz schoß, an deren diesseitigem Ufer das Forsthaus, mit dem Hirschgeweih am Giebel, aufragte. Opitz, der jeden Steg kannte, nahm seinen Weg über eine hoch in Blumen und Gräsern stehende Wiese hin, und eh er noch bis auf hundert Schritt an seine Gartenpforte heran war, schlug der große Kettenhund an, und die bis dahin stumm hinter ihm hertrollende Diana antwortete mit einem kurzen Blaff.

Und wenige Minuten später überschritt Opitz die Schwelle seines Hauses.

Frau Opitz, eine hagere Frau mit tiefliegenden, dunklen Augen, die mal schön und lachend gewesen sein mochten, jetzt aber nur noch geängstigt in die Welt blickten, empfing ihren Mann und fragte, ob sie decken und das Mittagbrot auftragen solle.

So geängstigt die Worte klangen, so klang doch auch was von Vorwurf und Anklage heraus, was Opitzen, trotz seiner Umnebeltheit, nicht entging.

»Ach was, Bärbel. Mittagbrot. Was soll das wieder? Wenn ich nicht da bin, bin ich nicht da. Du sollst nicht auf mich warten, ein für allemal. Alles bloß Eigensinn, und mir zum Tort wird das Essen beiseitegestellt und schmort in der Schüssel, daß es wie Leder aussieht und wie Leder schmeckt. Ich will Ordnung und Stunde halten, so soll's sein, und wenn ich die Stunde *nicht* halte, weil ich sie mal nicht halten will, nun dann will ich sie nicht halten und will nicht dran erinnert sein, am wenigsten durch deinen Schmorbraten und dein Jammergesicht, in dem immer so was liegt, was mich ärgert und was ich nicht leiden kann.«

Diana, müde von dem weiten Marsche, war auf den Großvaterstuhl gesprungen und wollte sich's eben bequem machen. Aber das paßte Opitzen schlecht. »Ist denn alle Welt verrückt geworden?« und den Hund beim Fell packend, warf er ihn auf die Erde und gab ihm einen Fußtritt. Dann ging er auf einen Schrank zu, nahm eine mit Rohr umflochtene Flasche heraus und trank. Es war Kirschwasser, zu dem er, mit oder ohne Grund, das Vertrauen hatte, daß es »niederschlage«. Dann hing er den Staatsrock an den Riegel, machte die Krawatte weiter und warf sich, einen Stuhl heranschiebend, aufs Bett. Und keine halbe Minute mehr, so hörte man nur noch sein Atmen und Schnarchen. Diana kroch unter den Stuhl, und die Frau Försterin verließ leise die Stube, draußen in der Küche aber setzte sie sich zwischen Wand und Herd und ließ sich von Christine, die seit etwa zwei Jahren in ihrem Dienste stand, die Kaffeemühle geben und begann sofort ein allerintimstes Gespräch. Denn in einem ihr eigentümlichen Klageton über Ehe zu sprechen, war ihr so ziemlich das Liebste vom Leben, auf das sie nicht verzichten mochte, trotzdem sie wohl wußte, daß Christine durchaus abweichender Meinung war.

»Es war ihm wieder nicht recht, Christine. Und wenn ich es *nicht* warm stelle, ist es auch nicht recht. Er redet immer von Ordnung, aber jeden Tag hat er eine andere. Heb' ich was auf, weil er zu spät kommt, dann ist zwölf Uhr Ordnung und darf nichts aufgehoben werden, und heb' ich nichts auf, dann ist es Ordnung, daß eine Frau was aufhebt. Und immer grob und bullrig. Ich sage dir, Christine, heirate nicht! Du steckst so mit dem Lehnert zusammen, aber glaube mir, einer ist wie der andere.«

»Nein, Frau Försterin, Lehnert ist doch ganz anders.«

»Ja, das sagt ihr, das sagt jede; jede denkt, ihrer ist besser und ihr wird der Kuchen apart gebacken. Aber dem ist nicht so. Freilich hat er nicht solchen kurzen Hals wie Opitz, und die Kurzhalsigen sind immer die Schlimmsten, das ist wahr und kann ich nicht bestreiten, aber es bleibt doch dabei, sie sind sich gleich oder wenigstens sehr ähnlich, und einer ist eigentlich wie der andere. Sie quälen uns bloß, heute mit Eifersucht und morgen mit Liebe.«

»Na, mit Liebe, das ginge doch noch, Frau Opitz; das is doch nich schlimm. Liebe, denk' ich mir, is die Hauptsache.«

»Ja, Kind, das sagst du wohl, weil du noch jung bist. Da sieht es so aus. Aber nachher ist es alles anders und mit der Liebe auch. Und wenn man dann alt ist, ist man bloß noch dazu da, sich schimpfen und schelten zu lassen und Strümpfe zu stopfen und einen Knopf anzunähen.«

Christine versicherte das Gegenteil und schon ihre Mutter selig habe immer gesagt: ›Christine, heiraten mußt du, heiraten muß der Mensch. Und die, die viel schimpfen und schlagen, die sind auch gut, und mitunter sind es die Besten.‹ »Und dann, Frau Opitz, ich habe doch auch schon gesehen, daß er Ihnen einen Kuß gegeben hat, und da waren Sie doch ganz vergnügt und so ... ja, ich weiß nicht recht wie ... Nein, nein, Frau Opitz, ich lasse mir nichts weismachen. Ich bin für heiraten, und wenn Lehnert nicht will, nu, dann will er nicht, dann will ein anderer. Ich werde schon einen finden. Und ich weiß auch, wie man's machen muß. Man muß nur immer fidel sein und immer ›ja‹ sagen und nichts merken von dem, was man nicht merken soll. Dann kann man hinterher machen, was man will. Ach, liebe Frau Opitz, Sie verstehen es nicht, Sie sehen immer aus, als ob einer gestorben wär' oder eben dabei wär', und das können die Männer nicht leiden. Nein, nein, Frau Opitz, ich heirate.«

Und während sie noch so sprach, nahm sie den Kessel vom Herd und brühte den Kaffee. »Nicht zu viel, Christine, nicht zu viel; du weißt doch, daß er ihn gern stark hat, und weißt auch, was er immer dabei sagt: ›Schwarz wie der Tod und heiß wie die Hölle‹, was mir immer einen Stich ins Herz gibt. Denn man soll vom Tod nicht so reden und am wenigsten, wenn man ein Förster ist. Da ist der Tod da, man weiß nicht wie. Und schlagflüssig ist er auch, und von dem verdammten starken Bier kann er nicht lassen. Und dann immer das Kirschwasser. ›Es schlägt nieder‹, sagt er. Ja, wenn es bloß *ihn* nicht niederschlägt . . .«

In diesem Augenblick fuhren beide Frauen erschreckt zusammen, denn in der Stube nebenan fiel etwas mit dumpfem Schlage zur Erde. Der Schreck indessen währte nicht lange. Frau Opitz erholte sich zuerst. »Er hat den Stuhl umgestoßen, und ich will nun hinein und nachsehen, ob er ausgeschlafen hat.«

Opitz, als seine Frau eintrat, stand bereits vor dem kleinen Spiegel mit blankem Glasrand, der, samt einer doppelten Verzierung von Zittergras, über der Kommode hing. Er fuhr sich eben mit der Hand durchs Haar und sah noch halb verschlafen aus seinen geröteten Augen. Ihr Ausdruck aber war mittlerweile doch ein anderer geworden, der Ärger schien mit dem Rausch dahin, und im Spiegel seine Frau gewahrend, trat er auf sie zu, legte den Arm um ihre Hüfte und gab ihr einen Kuß. Die Frau sah verschämt vor sich nieder, denn eigentlich liebte sie ihn und empfand es als einen Gram, daß solche Zärtlichkeiten so selten waren.

»Soll Christine den Kaffee bringen?«

»Versteht sich, soll sie. Und gib mir die Pfeife! Die verdammte Trinkerei bekommt mir nicht und der Doktor will's auch nicht und droht mir immer mit dem Finger. Aber das Fleisch ist schwach. Auch ein Förster und alter Soldat hat seine schwachen Stunden. Nicht wahr, Bärbel? Und nun gib mir auch Feuer und dann den Kaffee. Aber keine Plempe.«

Bärbel, während Opitz noch so sprach, klopfte mit dem Knöchel an die Wand, was das Zeichen für Christine war, und zündete gleich danach einen Fidibus an, woran Opitz, der sonst in solchen Dingen für das Neue war, eigensinnig festhielt. Er hatte nur zufällig einen Haß gegen Schwefel- und Phosphorhölzer.

Und nun brachte Christine den Kaffee.

»Nu, Christine, laß sehen! Ich hoffe, du hast nicht zu viel Bohnen aus der Mühle springen lassen. Oder hat die Frau gemahlen? Na, na, nur still ... Spaß muß sein ... In Querseiffen ist heute Tanz. Was meinst du, willst du hin? Die Frau wird es schon erlauben; nicht wahr, Bärbel?«

Die Frau nickte.

»Nun siehst du. Der Lehnert wird auch wohl da sein, und das ist doch die Hauptsache. He? Na, tu nur nich, als ob's anders wär' ... Und daß ihn Siebenhaar heute angepredigt und ihm den Kopf a bissel gewaschen und seinen Standpunkt klargemacht hat, na, das wird ihn dir beim Schottschen nicht verleiden und noch weniger draußen in der Laube. Tanz ist Tanz und Kuß ist Kuß. Und ich gönne ihn dir auch und heute lieber als morgen. Denn du bist eine verständige Person und wirst ihn schon zurechtrücken, besser als Siebenhaar. Und ist er erst aus dem Dünkel heraus und sitzt an der Wiege, vielleicht sind es Zwillinge, was meinst du, Christine? Ja, was ich sagen wollte, sitzt er erst an der Wiege, statt zu paschen und zu wildern, dann werd' ich auch gute Nachbarschaft mit ihm halten. Ich bin für Frieden, aber zu gutem Frieden gehören zwei.«

Christine hatte, während Opitz so redete, den linken Schürzenzipfel in die Hand genommen und strich an dem Saum entlang. Als er jetzt schwieg, sagte sie: »Nichts für ungut, Herr Förster, aber wenn *Sie* besser mit ihm wären ...«

»... Da wär' er besser mit mir«, lachte Opitz. »Ja, das glaub' ich. *Ich* soll anfangen und jeden Morgen, wenn ich ihn drüben hantieren seh', meine Kapp' abnehmen und über die Brück' hinübergrüßen: ›Guten Morgen, Herr Lehnert Menz. Herr Lehnert Menz geruhten, wohl zu ruhen. Ach, sehr erfreut. Empfehle mich zu Gnaden ...‹ Nein, nein, Christine, Unterschiede müssen sein, Unterschiede sind Gottes Ordnungen. Und nun geh und komme nicht zu spät. All Ding will Maß haben.«

Christine ging. Frau Bärbel aber hatte mittlerweile nach ihrem Strickstrumpf gegriffen und sah verstimmt vor sich hin, weil es ihr gegen die Hausfrauenehre war, daß Opitz sich in ihre Sache gemischt und der Christine, so mir nichts dir nichts, einen Ausgehetag angeboten hatte. Sie schwieg aber, und erst als Opitz, der heute den Galanten und Rücksichtsvollen spielte, sie mit freundlicher Miene bat, das Licht und den Fidibusbecher vor ihn hinzustellen, weil er sie nicht immer wieder inkommodieren wolle, hielt sie mit ihrer neben allem Ärger herlaufenden Neugier nicht länger zurück und sagte: »Angepredigt hat er ihn? Bist du denn auch sicher? Er wird ihn doch nicht beim Namen genannt haben?«

»Nein«, sagte Opitz, dessen gute Laune durch seiner Frau Neugier eher gesteigert als gemindert wurde, »nein, er nannte keinen Namen. Aber es war so gut, als ob er ihn genannt hätte, denn alles sah nach der Ecke hin, wo die Menzens saßen. Und die Alte nickte mit dem Kopf, als ob sie jedes Wort unterschreiben wolle. Freilich weiß ich, daß es nichts zu bedeuten hat, ihr steckt noch so was Polnisches im Blut, kriecht und scherwenzelt immer hin und her und kann keinem ins Gesicht sehen, und von alldem, wovon der Lehnert zu viel hat, hat sie zu wenig. Alte Hexe, verschlagen und heimtückisch und feige dazu.«

»Sie taugt nicht viel. Aber du wirst doch dem Sohne die Mutter nicht anrechnen wollen?«

»Nein«, lachte Opitz. »Das nicht, und ist auch nicht nötig, denn er trägt an seinem eignen Bündel gerade schwer genug. Er trotzt mir, und weil er, außer der Denkmünze, auch noch das Ding, die Schwimmedaille, hat, ich sage die Schwimmedaille, denn von Retten war keine Rede, und weil es, Gott sei's geklagt, nahe dran war, daß er das Kreuz kriegte, spielt er sich mir gegenüber auf den Ebenbürtigen und den Überlegenen aus. Ich wette, er wildert bloß, um mir einen Tort anzutun; er könnte die Dummheit sehr gut lassen, bei der ohnehin nicht viel rauskommt, aber es macht ihm Spaß, mir so unter der Nase hin ein Wild wegzuknallen. *Das* ist es. Aber ich denke, die zwei Monat' in Jauer werden ihm gezeigt haben...«

»Du bist zu streng, Opitz.«

»Unsinn! Streng! Was heißt streng? Ich tu' meine Pflicht.«

»Zu sehr. Du müßtest auch mal ein Auge zudrücken.«

»Bah, Bärbel, du redest, wie du's verstehst. Auge zudrükken. Dazu bin ich nicht da, dazu bin ich nicht in Dienst und Lohn. Ich sage ›Lohn‹, ein gutes, altes Wort, das die dummen Neumodschen nicht mehr hören wollen. Ich bin dazu da, die

Augen aufzumachen. Und tu meine Pflicht zu sehr, sagst du! Als ob man jemalen seine Pflicht zu sehr tun könnte. Man kann sie falsch tun, am unrechten Fleck, soviel geb' ich zu, tut man sie aber am rechten Fleck, so ist von ›zu sehr‹ keine Rede mehr. Die Gesetze sind nicht dazu da, daß Hinz und Kunz mit ihnen umspringen. Das verloddert bloß. Ich bin nicht so dumm, daß ich mir einbildete, wenn der Rehbock geschossen wird, geht die Welt unter. Nein, die Welt geht nicht unter. Aber Ordreparieren geht unter, Ordreparieren, ohne das die Welt nicht gut sein kann. Und heut' am wenigsten, wo jeder denkt, er sei Graf oder Herr und könne tun, was ihm beliebt, und sei kein Unterschied mehr. Das ist die verdammte neue Zeit, die das Maulhelden- und Schreibervolk gemacht hat, Kerle, die keinen Fuchs von einem Hasen unterscheiden können, trotzdem sie beides sind. Geh mir damit. Ich weiß, was ich zu tun hab'. Und dieser Bengel, dieser Herr Lehnert Menz, gehört auch mit dazu, hat die Glocken läuten hören, schwatzt und quatscht von Freiheit, will nach Amerika gehen und hat keine Ahnung davon, daß sie da drüben noch ganz anders heran müssen als hier, sonst holt sie der Teufel erst recht und lacht sie mit ihrer ganzen Freiheit aus. Ich sage dir, *hier* ist es am besten, hier, weil wir Ordnung haben und einen König und eine Armee und Bismarcken. Ich sage dir, was die Richtigen sind da drüben, die lachen, wenn sie von Freiheit hören, denn die wissen am besten, daß nichts dahinter ist. Ich bin ein Mann in Amt und Dienst, und meinen Dienst tu ich, und wenn es mir ans Leben geht.«

»Sprich nicht so! Beruf es nicht!«

»Unsinn! Unsere Stunden sind gezählt und wir können uns keine zulegen und keine wegnehmen.«

»Doch, doch«, sagte die Frau.

FÜNFTES KAPITEL

Der Förster war unter diesem Gespräch ans Fenster getreten und sah auf die hart an seinem Vorgarten vorüberführende Fahrstraße. Jenseits derselben, dem Blick entzogen, floß die tief eingebettete Lomnitz, und man hörte nur ihr Hinschäumen über das Steingeröll. Opitz öffnete das Fenster, um frische Luft zu schöpfen, nahm ein Kissen und wollte sich's eben bequem machen, als er, Lehnerts gewahr werdend, unwillkürlich zurücktrat, aber doch nur so, daß er, von der Straße her, immer noch deutlich gesehen werden konnte. Lehnert sah ihn auch wirklich und hob seinen Zeigefinger nachlässig und wie zu halbem Gruß bis an den Schirm seiner Mütze.

»Wie der Kerl nur wieder grüßt,« rief Opitz seiner Frau zu. »Hast du gesehen, Bärbel? Und das soll ich für einen Gruß nehmen. So grüßt man einen Rekruten, aber nicht einen Vorgesetzten. Und das Gesicht dazu . . .«

»Du bist nicht sein Vorgesetzter.«

»Ach was. Was weißt du davon. Ich sage dir, ich bin's. Und wenn ich es nicht wär', ein Mann in Amt und Würden ist allemal eine Respektsperson. Der Gernegroß da drüben kann seinen Gruß lassen und sagen, er habe mich nicht gesehen, aber *wenn* er mich grüßt, muß er mich grüßen, wie sich's gehört, Mütze runter oder den Finger fest an den Streifen und nicht so wie von ungefähr und wie bloß zum Spaß. Das ist Unordnung und Unmanier.«

Opitz hatte sich unter diesen Worten ausgewettert, und als ihm gleich danach eine behaglichere Stimmung wiederkehrte, trat er auch wieder ans Fenster und lehnte sich hinaus, um sich an den Narzissen und Aurikeln zu freuen, die spärlich in seinem Vorgarten blühten. Dabei blies er Wolken aus seinem Meerschaum in die stille Luft und ließ, unter behaglichen Träumen, alles an sich vorüberziehen, was der Tag gebracht hatte, darunter auch den Diskurs in der Exnerschen Laube mit Grenzaufseher Kraatz und dem alten Förster von der Annakapelle. Was er dann später noch, und schon auf dem Heimwege, zu Lehrer Wonneberger gesagt hatte, darüber unterhielt er nur unklare Vorstellungen und entsann sich bloß, daß es allerhand krauses Zeug über Frauen gewesen sei, Frauen im allgemeinen und Kunstreiterinnen im besonderen. »Ach das verteufelte Bier! Aber Wonneberger war auch schon etwas fißlig und wird nichts gemerkt haben. Und wenn auch, morgen ist alles in den Wind.«

Lehnert, als er an Opitz vorbei war, war auf sein Haus zugegangen, das unmittelbar jenseits der Lomnitz lag, der Försterei so nahe, daß man sich gegenseitig so gut wie in die Fenster sehen konnte. Nichts als Fluß und Fahrstraße trennte beide Gehöfte, deren gesamtes Acker- und Heideland in alten Zeiten ausschließlich Stellmacher Menzsches Eigentum gewesen war, bis man, auf dem diesseits der Lomnitz gelegenen Kusselstreifen, eine Försterei gebaut und nur alles *jenseits* des Flusses Gelegene bei den Menzes belassen hatte. Das war jetzt runde dreißig Jahr', und fast ebenso lange hatte man hüben und drüben ohne Neid und Eifersucht gelebt, trotzdem dazu, wie nun mal die Menschen sind, vielleicht Grund gewesen wäre. Denn wenn einerseits die neue Försterei mit ihrer Sauberkeit und ihrem roten Dach die drüben gelegene, hier und da sehr baufällige Stellmacherei weit in den Schatten stellte, so hatte diese dafür die »fette Seite« behalten, während sich die Förstersleute, den kleinen Vorgarten abgerechnet, mit einem Streifen Heideland und einem noch schmaleren Lupinenstreifen begnügen mußten. Aber das alles hatte die ganze Zeit über keinen Ärger geschaffen und noch weniger der zufällige Umstand, daß das auf einer Stein- und Geröllinsel, inmitten zweier Lomnitzarme gelegene Menzsche Wohnhaus, so wenig gepflegt es war, doch kastellartig auf alles unmittelbar Umhergelegene herabsah und natürlich auch auf die Försterei. Zu keiner Zeit, um es zu wiederholen, war an diesem und ähnlichem Anstoß genommen worden, bis Opitz ans Regiment kam, von dem, ohne daß er es zugab, die Hochlage der Stellmacherei drüben einfach als ein Tort empfunden wurde.

Selbstverständlich unterhielt diese malerische Kastellinsel auch ihre Verbindungen mit dem Festland, und zwar mit Hilfe zweier Brückenstege, von denen der eine beinah unmittelbar nach der Försterei, der andere, nach der entgegengesetzten Seite hin, erst nach dem Menzschen Ackerland und gleich dahinter nach dem schräg ansteigenden gräflichen Forst hinüberführte. Der Ackerstreifen war mit Roggen und Kartoffeln bestellt, von denen der Roggen in diesem Jahre ganz wundervoll stand, auf dem Inselchen selbst aber befand sich in geringer Entfernung vom Wohnhaus noch ein Arbeitsschuppen, drin Lehnert die schon von Vater und Großvater her ererbte Stellmacherei betrieb, ein Geschäft, das im Frühjahr und Herbst meist gut ging, im Sommer aber beinah ruhte.

So war es auch heut'. Alles ruhte. Freilich sah man einen Pflug und ein paar alte Karren und Wagenachsen unter dem Schuppen stehen, aber all diese Dinge konnten ebensogut zur eignen Wirtschaft gehören, wie zur Reparatur abgeliefert sein. In dem abgeschrägten Vorgarten von nur geringer Tiefe, durch den eine Feldsteintreppe zu dem Häuschen hinaufführte, blühten Georginen und Reseda, während ein alter Rosenstrauch von beträchtlicher Stärke neben der Haustür aufwuchs und sein mit gelben Rosen überdecktes Gezweig unter dem Strohdach hin ausspannte. Nachmittagssonne lag auf Haus und Gehöft, und nichts war hörbar als die doppelarmig vorüberschießende Lomnitz und das Meckern einer Ziege vom Stall her. Ein Hahn, ein schönes Tier mit Silberhals, stolzierte den Schuppen entlang, aber er krähte nicht und hatte wenig Aufmerksamkeit für die Hühner, die sich Erdlöcher gemacht hatten, um sich zu kühlen.

Nicht voll so still war es drinnen im Hause, darauf Lehnert, von der Försterei her, eben zuschritt.

Er hatte sich unterwegs nicht beeilt, ebensowenig wie Opitz. Vom Pastorhause war er zunächst nach dem Kretscham hinübergegangen und hatte hier von dem ihn begrüßenden Wirt erfahren, daß Frau Menz, seine Mutter, eben da gewesen sei und gerad an demselben Tisch erst einen »Grünen« und dann einen Ingwer getrunken habe. Das hörte Lehnert nicht gern. Er gönnte der alten Frau die kleine Herzstärkung, denn er liebte sie trotz all ihrer Schwächen, aber er ärgerte sich wieder über die Heimlichkeit, und dieser Ärger war noch nicht voll überwunden, als er, über die Schwelle seines Hauses tretend, der am Herde hantierenden Alten ansichtig wurde.

»Guten Tag, Mutter. Pohl läßt grüßen.«

»Welcher?«

»Nu, der aus dem Kretscham unten.«

»So, *der*. Warst du da?«

»Ja, Mutter. Und kannst du dir denken, ich habe mich just dahingesetzt, wo du gesessen hattest. Und dir zu Ehren hab' ich meinen Ingwer aus *deinem* Glase getrunken. Es stand noch da.«

Die Alte sah verlegen vor sich hin und sagte dann: »Aber nur einen, Lehnert. Mir war so schwach.«

Lehnert lachte. Dann ging er auf sie zu und sagte, während er ihr das graue Haar streichelte: »Gott, Mutter, wie du so bist! Wenn das einer hört', so müßt' er denken, der Lehnert ist ein Filz und schlechter Kerl und gönnt seiner alten Mutter nicht einmal einen Tropfen Stärkung. Aber wie liegt es denn? Ich gönne dir nicht einen Ingwer, ich gönne dir zwei, und wenn dir's nicht zuviel wird, Alte, dann können es auch drei und vier werden. Ich habe dich auch noch eigens gefragt, und da hast du nein gesagt, aber freilich, als du nein sagtest, da sagtest du schon ja, und als ich die Klingeltür bei Siebenhaar noch kaum aus der Hand hatte, da bist du schon hinübergegangen. Immer versteckt; du kannst nichts offen tun, auch nicht mal das, was die Sonne gar nicht zu scheuen braucht. Alles muß heimlich sein. Und sieh, Mutter, so hast du mich auch erzogen und angelernt. Das muß ich dir immer wieder sagen. Gott sei's geklagt, daß ich's muß. Es ist immer ein und dasselbe, was du so bei dir denkst: es sieht es ja keiner; bei Nacht sind alle Katzen grau, und es darf bloß nich rauskommen. Und wenn es nicht rauskommt, dann ist alles gleich. So denkst du bei dir und denkst auch wohl: ach, der liebe Gott, der is nicht so, der ist gut und freut sich, wenn man einem Förster oder Grenzaufseher ein Schnippchen schlägt.«

»Ach, Lehnert, rede doch nicht so! Du weißt ja doch . . .«

»Und wenn es dann schief geht, ja, dann ist es wieder anders. Dann geht es in die Predigt, und Siebenhaar . . . na, du weißt schon, ich hab' es dir heute schon mal gesagt . . ., der muß dann wieder einen Heiligen aus mir machen. Aber nicht zu lang; Gott bewahre, denn ein Heiliger paßt auch nicht, und wenn uns dann die Not wieder an der Kehle sitzt, und braucht auch noch gar nicht mal eine rechte Not zu sein, dann ist es mit Siebenhaar auch wieder vorbei, und dann heißt es wieder: ›Es wird es ja wohl keiner sehen‹, oder: ›Man muß es nur klug anfangen, und die Menschen müssen es einem bloß nicht auf den Kopf zusagen können.‹ Ach, Mutter, du meinst es mit keinem bös, und mit mir erst recht nicht, aber du hast das Ehrlichsein nicht gelernt, und davon ist alles gekommen ... Und nun will auch Siebenhaar noch mit ihm sprechen, mit Opitz, als ob das was helfen könnte, will mich mit ihm versöhnen, und ich hab's auch versprechen müssen. Aber ich mag nicht. Ich hasse ihn, und Haß ist überhaupt das Beste, was man hat.«

»Überlege dir's, Lehnert. Er ist ein gräflicher Förster und is nun doch mal der Herr.«

»Ach was, der Herr. Ein Diener is er. Ich bin ein Herr, wenigstens eher als er, und kann machen, was ich will.«

»Er hat das Ansehen vor den Leuten, und ich weiß es von Christinen, er ist nicht so schlimm, wie du glaubst und ihn immer machen willst. Er kann auch durch die Finger sehen. Aber er verlangt, daß man ihm gute Worte gibt und ihn für was Besonderes ansieht. Und das tust du nicht. Er kann bloß deinen Trotz nicht leiden. Und darum hab' ich Siebenhaar gebeten.«

»Aha«, lachte Lehnert. »Also *du*. Nun meinetwegen.«

»Und darum«, so wiederholte die Alte, »hab' ich Siebenhaar gebeten, als ich nun doch mal mit ihm sprach, daß er ihn gut für uns stimme. So viel weiß ich, er gibt was auf Siebenhaar, und wenn der ihn rumkriegt und Opitz dir dann die Hand gibt, dann nimm sie, dann stoße sie nicht weg und vergiß all das Alte. Sieh, Lehnert, es hat ja doch alles seine zwei Seiten, und vielleicht hat er nicht so ganz unrecht gehabt, und du hast aus der Sache mit dem Kreuz mehr gemacht, als du hättest machen sollen. Gib nach, Lehnert! Trotz macht Feind. Und wir brauchen Freunde, weil wir arm sind und das Geschäft schlecht geht und gerade jetzt im Sommer. Und unser Nachbar ist er auch. Es is doch sonst mit den Försters gut gegangen. Gib nach und versöhne dich mit ihm! Dann haben wir gute Zeit, und wenn dann mal was vorkommt, na, du weißt schon, was ich meine, so verpufft und verknallt es.

Kennst ja doch unser altes Sprichwort, der Wald ist groß und der Himmel ist weit.«

Lehnert, die Hände auf dem Rücken, ging auf und ab. Er hatte das alles schon oft gehört, nur *eines* nicht: daß er das mit dem Kreuz doch vielleicht schlimmer genommen als nötig. Und so hochmütig er war, so bescheiden war er auch.

»Wenn es so wäre? Wenn ich mehr daraus gemacht hätte als nötig?« so gingen seine Gedanken.

Und er nahm der Mutter Hand und sagte: »Gut, Alte. Ich will es mir überlegen.«

SECHSTES KAPITEL

Was hüben die Mutter ihrem Sohn und drüben die Frau ihrem Mann gesagt hatte, blieb doch nicht ganz ohne Einfluß, weil beide Parteien klug genug waren, das Wahre darin herauszufühlen; Opitz war strenger als nötig, Lehnert war aufsässiger als nötig, und der schlichte Ton, worin das einem jeden gesagt wurde, tat seine Wirkung. So machte sich's, daß beide stillschweigend übereinkamen, sich wenigstens nicht mehr zum Tort leben zu wollen, und weil sie dabei fühlen mochten, daß das bei steten persönlichen Begegnungen sehr schwer sein würde, so faßten sie den Entschluß, sich nach Möglichkeit aus dem Wege zu gehen. In der Tat, man vermied es, sich zu sehen, und gab es unter anderm auf, zu gleicher Zeit, wie sonst wohl, im Vorgarten zu sitzen und sich über die Straße hin mit den Augen zu messen. Ja, Lehnert seinerseits ging noch weiter und machte, wenn er ins Dorf mußte, nur um die Försterei zu vermeiden, lieber den Umweg am Waldsaume hin. Auch die Hühner, die durch ihre Besuche drüben im Garten der Försterei beständig Anlaß zu Klagen und bitteren Worten gegeben hatten, hielt er besser in Ordnung, und das Steinsprengen, das mit seinem Knall und seiner aufsteigenden Rauchwolke seinen reizbaren Nachbar durch Jahr und Tag hin mehr als alles andere verdrossen hatte, gab er ganz auf. An einen völligen Ausgleich der alten Gegensätze war freilich nicht zu denken, dazu war zu viel vorgefallen, aber wenn Friede nicht sein konnte, so doch wenigstens Waffenstillstand.

Und unter solchem Waffenstillstande verging eine Woche.

Nun war wieder Sonntag, und die Glocken der Arnsdorfer Kirche klangen wie gewöhnlich vom Tal zu den Bergen herauf. Aber diesem Rufe folgten heute nur wenig, weil oben in Kirche Wang ein Brückenberger Paar getraut werden sollte. Das veranlaßte denn alle die, die sich mehr von der Trauung einer jungen hübschen Braut als von der Predigt des alten Siebenhaar versprachen, lieber bergauf nach Wang zu steigen, und das um so mehr, als über das wundervolle Brautkleid, das aus Hirschberg und nach anderen sogar aus Breslau stammen sollte, schon die ganze Woche lang gesprochen worden war. In der Tat, Schaulust und Neugier gaben heute den Ausschlag. Aber einige stiegen doch nicht bloß als Neugierige, sondern als recht eigentliche Trauzeugen und Hochzeitsgäste hinauf, unter ihnen auch Opitz in Gala, dem sich, gleich nach Passierung des am Ausgange von Krummhübel gelegenen Rummlerschen Gasthauses, auch noch Grenzaufseher Kraatz und der alte Laborant Zölfel angeschlossen hatten.

Zu diesen zur Hochzeit Geladenen hatte, wegen alter guter Beziehungen zum Bräutigam, anfangs auch Lehnert gehört, als er aber durch Christine von Opitz' wahrscheinlicher Anwesenheit erfuhr, war er sofort zum Fernbleiben entschlossen gewesen. Wußt' er doch, daß mit Opitz, wenn dieser ein Glas über den Durst getrunken hatte, doppelt schwer zu verkehren war, und auf diese Gefahr hin wollt' er eine Begegnung mit ihm nicht wagen. So zog er es denn vor, zu Hause zu bleiben und in einem von Amerika handelnden Buche zu lesen, das ihm ein alter Kriegskamerad neuerdings geliehen und das durchzusehen er sich schon ein paar Tage lang gefreut hatte. Daneben war es ihm durchaus recht, daß seine Mutter, ohne gerade zu den Geladenen zu zählen, an dem Kirchgange, nach Wang hinauf, teilnehmen und sich hinterher in dem ihr aus bessren Tagen wohlbekannten Hochzeitshause nach Möglichkeit nützlich machen wollte.

So war der Plan. Und gemäß dem Plan verlief auch der Tag,

der freilich unserem Lehnert, ganz gegen Erwarten, lang und schwer genug wurde. Denn bald nach Opitz waren auch Frau Bärbel und Christine nach Wang hinaufgestiegen, und so kam es, daß der auf seinem Inselchen Zurückgebliebene zwölf Stunden lang nichts als das Vorüberschießen der Lomnitz hörte, wenn nicht gerade drüben der Opitzsche Hofhund anschlug. Bis gegen Abend saß er so draußen im Freien und las von Urwald und Prairie, von großen Seen und Einsamkeit. Er schwelgte darin und vergaß die Zeit, aber mit einemmal ergriff ihn doch ein Grauen. »Einsamkeit! Nein, nein, *nicht* Einsamkeit. Nicht einsam leben, nicht einsam sterben.« Und er wiederholte sich das Wort, und in seiner überreizten Einbildungskraft sah er sich auf einem Bergkegel, ein Tal zu seinen Füßen und den Sternenhimmel über sich. Ein Frösteln überkam ihn zuletzt, und so ging er denn wieder hinein und warf Kienäpfel in die Glut und starrte darauf hin. Aber das Hineinstarren in die Flamme war ihm bald nicht weniger unheimlich als das Bild, das eben draußen vor seiner Seele gestanden hatte. Dabei war es ihm beständig, als ob er Stimmen höre, Stimmen von weit, weit her. Und er sprang auf und trällerte vor sich hin, um sich alles, was ihn ängstigte, fortzusingen. Aber es wollte nicht recht glücken, und er war froh, als er, um die zehnte Stunde, seine Mutter schon von fern her des Weges kommen und gleich danach, an der Försterei vorüber, auf den Brückensteg zuschreiten sah.

»Singst ja so, Lehnert. Was is es denn? Christine war wohl da . . . Ja, sie ging schon, als der Tanz eben anfing.«

»Ach, laß doch die Christine!«

»Du nimmst sie doch noch.« Und während die Alte das sagte, stellte sie ein Bündel, das sie bis dahin vorsichtig in Händen gehalten, auf den Tisch und löste den Knoten eines buntgeblümten Taschentuchs, in das alles eingeschlagen, was sie vom Hochzeitshause her mitgebracht hatte: große Stücke Streuselkuchen, eine halbe Wurst, ein Schinkenknochen und ein Napfkuchen.

»Wollen wir uns noch einen Kaffee machen, Lehnert?«

Er schwieg.

»Du hast ja noch Feuer im Ofen. Und das ist recht. Oben

auf Wang in der Kirche war es wieder so kalt, und auf dem Kirchhof pfiff es, daß es einem bis auf die Seele ging. Ich glaub', ich habe mir wieder was geholt, hier links unterm Schulterblatt. Aber wenn wir uns noch einen Kaffee machen und ein Glas Rum eintun, ich habe noch welchen ... ja, Lehnert, ein paar Tropfen muß man doch immer haben ... dann vergeht es wieder. Und ein Katzenfell ist auch gut.«

Während sie noch so sprach, hatte sie vom Schapp her ein Messer geholt und begann den Napfkuchen in große Scheiben zu schneiden. »Iß, Lehnert; frisch schmeckt er doch am besten!« Und dabei griff sie nach dem größten Stücke. »Begräbniskuchen mag ich nicht. Aber Hochzeitskuchen, den mag ich; der schmeckt und bekommt einem alten Menschen. Und warum bekommt er einem? Weil man nicht an Tod und Sterben zu denken braucht und alles mit Appetit ißt. Un auf den Appetit kommt es an und auf den Hunger. Das heißt, wenn er nicht zu groß ist und nicht weh tut und wenn man was hat, daß er aufhört.«

Lehnert schwieg noch immer.

»Iß doch, Jung'!«

»Ich mag nicht, Mutter ... Und wie das alles wieder aussieht, wie 'n Bettelsack. Haben sie dir's denn gegeben?«

»Gewiß. Ich werde mir doch nichts wegstibitzen und abziehn wie die Katze vom Taubenschlag.«

»Ach, das mein' ich ja nicht, Mutter. Ich meine bloß, ob sie dir's aus freien Stücken gegeben haben oder ob du darum gebeten hast?«

»Versteht sich, hab' ich drum gebeten. Alle haben ...«

»Opitz auch?«

»Nu, der wohl nich. Der is ja was Vornehmes. Und Siebenhaar auch nich.«

»Siebenhaar? War denn Siebenhaar auch da?«

»Gewiß war er da. Der von Wang hat freilich getraut, aber Siebenhaar kam auch noch und kam justement, als alles zu Tisch ging, und war großer Jubel, als er kam, und saß gerade der Braut gegenüber und hat auch eine Rede gehalten. Und als sie die Tische wegtrugen und das Tanzen anfangen sollte, da nahm Siebenhaar Opitzen am Arm und gingen beide wohl an die vier- oder fünfmal um die Wiese rum. Und immer, wenn sie wieder an dem Staketzaun vorüberkamen, hab' ich gehorcht.«

»Das glaub' ich. Du horchst immer. Aber der Horcher an der Wand . . .«

»Diesmal nicht, Lehnert. Es war bloß Gutes, und daß es von *dir* war, ist sicher; ich habe deinen Namen gehört. Und Opitz, der wieder etwas fißlig war, er hielt sich aber und ließ sich nichts merken, Opitz nickte. Das hab' ich mit diesen meinen Augen gesehen. Und einmal hört' ich ganz deutlich, daß er sagte: ›Nu ja, ja. Jeder ist ein Mensch und jeder hat seine Menschlichkeiten und seine Fehler. Und ich auch.‹ Siebenhaar hat ihm also ins Gewissen geredet. Und du sollst sehn, Lehnert, es wird noch alles gut, und du kommst mit ihm auf Freundschaft und du und du. Und dann guckt er uns durch die Finger, und wir haben gute Tage.«

»Ja, ja«, sagte Lehnert, »durch die Finger gucken, das kenn' ich. Is ja das alte Lied. Na, gute Nacht, Mutter. Ich bin müde.«

Und dabei nahm er einen Blaker und das Amerikabuch und stieg in seine Giebelkammer hinauf. Oben aber schob er einen Stuhl an sein Bett. Und eh er das Licht auslöschte, sah er noch einmal auf den Titel des Buchs. Der lautete: »Die Neue Welt oder *Wo liegt das Glück?*«

Opitz hatte wirklich, ganz wie Frau Menz erzählte, während der Brückenberger Hochzeit in entgegenkommender Weise mit sich reden lassen, und als Siebenhaar, wie durch einen glücklichen Zufall, am folgenden Tage schon einen schwarzgesiegelten Brief empfing, der ihn in die Notwendigkeit versetzte, für einen unbemittelten und brustkranken Amtsbruder samt Schwägerin und fünf in kürzesten Zwischenräumen aufeinander gefolgten Kindern (die Mutter war dann schließlich im Kindbett gestorben) eine hochgelegene, möglichst geräumige, vor allem aber möglichst billige Wohnung im Gebirge zu mieten, beschloß er, sich dieses Auftrages auf der Stelle zu entledigen und bei der Gelegenheit seinen längst beabsichtigten Besuch bei den Menzes in Wolfshau zu machen und seinen Freund Lehnert wissen zu lassen, daß alles gut stehe.

Siebenhaar, trotz seiner siebzig, war noch ein rüstiger Steiger und hielt deshalb zu dem Satze, »was sich zu Fuß tun lasse, nicht auf kostspielige Weise zu Roß und Wagen machen«. Er griff also zu Hut und Stock, um gegen elf in Krummhübel und nach einem Imbiß in der »Schneekoppe«, spätestens um zwölf in Wolfshau zu sein.

Der Morgen war prachtvoll, und der Heugeruch zog vom Feld her über den Weg. Aber dieser selbst, trotzdem es die große chaussierte Straße war, war noch wenig belebt, und erst als Siebenhaar, an der Untermühle vorbei, bis an die steile, zu den ersten Häusern von Krummhübel hinaufführende Berglehne gekommen war, war auch Leben da: die Schule war aus, und die flachsköpfige Jugend, Jungen und Mädchen, mit Mappen unterm Arm und auf dem Rücken, stürmten übermütig den Abhang hinunter. Aber mit einem Male Siebenhaars ansichtig werdend, hielten sie mitten im Jagen inne und grüßten, und stürmten dann erst weiter. Dem alten Herrn lachte das Herz bei dieser Begegnung, und die Freude darüber erleichterte ihm den Aufstieg bis auf die Höhe, von der aus, bis weiter hinauf zum Exnerschen Gasthause, nur noch eine kleine Strekke war. Aber so klein sie war, so war sie doch bestimmt, ihm eine freundliche Überraschung zu bringen: eine Feuerwehrparade. Für gewöhnlich war diese, samt nachfolgender Mannschaftsübung, eine Sonn- und Feiertagssache, die Brückenberger Hochzeit aber, die gestern alles in Atem erhalten hatte, hatte diesmal eine Verlegung gefordert, und so kam es denn, daß Siebenhaar an einem Schauspiel teilnehmen konnte, das er seit Jahr und Tag nicht mehr gehabt hatte. Die Dorfgasse hinauf, hart an einem kleinen Rinnsal entlang, standen die Spritzen und Wasserwagen, aus deren Mitte hohe Leitern aufragten, während auf dem freigebliebenen Straßenteil die Feuerwehr selber stand, dreigliedrig aufmarschiert, prächtige Gestalten in bayerischen Helmen und mit Musik am rechten Flügel. In Front seiner Mannschaften aber stand Exner junior aus der »Schneekoppe«, der, ein Jahr jünger als Lehnert, gleich nach dem Kriege bei den »Görlitzern« gedient und den Schneid und Pli dieser erlesenen Truppe weggekriegt hatte. Das und mehr noch seine gesellschaftliche Stellung als Reichster und deshalb Erster im Dorf hatte dafür Sorge getragen, daß ihm das Feuerwehrkommando wie selbstverständlich zugefallen war. Er war gekleidet wie der Rest der Mannschaften, roter Kragen und Aufschläge zu dunkelblauem Rock, trug aber die Galons und Achselbänder des Offiziers. Die von ihm abzunehmende Revue hatte just abgeschlossen, wie kaum gesagt zu werden braucht »zu seiner besonderen Zufriedenheit«, und eben schien er den Befehl zum Abmarsch auf das mehr talwärts gelegene Dorf Steinseiffen zu, wo dann mit Leitern und Rettungsapparaten ein Scheinfeuer bekämpft werden sollte, geben zu wollen, als er, des alten Siebenhaar, seines Freundes und Lehrers, ansichtig werdend, sich plötzlich eines andern besann und »Stillgestanden«... »Rückwärts richt't euch«... »Präsentiert das Gewehr« kommandierte. Wie da die Griffe klappten; alles fuhr stramm zusammen, und unter Ehrenbezeigungen wie diese passierte der Alte die für ihn freigegebene Gasse. Nun erst nahm Exner sein ursprüngliches Kommando wieder auf: »Rechts um ... Feuerwehr, marsch«, und unter Trommelschlag und Querpfeife setzte sich der lange Zug bergab, auf Steinseiffen hin, in Bewegung. Aber eine kleine Strecke nur, dann schwiegen die Trommeln und Pfeifen, und Horn und Klapptuba stimmten statt ihrer eine militärische Musik an, und Becken und Pauke fielen ein. Siebenhaar, ein alter Burschenschafter, sah ihnen nach, und eine Träne stand in seinem Auge: »Wie dank' ich dir, Gott, diese Tage noch erlebt zu haben«, und erst als die Kolonne seinem Blick entschwunden war, stieg er weiter hinauf auf den Exnerschen Gasthof »Zur Schneekoppe« zu, woselbst er einen Imbiß nehmen und wegen der für den Amtsbruder zu mietenden Wohnung einige Erkundigungen bei der guten alten Frau Exner, der Mutter des Feuerwehrkommandanten, einziehen wollte.

Selbstverständlich nahm Siebenhaar, als er sein vorläufiges Ziel erreicht hatte, seinen Platz in Front der Halle, just an der Stelle, wo sonst Espes und Lieutenant Kowalski zu sitzen pflegten. Der Garten war, der frühen Stunde halber, noch leer, und nur in der Siebenhaar zunächst befindlichen Laube standen, angesichts einer über den Tisch hin ausgebreiteten Karte, drei Touristen von eleganter und beinah weltmännischer Haltung, die trotz ihres prononciert sächsischen Dialekts unschwer erkennen ließen, daß sie viel »drüben« gewesen sein mußten, in England oder vielleicht gar in Amerika. Siebenhaar, wenn er nach *der* Seite hin schärfer zu beobachten gewußt hätte, würde sofort auf Chemnitzer oder doch mindestens auf Meeraner Industrielle geraten haben. Aber dergleichen Beobachtungen lagen ihm fern. Er sah nur nach der Laube hinüber und horchte neugierig auf den Gang der von nur zu deutlichen Stimmen geführten Unterhaltung. Einer der drei, der der kritischste zu sein schien, unterzog – ein großes gelbes Kursbuch in der Hand – die von dem über die Karte gebeugten Hauptsprecher in einem fort vorgebrachten Zeit- und Ortsangaben einer beständigen Kontrolle, was den Reisestrategen, den »Mann der Karte«, natürlich sehr verdroß. Überhaupt schien die Stimmung nicht die beste zu sein, denn zwei junge hübsche Frauen, die mit zur Partie gehörten, sahen sich entweder unter ironischem Lächeln an oder schlugen ungeduldig die fünf Finger ihrer Hände ineinander. Es half ihnen aber nichts.

»Ich denke also«, fuhr der Hauptsprecher und Kartenstratege fort, »wir gehen über das Gehänge. Führer brauchen wir nicht, denn wir haben eben die Karte. Hier läuft der Weg, – ein bemerkenswert dicker Strich, alles klar und deutlich. Willst du so gut sein, Agnes, und dich durch den Augenschein überzeugen, daß er hier läuft. Bitte, Mathilde, tritt auch heran! Ich habe nicht Lust, mir nachher Vorwürfe machen zu lassen oder Anklagen zu hören über Nichtwegekenntnis und Verlaufen und Irrfahrten. Freilich wenn die Schuhe drücken, so ist das eine Sache für sich, die mit dem Weg und der Führung nicht das geringste gemein hat. Auf Reisen sollten Eitelkeiten derart aufhören. Denn enge Schuhe sind Eitelkeiten. Es ist jetzt elf Uhr fünf Minuten, wir müssen also spätestens drei Uhr fünfzehn Minuten oben sein. Schnitzel oder Koppenbeefsteak, je nachdem. Ich rechne darauf vierzig Minuten. Aber sagen wir fünfundvierzig, was hoch gerechnet ist. Jedenfalls sind wir mit dem Glockenschlage vier auf der böhmischen Seite. Dann im Laufschritt bergab; Laufschritt, wenn die Terrainbeschaffenheit ihn irgendwie gestattet, ist bekanntlich bequemer und sicherer als ewige Vorsicht und Trippelei. Um sechs Uhr sind wir in Johannisbad und sieben Uhr fünf Minuten in Trautenau. Hier treffen wir den Zug und sind um Mitternacht in Prag.«

»Der Zug von Trautenau geht aber schon sechs Uhr fünfundfünfzig«, sagte der mit dem Kursbuch, der auf diesen abzugebenden Zwischenschuß mit einer Art Schadenfreude gewartet zu haben schien.

»Sieben Uhr fünf oder sechs Uhr fünfundfünfzig ist gleich. Eine Differenz von zehn Minuten ist keine Differenz, jedenfalls aber durch ein rascheres Tempo leicht einzubringen. Außerdem gehen von Johannisbad aus immer Retourwagen. Aber wenn auch nicht, mit Hilfe von . . .«

Er kam nicht weiter in seinen Auseinandersetzungen, denn beide junge Frauen, welche die »ewige Rennerei« längst satt hatten, faßten sich in diesem Augenblick unter und traten ziemlich demonstrativ vom Tisch fort an den plätschernden Springbrunnen.

»Ach Mathilde«, sagte die eine, »wenn wir *den* doch mitnehmen könnten.« Und dabei stellte sie sich aufatmend in den Sprühregen. »Weißt du, daß ich hier bleiben möchte?«

Die andere nickte.

»Und was wohl die Kinder machen mögen?«

»Ach *die!* Aber wir!«

SIEBENTES KAPITEL

Siebenhaar war entzückt, ebenso von dem feierlichen Ernste, mit dem die Fehde zwischen dem Karten- und dem Kursbuchmann geführt wurde, wie von den kleinen Verstimmungen des verbleibenden Restes der Gesellschaft. Er sah denn auch, um diese Verstimmungen besser verfolgen zu können, eben neugierig nach dem Springbrunnen hinüber, auf dessen Rand sich die beiden Damen und mit ihnen der dritte, jüngere Herr (welcher der Unverheiratete der Partie zu sein schien) gesetzt hatten, als er einigermaßen verlegen – weil es mit dem Weiterbeobachten nun natürlich vorbei sein mußte – die gute Frau

Exner auf sich zukommen sah, seine liebe, alte Freundin, die vor vierzig Jahren oder, was dasselbe sagen will, bald nach seinem Amtsantritte von ihm eingesegnet und zehn Jahre später getraut worden war. Sie nickte schon von weitem und setzte sich zu ihm, um eine kleine Plauderei mit ihm zu haben. Die machte sich denn auch – nur noch von einzelnen Streifblicken nach dem Springbrunnen hin begleitet – ebenso rasch wie gemütlich, und erst als eine Viertelstunde später die Touristen, Männlein und Weiblein, aufgebrochen waren, entsann sich Siebenhaar, mitten im Gespräch über die glänzende Vermögenslage des alten Zölfel, auch seines Amtsbruders, um dessentwillen er eigentlich gekommen war, und las nun aus dem Briefe desselben die Stelle vor, die des kranken und kinderreichen Mannes Wünsche noch einmal kurz zusammenfaßte. »So handelt es sich denn, lieber Bruder«, so hieß es im Wortlaut, »vor allem um reine Luft und gesunde Lage, wenn es sein kann an einem Hochwalde hin, selbstverständlich mit Ausschluß von Sumpf und Wiesengrund, zum zweiten aber um drei geräumige Zimmer mit sieben Betten, am liebsten über dem Kuhstall, wenigstens das meinige. Daß ich vor Hundebläff geschützt bin, darf ich wohl voraussetzen, ebenso daß das Haus oder die Baude nicht unmittelbar an der Lomnitz steht. Ich leide nämlich seit letztem Winter an einer Trommelfellaffektion oder vielleicht auch bloß an allgemeiner Nervenüberreizung und bedarf deshalb absoluter Stille. Was ich eingangs über den Preis geschrieben habe, brauche ich Dir nicht zu wiederholen.«

Siebenhaar, als er gelesen, steckte den Brief wieder ein und sagte: »Ja, das wär' es, liebe Frau Exner. Und nun sagen Sie, was meinen Sie dazu?«

Diese lachte still vor sich hin.

»Es fehlte bloß noch, daß er geschrieben hätte, nicht Wind, nicht Sonne haben zu wollen. Aber ich werde mir's überlegen, und wenn ich was finde, so schick' ich einen Boten oder komm' auch wohl selbst und sehe mir mal wieder die Konfirmandenstube an.«

»Das soll ein Wort sein, liebe Frau Exner. Und dann zeig' ich Ihnen auch gleich meine Kanarienvogelhecke, zwei Schläger, wie sie die Harzer nicht besser haben.«

Er blieb noch eine kleine Weile, dann stand er auf und ging in einem langsamen Schritt, denn es war heiß geworden, bis zum Gerichtskretscham und dem gleich dahinter gelegenen katholischen Kapellchen, um von hier aus nach Wolfshau abzubiegen. Der Weg schlängelte sich durch Kusseln und Heidekraut und mündete zuletzt auf die breite Hauptstraße, die neben der Lomnitz hinlief und weiter aufwärts die Grenze zwischen dem Opitzschen und dem Menzschen Gewese zog. Als er diesen Teil der Straße fast schon erreicht und jedenfalls die beiden Häuser schon in Sicht hatte, hielt er noch einmal an, weil er etwas außer Atem war, und schritt dann erst auf den Brückensteg zu, der nach dem Inselchen hinüberführte.

Von dem Kapellchen her klang gerade das Mittagsläuten, Lehnert aber, der, wenigstens bei der Arbeit, nicht für strenges Stundenhalten war, blieb in seinem Schuppen und schnitzelte weiter, ohne des Läutens und der Mahnung zur Mittagsmahlzeit zu achten. Erst als der Hahn in ein ungewöhnliches Krähen kam und mit seinem ganzen Hühnergefolge nach dem Arbeitsschuppen hin retirierte, sah er auf und bemerkte nun Siebenhaar, der eben vom Brückensteg her auf den Vorgarten und die kleine Steintreppe zuschritt. Er legte nun das Schnitzeisen aus der Hand und ging auf den Alten zu, den er, seine Kappe ziehend, respektvoll begrüßte. Dabei wollte Lehnert etwas von Dank und Freude sprechen, aber Siebenhaar, der nicht bloß eine Kanarienvogelhecke hatte, sondern vor allem auch ein Rosenzüchter war, war von dem das ganze Haus umfassenden und überall hin mit Knospen und gelben Blüten überdeckten Rosenbusche viel zu sehr entzückt, um Lehnert ausreden zu lassen, und sagte nur einmal über das andere: »Lehnert, Junge, wo hast du diesen Busch her? Der ist ja schöner als der Hildesheimsche. Rote, die hat jeder; aber gelbe, gelbe. Wie nennt ihr sie denn? Ei, das ist ja eine wahre Gottesgabe.«

Während er noch so sprach, war er auf den Flur und gleich danach in die Stube getreten, drin Frau Menz eben am Ofenherd stand und die Kartoffeln, frische, die von ihr wie Gold behandelt wurden, in den Topf zählte. Kaum aber, daß sie des Besuchs ansichtig wurde, so fuhr sie zunächst mit der nassen Hand über die Schürze, band diese dann rasch ab und kam auf

Siebenhaar zu, den sie jetzt umknickste und mit einer Flut von kriecherischen Worten überströmte.

Lehnert schüttelte den Kopf, aber die Alte sah es nicht oder wollt' es nicht sehen und fuhr in ihrem Wortschwall unverändert fort: »Aber nun bitt' ich, Herr Pastor; hier dieser, der hat die beste Lehne ... setzen müssen Sie sich ... Sie werden uns doch die Ruhe nicht mit fortnehmen wollen ... Ich denke hier an den Ofen. Oder soll ich das Fenster aufmachen? Ja, das will ich, das wird das beste sein, ich werde das Fenster aufmachen. Der Herr Pastor, soviel habe ich wohl gesehn, haben immer das eine Fenster auf, und auch noch ein Fliegenfenster dazu, da zieht es noch mehr. Ja, was die Reichen sind und die Studierten, die sind immer so sehr für frische Luft, auch wenn es kalt ist, aber unsereins will gern warm sitzen, weil man sonst nichts Warmes hat, und das bißchen Kleinholz gibt es ja auch, das heißt, wenn man den Zettel hat, sonst ist Opitz gleich bei der Hand und schreibt einen auf und man hat seine vierzehn Tage weg, man weiß nicht wie ... Gott, wenn ich nur noch von dem Hochzeitskuchen hätte ... Nun hab' ich so gut wie nichts für den Herrn Pastor ... Aber wenn arme Leute so was im Hause haben, dann sind sie wie die Kinder, und Lehnert ist eigentlich schuld ... Ja, Lehnert, du bist schuld, du sagst doch sonst immer, ›Mutter, verdirb dich nicht, Mutter, sei nicht so naschig.‹ Aber du hast kein Wort gesagt, und da hab' ich alles verputzt und verurscht und is kein Krümel mehr da.«

Lehnert war aufgestanden und trommelte vor Ungeduld an die Fensterscheibe, Siebenhaar aber, der sich noch der Zeiten erinnerte, wo so mancher aus dem armen Volk hier diese Sprache der Unfreien und Hörigen gesprochen hatte, lächelte nur und sagte: »Liebe Frau Menz, ich habe ja selber von dem Hochzeitskuchen gehabt und hab' es geradeso gemacht wie Sie und hab' ihn auch aufgegessen oder ›verputzt‹, wie Sie sagen, jedenfalls viel zu viel, was man eigentlich nicht soll. Und Lehnert hat ganz recht, wenn er gegen das Naschen ist. Aber das ist nun mal nicht anders, auch die Alten bleiben Kinder. Und wissen Sie, wer der dritte war, der *auch* zuviel gegessen hat und noch dazu gleich oben, als der Kaffee kam? Der dritte war unser Freund Opitz ...«

Die Alte nickte und kicherte vor sich hin. Siebenhaar aber wiederholte: »Ja, unser Freund Opitz. Und sehn Sie, liebe Frau Menz, wenn ich hörte, daß er diese Nacht ein großes Alpdrücken gehabt und seine Frau mit seinem Tode geängstigt habe, so würd' ich mich nicht wundern. Aber, wie gesagt, es haut eben jeder mal über die Schnur, Sie und ich und natürlich auch ein Förster. Und ist auch nicht so schlimm, wenn einer nur sonst brav und tüchtig ist. Und das ist Opitz und auch gar nicht so hart, wie die Leute glauben, und wenn man ihn nur zu nehmen weiß und ihm seine Ehre gibt, darauf hält er und darauf *muß* er halten, so läßt sich ganz gut mit ihm leben, und ist auch nicht so gehässig und unversöhnlich, wie mancher meint, wovon ich mich erst gestern wieder überzeugen konnte ...«

»Hörst du, Lehnert, hörst du? Das ist es ja, was ich auch immer sage. Der Förster ist doch eine Obrigkeit, und die Obrigkeit ist von Gott. Ja, das haben Sie gepredigt, Herr Prediger, und das vergess' ich nicht wieder. Opitz ist Obrigkeit und ein guter Mann und steht eigentlich in Gottes Namen da ...«

»Ach, Mutter, rede doch nicht solchen Unsinn. Er ist bei dem Grafen in Dienst und für *den* steht er da. So was darfst du nicht sagen, und am wenigsten, wenn der Herr Pastor da ist, das ist ja die reine Gotteslästerung. Und du sagst es auch alles bloß so hin und weißt recht gut, daß er nicht anders ist als du und ich, und vielleicht noch ein bißchen schlechter.«

Siebenhaar nahm Lehnerts Hand und lächelte:

»Mußt dich nicht so ereifern, Lehnert. Die Mutter sagt es bloß, weil sie den ewigen Streit nicht will und sich ängstigt und Ruh' und Frieden und gute Nachbarschaft haben möchte. Treff' ich's? Sage selbst ...«

»Und weil ihr alles gleich ist, Herr Pastor, wenn sie nur ihren Vorteil hat. *Das* ist es. Und wenn sie drüben ein ranzig Stück Speck haben oder mit einem Rehviertel nicht mehr wissen, wo sie mit hin sollen, dann ist sie gleich bei der Hand und will sich's schenken lassen. Ich will aber nichts Geschenktes haben aus dem Haus da, und wenn es denn durchaus ein Reh oder ein Rehviertel sein soll ...«

»Dann weißt du, wo du's hernimmst ... Ja, Lehnert, das ist es eben, und darüber klagt Opitz und über deinen Trotz, der das Verbotene nicht bloß tut, sondern sich's auch noch berühmt. Wie viele Male hab' ich dir das schon vorhalten müssen. Erst neulich wieder. Ist es nicht so? Du schweigst ... Sieh, ich bin gestern mit ihm eine halbe Stunde lang um die Brükkenberger Waldwiese herumgegangen und hab' ihn beschworen, nicht alles sehen und nicht alles hören zu wollen, und hab' ihm Vorstellungen gemacht und ihm ins Gewissen geredet. Und ich kann dir sagen, wörtlich sagen, oder doch so gut wie wörtlich, *was* ich ihm bei der Gelegenheit alles gesagt habe. ›Sehen Sie, Opitz‹, so hab' ich ihm gesagt, ›Sie reden immer von Recht und Ordnung, aber was heißt Recht und Ordnung? Das sind alles sehr schöne Sachen, und doch ist es mit Recht und Ordnung geradeso wie mit Zucht und Sitte.‹«

Lehnert nickte.

»›Wie mit Zucht und Sitte. Die sollen sein. Gewiß, Zucht und Sitte sollen sein; wer will das bestreiten? Und wenn ich dann im Unterricht und zuletzt noch mal am Einsegnungstage den jungen Dingern zurede, daß sie sich gut halten sollen, dann tu' ich das nicht bloß, um was zu sagen, dann tu' ich es auch, weil mir's mein Herz so vorschreibt und weil ich weiß, was ein guter Wandel nicht bloß vor Gott, sondern auch vor den Menschen bedeutet und daß Glück und Unglück daran hängt. Ja, Opitz‹, so hab' ich ihm gesagt, ›ich bin für Zucht und Sitte. Aber wenn's dann nachher anders geht und wenn eine Braut vor den Altar tritt mit einem Myrtenkranz, der ihr eigentlich nicht zukommt, dann nehm' ich ihr den Kranz nicht aus dem Haar und fahre nicht mit Feuer und Schwefel drein und sprech' auch nicht von ewiger Verdammnis und verzichte darauf, aus der Altarstufe, darauf das arme Ding kniet, eine Armensünderbank zu machen. Ich verzichte darauf, sag' ich, und tue sie beide zusammen und empfehle sie in meinen Worten und vor allem auch in meinem Herzen der Gnade Gottes. Ich will nicht wissen, was ich weiß, und will die Kirchenzucht nicht üben, trotzdem ich sie wohl üben dürfte, ja, wie die Strengen meinen, auch wohl üben *sollte*. Und sehen Sie, Opitz, wie's in der Kirche ist, so ist es auch im Wald. Sie müssen der Armut was nachsehen und nicht bloß dem Gesetze nichts vergeben, sondern auch der Liebe nichts vergeben. Es ist eine Täuschung, wenn wir uns immer und ewig auf unser Amt und unsere Pflicht oder gar auf unseren Schwur und unser Gewissen berufen. Das meiste, was wir tun, tun wir doch aus unserer Natur heraus, aus Neigung und Willen.‹«

Die Alte, während der Prediger so sprach, hatte mit gefalteten Händen dagesessen und allerlei vor sich hin gemurmelt, wie um ihre Andacht zu bezeugen. Aber auch auf Lehnert waren die Worte nicht ohne Einfluß geblieben, denn er war klug genug, nicht bloß das herauszuhören, was sich gegen Opitz richtete. Nein, er hörte ganz allgemein den Geist christlicher Liebe heraus und sagte sich, daß er dieser Liebe geradeso gut entbehre wie Opitz, und daß er sein Recht geradeso heftig und eigensinnig vertrete wie Opitz das seine. Und *sein* Recht war doch nur *sein* Recht, Opitz' Recht aber war das anerkannte, das gültige, das uralt bestätigte.

Siebenhaar, der wohl sehen mochte, was in ihm vorging, hütete sich, durch eine Zwischenbemerkung zu stören. Und so verging eine geraume Weile. Dann erst nahm Lehnert seinerseits das Wort wieder und sagte: »Und was sagte da Opitz, Herr Pastor? Ich weiß von Christine . . .«

»... Daß er einen hochfahrenden Sinn hat und sich in dem, was seines Amtes ist, nicht gern dreinreden läßt. Ja, so heißt es von ihm und wird auch wohl seine Richtigkeit damit haben. Aber es kommt doch auch darauf an, wer mit ihm spricht, und vor allem, *wie* man mit ihm spricht, und ich hab' ihn gestern als einen christlichen Mann befunden, das heißt als einen Mann, der vergeben kann, weil er fühlt, daß er selber der Vergebung bedürftig ist. So wenigstens schien es mir, als ich ihm nach den Augen sah, und war mir fast, als ob ich eine Träne darin gesehen hätte.«

Lehnert lachte. »Wohl, wohl. Wenn er unter Wein ist, ist ihm immer das Weinen nah. Das kenn' ich. Aber es hält nicht lange vor, und von gestern auf heute wird er sich wieder anders besonnen haben.«

»Kann sein, Lehnert, aber es ist nicht wahrscheinlich. Und unter allen Umständen mußt du vorläufig an seine Versöhnlichkeit glauben und dein Betragen danach einrichten. Du hast es mir versprochen, neulich schon, und ich könnte dich beim

Worte nehmen. Aber ich will es nicht. Ich will es nach allem, was er mir gestern gesagt hat, aufs *neue* von dir hören und, wenn es sein kann, aus einem freudigeren Herzen und einem festeren Entschluß.«

»Ich geh' ihm aus dem Wege.«

»Das ist nicht genug, Lehnert. Das vertagt den Streit bloß, aber schafft ihn nicht aus der Welt, und der nächste Wind, der euch wieder zusammenweht, bläst auch die Flamme wieder an. Damit schließt man keinen Frieden, daß man sich aus dem Wege geht, das ist äußerlich und auf die Dauer einfach unausführbar. *Hier* muß es anfangen und *hier*. Herz und Einsicht müssen dazu zwingen. Und ist erst der gute Wille gewonnen, dann ist alles gewonnen. Den *seinen* hab' ich . . .«

»Und den meinen auch«, sagte Lehnert in plötzlicher, beinah freudiger Erregtheit. Und dabei nahm er des Alten Hand, um sie dankbar zu küssen. »Ich will tun, was ich kann. Ich will die Kappe vor ihm ziehen, immer zuerst, und will kein Schmokfeuer mehr machen, wenn drüben das Leinzeug an der Leine hängt, und will das Wehr so stellen, daß Wasser bei *mir* übertritt und nicht bei ihm, und wenn mir's auch einen halben Morgen Kartoffelland kostet. Und wenn seine Diana mir nach den Beinen fährt, so will ich den Stock bloß leise nach hinten halten, wie die Bettler und Strolche tun, und will nicht mehr nach der Bestie schlagen. Und was die Hauptsach' is, ich will den Mund halten und nicht mehr mit den andern auf ihn schelten und schimpfen und will aufhören, ihn einen Neidhammel zu nennen und die Geschichte von dem Kreuz immer und immer wieder aufzutischen. Was vielleicht ohnehin das klügste ist, denn man soll nicht immer von seinen Heldentaten sprechen, worüber die Leute doch bloß lachen . . .«

»Also abgemacht, Lehnert. Und nun, Frau Menz, wenn Sie ein Glas Milch für mich haben, dann bringen Sie's mir, das soll mir besser tun, als der Hochzeitskuchen mit seinen vielen Rosinen. Wenn man bei Jahren ist, soll man überhaupt keine Rosinen mehr essen. Das hat mir noch der alte Doktor Mattersdorf beigebracht, und der wußte es . . . So, die hat mir geschmeckt, eine wundervolle Milch. Und nun machen Sie, daß die Kartoffeln ans Feuer kommen. Ich habe gesehen, daß es frische sind und noch dazu blaue! Hab' auch welche. Sie scheffeln in diesem Jahr. Und nun Gott befohlen!«

Und so sprechend überschritt er die Schwelle.

Lehnert und seine Mutter begleiteten ihn bis an den Steg, und die Alte knickste und dienerte noch, als er längst schon drüben war.

ACHTES KAPITEL

Lehnert, als Siebenhaar drüben war, kehrte – die Kartoffeln wurden eben erst beigesetzt, und der Speck war noch nicht in der Pfanne – zu seiner Arbeit zurück, eigentlich nur deshalb, weil er sich dem unverständigen Gerede der Alten nach Möglichkeit entziehen wollte. Dies gelang ihm aber nur auf eine kleine Weile, denn als bald danach das Essen auf dem Tische stand, brach der zurückgestaute Redestrom der Alten mit verdoppelter Macht über ihn herein, und die Versicherungen nahmen kein Ende, daß sich nun alles zum Guten wenden müsse: Lehnert werde seinen Eigensinn abtun und Opitz fünf gerade sein lassen und auf den Ohren sitzen. »Ja, Lehnert, so wird es kommen, und wir werden wieder gute Nachbarschaft halten, und alles wird gegenseitig sein, und ich werde mir bei der guten Frau Opitz wieder ein Mangelholz oder ein Kuchenblech borgen können, und Christine wird nicht mehr nötig haben, immer so zu tun, als ob sie sich aus uns nichts mache, nein, sie wird jede Stunde kommen können, und dann wird es auch noch was werden mit euch zwei beiden, und wir werden dann eine Hochzeit haben wie die gestern in Brückenberg.«

»Ach, Mutter, rede doch nicht immer von der Christine!«

»Warum nicht, Lehnert? Es ist ein gutes Kind, das was auf sich hält und was gespart hat. Und wenn's dann Hochzeit gibt . . .«

»Ja, wenn, wenn; *die* gibt es aber nicht. Christine ist eine Magd, und eine Magd heirate ich nicht, auch wenn sie drei Sparkassenbücher und eine ganze Linnentruhe hat. Ich versteh' meine Sach' und will in die Stadt gehen und eine Städtische heiraten, die Manieren hat. Und am liebsten will ich in die

Welt gehen und gar nicht heiraten; es brennt mir hier unter den Füßen, und wenn es nicht deinetwegen wäre, Mutter, so ging' ich lieber heut' als morgen. Übers Meer will ich. Es ist mir alles so klein und eng hier, ein Polizeistaat, ein Land mit ein paar Herren und Grafen, so wie unserer da, und sonst mit lauter Knechten und Bedienten. Aber davon verstehst du nichts und ist dir auch gleich. Mir aber ist es nicht gleich. Ich mag nicht, daß, wenn ein Schuß fällt, gleich sieben Förster da sind, die's mit ihren vierzehn Ohren hören und sich die Köpfe zerbrechen, wer da mal wieder den Staat betrügt und ein schwer Verbrechen auf seine Seele lädt. Und vielleicht war es gar nichts, bloß eine Milchsuppe von Berliner, ein Gymnasiast, der oben bei Wang ein paar Zündhütchen verknallt. Eine jämmerliche Welt hier; immer muß man scherwenzeln, und wenn man nach vornhin dienert, stößt man nach hintenhin einen um. Eng und klein, sag' ich, und ich möchte, wenn Siebenhaar auch dagegen ist – der Alte weiß nichts von solchen Dingen – für mein Leben gern nach Amerika, wo's anders aussieht und wo, wenn ich mein Gewehr abschieße, niemand es hört als Wald und Berg und auf zehn Meilen in der Runde kein menschlich Ohr ist.«

»Das hast du wieder aus dem Buch, Lehnert. Wenn du doch das Lesen lassen wolltest. Siebenhaar hat es gut gemeint, als er dich auf die Schule geschickt. Aber mitunter denk' ich, es wäre besser gewesen . . .«

»Ich wüßte gar nichts und wüßt' auch nicht, daß es eine neue Welt gibt, die besser ist als die alte. Ja, Mutter, mag sein; aber das ist nun zu spät. Und ich danke Gott, daß ich's weiß und daß es einen Platz gibt, wo man hin kann, wenn einem der Boden hier zu heiß wird und das Leben zu miserabel vorkommt. Und nun bin ich auch noch auf den Opitz eingeschworen und soll Friede halten. Ach, es gefällt mir nicht und tut mir schon wieder leid, daß ich's dir und dem Alten versprochen und mein Wort gegeben habe. Und dem Alten sogar doppelt. Ach, dieser Opitz! Als ich mich jeden Tag noch über ihn wüten konnte, das war doch was, wenn's auch bloß Wut und Haß war, aber nun hab' ich gar nichts und werde mir jede Stunde sagen müssen, daß ich ein Lump und ein Feigling geworden bin und daß der Kerl mich untergekriegt hat. Ach, Mutter, es wird nichts. Siebenhaar hat es gut gemeint, aber aus Hund und Katze kann man kein Paar machen; eine Weile mag es gehen, aber mit einem Male hebt die Katze die Pfote wieder, und der Hund packt zu. Hoffentlich bin ich der, der zupackt.«

So redete Lehnert eine gute Weile, bis er zuletzt aufsprang und im Zimmer auf und ab schritt. Aber auch im Auf- und Abschreiten sprach er noch weiter, allerhand Unverständliches zwischen den Zähnen murmelnd, und mitunter war es, als ob er mitten in einem Streite stünde. Plötzlich blieb er stehen, erst vor der am Ofen hängenden Zither, über deren Saiten er – er war fast ein Virtuos auf diesem Instrument – mechanisch mit dem Zeigefinger hin und her fuhr, dann vor einem alten, vergilbten Kalender, der, hart an der Tür, an demselben Riegel wie seine Flinte hing. Ebendiese Flinte nahm er jetzt ab und stellte sie beiseit und riß aus dem Kalender ein paar Blätter heraus, hartes, steifes Papier, draus er seine Patronenhülsen zu machen pflegte.

»Was hast du vor, Lehnert? Du willst doch nicht in den Wald, am hellen lichten Tag?«

Es war, als ob die Worte der Alten ihn wieder zu sich brächten. Er lachte und warf die Blätter, deren eines er schon zu drehen begonnen hatte, rasch ins Feuer und hing die Flinte wieder an den Haken, von dem er sie genommen hatte.

Das Ganze war wie ein Anfall gewesen. Rasch, wie es gekommen, ging es wieder, und er kehrte zu seinem Arbeitsschuppen zurück.

Eine Woche verging, während der seine Stimmung beständig wechselte, was bei den Erlebnissen der letzten Zeit und mehr noch bei seinem von Natur beweglichen Gemüt nicht wohl wundernehmen konnte. Denn so gewiß er einen Hang nach dem Abenteuerlichen hatte, so gewiß überkam ihn auch inmitten dieses Hanges eine plötzliche Sehnsucht danach, die Hände in den Schoß zu legen und alles ruhig über sich ergehen zu lassen. Er war dann mit einem Male von der Vergeblichkeit alles Ankämpfens überzeugt und verlor in diesem ihn überkommenden Gefühl seiner Ohnmacht auch die Lust zum

Kampf. »Ja, die Alte hat eigentlich ganz recht. Was ist all die Jahre bei meiner Auflehnung herausgekommen? Nur Ärger und böses Blut. Und so geht es dann weiter, immer Zug um Zug, bis man sich das Messer in die Brust stößt. Ach, es ist besser, ich tue, was ich versprochen hab' und grüß' ihn, anstatt ihn anzustarren und ein spöttisch Gesicht zu machen. Er ist der Stärkere, weil er im Dienst ist und die Gerichte neben und hinter sich hat. Und wer mit dem Stärkeren anbindet, solang er noch eine Wahl hat, der ist ein Narr. Wahrhaftig, was hab' ich davon gehabt? Nichts, als daß ich zwei Monate hinter Schloß und Riegel war, und daß nun in meinen Akten steht: ›Bestraft‹. Und wer kann immer gleich erzählen, wie's kam, und daß es eigentlich nichts war; bestraft ist bestraft, und wenn man gefragt wird, wie's denn eigentlich mit einem stehe, so wird man rot und steht da, als ob man ein Galgenvogel wär' oder einer, der den Leuten die Uhr aus der Tasche zieht.«

In dieser Richtung gingen tagelang Lehnerts Betrachtungen, und mehr, er tat auch danach, und wenn er in der letzten Woche, bloß um einer Begegnung auszuweichen, den großen Umweg am Waldsaume hin gemacht hatte, so zwang er sich jetzt, die Begegnung geradezu zu suchen, nur um durch artigen Gruß oder auch wohl durch ein »Guten Morgen, Herr Förster« seinen Respekt zu bezeugen. Und Opitz freute sich dieser Wandlung und gefiel sich seinerseits darin, den Gnädigen zu spielen. Er trat jetzt öfter, wenn Lehnert vorüberging, mit einer Art wohlwollenden Behagens an den Staketenzaun heran und verstieg sich nicht bloß zu Fragen und Scherzworten, sondern einmal sogar bis zur Inanspruchnahme kleiner Gefälligkeiten. »Ihr geht ja nach Arnsdorf, Lehnert. Bitte, nehmt das mit an den Grafen, und wenn ihr bei Pohl vorbeikommt, so bringt mir eine Kruke Himbeersaft mit herauf. Oder lieber eine Flasche, wenn er's in Flaschen hat. Ich kann heut' die Christine nicht schicken.«

An solchen Annäherungen war eine Zeitlang kein Mangel, und Frau Menz berechnete sich schon, was, im Herbst, beim Gänseschlachten, auf das sie sich ganz vorzüglich verstand (sie sang dann immer, wenn sie die Gans zwischen die Knie nahm und mit dem Messer zu bohren anfing, allerlei Wiegenlieder), an Federn und Fett für sie abfallen würde. »Ja, Lehnert, du siehst es nun. Ist es nicht besser so? Haben wir nicht gute Tage? Sage selbst?«

Aber diese guten Tage sollten nicht Dauer haben. Im Gegenteil, sie gingen so rasch wie sie gekommen waren, und wie gewöhnlich war es ein bloßes Geklätsch, was den ersten Anstoß zu diesem Wiederhinschwinden gab.

Christine, wohl wissend, welche Pläne Frau Menz mit ihr hatte, war jetzt oft drüben bei der Alten, öfter vielleicht als gut war und jedenfalls öfter als sie sollte. Zu verdenken war es ihr freilich nicht, denn die Försterei, wenn Opitz im Wald war, war ein schweigsames, ja beinah ein melancholisches Haus, in dem wenig gesprochen wurde. Plaudern aber und Sichaussprechen war Christinens größte Lust, und dazu gab es für sie keine bessere Gelegenheit als bei den Menzes drüben. Alles nahm ihr die Alte wie vom Munde weg, und wenn drüben bei Opitzens eine Maus gefangen oder ein Fliegenstock umgefallen war, so war es ein mitteilenswertes Ereignis, an das sich sofort allerlei Hoffnungen und Befürchtungen knüpften.

Und zu solcher Plauderstunde war man eben wieder beisammen und genoß sie doppelt, weil Christine nicht mit leeren Händen, sondern mit einem Teller voll prächtiger Glaskirschen herübergekommen war, deren Heranreifen die alte Menz schon seit anderthalb Wochen mit Aufmerksamkeit verfolgt hatte.

»Die schickt Euch die Frau Försterin«, sagte Christine.

»Gott, Gott, die Frau Försterin! Eine seelensgute Frau, das muß wahr sein, und alle wie frisch vom Baum und keine angestoßen. Aber *er* auch, er is *auch* gut; ein bißchen bullrig und kollert gleich, aber wer es bloß versteht, der hat es gut mit ihm. Und wie soll er's denn auch anders machen? Er muß doch auch welche anzeigen. Lehnert sagt es auch. Und sie sind ja jetzt ein Herz und eine Seele.«

»Ja«, sagte Christine. »Das sind sie. Das heißt, solang es dauert.«

»Wird schon dauern, Kind, wird schon. Warum soll es nicht dauern? Sie haben sich nun beide die Hörner abgestoßen und sehen, daß Frieden besser ist als Krieg. Lehnert grüßt ihn und gafft ihm nicht mehr ins Gesicht. ›Guten Morgen, Herr Förster‹, sagt er. Und dann stehen sie beid' an dem Staketenzaun und haben ihren Schnack. Und neulich hat ihm Opitz einen Zettel an den Grafen mitgegeben und eine Bestellung für unten bei Pohl, und Lehnert hat ihm alles besorgt und ihm den Himbeersaft auch richtig mit raufgebracht. Eine ganze Flasche voll. Es war justament der Tag, als der neue Oberförster kam und ihr drüben den Semmelpudding hattet. Aber was sag' ich nur, du mußt es ja besser wissen als ich . . .«

»Freilich weiß ich es. Aber ich weiß auch, was Opitz sagte.«

»Was war es, was er sagte?«

»›Nu‹, sagte er, als er vom Flur in die Küche kam und den Saft vor uns hinstellte, ›da habt ihr den Saft, das süße Zeug, das der Lehnert mit raufgebracht hat. Und diesmal mag es drum sein. Aber das nächstemal, Bärbel, das nächstemal paß besser auf. Der große Herr drüben ist auf eine Weile zahm geworden und frißt vorläufig aus der Hand. Aber wer weiß, ob es vorhält . . .‹ Ja, Frau Menz, das war es, was Opitz sagte. Und als meine gute Frau darauf antwortete und ihm zureden wollte, weil Lehnert ja jetzt grüße, da ließ er sie gar nicht zu Worte kommen und bullerte gleich los: ›Das verstehst du nicht, Bärbel. Was heißt Gruß? Er grüßt; aber es ist auch danach. Er hat noch dieselben Mucken wie sonst; ich seh's ihm jedesmal an, wenn er so verlegen dasteht und nicht weiß, was er sagen soll. Und ein Glück ist es, daß er wenigstens eine Weile klein beigegeben! Davon erholt er sich nicht wieder. Wer mal zu Kreuze gekrochen ist, der bringt die Courage nicht mehr fertig. Das ist nu mal so.‹«

So ging das von Frau Menz und Christine geführte Gespräch, das noch eine Weile weitergesponnen wurde, weil sie sich allein glaubten. Aber sie waren nicht allein. Dicht hinter ihnen stand Lehnert in der offenen Tür und hatte jedes Wort mit angehört. Er zog sich, eh sie seiner gewahr wurden, still wieder zurück und ging auf seinen Arbeitsschuppen und in diesem auf die Stelle zu, wo die Hobelspäne hoch aufgeschichtet lagen. Da warf er sich hin und schlug sich vor die Stirn und schwur und zitterte. Denn er war seiner Sinne kaum noch mächtig. Zuletzt verfiel er in ein krampfhaftes Weinen, aber auch die Tränen gaben ihm keine Erleichterung. Er hatte sich klein und verächtlich gemacht und alles umsonst. Alles lag wieder wie vordem, und vor seiner Seele stand es, wie's kommen würde.

NEUNTES KAPITEL

Am andern Tage hatte sich Lehnert von dem, was er gehört, insoweit erholt, daß er die Kraft aufbrachte, sich's ruhiger zurechtzulegen. »Er traut mir nicht. Soll ich ihm böse darüber sein? Trau' ich ihm? Was dem einen recht ist, ist dem andern billig. Es ist gut, daß ich nun weiß, wie's mit ihm steht und was ich von ihm zu gewärtigen habe. Wenn ich ihm so weiter geglaubt hätte, so wär' ich vielleicht unvorsichtig geworden, und das tut nie gut, am wenigsten einem Opitz gegenüber ... *Ich* will nicht wieder anfangen, *nein, er* soll anfangen. Dann bin ich ohne Schuld.« So sprach er noch weiter vor sich hin, ohne jede leiseste Vorahnung, daß derselbe Tag noch den alten Streit wieder anfachen sollte. Nur schärfer und bitterer als je zuvor.

Es war ein heißer Tag, und die Steine, die durch die Lomnitz hin zerstreut lagen und bei niedrigem Wasserstand einen Übergang von einem Ufer zum andern bildeten, blitzten in der Sonne; drüben das Heidekraut auf der Opitzschen Seite schimmerte rot, und von dem Lupinenfeld, das sich, freilich als schmaler Strich nur, durch das Heidekraut hinzog, zog ein süßer Duft nach dem Inselchen herüber. Der Himmel stand in einem wolkenlosen Blau. Lehnert, der sich, der großen Hitze halber, von dem Vorplatz am Schuppen unter den Schuppen selbst zurückgezogen hatte, sah einen Augenblick von seiner Arbeit auf und wurde dabei mehrere Taubenschwärme gewahr, deren einer eben über die Tannen am Waldsaum hinschwebte. Plötzlich aber, während er noch so hinaufsah, vernahm er, durch die Mittagsstille hin, einen Hundeblaff und gleich danach einen durchdringenden Hahnenschrei, der, weitab davon, sicher und siegesfroh wie sonst wohl die Seinen zuhauf zu rufen, umgekehrt etwas von einem Angst- und Todesschrei hatte. Lehnert ahnte, was es war, sprang auf die Deichsel und

Vorderachse des gerade vor ihm stehenden Arbeitswagens und sah von dieser Hochstellung aus, was drüben passierte. Diana hatte den Hahn an seinem Silberkragen gepackt und schüttelte ihn. Und nun ließ der Hund wieder ab, und die plötzliche Lautlosigkeit verriet nur zu deutlich, daß das schöne Tier, das er gepackt und geschüttelt, tot war. Das gab Lehnert einen Stich ins Herz, denn, neben dem prächtigen gelben Rosenstrauch an Haus und Dach, war der Silberhahn so ziemlich das einzige, woran er hing; alles andere war in Rückgang und Verfall. Er ballte die Faust und drohte nach drüben hin, aber er bezwang sich wieder und richtete seinen Zorn und Unmut, einen Augenblick wenigstens, statt gegen Opitz gegen die eigene Mutter.

»*Die* ist schuld; es mußte so kommen. Hab' ich doch den da drüben wohl ein dutzendmal sagen hören: ›Liebe Frau Menz, wenn Sie nicht nach dem Rechten sehen und das Hühnervolk immer über den Steg und die Steine bis in meinen Vorgarten lassen, *ich* stehe für nichts; Diana packt mal zu.‹ Nun hat Diana zugepackt, und wir sind unseren Hahn los und müssen noch still sein und vielleicht auch noch gute Worte geben wegen der Aurikeln und Levkojen, oder was das arme schöne Tier sonst noch zerpflückt und zertreten hat... Aber so ist die Alte, sie will die paar Futterkörner sparen, und selbst ihre Hühner sollen drüben zu Gaste gehen. Es ist ein Elend, und bloß neugierig bin ich, was er nun machen und ob er sich entschuldigen und so was von Bedauern sagen wird.«

Und sieh, Lehnert war kaum wieder bei seiner Arbeit, so kam auch schon Christine zur Frau Menz in die Küche und bestellte vom Förster Opitz: es tät' ihm leid, daß seine Diana den Hahn gewürgt hätte. Mehr könn' er aber nicht sagen. Er habe der Frau Menz im voraus gesagt, daß es so kommen würde. Sein eigener Schade sei noch größer, und wenn er zusammenrechne, was die Menzschen Hühner ihm alles ruiniert hätten, so käme mehr heraus als der Hahn.

»Und will er denn den Hahn behalten?« wimmerte die Alte.

»Nein«, sagte Christine, »den Hahn sollt' ich Euch bringen. Aber Frau Opitz sagte, ›der würd' Euch doch nicht schmecken‹. Und hinterher hat sie mir heimlich gesagt, ich sollt' Euch fragen, was Ihr dafür haben wolltet, und sie wollt' es alles bezahlen und noch ein Reugeld dazu.«

Lehnert, als seine Mutter und Christine so sprachen, war von seinem Arbeitsschuppen herbeigekommen.

»Ich will den Hahn«, sagte er, »und nicht das Geld. Aber gegessen wird er nicht, Mutter. Ich begrab' ihn und mach' ihm einen Stein. Das schöne Tier! Meine einzige Freude! Nun ist er hin. Diese Diana, diese Bestie! Mir will sie auch immer nach den Beinen. Aber sie soll sich vorsehn und ihr Herr auch.«

Und er ging wieder an seine Arbeit, während Christine bei der Alten blieb und ihr ohne weiteres das Geld gab, das die gute Frau Opitz für den erwürgten Hahn bewilligt hatte.

Lehnert verwand es schneller, als er selber gedacht haben mochte. Hätt' er klarer in seinem Herzen lesen können, so würd' er gefunden haben, daß er eigentlich froh war, seines Gegners Schuldsumme wachsen zu sehen. Je mehr und je rascher, desto rascher mußt' auch die Abrechnung kommen, das war das Gefühl, das ihn mehr und mehr zu beherrschen begann. Bei Tisch sprach er nicht, und als er den Krug Bier, den ihm die Mutter aus dem Kretscham geholt, geleert hatte, ging er auf seine Kammer hinauf und schlief.

Als er wieder wach war, war er zunächst willens, doppelt fleißig zu sein und bei der Arbeit alles zu vergessen – nicht für immer, dafür war gesorgt, aber doch auf ein paar Stunden. Am Abend wollt' er dann in den Querseiffner Kretscham gehn, wo heute Tanz war.

»Ich sitze jetzt zu viel an der Schnitzelbank und lebe ... nun, wie leb' ich? Ja, wie wenn ich nur noch Botenfrau wär', Botenfrau für Opitz. Ich will es mir heute raustanzen aus dem Geblüt.«

Und damit ging er von seiner Kammer in die Küche, nahm da den Bunzlauer Topf, drin ihm die Alte den Nachmittagskaffee warmzustellen pflegte, vom Herd und ging wieder auf seinen Schuppen zu. Die Hühner lagen hier in ihren Erdlöchern und sahen ihn wie fragend an.

»Ihr wollt mich wohl gar noch verantwortlich machen? Dummes Volk! Ich sag' euch, *er* wäre nicht 'rübergegangen, *er* hielt auf sich und hätte sich seine paar Körner auch hier gesucht. *Ihr* seid schuld, ihr habt ihn verleitet, und er ist euch bloß gefolgt, um euch nicht im Stich zu lassen. Nun ist er weg, und ihr habt das Nachsehen. Solchen schönen Herrn kriegt ihr nicht wieder, verdient ihr auch gar nicht.«

Er unterhielt sich noch so weiter und freute sich, daß er seine gute Laune wieder hatte.

So vergingen etliche Stunden, und die Sonne machte schon Miene, hinter der mit Tannen besetzten Höhe zu verschwinden. Lehnert aber, der all die Zeit über mit besonderem Fleiße gearbeitet hatte, hatte seines in die Hobelspäne gestellten Kaffees ganz vergessen und wollt' eben aufstehen, um das Versäumte nachzuholen, als die Mutter in großer Hast und Aufregung vom Haus her auf ihn zukam und in den Arbeitsschuppen hineinrief: »Ein Has, Lehnert, ein Has!«

»Wo, Mutter?«

»In unserm Korn.«

Und ehe zwischen beiden noch weiter ein Wort gewechselt werden konnte, sprang Lehnert auch schon von seiner Arbeit auf, lief auf das Haus zu, riß die Flinte vom Riegel und stürzte durch die Hintertür, über den Hof fort, auf den zu Feld und Wald hinüberführenden Brückensteg zu. Bevor er diesen aber erreichen konnte, wurd' es dem Hasen drüben nicht recht geheuer, der denn auch in kurzen Sätzen, und zwar immer an dem Kornfeldstreifen entlang, auf den Wald zu retirierte. Freilich nur langsam und mit Pausen. »Sieh, er sputet sich nicht mal, er hat nicht mal Eile«, sagte Lehnert vor sich hin und legte den Kolben an die Schulter und zielte. Da wurde der drüben mit einemmal flinker und eilte sich, den kaum zehn Schritt breiten Abhang, der zwischen Acker und Wald die Grenze zog, hinaufzukommen, aber eh er noch bis an das Unterholz heran war, fiel der Schuß. Am Saume hin zog der Pulverrauch und wollte sich nicht gleich vertun; Lehnert indes, der wohl wußte, daß er keinen Fehlschuß getan hatte, ging langsam auf die Stelle zu, nahm den Hasen vom Boden und kehrte dann über Steg und Hof in sein Häuschen zurück.

»Da, Mutter. Der soll uns schmecken. Opitz kann sich den Hahn braten lassen.«

Erst als Lehnert diesen Namen nannte, kam der Alten die nur zu berechtigte Sorge wieder, was Opitz zu dem allem wohl sagen würde, Lehnert selbst aber war guter Dinge, sprach in einem fort von Haus- und Feldrecht und suchte der Alten ihre Befürchtungen auszureden. Ob es ihm ernst damit war und ob er wirklich an sein »Haus- und Feldrecht« glaubte, war schwer zu sagen und blieb auch da noch im ungewissen, als eine halbe Stunde später Opitz in Person von seiner Försterei herüberkam und den Hasen forderte.

Lehnert spielte den Unbefangenen, ja zunächst sogar den Verbindlichen und bat Opitz, Platz nehmen zu wollen, und erst als dieser, unter Ablehnung der Artigkeit, die Forderung wiederholte, stellte sich Lehnert mit dem Rücken an den Ofen und sagte: »Was man nicht hat, kann man nicht geben.«

Um Opitz' Züge, der nur zu gut wußte, daß er jetzt seinen alten Gegner in Händen habe, flog ein spöttelndes Lächeln, und es trieb ihn mächtig, diesem seinem Gefühle von Überlegenheit auch sofort einen Ausdruck zu geben. Er bezwang sich aber und sagte: »Lehnert, Ihr nehmt den Streit wieder auf und tätet doch klüger und besser, es nicht zu tun. Ich warn' Euch. Ich mein' es gut mit Euch.«

»Ich habe den Hasen nicht.«

»Ihr habt von dem Brückensteg aus gezielt und geschossen.«

»Ich habe von dem Brückensteg aus geschossen, aber nicht gezielt. Der Hase saß in unserm Feld; er ist jetzt öfters bei uns zu Gast, und nachts wird er wohl mit Familie kommen. Ich brauche keinen Hasen in meinem Felde zu leiden, und ich hab' ihn verjagen wollen.«

»Ein Has ist ein Has, und Ihr braucht bloß in die Hand zu klatschen . . .«

»Aber ein Schuß hilft mehr.«

»Namentlich, wenn er getroffen hat.«

Lehnert schwieg und sah an Opitz vorbei, der seinerseits eine kleine Weile vergehen ließ, fast als ob er Lehnert eine Frist zur Überlegung gönnen wollte. Als aber jedes Entgegenkommen ausblieb, nahm er zuletzt das Wort wieder und sagte: »Lehnert, Ihr bringt Euch in Ungelegenheiten. Ihr habt einen Haß gegen mich, und das verdirbt Euch Euren guten Verstand.

Ihr streitet mir den Hasen ab, Ihr, der Ihr immer von Eurer Wahrheitsliebe sprecht, und wäre mir doch ein leichtes, den Hasen in Eurem Hause zu finden. Und wenn *ich* ihn nicht fände, so doch Diana . . . Kusch dich! . . . Ihr habt den Hasen verjagen wollen. Nun, meinetwegen; das ist Euer gutes Recht. Und wenn Ihr's Euch einen Schuß Pulver kosten lassen wollt, nun, so mag auch *das* hingehen, obwohlen es auffällig ist und eigentlich nicht in der Ordnung. Es ist nicht Brauch hierzuland, einen Hasen durch einen Flintenschuß zu verjagen. Und der Letztberechtigte dazu seid Ihr, der Ihr schon manches auf dem Kerbholz habt. Ich sah von meiner Giebelstube her, daß Ihr im Anschlag lagt, und ich sah auch, wie der Hase zusammenbrach. Und zum Überfluß hab' ich mir die Stelle drüben, eh ich in Euer Haus kam, mit allem Vorbedacht angesehen und habe den Schweiß an dem hohen Farnkraut gefunden, das drüben steht.«

Die Bedrängnis, in der sich Lehnert befand, wuchs immer mehr, und ein begreifliches Verlangen überkam ihn, aus dieser seiner Lage heraus zu sein. Er war aber schon zu tief drin, und was die Hauptsache war, er konnte sich nicht entschließen, zuzugeben, eine Lüge gesprochen zu haben. So pfiff er denn leise vor sich hin, als ob er andeuten wolle, daß der Worte genug gewechselt seien.

Opitz seinerseits aber war nicht willens, seinen Triumph abzukürzen, und fuhr, während er eine gewisse Gütigkeitsrolle weiterspielte, ruhigen Tones fort: »Ich sehe, Lehnert, daß Ihr ungeduldig werdet, und will Eure kostbare Zeit nicht über Gebühr in Anspruch nehmen. Und so hört denn meinen letzten Vorschlag! Ich will den Hasen nicht, und meine Frau, die's, wie Ihr wißt, gut mit Euch meint, mag Euch auch noch den Speck dazu schicken. Und *ich*, Lehnert, ich will's bei dem Grafen verantworten, und wenn er sich wundern sollte, so will ich, aus Rücksicht auf Euch, von einem Schreckschuß sprechen, der zufällig getroffen habe. Der Graf ist ein gnädiger und nachsichtiger Herr, und wenn er das mit dem ›Schreckschuß‹ auch nicht glauben wird, so wird er doch so tun, als glaub' er's. Aber *das* verlang' ich von Euch, daß Ihr Euch vor mir zu dem bekennt, was Ihr getan habt, und daß Ihr Euch entschuldigt. Hab' *ich*

Euch doch mein Bedauern über den Hahn ausgesprochen. Und war nicht dazu gebunden. Aber *Ihr*, Ihr seid's. Und nun heraus mit der Sprache. Beichten ist immer das beste, da wird die Seele wieder frei, nicht wahr? Und man kann jedem wieder ins Auge sehn.«

»Kann ich!« sagte Lehnert, und sein Auge suchte das des Försters, um sich mit ihm zu messen. Aber das Gefühl seines Unrechts war doch stärker als sein Trotz, und er senkte den Blick wieder.

Opitz lächelte.

»Guten Abend, Frau Menz. Ich werde meine Frau von Euch grüßen. Und auch Christinen. Und nun Gott befohlen!«

Und ohne weiter ein Wort oder einen Blick an Lehnert zu richten, verließ er das Haus und ging auf den Steg zu. Diana folgte.

ZEHNTES KAPITEL

Die Alte war ihm bis in den Vorgarten gefolgt und rechnete darauf, daß er sich noch einmal umsehen würde, für welchen Fall sie devotest zu knicksen vorhatte, schließlich aber gewahr werdend, daß auf einen gnädigen Abschiedsblick nicht mehr zu rechnen sei, gab sie's auf und ging in die Stube zurück. Hier stand Lehnert noch am alten Fleck und sah vor sich hin.

»Ach, Lehnert, wenn du's doch nicht getan hättest ... Und Speck will er uns auch noch schicken. Sieh, so ist er immer und meint es gut. Aber wenn ich ihn auch mit Schmand brate, schmecken tut er mir doch nicht. Wie kann er mir auch schmekken? Wenn man Angst hat, schmeckt einem nichts, gar nichts, und will nicht runter, und ich fühle schon, wie's mir hier sitzt und ordentlich vor der Brust steht.«

»Ach, Mutter, was soll das? Aber so bist du. Du willst alles haben, und wenn dann nachher was passiert, was nach Gerichtsvorladung aussieht, oder wenn du gar zu glauben anfängst, nun ist es mit dem Schinkenknochen und dem Liesenschmalz drüben vorbei, dann heißt es wieder: ›Ja warum auch? Warum hast du geschossen?‹«

»Ich habe nichts gesagt, ich habe dir nicht zugeredet.«

Lehnert stampfte heftig auf, fiel aber rasch wieder ins Lachen und sagte: »Wir wollen uns vertragen, Mutter. Du bist, wie du bist. Nein, zugeredet hast du nicht. Du kamst bloß, als ob wenigstens das Haus in Brand stünd', und riefest: ›Ein Has, ein Has!‹ Nun sage, was hieß das? Was sollte das? Sollt' ich kommen und mir das Wundertier ansehn? Oder ihn wegjagen? Kannst du nicht selber einen Hasen wegjagen? Ich habe just das getan, was du wolltest, und du hast dabei gedacht, ›Opitz wird heute still sein von wegen dem Hahn und vielleicht auch von wegen der neuen Freundschaft.‹ Und weil es nun anders gekommen, so bist du wieder mit Vorwurf und Klage bei der Hand und weimerst mir wieder was vor, weil ich geschossen hab', und sähest es am liebsten, ich ginge gleich rüber und würfe mich ihm zu Füßen und küßte seinen Rockzipfel. Aber davon wird nichts. Er mag nun wieder seine Schreiberei machen und alles zur Anzeige bringen. Aufschreiben und anzeigen versteht er, das war schon seine Kunst, als er noch bei den Soldaten war. Aber ich werde mich schon zu verteidigen wissen und werde vor Gericht aussagen, daß ich meinen Kohl und meinen Hafer, oder was es sonst ist, nicht für Opitz und seine Hasen ziehe. Geschossen hätt' ich blind drauflos, was dann aus dem Hasen geworden, das wüßt' ich nicht und braucht' ich nicht zu wissen, und wenn Opitz eines Hasen Schweiß gefunden habe, was ja sein könne, so sei's nicht der, um den sich's hier handle, *der* sei lustig in die Welt gegangen.«

»Aber dann werden sie dir einen Eid zuschieben. Willst du schwören?«

»Nein, das will ich nicht. Schwören tu' ich nicht. Aber ich werde schon was finden, um aus der Geschichte rauszukommen.«

Er sagte das so hin, halb um der Mutter zu widersprechen, halb um sie zu beruhigen, war aber klug genug zu wissen, daß er schwerlich eine Ausrede finden und somit sehr wahrscheinlich einer zweiten Verurteilung entgegengehen werde. Das war ihm ein schrecklicher Gedanke, so schrecklich, daß ihm alle Lust an der Arbeit auf ganze Tage verloren ging und er umherzutabagieren begann, was er ohnehin liebte. Den Tag über sprach er in dieser oder jener Baude vor oder ging auch wohl ins Böhmische hinüber, wo er, bis nach Sankt Peter und Trautenau hin, viel Anhang hatte, abends aber saß er in den nächstgelegenen Kretschams umher, im »Waldhaus«, in Brükkenberg, in Wang, heute hier und morgen da, und erzählte jedem, der's hören wollte, daß wieder ein Krieg in der Luft sei, drüben in Böhmen wüßten sie schon davon, und daß er seinerseits warten wolle, bis es wieder losginge. Krieg in Frankreich, das sei das einzig vernünftige Leben; wenn es aber *nicht* wieder losginge, nun, dann ginge *er* und er wiss' auch schon wohin. Er wolle zu den Heiligen am Salzsee, da hätte jeder sieben Frauen, und wenn er auch immer gesagt habe, daß *eine* schon zu viel sei, was auch eigentlich richtig, so woll' er's doch mal mit sieben versuchen; es sei doch mal was anderes. Er war sehr aufgeregt und sprach immer in diesem Ton, und sein einziges Vergnügen war, daß man ihn für einen Ausbund von Klugheit hielt und sich wunderte, wo er das alles her habe.

Ja, das schmeichelte seiner Eitelkeit und gab ihm eine momentane Befriedigung, die meiste Zeit aber war er nicht bloß unzufrieden mit aller Welt, sondern auch mit sich selbst und konnte zu keinem festen Entschluß kommen. All das Sprechen von Krieg und Auswanderung und Salzsee war doch nur ein müßiges Spiel, im Grunde seines Herzens hing er mit Zärtlichkeit an seinem Schlesierland und dachte gar nicht an Fortgehen, wenn ihm der Boden unter den Füßen nicht zu heiß gemacht würde. Aber das war es eben. Machte »der da drüben« Ernst, so war der heiße Boden da und zugleich der Augenblick, wo das, was er bisher bloß an die Wand gemalt hatte, Wirklichkeit werden mußte. Denn zum zweitenmal ins Gefängnis, das zu vermeiden, war er fest entschlossen, und so hing denn alles an der Frage: wird Opitz Ernst machen oder nicht?

Nach seinem ersten unmittelbaren Gefühle war an diesem Ernste wohl nicht zu zweifeln, aber das Weibervolk drüben hatte großen Einfluß, und wenn Bärbel und Christine die rechte Stunde wahrnahmen, so war es doch am Ende möglich, daß sie den trotz aller Schroffheit und Bärbeißigkeit auch wieder sehr bestimmbaren Hausherrn dahin brachten, die Sache fallen zu lassen. Und warum auch nicht? Was war es denn groß? Ein

Has. Und daß der Hase wirklich in dem Kornfeld gesessen, darüber war kein Zweifel, dem konnte sich auch Opitz nicht entziehen, und wenn er, Lehnert, in seinem Stolz und seinem Übermut auch keine Nachsicht verdienen mochte, so doch die alte Frau, die so gut wie eine Bettlerin war, wenn man ihr den Sohn noch einmal ins Gefängnis schickte.

So vergingen, ohne daß auf seiten Lehnerts etwas geschehen wäre, gegen anderthalb Wochen und wär' auch wohl noch weiter so gegangen, wenn nicht die Plaudertasche, die Christine, gewesen wäre, die beständig alles, was drüben in der Försterei vorging, zu den Menzes hinübertrug. Unter den kleinen Freiheiten, die sie sich regelmäßig nahm, war auch die, daß sie den Opitzschen Schreibtisch beim Aufräumen und Staubabwischen einer gründlichen Revision unterzog, so daß sie jederzeit wußte, wie die Dienstsachen standen. War das nun schon ihr alltägliches Tun, so doppelt, seitdem Lehnert in Gefahr schwebte, der Gegenstand oder das Opfer einer Opitzschen Schreibübung zu werden. Eine ganze Woche lang hatte sich nichts finden lassen, heut' aber, es war der Tag vor dem vierten Sonntage nach Trinitatis, war ihr der langerwartete Bericht an den Grafen, in geschnörkelter Abschrift und sauber zwischen zwei Löschblätter gelegt, zu Gesicht gekommen, und ehe noch eine Viertelstunde um war, war sie schon drüben, um ihre Neuigkeit vor die rechte Schmiede zu bringen.

»Liebe Frau Menz, ich habe es nun alles gelesen. Es sind drei Seiten, alles fein abgeschrieben und unterstrichen, denn er hat ein kleines Pappelholzlineal, das nimmt er immer, wenn er unterstreichen will, und das sind allemal die schlimmsten Stellen.«

»Jesus«, sagte Frau Menz und zitterte. »Sie können ihm doch nicht ans Leben, bloß um den Has, und war noch dazu so klein, als ob er keine drei Tage wär', und ich hab' ihn eigentlich nicht essen können vor lauter Angst, bloß einen Lauf und das Rückenstück, weil es doch zu schade gewesen wäre. Ach du meine Güte, wenn er um so was sterben sollte, da wäre ja keine Gerechtigkeit mehr, und der Kaiser in Berlin wird doch wissen, daß er ein so guter »Görlitzer« war, und daß er's beinah gekriegt hätte . . .«

»Gott, liebe Frau Menz, was Sie nur alles reden, so schlimm ist es ja nicht. Und wär' überhaupt gar nicht so schlimm, wenn es nicht das zweitemal wär' oder was sie, die so was schreiben, den ›Wiederbetretungsfall‹ nennen. Das ist das Wort, das drinsteht. Und da machen sie denn gleich aus dem Floh 'nen Elefanten und tun, als ob es wunder was sei, nicht weil es wirklich was Großes und Schlimmes wäre, nein, bloß von wegen dem zweitenmal, von wegen dem Wiederbetretungsfall. Und da sind sie denn wie versessen drauf, und das war auch die Stelle mit dem dicken Strich ... Das heißt die *eine.*«

»Die eine? Aber du mein Gott, war denn noch eine?«

»Gewiß war noch eine da, die war noch dicker unterstrichen, und das war die von seinem Charakter.«

»Ach du meine Güte. Von seinem Charakter! Und die hat Opitz auch unterstrichen? Ja, was soll denn das heißen? Ein Charakter is doch bloß, wie man is. Und wie is man denn? Man is doch bloß so, wie einen der liebe Gott gemacht hat, und wenn man auch nicht alles tun darf, aber seinen Charakter, ja, du mein Gott, den hat man doch nu mal und den wird man doch haben dürfen und den kann er nicht unterstreichen. Und ein Mann wie Opitz, den ich immer beknickst habe, wie wenn er der Graf wäre. Gott, Christine, sage Kind, was steht denn drin und was hat er denn alles gesagt?«

»Er hat gesagt, ›daß man sich jeder Tat von ihm zu gewärtigen habe‹, das steht drin, Frau Menz, und das Wort ›jeder‹ ist noch extra rot unterstrichen und sieht aus wie Blut, so daß ich einen regulären Schreck kriegte und bloß nicht wußte, an wen ich dabei denken sollte, ob an Opitzen oder an Lehnert. Ja, liebe Frau Menz, ›jeder Tat‹, so steht drin, und daß er aus diesem Grunde beantrage, die Strafe streng zu bemessen, und zweitens auch deshalb, weil er viel Anhang und Zuhörerschaft habe und überall in den Kretschams herumsitze und den Leuten Widersetzlichkeit beibringe, was um so törichter und strafenswerter sei, als er eigentlich einen guten Verstand habe und sehr gut wisse, daß alles, was er so predige, bloß dummes Zeug sei. Er sei ein Verführer für die ganze Gegend, so recht eigentlich, was man einen Aufwiegler nenne, und rede beständig von Freiheit und Amerika, und daß es da besser sei als hier, in diesem dummen Lande. Ja, Frau Menz, das alles hat Opitz geschrieben, und am Schlusse hat er auch noch geschrieben, daß man an Lehnert ein Exempel statuieren müsse, damit das Volk mal wieder sähe, daß noch Ordnung und Gesetz und ein Herr im Lande sei.«

»Das alles?«

»Ja, Frau Menz, das alles. Denn das weiß ich schon, weil ich öfter so was lese, wenn er erst mal im Zug ist, dann ist kein Halten mehr, und auf eine Seite mehr oder weniger kommt es ihm dann nicht an, schon weil er eine hübsche Handschrift hat und mitunter zu mir sagt: ›Nu, Christine, wie gefällt dir das große H?‹ Und vor allem, weil er gerne so was schreibt von Ordnung und Gesetz und dabei wohl denken mag, so was lesen die Herren gern und halten ihn für einen pflichttreuen Mann. Ja, liebe Frau Menz, so red't er in einem fort zu Haus, und so schreibt er auch, und dann stellt er sich vor meine gute Frau hin und sagt: ›Sieh, Bärbel, ich bin nur ein kleiner Mann, aber das tut nichts, jeder an seinem Fleck, und das weiß ich, ich sorge darfür, daß die Fundamente bleiben, und bin eine Stütze von Land und Thron.‹«

Christine hätte wohl noch weiter gesprochen, aber Lehnert, der schon von früh an oben im Dorf gewesen war, kam eben von Krummhübel zurück, wohin er eine Wagenachse abgeliefert hatte. Christine mocht' ihm nicht begegnen, um nicht aufs neue in ein Gespräch verwickelt zu werden, oder vielleicht auch, weil sie die Wirkung der schlimmen Nachricht auf ihn nicht selber sehen wollte. So nahm sie denn ihren Weg über den nach der Waldseite hin gelegenen Brückensteg und kehrte auf einem Umwege und unter Benutzung einiger im Lomnitzbette liegender Steine nach der Försterei zurück.

ELFTES KAPITEL

Frau Menz hatte zu schweigen versprochen, aber sie war unfähig, etwas auf der Seele zu behalten, und so wußte Lehnert nach einer Viertelstunde schon, was Christine berichtet hatte.

»Laß ihn, er wird nicht weit damit kommen!«

Er sagte das so hin, um die Mutter, so gut es ging, zu beruhigen, in seinem Herzen aber sah es ganz anders aus, und er ging auf das Fenster zu, das er aufriß, um frische Luft einzulassen. Er hatte diesen Ausgang wohl für möglich, aber, bei der Fürsprache drüben, keineswegs für wahrscheinlich gehalten, und nun sollte doch das Schlimmste kommen, und wenn er sich diesem Schlimmsten entziehen wollte, so gab es nur *ein* Mittel und mußte nun *das* geschehen, womit er bis dahin in seiner Phantasie bloß gespielt hatte: Flucht. Ungezählte Male war es ihm eine Freude gewesen, von dem elenden Leben in diesem Sklavenlande zu sprechen, von der Lust, dieser Armseligkeit und Knechterei den Rücken zu kehren und übers Meer zu gehen, und doch — jetzt, wo die Stunde dazu da war, das immer wieder und wieder mit Entzücken Ausgemalte zur Tat werden zu lassen, jetzt wurd' er zu seiner eigenen Überraschung gewahr, wie sehr er seine Heimat liebe, sein Schlesierland, seine Berge, seine Koppe. Das sollte nun alles nicht mehr sein. Um nichts oder um so gut wie nichts war er das erstemal von Opitz zur Anzeige gebracht worden, und um nichts sollt' es wieder sein. Was war es denn? Ein Has, der in seinem Kornfeld gesessen und den er über Eck gebracht hatte. Das war alles, und dies alles war eben nichts. Und wenn es etwas war, wer war schuld daran? Wer anders als »der da drüben«, der ihm den Dienst verleidet hatte, sonst wär' alles anders gekommen, und er wäre, was eigentlich sein Ehrgeiz und seine Lust war, bei den Soldaten geblieben und hätte seinem König weiter gedient und hätte jedes Jahr Urlaub genommen und wäre dann mit dem Hirschfänger und dem Tschako durch die Dorfstraße gegangen, und alles hätte gegrüßt und sich über ihn gefreut. »Um all das hat er mich gebracht, weil er mir's mißgönnte, weil er nicht wollte, daß wer neben ihm stünde. Ja, *er* ist schuld, er allein. Um das Kreuz hat er mich gebracht, aber mein Haus- und Lebenskreuz war er von Anfang an und hat mich geschunden und gequält, und wie damals, so tut er's auch heute noch. Er hat mir das Leben verdorben und mein Glück und meine Seligkeit.«

Als er das letzte Wort gesprochen, brach er ab und sah vor sich hin. Alles, was in Nächten, wenn er nicht schlief, ihm halb traumhaft erschienen war, erschien ihm in diesem Augenblicke wieder, aber nicht als ein in Nebelferne vorüberziehendes Bild, sonden wie zum Greifen nah, und in seiner Seele klang es noch einmal nach »und meine Seligkeit«.

Es war Mittag, und Frau Menz brachte die Mahlzeit. Aber Lehnert aß nicht, und als die Alte ihm zuredete, wies er es kurzerhand ab, stand auf und ging in seine Kammer, um, was ihn peinigte, loszuwerden und Ruhe zu suchen. Wenn er hätte schlafen können! Aber er fühlte nur, wie's hämmerte. Mit einem Male sprang er auf. »Nein, ich bleibe. *Nicht* fort. Ich will nicht fort. Einer muß das Feld räumen, gewiß. Aber warum soll *ich* denn der eine sein? Warum nicht der andere? Mann gegen Mann ... und oben im Wald ... und heute noch. Ich sage nicht, daß ich's tun will, ich will es nicht aus freien Stükken tun, nein, nein, ich will es in Gottes Hand legen, und wenn *der* es fügt, dann soll es sein ... Und das Papier drüben und alles, was drinsteht, das will ich schon aus der Welt schaffen ... Und wenn ich ihm *nicht* begegne, dann soll es *nicht* sein, und dann will ich mich drein ergeben und will ins Gefängnis oder will weg und über See.«

Lehnert war klug genug, alles, was in diesen seinen Worten Trugschluß und Spiegelfechterei war, zu durchschauen, aber er war auch verrannt und befangen genug, sich drüber hinwegzusetzen, und so kam es, daß er sich wie befreit fühlte, nach all dem Schwanken endlich einen bestimmten Entschluß gefaßt zu haben. Er wartete bis um die sechste Stunde, legte dann, wie stets, wenn er ins Gebirge wollte, hirschlederne Gamaschen an und stieg, als er sich auf diese Weise marschfertig gemacht hatte, von seiner Bodenkammer wieder in die Wohnstube hinunter. Hier riß er aus dem unter der Jagdflinte hängenden Kalender ein paar Blätter heraus und wickelte was hinein, was wie Flachs oder Werg aussah. Alles aber tat er in eine Ledertasche, wie sie die Botenläufer tragen, gab dann der Alten, unter einem kurzen »Adjes, Mutter«, die Hand und ging auf das sogenannte Gehänge zu, den nächsten Weg zum Kamm und zur Koppe hinauf. Drüben in der Försterei schien alles ausgeflogen. Nur Diana lag auf der Schwelle und sah ihm nach.

Lehnert verfolgte seinen Weg, der ihn zunächst an den letzten Häusern von Wolfshau vorüberführte. Von hier aus bis zu dem das gräfliche Jagdrevier auf Meilen hin einhegenden Wildzaun waren keine tausend Schritt' mehr, ein mit Kusseln besetztes, von einem schmalen Weg durchschnittnes Waldvorland, auf dem sich in diesem Augenblick eine Krummhübler Kinderschar heranbewegte, lauter halbwachsene Mädchen, die, von ihrem Lehrer geführt, eine Tagespartie nach der schwarzen Koppe hinauf gemacht hatten. Lehnert blieb stehen; als sie näherkamen, sah er, daß sie Blumen in Haar und Hand trugen. Und dazu sangen sie:

Schlesierland! Schlesierland!
Du bist es, wo meine Wiege stand.
Wo die Schneekoppe hoch in die Wolken steigt,
Wo der Kynast grau die Zinnen zeigt,
Wo Rübezahl tief im Berge thront,
Wo Liebe, Frohsinn, Treue wohnt,
Schlesierland! Schlesierland!
Du bist es, wo meine Wiege stand.

Es war dasselbe Lied, das er in seinen Knabentagen und dann später, bei den Jägern, auf manchem heißen Marsch in Frankreich gesungen hatte. Wie das Lied ihn jetzt ins Herz traf, und er trat zurück, um den jungen Dingern, von denen die meisten ihn kannten, den Weg freizugeben. Sie nickten ihm zu, und eine gab ihm im Vorübergehen den Enzianenkranz, den sie hoch oben im Gebirge gepflückt und geflochten hatte. »Da, Lehnert!« Und kaum, daß sie vorbei waren, so nahmen sie das Lied wieder auf und sangen die letzte Strophe:

Schlesierland! Schlesierland!
Du bist es, wo meine Wiege stand.
Ach, werd' ich je dich wiedersehn,
Im Schatten deiner Tannen gehn,
Am Hügel meiner Eltern knien
Und sehen, wie die Wolken ziehn?
Auch in der Ferne knüpft mich ein Band
An *dich*, geliebtes Heimatland.

Lehnert, als sie so sangen, hatte die Schlußzeilen unwillkürlichen mitgesungen und wiederholte sie sich, als ob er in diesem Augenblicke schon ein tiefstes Heimweh in seinem Herzen empfunden hätte.

Dabei war er bis an den Wildzaun gekommen, bis an das Gatter, aus dem die Mädchen eine kleine Weile vorher herausgetreten waren. Er öffnete jetzt seinerseits das aus Holzstämmen zusammengefügte, schwer in den Angeln gehende Tor und ließ es wieder ins Schloß fallen, und der Ton, mit dem es einklinkte, durchfuhr ihn und ließ ihn zusammenschauern. Er war nun drin in dem Waldgehege. Was war geschehen oder doch vielleicht geschehn, wenn er wieder heraustrat? Aber er entschlug sich solcher Gedanken und schritt die geradlinige, steile Straße hinauf, das »Gehänge«, das hier am Gatter seinen Anfang nahm und abwechselnd an hochstämmigem Wald und niedriger Kusselheide vorüberführte. Dann und wann kamen auch Wiesenstreifen und Streifen von Moorgrund. Es war jetzt um die siebente Stunde und die Sonne, für die Talbewohner, noch über dem Horizont, hier oben aber herrschte schon Dämmer und abendliches Schweigen, und nur dann und wann hörte man das Klucken und Glucksen eines bergabschießenden Wasserlaufes oder eine vereinzelte Vogelstimme. Kein Schmettern oder Singen, nur etwas, das wie Klage klang. Am Himmel, der hell leuchtete, wurde die Mondsichel sichtbar, ein blasser Ring, und einmal war es Lehnert, als ginge wer neben ihm her. Aber es war eine Sinnestäuschung, und wenn er seinen Schritt anhielt, schwieg auch der begleitende Schritt im Walde.

So war er, das »Gehänge« hinauf, schon bis ziemlich hoch gekommen, und durch eine bergansteigende Lichtung im Walde konnt' er bereits den Gebirgskamm in aller Deutlichkeit erkennen. Er sah aber nicht lange hinauf, sondern setzte sich, plötzlich der Ruhe bedürftig, auf eine Bank, die man hier, wohl zu Nutz und Frommen bergansteigender Sommergäste, zwischen zwei dicht nebeneinander stehenden Tannen angebracht hatte. Das dachartig überhängende Gezweige war Ursache, daß es um die ganze Stelle her schon dunkelte, trotzdem war es noch hell genug, um alles Nächstliegende deutlich erkennen zu können. An der anderen Seite des Weges sprang ein Quell aus einer nur wenig übermanneshohen Felswand, und der Umstand, daß man dem Quell eine zierliche Holzrinne gegeben und ihn in geringer Entfernung davon in einen von Moos überwachsenen Steintrog geleitet hatte, gab diesem Rastplatz etwas von einem Waldidyll. An dem Steintroge vorbei zog sich, nicht allzuweit unter dem Kamm hin, ein dem Zuge desselben folgender Pfad, der zuletzt auf die Hampelbaude zulief.

Lehnert wußte hier Bescheid auf Schritt und Tritt und hatte manch liebes Mal auf dieser Bank gesessen und nach dem Quell hinübergesehen und gehorcht, ob vielleicht Opitz aus dem Unterholz heraustreten würde. Fast zu gleichem Zwecke saß er wieder hier, und als sich's drüben einen Augenblick wie regte, schoß ihm das Blut zu Kopf, und er griff unwillkürlich nach links, wie wenn er, der doch noch ohne Waffe war, das Gewehr von der Schulter reißen wollte. Rasch aber entschlug er sich seiner Erregung wieder, und an ihre Stelle trat ein Lächeln. War er doch mit nichts ausgerüstet als mit einer Tasche, wie sie die Führer und Botenläufer tragen, und wenn Opitz in diesem Augenblicke wirklich aus dem Walde drüben herausgetreten wäre, so hätt' er ihm einen »guten Abend« bieten und trotz aller Bitterkeit im Herzen ein Gespräch über den Koppenwirt oder über den nächsten Krieg oder über die »Görlitzer« mit ihm haben müssen. Er wurd' überhaupt wieder unsicher und verlangte nach einem weitern Zeichen, das ihm noch einmal sage, was er zu tun habe. So brach er denn einen dürren Zweig ab und machte zwei Lose daraus, in Länge nur wenig voneinander unterschieden, und tat beide in seinen Hut. Und nun schüttelte er und zog und maß. Er hatte das etwas längere Stück gezogen. »Gut dann ... es soll also sein ...«, und mit einer Raschheit, in der sich die Furcht vor einem abermaligen Schwanken und Unschlüssigwerden aussprach, erhob er sich von seiner Bank und schlängelte sich mit einer Findigkeit, die deutlich sein Zuhausesein an dieser Stelle zeigte, durch allerhand dichtes Unterholz bis auf eine Waldwiese, die, nach der einen Seite hin, ganz besonders aber in der Mitte, mit riesigen Huflattichblättern überwachsen war, während sie nach der anderen Seite hin in buschhohem Farrenkraut stand, das sich, heckenartig, an einer niedrigen Felswand entlangzog. In Front dieser Buschhecke war nirgends ein Einschnitt, weshalb Lehnert, der dies sehr wohl wußte, seinen Eingang von der Seite her nahm und sich zwischen dem Farrenkraut und der Felswand hindurchdrängte, mit seiner Rechten an dem Gesteine beständig hintastend. Als er bis in die Mitte war, war auch die Felsspalte da, nach der er suchte, freilich nur schmal und eng. Er streifte deshalb den Ärmel in die Höh', um bequemer mit Hand und Unterarm hinein zu können, und nahm, als ihm dies gelungen, aus einer in der Felsspalte befindlichen Nische sein Doppelgewehr heraus, das hier, bis an den Kolben in ein Futteral von Hirschleder gesteckt, seinen Versteck hatte. Gleich danach hielt er auch Pulverhorn und Schrotbeutel in Händen, und abermals einen Augenblick später von einem der von seiner Wohnung her mitgenommenen alten Kalenderblätter einen breiten Streifen abreißend, der als Schlußpfropfen dienen sollte, lud er jetzt beide Läufe, setzte die Zündhütchen auf und hakte das mit zwei Drahtösen versehene Stück Werg, das ein falscher Bart war, über die Ohrwinkel. Und nun wand er sich, wie vorher zu diesem Versteck hin, so jetzt mit gleicher Raschheit durch Farrenkraut und Unterholz zurück und trat wieder auf die große Straße hinaus. Er war derselbe nicht mehr. Der flachsene Vollbart, der aus Zufall oder Absicht tief eingedrückte Hut, der Doppellauf über der Schulter — das alles gab ein Bild, das in nichts mehr an den Lehnert erinnerte, der vor einer Viertelstunde noch, schwankend und unsicher, auf der Bank am Quell gesessen hatte.

»Nun, mit Gott«, sprach er vor sich hin und stieg höher hinauf, auf den Grat des Gebirges zu.

Stiller wurd' es, und niemand begegnete ihm. Nur einmal trat ein Rehbock auf eine Lichtung und stand, und Lehnert griff schon nach dem Gewehr, um anzuschlagen. Aber im nächsten Augenblicke war er wieder anderen Sinnes geworden. »Nein, nicht so. Sein Schicksal soll über ihn entscheiden, nicht ich. Ich will ihn nicht heranrufen; ich hab' es in eine höhere Hand gelegt.« Und sein Gewehr wieder über die Schulter hängend, schob er sich weiter an den Tannen hin. Aber es waren ihrer nicht allzu viele mehr, immer lichter wurd' es zwischen den Stämmen, und kaum hundert Schritte noch, so lag der Wald zurück, und ein breites Stück Moorland tat sich auf, durch das jetzt, mitten hindurch, der Weg unmittelbar auf den Grat hinaufführte. Wo der Torf nicht zutage lag, war alles von einem gelben, sonnverbrannten Gras überwachsen, dazwischen aber blinkten Sumpf und Wasserlachen, auf deren schwarzer Fläche die Mondsichel sich spiegelte. Kein Leben, kein Laut. Aber während Lehnert dieser Lautlosigkeit noch nachhorchte, klang plötzlich, durch die tiefe Stille hin, ein helles Läuten herauf.

»Das ist das Kapellchen unten. Das fängt an und läutet den Sonntag ein.«

Und wirklich, ehe noch eine Minute vergangen, fiel das ganze Tal mit all seinen Kirchen und Kapellen ein, und wie im Wettstreit klangen die Glocken mächtig und melodisch bis auf den Koppengrat hinauf. Und nun war auch Lehnert oben und sah hinab. Der Mond gab eben Licht genug, ihn alles im Tal unten, drin eben ein dünner Nebel aufstieg, wie in einem halben Dämmer erkennen zu lassen. Da lagen die beiden Falkenberge, deren einer seine Zacken phantastisch emporstreckte, dahinter aber waren die Friesensteine, noch von einem letzten Widerscheine des Abendrots überglüht.

Lange sah er hinab, bis der Widerschein verblaßt und das weite Tal unten nichts mehr als eine Nebelkufe war. Nur um ihn her war noch klare Luft, und die Mondsichel blinkte.

»Wohin jetzt?« fragte er sich.

Er sah nach links hin, den Grat entlang, und bemerkte das Licht, das oben auf der Koppe schimmerte.

»Wenn ich mich ranhalte, bin ich in zwanzig Minuten oben ... Und dann bin ich ihm *nicht* begegnet. Aber warum nicht? Weil ich ihm nicht begegnen *konnte*, weil ich ihm aus dem Wege gegangen bin. Ist das das Rechte? Heißt das sein Schicksal befragen? Ich *darf* ihm nicht aus dem Wege gehen, das ist kein richtig Spiel; ich muß dahin, wo sich's begegnen läßt ... Da ist mein Platz.«

Und rasch entschlossen, wandt' er sich wieder und schritt denselben Weg zurück, auf dem er gekommen war.

Solang er das Moor und seine freie Fläche zu seiten hatte,

hing er allerhand Träumereien nach, kaum aber, daß der Hochwald wieder um ihn her war, so schien auch sein Auge zwischen den Stämmen hin das Dunkel durchdringen zu wollen. Aber es blieb trotzdem, wie's war, und er war schon wieder bis an jene Wegstelle, wo sich die Bank befand und der Quell in den Steintrog fiel, ohne daß sich etwas geregt oder ihm auch im geringsten nur die Gegenwart seines Gegners verraten hätte. »Was soll er auch hier auf der großen Straße? Feige bin ich, nichts als Feigheit.« Und sich von der Bank her, drauf er abermals eine kurze Rast genommen, zum Weitergehen anschickend, bog er drüben in den am Steintroge vorüberführenden Querpfad ein, der in langer Linie, waagrecht und ohne jede Steigung, auf die Hampelbaude zulief. »Da will ich hin. In der Hampelbaude will ich schlafen. Und hab' ich ihn bis dahin nicht getroffen, so soll es nicht sein. Und ich muß ins Prison oder in die weite Welt.«

Er mußte so sprechen, denn er wußte nur zu gut, daß er bis dahin mit der Begegnungsfrage bloß gespielt hatte. Jetzt aber mußte sich's zeigen. Und wunderbar, statt erregter zu werden, ward er mit jedem Augenblicke stiller und seine Seele ruhiger, vielleicht weil er jetzt ein Ende absah. Und ihn verlangte danach, so oder so. Nur eines war ihm lästig, die Mondsichel blinkte so hell, als ob Vollmond wäre. »Der Bart ist doch immer nur eine halbe Verkleidung. Und wenn die Toten auch schweigen ... Es wäre besser, die Wolke drüben legte sich vor.«

Und wirklich, sie tat's. Und was jetzt niederflimmerte, war nur noch das matte Licht der Sterne ...

Da kam wer auf ihn zu. »Steh!« Opitz war um eine Wegecke gebogen und hielt auf fünf Schritt.

Und Lehnert stand.

»Gewehr weg! Was ein Richtiger ist, der weiß, wie sich's gehört. Aber du bist wohl ein Böhmscher ... Eins, zwei ...«

Lehnert, das Gewehr in der Hand, zögerte noch.

»Gewehr weg ... drei.« Und im selben Augenblicke schlug der Hahn auf das Piston. Aber das Zündhütchen versagte.

Und nun schlug Lehnert an und zwei Schüsse krachten.

Opitz brach zusammen.

In engem Bogen an ihm vorbei, ging Lehnert auf die Hampelbaude zu.

ZWÖLFTES KAPITEL

Zehn Uhr war durch, als Lehnert, der inzwischen sein Gewehr an einem anderen Versteckort wieder untergebracht hatte, bei der Hampelbaude eintraf. Trotz später Stunde war noch Leben drin, sogar Tanz, zu dem zwei böhmische Harfenistinnen von mittleren Jahren und ein zwölfjähriger Geiger lustig aufspielten. Lehnert setzte sich und ließ sich ein Nachtessen geben, als es aber vor ihm stand, schob er es wieder zurück und sprach nur dem Bier zu. Was um ihn her tanzte, waren Sommergäste, darunter Mütter, die dicht vor der silbernen Hochzeit, und Töchter, die dicht vor der ersten Konfirmationsstunde standen. Auch die Väter waren, in Ermangelung anderen Tanzmaterials, mit herangezogen worden, behäbige Männer mit ängstlich kurzen Hälsen, die durch Bemerkungen wie »freiweg« oder »immer feste« jeder weiteren Legitimation hinsichtlich ihres Wohnorts entbehren konnten. Dazwischen trippelten die Backfische mit hohen Knöpfstiefeln und lang herabhängendem Haar, dessen letzte natürliche Welle dem voraufgegangenen sechsstündigen Marsch in Julihitze längst zum Opfer gefallen war. Zwei, die vierzehn und dreizehn sein mochten, hatten ernste Freundschaft geschlossen und gingen, während der Tanzpausen, um die Taille gefaßt, in dem mit Petroleumqualm gesättigten Saalzimmer auf und ab.

»Sieh, Ulrike, sieh bloß Hedwigen«, sagte der Vater der Älteren, der jetzt als Cavaliere servente hinter dem Stuhl seiner Frau stand, »sieh bloß Hedwigen, wie sie die Augen schmeißt; ich glaube, die wird gut. Wahrhaftig, was ein guter Haken werden will . . .«

»Ich bitte dich, Hermann, keine Unanständigkeiten . . .«

»Aber, Ulrike, Haken ist doch nicht unanständig.«

»Nein. Aber besser ist besser. Ich kenne deine Anfänge und deine Schlüsse.«

Lehnert sah auf das Treiben, und mitunter konnt' es fast

den Anschein gewinnen, als freue er sich darüber, am meisten, wenn die jungen Dinger, von denen einige immer aus dem Takte heraus und andere noch gar nicht hinein waren, an ihm vorbeiwalzten. Dann aber schwand mit einemmal wieder alles, was um ihn her war, und er sah wieder Opitz um die Buschecke biegen und hörte, wie der Hahn aufschlug, und sah ihn zusammenbrechen. »Er hat es nicht anders gewollt ... Ob er tot ist? ... Er *muß* tot sein ...« Und während er noch so sann und in sich hineinredete, trat er aus dem heißen Saal ins Freie hinaus und sah nach dem Gehänge hinüber und dann hinauf in den gestirnten Himmel. Da stand die Sichel in aller Klarheit über ihm, aber über dem Toten am Wege stand sie auch.

Eine kalte Nachtluft ging, und Lehnert trat wieder in den Saal, der sich allmählich zu leeren anfing.

Als die letzten fort waren, erschien Lissi, seine gute Freundin, auch eine Böhmin, in der Tür und sagte: »Nun, Lehnert, was meinst? wenn ich der Bertha zurede, spielt sie noch einen Ländler auf, einen Ländler oder einen Schottschen?« Und die Harfenistin, die jedes Wort, das die beiden sprachen, gehört und guten Grund zur Freundschaft mit der Kellnerin hatte, fuhr auch gutwillig über die Saiten. Aber Lehnert wich aus und sagte, »daß er die fremden Herrschaften, die gewiß sehr müde seien, in ihrem Schlafe nicht stören wolle«.

»Was du da nur red'st, Lehnert! Du willst halt nit. Das is alles. Aber gib acht, wenn *du* willst, will ich nit.« Und damit griff sie nach einer ganzen Anzahl von Seideln, die leer auf den Tischen umherstanden, und ging spöttisch und hochmütig an Lehnert vorüber. Zuletzt kam auch der Wirt. »Nu, Lehnert, ich sehe, du willst zu Nacht bleiben. Schlimm; alles voll bis unters Dach. Aber komm nur, ich weiß schon, was du gern hast.« Und dabei ging er voran und stieg, während Lehnert folgte, draußen am Giebel eine Leiter hinauf, die zunächst bis an eine Lukentür und durch diese hindurch nach dem Heuboden führte.

Lehnert machte sich's hier bequem und suchte zu schlafen. Aber es war zu schwül und der Heugeruch zu stark. So trat er denn wieder bis an die Lukentür heran und riß einen der beiden Flügel auf. Aber ebenso rasch schloß er ihn wieder. Schräg über ihm stand die Mondsichel und sah herab auf ihn und fragte.

Bald nach Tagesanbruch war Lehnert auf. Alles schlief noch, und nur das hübsche böhmische Mädchen, das er am Abend zuvor durch sein Nein erzürnt hatte, stand im Hof und spaltete Holz. Sie schien ihn nicht sehen zu wollen. Er trat aber an sie heran und sagte: »Laß gut sein, Lissi. Du weißt, ich bin kein Spielverderber und weiß, was sich paßt. Und wenn einem ein hübsches Mädel, und nun gar eins wie du, einen Kuß oder einen Tanz anbietet, da soll man nicht nein sagen. Das weiß ich so gut wie einer. Und hab' ich dir schon was abgeschlagen? Nun, siehst du, du lachst. Also laß gut sein. Ich konnte nicht, mir war so schwindlig, und ich hätte von dem Bier nicht trinken sollen. Am Ende hast du was hineingetan, was einen behext. Und nun mache mir einen Kaffee, hörst du? Und vergiß nicht, wer zuerst kommt, der mahlt zuerst. Für die Berliner ist das andere gut genug.«

»Pst.«

»Ach, die schlafen ja noch.« Und damit ging er auf einen Vorplatz zwischen Stall und Giebel und setzte sich in eine Gitterlaube, die an der windgeschützten Seite mit Convolvulus spärlich umwachsen war.

Und nicht lange, so kam der Kaffee mit Brot und Butter und einem Kognak; denn Lissi kannte seine Gewohnheiten. »Auf dein Wohl, Lissi! Und das nächste Mal tanz' ich, bis ich umfalle.« Und als er das sagte, streckte er die Hand nach ihr aus. Aber sie gab ihm einen Klaps und sagte: »Du denkst halt, jede Stund' ist gut zum Brezelbacken. Aber da irrst, das is nit wahr. ›Wer nicht kommt zur rechten Zeit‹ ... Und jetzt ist nicht die rechte Zeit, und morgens ist nicht abends ... Aber mein Gott, da klingelt es schon und ruft auch schon. Ich wette, das ist die dicke Madame, die gestern tanzte, wie wenn ihre Hochzeit wär'.«

Wirklich, es war drinnen im Hause lebendig geworden, und Lissi ging hinein und überließ Lehnert seinem Frühstück und seinen Betrachtungen, die nicht freundlich, aber auch nicht traurig waren. Gestern, als er hier ankam, war er in einer vollständigen Erschöpfung gewesen, und das Geschehene hatte noch mit all seinem Graus auf ihm gelastet. Das war aber über Nacht anders geworden, vier Stunden festen Schlafs hatten ihm seine Spannkraft und Energie zurückgegeben und ließen ihn jetzt das Behagen an einem gutbesetzten Frühstückstische voll genießen. Was alles in allem überhaupt kein Wunder nehmen konnte. Denn wenn er schon, wie so viele andere, die Fähigkeit hatte, sich die Dinge, auch die schlimmsten, nach seinem Wunsch und Gebrauch zurechtzulegen, so war im besonderen alles, was sich gestern abend ereignet hatte, so wunderbar glücklich für ihn verlaufen, daß selbst ein zu Trugschlüssen und Spiegelfechtereien minder geneigter Charakter als der seine Veranlassung gehabt hätte, sich über Gewissensskrupel einigermaßen hinwegzusetzen. Was er vorgehabt hatte, nun darüber mochte sich streiten lassen, was sich aber tatsächlich ereignet hatte, war nichts als ein Akt der Notwehr gewesen. Opitz hatte den ersten Schuß getan, und wenn dieser Schuß versagt und nun ihm das Spiel in die Hand gegeben hatte, so war das so recht ein Zeichen, das ihn in seinem Gemüt beruhigen durfte. Das Frühere, mit der Begegnung oder Nichtbegegnung und dem Gottesurteil, das darin liegen sollte, das war etwas Ausgeklügeltes gewesen, jetzt aber war Gott aus freien Stücken für ihn eingetreten und hatte gegen Opitz entschieden. Er seinerseits war nur ein Werkzeug gewesen, dessen sich die Vorsehung zur Abstrafung eines bösen Menschen bedient hatte.

Dies waren so die Vorstellungen, in denen er sich erging und die so stark waren, daß selbst die Stimme des Mitleids darin erstickte. Nur an die Frau dacht' er mit Teilnahme. »Sie war immer gut gegen mich; aber sie wird sich trösten und nach Jahr und Tag *dem* vielleicht danken, der's tat und sie mit befreite. War sie doch eine Kreuzträgerin, und das tägliche Brot, das sie hatte, war ein Tränenbrot.«

Und nun war sein Frühstück beendet, und er trat eben aus der Laube heraus, um seinen Weg, er wußte noch nicht wohin, fortzusetzen, als dieselbe Madame, deren Stimme sich schon vor einer halben Stunde mit einem so scharfen Ton angekündigt hatte, in einer merkwürdigen Mischung von Nacht- und Morgenkostüm auf ihn zukam und ihn fragte, ob er sie vielleicht, über den Kamm weg, bis nach Schreiberhau hin führen und dabei das Gepäck tragen wolle.

Lehnert, der nie Führerdienste geleistet hatte, suchte noch nach einer möglichst artigen Form der Ablehnung, als ihn die plötzliche Dazwischenkunft eines in seiner Erscheinung die Dame noch weit in den Schatten stellenden älteren Herrn aller unmittelbaren Antwortsbenötigung überhob. Natürlich war es der Eheherr. Seine nach oben hin jeden Halts entbehrenden Beinkleider fielen, nach unten zu, ganz nach Art einer französischen Artilleriehose, faltenreich über den Spann und bedeckten hier die Mittelteile seiner Plüschpariser von ponceauroter Farbe. Sonstige Mängel verbargen sich hinter einer dunkelgelben, mit einem springenden Panther ausgestatteten Reisedecke, die königsmantelartig um seine Schultern geschlagen war.

»Ja, lieber Pfadfinder«, nahm der so plötzlich Hinzugekommene das Wort, »nach Schreiberhau hin. Selbstverständlich über den Kamm, und zwar mit allen Schikanen, worunter ich Aussichtspunkte verstehe. Was mich persönlich angeht, so bin ich entschieden für den ›Mittagsstein‹, ein Wort, das immer angenehm berührt, wenn auch schließlich nicht viel daraus wird, meine Frau, geborene Lezius, aber wird wohl für die ›Große Sturmhaube‹ sein. Oder wenigstens für die kleine. Nicht wahr, Ulrike?«

Lehnert hatte sich mittlerweile sein Nein zurechtgelegt und sagte, daß er's beim besten Willen nicht übernehmen könne, auch nicht einmal dürfe. Wenn er aber einem Führer begegne, so werd' er ihn schicken. An der Riesenbaude gäb's ihrer immer ein halbes Dutzend. Das Ehepaar schien damit einverstanden, und eine Zigarre, die der Lohn dieser Auskunft war, wurde von Lehnert dankend und lächelnd angenommen. Dann empfahl er sich und ging auf die Riesenbaude zu. Hier angekommen, entledigte er sich seines Auftrages und bog dann, an der Aupa hin, in den Riesengrund ein, sich berechnend, daß er um zehn in Trautenau sein könne. Da (das wußt' er) fand er Freundschaft und Anhang und konnte leicht weiter, fort in die Welt, und war dann keine Not und Gefahr mehr. Aber mußt' er denn fort? Um was war denn das alles geschehen? Doch nur, um *nicht* in die Welt hinaus zu müssen. Wenn er aber umgekehrt so ohne weiteres Platz machen wollte, dann konnte »der andere« auch bleiben und die Leute weiter quälen. Er *durfte* nicht gehen. Wenn er ging, war alles umsonst gewesen. So sann er auf seinem Wege hin und her, und als er bis Johannisbad gekommen war, war er entschlossen, den Weitermarsch bis Trautenau aufzugeben und in seine Wolfshauer Stellmacherei zurückzukehren. Es zog ihn mit einemmal wieder heim, und ein seltsames Verlangen regte sich in ihm, Zeuge zu sein, wie's nun wohl kommen werde.

Der Abstieg war bequem gewesen, jetzt aber ging es wieder steil bergan, und von Bequemlichkeit war keine Rede mehr. Indessen, er war ein guter Steiger, und schon um vier war er wieder auf dem Koppenkamm und um sechs in Wolfshau.

Die Mutter, die die Siebenhaarsche Predigt unten in Arnsdorf nicht versäumt hatte, stand am Herd und hielt just einen Bunzlauer Kaffeetopf und ein Stück Streuselkuchen in Händen, als Lehnert unter Kopfnicken eintrat.

»Guten Tag, Mutter!«

»Tag, Lehnert!«

»Weiter nichts, Mutter? Du bist doch sonst nicht so kurz. Nichts Neues? Nichts vorgefallen? Keine Menschenseele da gewesen? Der Streusel da kann doch nicht durch den Schornstein gekommen sein, wie der Klapperstorch oder der Gottseibeiuns.«

»Ach, rede doch nicht von dem, der kommt doch, der kommt auch so.«

»Durch die Tür, meinst du?«

Sie nickte, tat einen Zug und starrte dann wieder schweigend vor sich hin, ohne Lehnert anzusehen. Der schwieg auch. Endlich sagte sie: »Opitz ist noch nicht da.«

»So?«

»Die Frau war hier und weinte.«

»Warum?«

»Weil sie glaubt, daß ihm was passiert sein könne.«

Lehnert lachte. »Dann muß eine Förstersfrau jeden Tag weinen.«

»Und dann fragte sie nach *dir* . . .«

»So, so. Und was sagtest du?«

»Daß du nach dem Waldhaus gewollt hättest und vom Waldhaus nach Arnsdorf . . . vielleicht von wegen dem Has . . . zum Grafen. Aber ich wüßt' es nicht genau.«

»Das ist recht, Mutter, daß du das gesagt hast, daß du gesagt hast, du wüßtest es nicht genau. Das ist immer das beste, das mußt du immer sagen. Und nun gib mir einen Schluck von dem Kaffee da. Nein, laß lieber, ein Teller Milch ist mir besser. Ich bin verhungert und verdurstet. Seit heute früh keinen Bissen und keinen Tropfen.«

Beide standen auf, Lehnert, um sich umzuziehen und die Gamaschen abzutun, die Mutter, um ihm Milch zu holen, die nach Landesbrauch in einer vom Ufer aus vorgebauten Steinhütte stand, durch die nun die Lomnitz hindurchschoß und Kühle gab.

Als Lehnert wieder treppab kam, sah er, daß die Mutter ihm das Abendbrot vor dem Hause hergerichtet hatte, neben dem Rosenbusch, unter dessen überhängendem Gezweig er am liebsten saß. Drüben aber, in der Haustür der Försterei, stand die gute Frau Opitz und sah abwechselnd nach dem Gehänge hinauf und dann wieder in die tiefrot untergehende Sonne.

»Nicht hier, Mutter.«

»Aber es ist doch deine Lieblingsstelle.«

»Ja, sonst. Aber heute nicht.«

Und er hieß sie den Tisch mit anfassen, und beide trugen ihn mit leichter Mühe durch den Flur bis vor die Küchentür. Da nahm er nun Platz und aß.

Als er damit geendet hatte, stand er auf und ging wieder in die Vorderstube, in der jetzt völlige Dämmerung herrschte. Die Mutter war noch draußen, und so schritt er auf und ab und überlegte, was werden würde. Mit einem Male aber war es ihm, als würde die Klinke leis geöffnet und wieder ins Schloß gedrückt, und als er sich umsah, sah er, daß Christine vor ihm stand.

»Da, Lehnert!« Und sie hielt ihm bei diesen Worten ein nach Art eines amtlichen Schreibens zweimal zusammengefaltetes Papier hin. Als er es auseinandergeschlagen und, ans Fenster tretend, einen Blick hineingeworfen hatte, sah er, daß es der Bericht war, in dem Opitz seinen Strafantrag gestellt hatte.

»Zerreiß es!« sagte Christine. »Ich hab' es gefunden. Es lag auf seinem Schreibtisch.«

»Aber er wird es suchen, wenn er nach Hause ... wenn er wiederkommt.«

»Er kommt nicht wieder.«

Und damit war sie fort, und er sah nur, wie sie rasch über den Steg hinhuschte, wieder der Försterei zu.

DREIZEHNTES KAPITEL

»Er kommt nicht wieder«, hatte Christine gesagt; – sie konnte nicht wissen, was geschehen war, und sie wußt' es doch. Daß er von ihr nichts zu befürchten habe, das bewies das Papier, das er in Händen hielt, und doch konnt' er sich eines Gefühls banger Unruhe nicht entschlagen. Erst hatte die Mutter in Andeutungen gesprochen und nun Christine. Wenn er vor aller Welt *der* war, gegen den sich der Verdacht wie von selbst richten mußte, so war er verloren oder hatte doch auf lange hin einen schweren Stand. Er war müde von dem vielstündigen Bergauf und Bergab, aber seine Erregung war doch so stark, daß es ihn zu Hause nicht litt. Er mußte wieder hinaus, und die Frage war nur, wohin? Am nächsten lag ihm Vater Brauner, in dessen Ausschank »Zur Rabenklippe« die Holzknechte zu verkehren und sich bei einer Stonsdorfer oder einem Ingwer gütlich zu tun pflegten; aber das war keine Gesellschaft, die heute für ihn paßte. »Was macht Opitz?« oder »Ist Opitz noch immer gut bei Wege?« Das waren Fragen, die sich hier in zurückliegender Zeit, und noch ganz vor kurzem, mehr als einmal und mitunter mit ganz besonderer Betonung an ihn gerichtet hatten, und er erschrak bei dem Gedanken, daß sie sich auch heute wieder an ihn richten könnten. Das sollte nicht sein, und so beschloß er denn, statt in die »Rabenklippe« lieber ein paar tausend Schritte weiter bis zu Exners in die »Schneekoppe« zu gehen und in der wohlbekannten niedrigen Gaststube mit Gebirgsführern und Sesselträgern oder vielleicht auch mit alten Kriegskameraden, was immer das beste war, einen Diskurs zu haben. Denn er sehnte sich danach, eine Stimme außer seiner eigenen zu hören und von seiner Unruhe loszukommen. Er griff denn auch bald nach seiner Soldatenmütze, die neben dem Gewehr und dem alten Kalender am Riegel hing, und schritt auf Krummhübel zu. Halben Weges zwischen Brückenberg und der Obermühle trat er von dem tiefer gelegenen Wolfshau her auf den eine lange Schräglinie bildenden Fahrweg und sah nun einerseits nach Kirche Wang hinauf und andererseits nach Dorf Krummhübel hinunter, dessen weiße Giebel, trotz der schon herrschenden Dämmerung, in aller Deutlichkeit aus den vereinzelten Baumgruppen hervorblinkten. Der am deutlichsten blinkende Giebel aber war der von Exners »Schneekoppe«, und das helle Licht, das er dicht über der Straße flimmern sah, kam aus eben der Gaststube, drin er sich gütlich tun und hören und sprechen und alles, was ihn quälte, nach Möglichkeit vergessen wollte. Zwischen ihm und Exner lag nur noch der Gerichtskretscham und das kleine katholische Kapellchen mit seinem Sparrenwerk und seinem rotgestrichenen Dache.

Der Abend fiel rasch ein, und nur über Arnsdorf, tief unten im Tal, hing noch ein rotes Gewölk, vor dem der Schattenriß eines Kirchturms aufragte. Rechts daneben zog sich ein langes, schloßartiges, matt erleuchtetes Fabrikgebäude, dessen Fenster durch den Abendnebel hin gespenstisch flimmerten. Lehnert, der rüstig zuschritt, schickte sich eben an, die Fenster des obersten Stocks zu zählen, als er heftig zusammenschrak. Das Kapellchen, an das er bis auf fünfzig Schritt heran war, begann gerade zu läuten, und die zwischen dem Sparrenwerk hängende Glocke klang mit ihrem dünnen Tone hell und scharf durch die Luft. Es war dasselbe Läuten, das gestern, bald nach seiner Rast am Quell, vom Tale her zu der Kammhöhe hinaufgedrungen war, und unwillkürlich hielt er an und suchte, während er sich rückwärts wandte, die Stelle, drauf er gestern um eben diese Stunde gestanden hatte. Da war auch die Sichel wieder, und so schwach in diesem Augenblick ihr Licht war, so war es doch hell genug, den Weg am »Gehänge« hin deutlich zu zeigen, auf dem er gestern um fast dieselbe Zeit emporgestiegen war. Und dort war die Stelle, wo der Seitenpfad, an dem Brunnen vorüber, in scharfer Biegung abbog, und er mühte sich, ob er die nach der Hampelbaude hinüberführende Querlinie vielleicht verfolgen könne. Jetzt war sie da, die Linie, und jetzt wieder nicht, je nachdem die Phantasie mit ihm spielte, bis er mit einem Male einen Aufblitz und ein Rauchwölkchen sah und gleich danach den Widerhall eines Schusses durch die Berge rollen hörte.

Die Sinne vergingen ihm fast. Aber ein viel Erschütternderes harrte seiner im nächsten Augenblicke, denn ehe noch das Rollen von Schlucht zu Schlucht verhallen konnte, klang es deutlich vom Berge her zu Tal: »Hilfe!«

Lehnert hielt sich an dem das Kapellchen samt seinem dazugehörigen Schulhaus einfassenden Heckenzaun und horchte hinauf, ob sich der Ruf wiederholen würde »Ja«, »nein« und dann wieder »ja«. Und von einer furchtbaren Angst geschüttelt, war er bald nur noch von dem einen Verlangen erfüllt, die Stimme von da oben nicht mehr zu hören, dem Hilferuf zu entfliehen. Aber wohin? Exner, das ganze Dorf, alles schien ihm noch im Bereich der Stimme zu liegen, im Bereich des Hilferufes da oben vom Gehänge her, und so lief er denn weiter bergab, um die Nacht in Arnsdorf oder wo's sonst sei, nur weit, weit ab zu verbringen.

Er war schon halb bis nach Arnsdorf heran und wollte eben in ein Wäldchen einbiegen, das die Krummhübler das »Birkicht« nennen, als er, andern Sinnes werdend, plötzlich in seiner Flucht anhielt und sich auf einen der vielen Baumstämme setzte, die hier, am Waldsaume hin, aufgeschichtet lagen.

»Es geht nicht. Ich kann so nicht weiter. Er lebt, es war *seine* Stimme ... Um Gottes Barmherzigkeit willen, vierundzwanzig Stunden ... so viel tausend, tausend Sekunden ... Ich muß es anzeigen, daß ich einen Hilferuf gehört habe ... bei Zölfel oder Exner oder im Gerichtskretscham. Und sie müssen diese Nacht noch hinauf, diese Stunde noch.«

Und nun schwieg er, weil ihm mit einem Male der Gedanke kam, daß er sich, wenn er spräche, verraten werde. Bald aber nahm er sein Vorhaben wieder auf.

»Nein, ich werde mich nicht verraten. Gerade, daß ich es

sage, das wird mich retten und wird alle Welt glauben machen, daß ich schuldlos sei. Bin's auch ... Und wenn er mich erkannt hat? Er hat mich nicht erkannt. Und Vermutung ist kein Beweis. Und wenn doch? Nun denn, dann mag mir das Messer an die Kehle gehen. Ich kann ihn nicht verkommen lassen in seiner Not und seinem Blut.«

Und er wandte sich wieder und stieg die zurück nach Krummhübel führende Berglehne fast noch schneller hinauf, als er hinabgekommen war, und zehn Uhr war noch nicht heran, als er vor Exners »Schneekoppe« hielt. Da wollt' er hinein und sah durch die Fenster. Aber es waren zu viele Fremde da; so stieg er denn weiter hinauf, bis er an den Gerichtskretscham kam. Da war es stiller und nur Einheimische da, was ihm paßte. Vorher aber übersann er noch einmal in aller Vorsicht, was er sagen wolle. Da war denn das Nächste, was ihm einfiel, daß er das Rufen nicht schon vor einer Stunde gehört haben dürfe, sondern in diesem Augenblick erst. Und nun trat er ein und machte Meldung und begrüßte Maywald und Neigenfink und den alten Gerichtsmann Klose, die sich eben zum Skat niedergesetzt hatten.

Aber keiner rührte sich, und das Spiel ging weiter. »Grand mit vieren«, sagte der alte Gerichtsmann. »Und nun komm, Lehnert, und sieh mit hinein, verstehst es ja, so was lernt man bei den Soldaten ... Und gerufen hat es, sagst du ... Das sind Fremde ... junge Leute ... Heute früh kamen Breslauer hier durch, ein ganzes Rudel, Gymnasiasten, oder wohl gar welche von der Kunstschule. Das ist dann ein ewiges Singen und Rufen. Und das verdammte Schießen dazu ... Soll eigentlich nicht sein ... Und wenn Opitz mal einen packt, dann is er sein Terzerol los oder auch seinen Revolver. Denn ohne Revolver geht es heutzutage nicht mehr ... Du gibst, Maywald. Aber was Ordentliches ... Dann is er sein Terzerol los, sag' ich, und die Geldstrafe hat er dazu ... Wetter, ist das ein Blatt! Aber das kommt von solchen Geschichten, da grault sich 'ne gute Karte ... Nimm einen Stuhl und rücke ran, Lehnert, und hilf mir aus der Patsche.«

»Kann nicht, Gerichtsmann Klose«, sagte Lehnert. »Ich war heute schon drüben und bin müde zum Auslöschen ... Und

Ihr meint also, es wäre nichts, und man hätte keine Pflicht, hinaufzusteigen und nachzusehen? Von dem Schuß will ich nichts sagen, geschossen wird immer. Aber das Rufen. Es klang so, ja, wie sag' ich, es klang so, wie wenn es was wäre.«

»Ja, wie wenn es was wäre«, lachte Klose, während Maywald zustimmte, »was ›sein‹ wird es wohl. Aber was? Ein Kommis, der seines Prinzipals Gelder zu früh einkassiert hat, und mit ihm eine Theaterprinzeß, und die sind nun längst oben und trinken einen Schlummerpunsch.«

Es war Lehnert nicht unlieb, die Skatherren, die zugleich zu den Dorfhonoratioren zählten (denn auch Neigenfink, der sich übrigens zurückhaltender verhielt, war Gerichtsmann), so leichthin sprechen zu hören. Es gab ihm einen Teil seiner Ruhe wieder. »Sie haben am Ende doch recht. Und eigentlich kann's auch nicht anders sein. Es ist schon zu lange her ... Aber wenn es *doch* wäre ... wenn es doch wäre ...«

Draußen vor dem Kretscham stand ein Ackerwagen. Lehnert setzte sich auf die Deichsel und sah das Gehänge hinauf und horchte wieder mit gespanntem Ohr. Aber alles blieb still. So ging er zuletzt auf Wolfshau zu. Bei Frau Opitz war noch Licht, und Diana, als er vorüberging, schlug an. Sonst rührte sich nichts.

Und nun war er wieder auf dem Inselchen drüben und stieg in seine Kammer hinauf. Eine kleine Weile noch jagten sich allerlei Bilder und Gedanken durch seine Seele. Dann schlief er ein, fest und schwer und ohne Traum.

VIERZEHNTES KAPITEL

Die Skatpartie blieb zurück, war aber nicht bestimmt, ungestört zu gutem Ende zu kommen, denn wenig mehr als eine halbe Stunde nach Lehnerts Aufbruch, so hörte man draußen ein Sprechen und Weinen, und ehe die Skatherren noch fragen konnten, was es sei, trat Frau Opitz ein, um drinnen in der Stube zu wiederholen, was sie schon, draußen im Flur, der Kretschamwirtin erzählt. Alles in ihrer Rede drehte sich um den Mann und sein Ausbleiben. Opitz habe gestern spät nachmittag die Försterei verlassen und sei nach der Hampelbaude hinaufgestiegen, um oben im Wald den Holzschlägern ihren Wochenlohn auszuzahlen. Das sei nun über vierundzwanzig Stunden und noch sei er nicht zurück, weshalb sie fürchte, daß ihm etwas zugestoßen sei. All das wurde vorwiegend zu dem Ältesten, zu Gerichtsmann Klose gesprochen, einem rüstigen Fünfziger, der, weil er grad im Verluste war, keine Lust hatte, das Spiel unterbrochen zu sehen. Er suchte deshalb der heftig schluchzenden Frau nach Möglichkeit zuzureden und dabei, soweit es ging und ohne geradezu zu verletzen, einen leichten und heiteren Ton anzuschlagen. Opitz werde gute Gesellschaft und vielleicht sogar eine Skatpartie gefunden haben, so was käme vor, wie Frau Opitz ja jetzt mit eigenen Augen sähe. Solch Ausbleiben sei nicht schlimm. Alle Frauen ängstigten sich, wenn die Männer nicht pünktlich zu Hause seien, aber das kenne man schon, mit der ganzen Angst sei's nicht weit her und sei eigentlich alles bloß, um den Mann, dem man nie recht traue, hinterher desto fester am Bändel zu haben. Er sprach noch eine gute Weile so weiter, unter beständigem Niederlegen und Wiederaufnehmen seiner Karten, und schien ernstlich gewillt, sich durch diese »Habereien« der guten Frau nicht stören zu lassen. Als Frau Opitz aber nicht nachließ und sich in ihrem Bitten und Drängen durch die zwei Mitspieler und zuletzt sogar durch die hinzugekommene Kretschamwirtin unterstützt sah, gab er seinen Widerstand auf und sagte: »Gut denn, es kann am Ende so was sein, will's nicht geradezu bestreiten. Ein Förster hat immer viel Feindschaft und Opitz nicht zum wenigsten. Und so wollen wir denn mit dem frühsten nach der Hampelbaude hinauf. Vorher aber ist nichts zu machen, trotzdem wir das bißchen Mondschein haben. Ich denk' also, wir sind morgen in aller Frühe hier wieder beisammen, sagen wir um fünf, und nehmen dann mit uns, was wir von Mannschaften zu so früher Stunde zur Hand haben können. Vor allem aber halten wir reinen Mund, daß die Fremden keinen Schreck kriegen und nicht etwa denken, unser altes Krummhübel sei über Nacht eine Mördergrube geworden.«

Alle waren einverstanden, und Frau Opitz, der die gutmütige Kretschamwirtin eine von ihren Mägden als Begleitung mit nach Hause gab, gab ihr Weinen und Schluchzen schließlich auf und beruhigte sich in dem Gefühl, daß, was es auch sein möge, der nächste Tag ihr jedenfalls Gewißheit bringen müsse.

Das Kapellchen läutete zum erstenmal, als man am anderen Morgen zwischen fünf und sechs vom Gerichtskretscham in einem starken Trupp aufbrach, denn es hatten sich ihrer erheblich mehr eingefunden, als anfänglich erwartet war. Außer den drei Herren vom Abend vorher, unter denen jetzt Gerichtsmann Klose den Skatspieler völlig abgestreift hatte, waren auch der Lehrer und ein junger Forstaspirant erschienen, findige Leute, die zu sehen und zu beobachten verstanden. Ebenso hatte sich ein Grenzaufseher, mit dem Gewehr am Bandelier, ihnen angeschlossen. Was sonst noch folgte, waren Führer und Dienstleute, mit allem ausgerüstet, was zu solcher Suche herkömmlich gehörte: Stricke, Leitern, Spaten und Äxte. Eine frische Brise kam von der Koppe her und erleichterte wenigstens einigermaßen das Steigen, das bei der, trotz früher Stunde, schon stechenden Sonne ziemlich beschwerlich fiel. Von Kirche Wang ab hatte man Waldesschatten, und als es unten im Tale sieben schlug, war man oben auf der Hampelbaude, wo zunächst Rast gemacht und nach Befund dessen, was man dort erfahren würde, der weitere Vormarsch verabredet werden sollte. Der Wirt wurde gerufen und bestätigte, daß Opitz, von den Holzschlägern kommend, am Sonnabend um die achte Stunde dagewesen sei und nach kurzem Aufenthalt seinen Weg nach der Riesenbaude zu genommen habe, vielleicht an den Teichen vorüber und dann über den Kamm hin, aber vielleicht auch den neuen schmalen Querweg entlang, der beim Quell und dem Steintrog in den großen Gehängeweg einmünde. Noch ein paar andere Fragen wurden gestellt, vor allem auch, wer sonst noch oben genächtigt habe, worauf der Wirt berichtete, daß nur Berliner oben gewesen seien und Lehnert Menz aus Wolfshau.

Dieser Name, wenn auch nur kurz hingeworfen, bewirkte doch, daß sich die Gerichtsmänner untereinander ansahen, aber kein Wort wurde laut, und nachdem man einen Imbiß genommen hatte, brach man wieder auf, um auf dem vom Wirte bezeichneten schmalen Querpfade (denn daß Opitz auf die Teiche zu gegangen sei, war nicht wahrscheinlich) den Weg nach dem Gehänge hin einzuschlagen. In einer Art Treiben ging man dabei vor, derart, daß der alte Gerichtsmann und drei, vier von den Gebirgsführern den eigentlichen Weg einhielten, während, was sonst noch verblieb, zu beiden Seiten des Weges ausschwärmte. Der Spüreifer einzelner – die hier oben, wo nur Kusseln standen, wieder arg von der Stichsonne zu leiden begannen – erschöpfte sich bereits, und schon hörte man, daß es eine nutzlose Quälerei sei, als Lehrer Lösche, der die rechte Seitenkolonne führte, plötzlich ein Volk Krähen auffliegen sah. Krähen! Das wäre an und für sich nichts Sonderbares gewesen, aber es waren ihrer zuviel, und so sagte denn Lösche: »Paßt Achtung, Kinder! Ich wette, da gibt es was.« Und von einer starken Vorahnung erfüllt, daß sich ihm, auf zehn Schritt Entfernung, etwas Grausiges vor Augen stellen würde, schritt er langsam und zögernd weiter und suchte nach vorn und hinten mit seinen Blicken. Richtig, da lag er. Aber wer? War *er* es? Was man zunächst sah, war nur die Mütze, die das Gesicht halb zudeckte, daneben ein blinkender Gewehrlauf alles andere barg sich noch hinter einem Busch, dessen blätterreiches Gezweige den Toten wie hinter einem Schirm versteckte. Lösche wußte, noch drei Schritt, so mußte sich's zeigen. Und sich einen Ruck gebend, trat er von links her um das Gezweige herum und sah nun den Toten ausgestreckt vor sich. Es *war* Opitz. Aber das Grauen, auf das er sich gefaßt gemacht hatte, blieb aus, und er empfing nur den Eindruck eines erschütternden Todesernstes. Wenn dieser Mann sich jahrelang durch mitleidslose Strenge vergangen hatte, so hatte sein Tod seine Strenge gesühnt und mehr noch die Art, wie er diesem Tod ins Auge gesehen und sich auf ihn vorbereitet hatte. Lösches Auge ging der Blutspur nach, die sich von ebendem Busch her, wo der Tote jetzt lag, bis zu dem schmalen Querpfade hinabzog. Es war ersichtlich, daß der auf den Tod Getroffene sich nur mit höchster Anstrengung von dem kaum zehn Schritt entfernten Wege bis zu der ansteigenden Stelle hinaufgeschoben und hier sich, um gegen die Sonne oder vielleicht auch nachts gegen die Kälte geschützt zu sein, unter die Zweige des Busches gebettet hatte. Dann, als er sein herannahendes Ende gefühlt, hatte er sich zum Sterben zurechtgelegt, und so lag er nun da, die Jagdtasche unterm Kopf, das Gewehr links neben sich, die Hände gefaltet und im Antlitz die Ruhe des Todes, aber freilich auch die Spuren vorangegangenen Kampfes.

Inzwischen waren auch die anderen herangekommen, und da standen sie nun erschüttert und stumm. Zuletzt nahm Gerichtsmann Klose seine Kappe vom Kopf und sagte: »Beten wir!« So verging eine Weile. Dann, als sich die Köpfe wieder bedeckt hatten, wurden auch einzelne Worte laut, und der Alte stellte zunächst zur Frage, wie man den Toten wohl am besten nach Wolfshau herabschaffe. Einen Handwagen oder auch nur eine Karre von der Hampelbaude herbeizuholen, wurde, wegen zu weiter Entfernung, abgelehnt und statt dessen beschlossen, zwei zusammengebundene Leitern als Tragbahre zu benutzen. Das geschah denn auch, und nun legte man den Toten hinauf und bedeckte sein Gesicht mit Zweigen desselben Busches, unter dem man ihn gefunden hatte. Gleich danach setzte sich der Zug in Bewegung und schritt auf den Punkt zu, wo der Querpfad in den breiten Gehängeweg einmündete. Hier endlich fanden sie Waldesschatten, und als man aus dem Quell getrunken und sich auf der Bank, an der anderen Seite des Weges, eine kleine Weile geruht hatte, nahm man die Leiterbahre wieder auf und schritt das steile Gehänge weiter hinab. Die mit jeder Viertelstunde wachsende Glut erschwerte den Abstieg, aber mit Hilfe häufigen Trägerwechsels war es doch möglich, in einem ziemlich raschen Marschtempo zu bleiben, und ehe noch das Kapellchen Mittag läutete, passierte man das Gatter und trat auf das mit Kusseln besetzte Waldvorland hinaus, darauf Lehnert, zwei Tage zuvor, den Schulkindern begegnet war und in ihren Gesang mit eingestimmt hatte. Die Straße lief von hier aus beinah geradlinig auf die Försterei zu, da man aber der armen Frau den Toten nicht unmittelbar vor Gesicht führen, sie vielmehr erst vorbereiten wollte, so bog man links in einen in mäßiger Schrägung wieder ansteigenden Querweg ein, der sich schließlich bis auf die hochgelegene

Krummhübler Chaussee hinaufschlängelte. Die Stelle, wo der Querweg die Chaussee traf, hieß »der goldene Frieden« und war ein hochgelegener Punkt, von dem aus man nicht nur das langgestreckte Dorf Krummhübel überblicken, sondern auch auf einem mäßig hohen Vorsprung den alten Gerichtskretscham deutlich erkennen konnte, zu dessen Häupten eben die Mittagssonne flimmerte. *Das* war das Ziel. Dort sollte der Tote zunächst niedergelegt und über alles weitere befunden werden.

Eine Viertelstunde später hatte man den Kretscham erreicht, aber nicht mehr allein. Alles, was in dem Oberdorfe wohnte, hatte sich angeschlossen und stand nun draußen und wartete der Dinge, die kommen würden. Am zahlreichsten waren natürlich die Wolfshauer erschienen, unter ihnen auch Lehnert. Er begrüßte diesen und jenen, und wiewohl ihn Blicke trafen, aus denen er sehr wohl einen Verdacht herauslesen konnte, so war doch niemand da, der ihm Wort und Handschlag versagt hätte. Manche traten freilich beiseit, aber mehr, um untereinander ihre Zustimmung zu dem Geschehenen, als ihren Abscheu davor auszusprechen.

»Er hat einen schweren Tod gehabt.«

»Und *wir* vorher ein schweres Leben.«

Gleich daneben stand eine zweite Gruppe, die noch leiser sprach.

»Wer's ihm nur gegeben hat?«

»*Wer?* Das is gleich. Ob sie's ihm beweisen können, das is die Frage.«

Drinnen hatte man mittlerweile den Toten auf eine breite Tischplatte gelegt und ihn, bis hoch hinauf, mit neu abgebrochenem Gezweige bedeckt; nur Brust und Kopf waren frei. Klose trat heran und hatte vor, mit der Protokollaufnahme zu beginnen. Aber der Marsch im Sonnenbrand war doch so beschwerlich gewesen, daß er davon Abstand nehmen und nicht bloß um der andern, sondern auch um seiner selbst willen ein kurzes Ausruhen in einer kühlen schattigen Nebenstube vorschlagen mußte, welche Pause dann freilich von der draußen harrenden Menge sofort dazu benutzt wurde, bis in den bis dahin abgesperrten Saal vorzudringen. Auch Lehnert war unter denen, die sich herzudrängten, blieb aber in Nähe der Tür und mied es, vor das Angesicht des Toten zu kommen.

In der kühlen, schattigen Nebenstube hatte sich inzwischen alles zusammengefunden, was zur Obrigkeit gehörte, Fragen und Vermutungen aller Art, wie sich denken läßt, waren ausgetauscht worden, und als schließlich auch einige Gerichtspersonen von Arnsdorf und Giersdorf her erschienen waren, trat Klose von der Nebenstube her wieder in den Saal und sagte: »Wir wollen nun anfangen. Ich werde Fragen stellen und drüber hinsehen, daß hier ihrer viele sind, die besser draußen wären und sich geduldet und abgewartet hätten, ob wir ihrer Aussage vielleicht bedürfen werden. Zunächst aber geben wir dem Toten das Wort. Sein Blut verklagt seinen Mörder. Er hat aber auch gesprochen, als er noch bei Leben war, und seine letzten Worte halte ich hier in Händen.«

Und der alte Gerichtsmann, als er dies sagte, zog ein Notizbuch aus der Tasche, das er unmittelbar nach Auffindung des Toten zu sich gesteckt und gleich danach, am ersten Rastplatz schon, einer flüchtigen Einsicht unterzogen hatte.

»*Dies* ist Opitz' Notizbuch«, fuhr er fort. »Als Opitz wußte, daß er in aller Einsamkeit sterben müsse, hat er mit schwerer Hand seinen letzten Willen hier eingeschrieben. Alles nur kurz und abgerissen und Blutstropfen dazwischen. Und ich werde nun vorlesen, was er geschrieben hat.«

Alles drängte bei diesen Worten näher, und die zuhinterst standen, hoben sich auf die Fußspitzen, um kein Wort zu verlieren.

»›Die Kräfte verlassen mich‹, so beginnen seine Aufzeichnungen. ›Geschossen bin ich um die neunte Stunde... Wenn ich sterben sollte, eh ich gefunden werde, so wisse man, daß ich von einem Wilddiebe geschossen bin, der war ganz nahe mit Doppelflinte, wahrscheinlich ein böhm'scher, ziemlich groß, in braunem Rock und Hut und falschem Bart . . . Eltern und Geschwister, lebet wohl, und Du, meine gute Frau, der ich viel abbitte, lebe wohl! Ich bitte den Herrn Grafen, daß er Euch versorge, da ich mein Blut in seinem Dienst vergossen habe . . .

Lebet wohl; Gott sei mir gnädig! Betet für mich! Ich habe große Schmerzen. Guter Gott, erbarme dich meiner. Herr Graf, sorge für die Meinigen, ich habe mein Blut für Dich vergossen ... Ich schreie so sehr und habe mein Gewehr abgeschossen, daß man mich höre, aber kein Mensch hört mich. O Gott, erlöse mich! Betet für mich und denket nicht auf Rache ... Gott vergebe meinem Mörder und erbarme sich meiner ... Meine Leiden sind groß.‹«

Als Gerichtsmann Klose diese seine Vorlesung geschlossen und das Notizbuch wieder zu sich gesteckt hatte, ging ein Gemurmel durch den Saal. Es war das Gemurmel der Teilnahme, der Zustimmung, des Erschüttertseins. Opitz war wenig beliebt gewesen, und unter denen, die da standen, Männer und Frauen, waren viele, die seinen Tod mehr als einmal gewünscht hatten; aber nach Anhörung dieser Worte regte sich doch das Mitleid. Und daß er so sehr für seine Frau bat, für dieselbe Frau, der er viel Herzeleid angetan hatte, der er nun aber auch abbat, das versöhnte mit ihm, und eine der Frauen sagte: »Wer das gedacht hätt'.«

Der alte Gerichtsmann unterbrach diese dem Toten so günstige Stimmung nicht, und erst als sich die Erregung gelegt hatte, nahm er die Verhandlung wieder auf: »Und nun frag' ich nach dem Mörder? Wer war es? In dem Notizbuch heißt es, daß es ein Böhmischer war ... Ich glaube *nicht*, daß es ein Böhmischer war; ich glaube, daß wir ihn hier auf unserer Seite suchen müssen, und daß er, wenn wir alles sehen könnten, was sich klug verbirgt, daß er vielleicht in diesem Saale zu finden wäre.«

Während Klose so sprach, sah er absichtlich nur auf den Toten und vermied es, weil er nicht vor der Zeit den ganz bestimmten Ankläger machen wollte, nach *der* Stelle hinzusehen, wo Lehnert stand. Aber seine Vorsicht war nicht mehr vonnöten; inmitten der Aufregung, die die Vorlesung der Notizblätter hervorgerufen hatte, hatte sich Lehnert aus dem Saal entfernt, unbekümmert darum, ob sein Verschwinden auffallen werde oder nicht.

FÜNFZEHNTES KAPITEL

Vom Gerichtskretscham aus bis zum »Goldenen Frieden« war die Dorfstraße leer, und erst als Lehnert an dieser Stelle links einbiegen und auf dem mehrerwähnten Schlängelpfade nach dem tiefergelegenen Wolfshau hinunter wollte, sah er Frau Opitz auf ebendiesem Schlängelpfade herankommen und trat seitab in den Schatten eines hier stehenden Schuppens, um nicht gesehen zu werden. Frau Opitz sah ihn auch wirklich nicht und schritt ihrerseits auf den Gerichtskretscham zu, wo sie, wie man ihr in Wolfshau gesagt hatte, den Toten finden würde. Jeder war erschüttert, als sie hier in den Saal trat und dem Toten das Haar aus der Stirn strich und ihn küßte, und wenn sich schon vorher ein Stimmungsumschlag zugunsten Opitz' gezeigt hatte, so vollends jetzt. Die Männer hielten wohl noch zurück, aber die verheirateten Frauen fuhren mit dem Schürzenzipfel nach dem Auge, wenn sie nicht geradezu schluchzten und weinten. Einige drängten sich an die nun Verwitwete heran und baten, sie nach Hause begleiten zu dürfen, wobei sie hoffen mochten, noch was Besonderes zu hören, die gute Frau war aber entweder zu schwach oder wollte sich nicht von dem Toten trennen. Jedenfalls nahm sie statt der Anerbietungen ihrer Wolfshauer Nachbarsleute lieber das Anerbieten der Kretschamwirtin an und setzte sich zu dieser in die Küche. Das geschäftige Treiben hier tat ihr wohl und zerstreute sie, denn sie hatte den Hausfrauensinn, der sich auch in diesem Augenblicke nicht verleugnete.

Drinnen im Saale war mittlerweile das Bild ein anderes geworden. Es gab nichts mehr zu hören und zu sehen, und so verliefen sich die bloß aus Neugier Herzugeströmten, und nur *die,* die wegen des Protokolls pflichtmäßig zu bleiben hatten, blieben noch und suchten sich über einige fragliche Punkte zu einigen. Die Tat selbst lag klar vor. Aber die Frage: »Wer?« blieb durchaus unentschieden und wurde durch Opitz' Aufzeichnungen, der auf einen »Böhmischen« geraten hatte, mehr verwirrt als aufgeklärt.

»Es war kein Böhmischer«, wiederholte Gerichtsmann Klose,

der seinen ohnehin starken Verdacht gegen Lehnert durch das plötzliche Verschwinden desselben nur noch bestätigt sah, »es war kein Böhmischer, und wenn ich Bestimmung zu treffen hätte, so brächen wir in dieser Minute noch auf, um Lehnert Menz in Verhaft zu nehmen. Alles deutet auf ihn, auf ihn und keinen andern. Er hat Sonnabend sechs Uhr Wolfshau verlassen, ist das Gehänge hinaufgestiegen, und die Schulkinder haben ihn gesehen. Um acht Uhr muß er oben gewesen sein, um neun Uhr ist es geschehen, um zehn Uhr war er auf der Hampelbaude. Niemand anders ist im Wald oben betroffen worden. All das sagt genug. Zudem wissen wir, daß er noch von 1870 her einen Span mit Opitz hatte, sie gönnten sich nicht so viel wie unterm Nagel, und als vorhin alles, was draußen war, in den Saal drängte, hat er immer im Hintergrunde gestanden, statt mit in vorderster Reihe zu stehen, wie doch sonst wohl seine Art ist, und als das Notizbuch von mir vorgezeigt und sein Inhalt verlesen wurde, da hat er's nicht ertragen können und ist davongegangen. Das alles hat mir den Beweis gegeben. Und ich wiederhole, *der*, der diesen Mord auf seine Seele geladen hat, ist kein anderer wie Lehnert Menz.«

Die Mehrzahl stimmte zu. Nur der jüngere Gerichtsmann, der in einer Art Eifersucht gegen den alte Klose war, unterhielt allerlei Zweifel (oder gab es wenigstens vor) und gab diesen Zweifeln auch Ausdruck. Alles, was eben gesagt worden sei, sei, seiner Ansicht nach, viel zu schwach, um daraufhin eine Verhaftung vornehmen zu können. Es lasse sich schlechterdings nicht sagen, niemand anders sei oben im Gebirge gewesen, im Gegenteil, man wisse nie, wer oben gewesen und wer nicht. Lehnert Menz sei gescheit und umsichtig, und gerade, daß er auf der Hampelbaude vorgesprochen und genächtigt habe, das beweise sein gutes Gewissen. Auch daß er sich hier im Saal immer an der Tür gehalten und die Vorlesung der letzten Worte kaum abgewartet habe, spräche nicht so sehr gegen ihn, als es schiene, wohl aber spräche *das* für ihn, daß er der erste gewesen sei, der auf Hilfe gedrungen habe. Ja, rasche Hilfe, das sei das einzig Richtige gewesen, und er für seine Person beklage jetzt aufrichtig, daß man nicht gleich gestern abend diese Hilfe geleistet. »Mondschein war.

Und vielleicht hätten wir ihn um Mitternacht noch am Leben gefunden.«

Auch diese Rede (was den alten Klose sichtlich verstimmte) wurde beifällig aufgenommen, und weil man sich, wie das so leicht geschieht, infolge dieser immer persönlicher werdenden Fehde nicht recht einigen konnte, stand man eben auf dem Punkt, die Frage nach der Täterschaft, vorläufig wenigstens, ganz fallen zu lassen, als der Grenzaufseher und gleich nach ihm der junge Forstgehilfe, die man beide zu weiterer Nachforschung an Ort und Stelle zurückgelassen hatte, voll großer Aufregung eintraten. Sie waren erschöpft, denn es war immer schwüler geworden; trotzdem ließ sich unschwer von ihrer Stirn lesen, daß sie gute Botschaft brächten und ihr Suchen nach einem Anhaltspunkte nicht vergeblich gewesen sei.

»Nun, ihr Herren«, empfing sie der alte Klose mit der ihm eigenen Bonhomie. »Was bringt ihr? Aber erst einen Kognak und dann euren Bericht. Eine Bärenhitze! Maywald, wir wollen Tür und Fenster aufmachen. So! Nun herangerückt! Und nun, ihr Herren, was gibt es?«

Der Grenzaufseher, welcher der ältere war, nahm zunächst das Wort und erzählte mit vieler Anschaulichkeit, wie sie nach Ausmessen der Fußspuren (denn was anderes habe sich nicht finden lassen wollen) nahe daran gewesen wären, unverrichteter Sache wieder umzukehren, als sein Kamerad, und hierbei wies er auf den jungen Forstgehilfen, eines angebrannten Papierstückchens ansichtig geworden wäre, das an der abgestochenen schmalen Lehmwand des Weges geklebt hätte. Dies Papierstückchen sei, wie sie gleich vermutet, ein Schußpfropfen gewesen, was sie denn bestimmt habe, dasselbe sorglich auseinanderzufalten und zu glätten. Hier sei es und könne vielleicht zur Entdeckung des Täters führen; denn, wie leicht zu sehen, sei es kein gewöhnliches Stück Zeitungspapier, sondern ein Stück von einem alten Kalender, und der Monat sei noch halb und die Jahreszahl 1816 noch ganz deutlich zu lesen. Er glaube, daß das wichtig sei; denn in demselben Hause, drin man einen alten Kalender von 1816 finden werde, werde man mutmaßlich auch den Mörder finden.

Alles war unter diesem Berichte des Grenzaufsehers in Aufregung geraten, weil jeder fühlte, daß die nächste Stunde schon das Geheimnis aufklären müsse. Natürlich war eine Haussuchung nötig, und zur Frage stand nur noch das eine, bei *wem* damit begonnen werden solle.

»Bei *wem* anfangen?« fragte der Alte.

»Bei Lehnert Menz«, antwortete der Forstgehilfe.

»Gut. Und wann?«

»In dieser Minute noch. Denn er hat viel Freundschaft hier herum, und erfährt er, was wir vorhaben, oder wohl gar, wonach wir suchen, so wandert der Kalender in den Ofen oder er selber in die Welt. Er hat es schon lange vor.«

Alle waren einverstanden. Nur einige wenige blieben im Kretscham zurück, der Rest aber erhob sich und ging auf Wolfshau zu.

Bei der großen Hitze, die herrschte, zog man es vor, die ganz in greller Sonne liegende Chaussee zu vermeiden und lieber, von dem hochgelegenen Kretscham aus, gleich nach links hin bergab zu steigen, um hier, im Schatten der Berglehne, den Weg an der Kühlung gebenden Lomnitz hin zurückzulegen. Unterwegs wurden einige wieder unsicher, und Zweifel ließen sich hören, die, wenn sie nicht geradezu von dem jüngeren Gerichtsmann ausgingen, so doch wenigstens durch ebendiesen genährt wurden. Ein halbverbrannter Papierpfropfen sei gefunden worden, soviel stehe fest, aber dieser Pfropfen brauche keineswegs aus dem Gewehre des Wilddiebs zu stammen. Auch Opitz habe geschossen, wenn nicht im Kampf (worüber sich vielleicht streiten lasse), so doch jedenfalls ein paar Not- und Signalschüsse, was aus seinen eigenen Aufzeichnungen hervorgehe. Solcher Äußerungen wurden in der Arrieregarde mehrere laut, aber an der Spitze der Kolonne, wo neben Klose der aus Erdmannsdorf herbeigekommene Gendarm Brey marschierte, hielt man an der einmal gefaßten Meinung fest und war nur einigermaßen überrascht, als man, im Näherkommen an das Inselchen und seine Stellmacherei, Lehnert Menz, in der Tür stehend, gewahr wurde, damit beschäftigt, ein paar überhängende Rosenzweige mit Bast wieder zurück an den Stamm zu binden.

So wenigstens schien es. Er stand abgewandt und sah sich bei seiner Arbeit erst um, als er den Tritt der Herankommenden auf der kleinen Bohlenbrücke hörte. Daß er zusammenfuhr und sich verfärbte, sah niemand. Rasch entschlossen ging er dem Trupp bis an den Brückensteg entgegen und begrüßte den alten Gerichtsmann.

»Ich weiß, Gerichtsmann Klose, weshalb Sie kommen.« Dabei zog er den Hut und trat respektvoll beiseite. Der Angeredete lächelte.

»Nun gut, Lehnert, wenn Ihr wißt, weshalb wir kommen, so werdet Ihr auch nicht erstaunt sein, wenn wir vorsichtig sind und Eure kleine Festung absperren und die Brückenstege besetzen. Ich will Euch und uns wünschen, daß sich schließlich alles ›als nicht nötig gewesen‹ herausstellen möge. Vorläufig aber muß ich Euch bitten, voranzugehen und dafür zu sorgen, daß wir Euch im Auge behalten. Im übrigen sollt Ihr, vorderhand wenigstens, persönlich unbehelligt bleiben, denn es handelt sich in diesem Augenblicke nicht um Eure Person, sondern um eine Sache. Wir sind nämlich hier, um Euer Haus nach einem falschen Bart zu durchsuchen.«

Der alte Klose sagte das so hin, um den unter Verdacht Stehenden auf eine falsche Fährte zu führen und dadurch wie sicher zu machen, was auch glückte. Lehnert, voranschreitend, stieg die Steintreppe hinan, während der Gerichtsmann und der junge Forstgehilfe folgten. Gendarm Brey aber postierte sich vor der Fronttür und überwachte von dieser seiner Hochstellung aus die durch den anderen Trupp erfolgende Besetzung der beiden Brückenstege. Flucht war unmöglich.

In der Stube begann inzwischen ein Wehklagen und Geschrei. Die alte Menz warf sich dem Gerichtsmann zu Füßen, küßte dem jungen Forstgehilfen die Hand und schwor und jammerte, daß sie unschuldig sei und von nichts wisse und daß Lehnert auch unschuldig sei und ein frommes Gemüt habe, was ja der liebe Pastor Siebenhaar bestätigen könne, der ihn auf die Freischule geschickt, weil er immer die Sprüche so gut gelernt und immer neben der Orgel gestanden und am besten gesungen habe. Ja, so sei das Lehnertchen immer gewesen, ein frommes Gemüt und kränke keinen und keine Fliege nich an der Wand.

Und was die Leute gesagt hätten und was auch Opitz gesagt habe (Gott hab' ihn selig, denn er war ein engelsguter Mann, und nun gar erst die Frau, die gab all und jedem), das sei nicht wahr und alles bloß gelogen, weil es so viel schlechte Menschen gäbe, die einem nichts gönnten, und sie seien unschuldig. Und wenn sie vor Gottes Thron stünde, und sie solle es anders sagen, so könne sie nicht anders sagen, als daß sie unschuldig seien und Lehnert auch, denn er sei immer ein frommes Kind gewesen, und Siebenhaar unten in Arnsdorf ...

In diesem Augenblicke wurde der junge Forstgehilfe, während die Hände der Frau Menz die Knie des alten Klose nach wie vor umklammert hielten, einiger an einem Bindfadenreste hängender Kalenderblätter gewahr und machte Miene, darauf zuzuschreiten. Lehnert, der mit klugem Auge jeder Bewegung gefolgt war, wußte, daß man ihn jetzt in Händen habe.

»Laß doch, Mutter!« rief er dieser in erkünsteltem Zorne zu, während er die Kniende vom Boden aufriß, »was erniedrigst du dich? Ich will das nicht. Ich kann das nicht mit ansehn.«

Und die kleine Frau heftig schüttelnd, schob er sie, nur um dem Geplärr und Gewimmer ein Ende zu machen (so wenigstens schien es), auf die Tür und den Flur zu.

Der mittlerweile ganz an seine Fährte gebannte Forstgehilfe war, ohne für das, was sonst in der Stube vorging, einen Blick zu haben, an die vergilbten Blätter herangetreten und hob sie samt dem Faden, daran sie hingen, vom Nagel. Und schon das erste, worauf sein Auge fiel, war das, wonach er suchte.

»Wir haben ihn!« Und triumphierenden Auges an den alten Gerichtsmann herantretend, wies er auf die Jahreszahl oben rechts in der Ecke. »Wir haben ihn!«

Und unter diesen Worten eilte man nach dem Flur hinaus, um Lehnert, dessen Schuld nun klar war, in Verhaft zu nehmen. Aber wo war er? Die Alte lag draußen, in wirklicher oder erheuchelter Ohnmacht, jedenfalls unfähig oder unwillig, auf die stürmisch an sie sich richtenden Fragen Antwort zu geben. Wo war er?

Die Brückenstege waren nach wie vor dicht besetzt, so mußt' er denn, wenn nicht ein Wunder geschehen, im Hause selbst irgendwo verborgen sein. Und bis unter das Dach hin wurde nun jeder Winkel und Verschlag untersucht und die Suche bis in Schuppen und Milchkeller fortgesetzt. Man durchwühlte das Heu, die Hobelspäne, selbst in den Rauchfang stieg man hinauf, und wurde nicht müde, das Oberste zuunterst zu kehren. Alles umsonst. Die Alte wußte nichts. Er war fort.

SECHZEHNTES KAPITEL

Am Tage nach Lehnerts Verschwinden, über das nicht nur die Krummhübler, sondern auch ihre Sommergäste sich des breiteren unterhielten, saßen auch Rechnungsrat Espes wieder an ihrem Exnerschen Stammtisch. Die schöne Frau hatte sich, was selbst Espe nicht entging, unter dem mehrwöchentlichen Einfluß der Gebirgsluft womöglich noch verschönt; ihr gegenüber saß aber nicht mehr Lieutenant Kowalski – dieser war vielmehr abgereist, um den Rest seines Urlaubs auf der Hohen Tatra zu verbringen – sondern Assessor Doktor Unverdorben, ein feiner, kluger Herr, der seine Klugheit neben anderm auch darin zeigte, daß er eine gegen ihn gerichtete Laune der Natur – er war nämlich ein Kakerlak – sich dienstbar gemacht und das, was ihn ridikülisieren sollte, recht eigentlich zum Schemel seiner Macht erhoben hatte. Schon als Knabe gehänselt und immer nur das »weiße Kaninchen« genannt, war er auf den Einfall gekommen, sich durch Übertrumpfung zu helfen, wozu die Sommerferien in besonders heißen Jahren ihm mehr als einmal eine günstige Gelegenheit geboten hatten. Auch in diesem Jahre erschien er wieder ausschließlich in weißem Pikee, Rock, Beinkleid und Weste samt weißem Strohhut, und beschränkte sich im übrigen in seinem gesamten Anzuge, seine Lackstiefel abgerechnet, auf zwei schmale schwarze Streifen, von denen der eine als Schlips, der andere als Monokelband figurierte. Diese seine Kühnheit verhalf ihm, wie allerorten, so natürlich auch in Krummhübel, zu einem vollständigen Triumphe, den allerdings, wie nicht geleugnet werden soll, umgehende Gerüchte von seiner günstigen Vermögenslage nicht unerheblich steigerten, Gerüchte, die, zwischen Hunderttausend und Dreihunderttausend schwankend, selbstverständlich auf letztere Zahl festgesetzt und ebenso prompt aus Mark in Taler erhoben wurden.

Seine Bekanntschaft mit den Espes war jetzt genau zwei Wochen alt und hatte sich, gleich nach Kowalskis Abreise, ganz natürlich gemacht. Espes waren auf der Annakapelle gewesen, um dort Forellen zu essen, bei welcher Gelegenheit Selma ihr rot und schwarz kariertes Plaid – das sie (bei dreizehn Jahren etwas vorzeitig) als eine mit einem Riemen festgeschnallte Außentournüre trug – verloren hatte. Seitens des bald nach den Espes auf der Annakapelle erscheinenden und daselbst seinen Nachmittagskaffee nehmenden Assessors war unschwer in Erfahrung gebracht worden, wem das Verlorengegangene gehöre (waren doch »Rechnungsrats« so gut wie Stammgäste dort oben), und am nächsten Vormittage schon war, in weiterer natürlicher Entwicklung der Dinge, das Plaid in der Espeschen Wohnung abgegeben worden, zugleich mit einer großen goldgeränderten Karte, darauf Stand und Name lautete:

Dr. Sophus Unverdorben
Kammergerichtsassessor und Lieutenant der Reserve
im 2. Garde-Grenadier-Regiment Kaiser Franz
Berlin W Lützow-Ufer 7 a

Wie sich denken läßt, wurde das Wiedereintreffen des von dem etwas rätselhaften »Onkel« herrührenden rot- und schwarzkarierten Plaids – der Onkel beschenkte seine Nichten regelmäßig zu Weihnachten und Kaisers Geburtstag – von der ganzen rechnungsrätlichen Familie mit aufrichtiger Freude begrüßt, aber soweit Espe *persönlich* in Betracht kam, verschwand diese Freude doch neben einem sozusagen auf staatlicher Grundlage ruhenden Wohlgefühl, womit der Anblick einer so korrekt abgefaßten Karte den Rechnungsrat erfüllt hatte.

»Seht, Kinder, *so* muß dergleichen aussehen«, waren seine mehr als einmal wiederholten Worte, während die Rätin ihrerseits sich ausschließlich mit Feststellung der Personalfrage beschäftigte. Wer war dieser Assessor Unverdorben? Alle, die beim Abstieg von der Annakapelle ihnen begegnet waren, wurden durchgenommen, und für Geraldine stand es alsbald fest, daß es der distinguierte Herr mit dem aufgesetzten Schnurrbart und dem schwarzen, etwas gekräuselten Haar gewesen sein müsse, der so verbindlich gegrüßt und sie, so flüchtig die Begegnung auch gewesen sei, doch ganz eminent an Hendrichs erinnert habe. Die Rätin führte dann diese Lieblingserinnerung, die sich, wie selbst Selma schon wußte, bei jeder mit einem brünetten Herrn gehabten Begegnung unweigerlich wiederholte, des weiteren aus und schloß damit, daß Espe die Pflicht habe, den Assessor behufs Dankeserstattung aufzusuchen, und zwar heute noch, denn es gäbe jetzt so viele, die bloß Passanten wären und nur einen Tag blieben. Espe schien anfänglich das Rangverhältnis zwischen Rechnungsrat und Assessor abwägen und danach langsam und mit einer sich und seiner Stellung schuldigen Reserve seine Entscheidung treffen zu wollen, gab aber schließlich doch nach und versprach, am Nachmittag um die fünfte Stunde nach dem Assessor fragen, und wenn er noch da sei, sofort seine Visite bei demselben machen zu wollen.

Damit war die Rätin denn auch einverstanden, nicht ahnend, daß das Schicksal eine viel schnellere Lösung der Frage beschlossen hatte. Denn kaum, daß die Mitglieder der Familie nach Zurücklegung des kurzen Weges vom Tannicht (wo sie wohnten) bis zum Exnerschen Gasthaus an dem ein für allemal für sie reservierten Ecktisch glücklich plaziert waren, als auch schon ein Herr auf sie zuschritt, der sich, während er eben noch die Lachlust aller weiblichen Espes wachgerufen hatte, gleich danach als Assessor Unverdorben vorstellte. Die Verlegenheit konnte nicht wohl größer sein, und der einzige, der in dieser schwierigen Lage volle Contenance bewahrte, war Espe selbst. Er bat den Assessor, Platz nehmen zu wollen, und sprach in der ihm eigenen würdigen und gewählten Weise den Dank für so viel Liebenswürdigkeit aus, denn von der Annakapelle bis nach Krummhübel hinunter sei doch ein ziemlich weiter Weg, und die ganze Zeit über ein rotes Plaid zu tragen oder doch wenigstens ein Plaid mit eingemusterten roten Karos ...

Er stockte hier und brach ab, weil er plötzlich fühlen mochte, daß ihm das ewige und noch dazu ganz nutzlose Hervorheben des Rot und wieder Rot als etwas politisch Absichtliches gedeutet werden könne. Dies war ihm aber fatal, denn Espe war ein korrekter Mann und sehr ängstlich dazu.

Die Rätin ihrerseits hatte, während dieses Gespräch andauerte, sowohl Lachen wie Verlegenheit überwunden, was nicht wundernehmen durfte, weil sie mittlerweile Zeit gefunden hatte, das, was den Assessor in allem übrigen auszeichnete, sowohl zu bemerken wie zu würdigen. Und zwar lag dies ihn Auszeichnende nach einer ganz bestimmten und den meisten Menschen immer wieder imponierenden Seite hin, nach der Seite der tadellosesten weißen Wäsche. Beide, Rat und Rätin, hielten auch auf weiße Wäsche, sie von Sauberkeits, er von Ordnungs wegen, aber was waren ihre vereinten Anstrengungen auf diesem Gebiete neben einem Manne wie Unverdorben. Und neben dem allen her lief die Betrachtung: so ganz zweifelsohne wie dieser Pikeerock war, war er selber, und unwillkürlich wiederholte sich Geraldine den Inhalt seiner bis dahin nicht genug gewürdigten Visitenkarte, ganz besonders aber die Schlußzeile: ». . . im 2. Garde-Grenadier-Regiment Kaiser Franz«. Selbst die Kaninchenaugen hörten auf, ihr zu mißfallen, sahen sie doch mit einer merkwürdigen Mischung von Klugheit und Selbstbewußtsein und dazu mit einem Anfluge von Ironie in die Welt. Geraldine verstand sich aus zurückliegenden Tagen her auf feine Leute, und kein Zweifel, der Assessor gehörte dieser Gruppe zu.

Unverdorben blieb bei Gelegenheit dieser ersten Vorstellung nur etwa zehn Minuten, aber diese zehn Minuten hatten doch ausgereicht, ein vorzügliches Verhältnis herzustellen. Espe war einfach entzückt, die Rätin war es beinah, und selbst Selma versicherte, sie begriffe nicht, wie sie habe lachen können, eine Bemerkung, der sie, mit einer ihr kleidenden Wichtigkeit, hinzusetzte, sie würde sich von Stund' an nicht genieren, unmittelbar an seiner Seite durch ganz Krummhübel zu gehen. Und wenn es sein müsse, durchs Leben.

»Selma, sprich nicht so!« bemerkte tadelnd Espe. »Das ist über deine Jahre.« Die Rätin aber sagte: »Espe, das verstehst du nicht! Selma hat ganz recht; sie hat sich, um eines Höheren willen, in ihrem ersten Gefühl überwinden gelernt, und darauf kommt es an. Formen entscheiden.«

Espe wiegte den Kopf, was ebenso Zustimmung wie Zweifel ausdrücken konnte.

Von jener ersten Begegnung an sahen sich Espes und Unverdorben täglich, wobei sich des letzteren Verhältnis zur Rätin immer intimer gestaltete, trotzdem er ihr, darüber war kein Zweifel, den auf der Hohen Tatra weilenden Kowalski nicht voll ersetzen konnte. Sie fühlte das namentlich an einem gewitterschwülen Tage, wo eine an sie gerichtete Hotelpostkarte mit aufgedruckter Landschaft (Tannen inmitten von Burgtrümmern) eintraf, darauf nichts stand als »Eljen Geraldine« und darunter in geschnörkelter altdeutscher Schrift: »Ein Fichtenbaum steht einsam . . .« Die Rätin liebte dergleichen Dunkelheiten, besonders wenn sie sich in poetischer Geheimsprache gaben, andererseits aber – und das sorgte für Balancierung dessen, was dem Assessor fehlen mochte – war sie zärtliche Mutter und als solche bei jenem Lebensabschnitt angelangt, wo die hinsterbende »große Passion«, ohne übrigens ganz zu schweigen, in der verklärten Gestalt einer umschauhaltenden Mutterliebe wieder aufzuwachen pflegt. Selma freilich war noch ein halbes Kind, aber was tat das? Es war ja keine Sache von heut auf morgen, und es verdroß Geraldinen ernstlich, ihren ewig rechnenden Espe bei Behandlung dieser Frage so beharrlich den Kopf schütteln zu sehen.

Dies Kopfschütteln Espes indes, wie durchaus gesagt werden muß, galt nur dem vorzeitigen und überhasteten Schlachtplane seiner Frau, keineswegs *dem,* an den dieser Plan anknüpfte. Diesem, eben unserem Assessor, war Espe vielmehr mit Aufrichtigkeit zugeneigt, besonders nachdem sich ein paar kleine Unebenheiten, auf deren eine wenigstens an dieser Stelle hingewiesen werden mag, rasch wieder beglichen hatten. Unverdorben nämlich (so war die Sache gekommen), in dem sich von Zeit zu Zeit das ganze Selbstbewußtsein eines vom mündlichen Examen dispensierten Primus omnium mit dem größeren Hochgefühl eines Trienniums in Göttingen, Bonn und Heidelberg und dem selbstverständlich größten eines Gardereserveoffiziers mischte, hatte sich in einem im übrigen rein akademisch und jedenfalls ganz unpersönlich geführten Gespräche zu der Bemerkung hinreißen lassen, daß der alte Blücher, all seiner Meriten unerachtet, eigentlich doch nur eine »subalterne Natur« gewesen sei, welchen Ausspruch der von dem bloßen Worte »subaltern« allemal höchst unangenehm berührte Espe mit vieler Geistesgegenwart, ja, wie zugestanden werden muß, sogar mit einer gewissen Würde dahin beantwortet hatte, daß er dem preußischen Staate viele »Subalternen« à la Blücher wünsche, demselben preußischen Staate, von dem es, beiläufig bemerkt, weltkundig sei, daß er zwar nicht die »großen Männer«, die fänden sich überall, wohl aber die Dorfschulmeister und ähnliche »subalterne« Leute vor anderen Staaten voraus habe. Denn worauf es allezeit ankomme, das seien die Fundamente, nicht aber die Krönung des Gebäudes — ein Ausdruck, bei dem die Rätin immer in ähnlicher Weise zusammenzuckte wie Espe bei dem Worte »subaltern«.

Dies kleine Rencontre, wenn man der Szene diesen Namen überhaupt geben durfte, hatte gleich in den ersten Tagen ihrer Bekanntschaft stattgefunden. Seitdem war längst wieder Friede geschlossen, und die Rätin, wenn sie mit Espe spät abends im Fenster ihrer kleinen Wohnung lag und, sentimental angeflogen, nach den Sternen hinaufsah und an die Hohe Tatra dachte, pflegte dann wohl zu sagen: »Ja, Lieutenant Kowalski. Denken muß ich seiner. Er war, wenn er aus den Redensarten heraus war, eigentlich gemütlicher und ungenierter als Unverdorben, ja fast könnte man sagen, zu gemütlich. Aber Unverdorben ist ihm doch sittlich überlegen und hat es nicht bloß in seinem Namen, wiewohl der Name auch viel bedeutet, sondern ist wirklich ein höchst anständiger Mann.«

Espe teilte diese Meinung vollkommen und erging sich in Lobsprüchen; das eigentlichste Bindeglied in dem freundschaftlichen Verkehr beider Parteien blieb aber doch Selma, die seitens des Assessors ganz als Kind und Backfisch und doch zugleich mit sichtlicher Vorliebe behandelt wurde, was die Rätin Mal auf Mal mit einem auf Espe gerichteten und nicht mißzuverstehenden Blick der Überlegenheit und Siegeszuversicht begleitete. »Du siehst, ich werde recht behalten.«

Solche Blicke waren auch heute, gleich zu Beginn der Mahlzeit, über den Tisch geflogen, denn man hatte, wie herkömmlich, gemeinschaftlich diniert, was man so in Sommerfrischen dinieren nennt, und eben erschien wieder die hübsche Marie mit dem großen Tablett, um die Kalbsbratenreste samt einigen übriggebliebenen Kartoffeln in der Schale abzuräumen, blauschalige, von denen der Rechnungsrat nicht mit Unrecht bemerkte, daß sie mehr durch ihre Farbe wie durch sonstige Vorzüge wirkten, als sich das seit Minuten um Opitz und seinen mutmaßlichen Mörder drehende Tischgespräch plötzlich unterbrochen sah, und zwar durch Selma und Frida, die mit dem Jubelrufe »Sie kommen« auf den Eßtisch zurückstürzten. Wer diese »sie« waren, wußte zunächst niemand zu sagen, aber im nächsten Augenblick gab ein seltsames Trommeln und Pfeifen jede wünschenswerte Aufklärung. Unter Vorantritt einer überaus zahlreichen Dorfschuljugend, in die sich, allen Residenzhochmut und alle Standesunterschiede vergessend, auch kleine Berlinerinnen mit Kiepenhüten und roten Jacketts gemischt hatten, erschien ein dunkeläugiger Italiener, zwei Bären hinter sich, von denen der eine mit seinem wie von Motten zerfressenen Pelz nur noch als Tummelplatz für zwei blaujackige Affen diente, während unmittelbar daneben ein großes wohlkonditioniertes Prachtexemplar, der unzweifelhafte Held der Kavalkade wie der ganzen Situation, einhertrottete. Zwischen den beiden Bären aber, und für die tanz- und musiklustige Jugend von annähernd gleichem Interesse, wurde man eines auf einem zweiräderigen Karren ruhenden mächtigen Leierkastens gewahr, neben dem eine phantastisch gekleidete schwarze Person einherschritt. Einen Augenblick schienen Selma und Frida von der Angst erfüllt, den Zug an dem Exnerschen Lokal, als einem zu vornehmen, vorüberziehen zu sehen, dieser Angst jedoch machte der Abruzzenmann ein rasches Ende, denn kaum war er bis in die Höhe des gerade lebhaft plätschernden Springbrunnens gekommen, als er auch schon anhielt und tambourmajorartig mit seiner Pickelflöte ein Zeichen gab, auf das hin der Musterbär sich erhob und, einen Stock über Hals und Rükken, seinen Tanz begann. Seine glänzende Leistung würde allein schon genügt haben, eine Welt von Entzücken wachzurufen, aber wer beschreibt den Jubel aller und ganz besonders der Espeschen Mädchen, als eben jetzt das mit allerlei roten Tüchern drapierte Zigeunerweib die Leierkastenkurbel zu drehen und dem Prachtbären – für den Trommel und Pfeife ganz augenscheinlich als nicht gut genug erachtet worden waren – zum weiteren Tanz aufzuspielen begann. Dazu kam noch, daß der Leierkasten selbst keine gewöhnliche Drehorgel, sondern ein höheres Kunstinstrument mit Janitscharenmusik war, dessen Becken und Pauke, ja selbst Trompete, durch Strippeziehen und eine spinnradähnliche Tretvorrichtung in beständiger Aktion erhalten wurden. Und damit nicht genug, sprangen in ebendiesem Augenblick auch noch die beiden Affen von ihrem Mottenpelzbären plötzlich auf den Exnerschen Staketenzaun, also mitten in die Krummhübler Zaungäste hinein, was, als diese laut aufschrien, das Entzücken aller derer noch steigerte, die, weil zurückstehend, diesem unerwarteten Überfall entgangen waren.

Jung und alt waren erheitert, nur Espe konnte dergleichen nicht ertragen. Was sich allen andern einfach als Mummenschanz, als ein Stück poetischer, mit dem Zauber des Fremdartigen ausgestatteter Welt darstellte, war ihm nur eine Welt der Unordnung, der Unsitte, der Faulenzerei, durchsetzt mit Keimen, aus denen allerlei Verbrechen über kurz oder lang aufgehen müsse. »Selma ... Frida!« rief er zwei-, dreimal, ohne daß die Kinder hörten, und als die darüber mehr und mehr in Verlegenheit geratende Rätin ihm schließlich zuflüsterte, daß er doch auf die Nachbartische Rücksicht nehmen und sich seiner Erziehungsphilistereien enthalten möge, wurd' er unwirsch und beinah heftig, wie immer, wenn das Kapitel der Ordnung in Frage kam, und mit dem Zeigefinger auf den Tisch schlagend (er traf leider die Gabel, die nun in einem Bogen aufflog und dann erst zur Erde fiel), fuhr er in spitzem Tone fort: »Liebe Geraldine, das sind Prinzipienfragen, und Prinzipienfragen sind nicht deine Stärke ...«

»Nein«, sagte diese.

»Nun wohl. Es gibt aber Prinzipien, und es gibt Erfahrungssätze. Was da herumzieht – den großen Bären nehm' ich aus; der Bär ist der einzig Anständige von der Gesellschaft – was da herumzieht, sag' ich, ist Gesindel, und ich mag nicht alles auf der Seele haben . . .«

». . . und ich noch weniger auf dem Körper«, ergänzte Sophus . . .

». . . was sich da drüben bei dem seinwollenden Ehepaare, das doch natürlich keines ist, vorfindet . . .«

»Es gibt so viele Ehepaare, die keine sind«, sagte Geraldine gereizt. »Ich bitte dich, Espe, wenn du nur nicht immer verbessern und die Menschen so vortrefflich machen wolltest, wie du bist. Du verlangst lauter Espes. Das hilft dir aber nicht. Der liebe Gott hat es anders gefügt, und die Menschen gehen nun mal ihrer Lust und ihrem Vergnügen nach.«

»Meinetwegen. Ich will sie dabei nicht stören, und ich bin selber sogar, was du vielleicht nicht glauben wirst, für Lust und Vergnügen, wenn das alles eine zulässige Basis hat. Aber dies, was wir hier vor uns haben, ist Verbrechervolk und Mörderbande. Das zieht nun bis auf die Koppe hinauf, und morgen ist es in Böhmen, und in vier Wochen ist es in Galizien oder in Ungarn.«

»Oder wohl gar auf der Hohen Tatra«, warf Unverdorben ein, und Geraldine verfärbte sich sofort und schoß einen erzürnten Blick auf den Sprecher . . . Aber es dauerte nicht lange, ja, die böse Miene ging sogar rasch in ein Lächeln über, als ihr der Gedanke kam, daß dies alles der Ausdruck einer aufkeimenden Eifersucht sein könne.

»In Galizien oder in Ungarn«, nahm Espe seine Rede wieder auf, »oder meinetwegen auch auf der Hohen Tatra. Und dann sind es nicht mehr zwei, sondern mutmaßlich drei, und der dritte, der sich dann eingefunden hat und sich auf falsche Bärte versteht und es gewiß nicht unter einem anderthalb Fuß langen Sappeurbart tut und der dann vielleicht abwechselnd mit der schwarzen Hexe da den Leierkasten dreht oder auch an der Beckenstrippe zieht – dieser dritte Galgenstrick ist dann unser Freund Lehnert Menz . . . Ein fixer Kerl, gewiß, und das Weibervolk ist um ihn rum und starrt ihn an und bestaunt ihn, weil er einen so schönen Bart hat, falsch oder nicht. Und ein Glück für ihn, daß er ihn hat, ich meine den falschen, der ihn unkenntlich macht und ihn den Händen der Gerechtigkeit entzieht . . . Aber ich hoffe, sie fassen ihn noch.«

»Und ich hoffe, sie fassen ihn nicht«, sagte Sophus.

»Sie belieben zu scherzen ...«

»Ich glaube, der Herr Assessor spricht in vollem Ernst«, triumphierte Geraldine.

»Vollkommen«, bestätigte dieser. »Ich bin kein Anhänger der Abschreckungstheorie. Die Leute von Fach, Doktoren und Gerichtsleute, glauben selten an die gäng und geben Heilmittel, auch wenn sie gezwungen sind, sie zu verordnen. Wenn sie den Lehnert fassen, so kommt er ein halbes Leben lang ins Zuchthaus und zupft Lumpen und wird selber ein Lump. Wenn er aber, wie der Herr Rat eben zu bemerken die Güte hatte, den Händen der Gerechtigkeit entschlüpft, so wird er ein Mohrenkönig oder ein chinesischer Admiral oder ein Robinson. Und Leute, die das Zeug dazu haben, die sind mir immer zu schade, um hinter Schloß und Riegel zu verkommen, bloß um fiat justitia willen. Gerechtigkeit! Was heißt Gerechtigkeit? Was war hier Gerechtigkeit? Dieser Opitz, der für seiner Sünden Schuld hat zahlen müssen ...«

»Er war ein Mann im Dienst ...«

»Gewiß. Aber er soll ein wunderbarer Heiliger gewesen sein in jedem Betracht. Und wer will sagen, wie's stand und wie sich Schuld und Unschuld in diesem Falle verteilt haben? Ich habe mir im Gerichtskretscham gestern abend den Fall erzählen lassen und habe dann auch nach dem Lehnert gefragt, und ob er was tauge oder nicht. Und da hab' ich nicht eben viel Schlimmes gehört. Im Gegenteil. Ein bißchen wirr, wie alle Halbgebildete, die viel Zeitungen und Freiheitsbücher lesen. Aber trotzdem nicht übel. Meinen Segen hat er, und ich wollte, daß ihm ein Paß aus meinem Segen würde; den kann er brauchen. Bärenführer! *Der* wird kein Bärenführer und zieht an keiner Beckenstrippe ...«

Und Unverdorben, während er so sprach, ließ das Monokel fallen, und seine Kaninchenaugen waren noch röter geworden als gewöhnlich. Das alles sah Geraldine. Sie war nicht für Kakerlaken, und Kowalski blieb ihr unersetzt, aber sie hätte trotzdem aufspringen und dem Sprecher vor aller Welt Augen einen Kuß geben mögen. Denn sie war eine Frau, die, wie die meisten, die sich einer Vergangenheit rühmen dürfen, ein gutes und starkes Herz und jedenfalls eine Verachtung gegen alle Tugend- und Offiziositätsphrasen hatte.

SIEBZEHNTES KAPITEL

Sechs Jahre waren hin, und wieder war Sommer, als ein schlank aufgeschossener Mann von Mitte Dreißig, der in seinem Aufzuge halb einem Cooperschen Trapper und halb einem Bret Harteschen Kalifornier aus den Diggings glich, auf einem bequemen Waldpfade zu den Shawnee-Hills emporstieg, einem ausgedehnten, südlich vom Staate Kansas in den sogenannten »Indian-Territories« gelegenen Gebirgszuge. Er kam vom Fort Mac Culloch, das er schon tags vorher verlassen, und hoffte noch vor Abend in dem an der andern Seite der Shawnee-Hills gelegenen Fort Holmes zu sein, an dessen Befehlshaber er einen Empfehlungsbrief hatte. Der Brief selbst aber lautete:

»... Dem Kommandierenden von Fort Holmes empfehle ich den Überbringer dieser Zeilen, Mr. Lionheart Menz, aus San Franzisko, einen Preußen (aus Silesia) von Geburt, der bei Gelegenheit des letzten in unserer Nähe stattgehabten Railway-accidents nach Fort Mac Culloch gebracht und von uns in mehrwöchentliche Pflege genommen wurde. Bruch des linken Oberarms. In Abwesenheit Doktor Morrisons machte der auf einem Jagdzuge zufällig hier anwesende Gunpowder-Face, dessen Heilmethode sich wieder vollkommen bewährte, die Kur. Ich hebe diesen Punkt hervor, einerseits weil ich vernommen habe, daß Gunpowder-Face häufig auch in Fort Holmes verkehrt, andererseits weil ich zu wissen glaube, daß das Unterhalten freundschaftlicher Beziehungen zu den Indianer-Chiefs der Regierung mindestens ebenso erwünscht ist wie uns selbst. Mr. Lionheart Menz hat sich hier unser aller Herzen gewonnen. Er war, eh er nach San Franzisko ging, mehrere Jahre lang in den Diggings, kam daselbst zu Vermögen und hatte vor, von San Franzisko nach Portland und von Portland nach Shanghai zu gehen, um daselbst in ein Geschäft einzutreten, als das Fallissement der Neu-Mexiko-Bank ihn um fast sein ganzes Vermögen brachte. Von neuem anzufangen, war er unlustig, und so hat er denn, seit dem Zusammenbruch, vor, es wieder als Carpenter zu versuchen, am liebsten, seiner eigenen Angabe nach, in der Brettschneidebranche, weshalb er an den Mississippi will, wahrscheinlich nach St. Louis und, wenn er dort scheitert, nach Milwaukee, Wisconsin. Er ist, wie alle Deutsche musikalisch, wovon er uns Proben gab, trotzdem ihm, die ganze Zeit über, nur die rechte Hand zur Verfügung war. Jetzt ist er vollkommen wiederhergestellt, und ihr werdet zu Spiel und Tanz mehr von ihm haben wie wir. Sein eigentliches Instrument ist die Zither, hierlandes wohl schwer zu beschaffen, aber er knipst auch auf der Violine, meistens mit einer Federspule, was allemal eine vorzügliche Wirkung macht. Er hat den Wunsch ausgesprochen, seine Weiterreise, zunächst wenigstens, zu Fuß machen zu dürfen, weil er sich, nach so vielen Wochen voll Untätigkeit, nach Bewegung und Anspannung sehnt. Wir haben seinem Wunsche gern willfahrt und ihm zwei von unsern Cherokeeleuten als Führer und Träger mitgegeben. Unsere Bitte an Euch geht nun dahin, ihm in Fort Holmes gastlich begegnen zu wollen, mit jenem Entgegenkommen, das Ihr immer übt und sich in diesem Falle doppelt belohnen wird. Er ist nämlich, von seiner Musik ganz abgesehen, über deutsche Zustände gut unterrichtet, war anno siebzig in der Nähe des deutschen Kronprinzen und hat den Einzug in Paris unter Bismarcks Augen mitgemacht. Daß seine Stellung in jenen Tagen eine hervorragende gewesen sei, wird sich kaum annehmen lassen, aber er hat doch den Vorzug, von allem damals Erlebten erzählen zu können. Ich empfehle mich Euer kameradschaftlichen Geneigtheit. *Henry Wood,* Agent of the United States Government und Kommandant von Fort Mac Culloch.«

So der Brief, der das, was Lehnert in den letzten sechs Jahren erlebt hatte, kurz erzählte. Ja, so war es gewesen: ein Vermögen war rascher hingeschwunden, als er es erworben hatte. Im übrigen war die Nachricht von dem Bankrott der Neu-Mexiko-Bank, so unvorbereitet sie ihn traf, ohne tiefere Bewegung von ihm aufgenommen worden, weil ihn dieser beinahe völlige Vermögensverlust rasch und mit einem Schlag einem im Lauf des letzten halben Jahres in San Franzisko geführten Spekulationsleben entriß, das ihm eigentlich schon widerstand, während er es noch mitmachte. Ja, er sehnte sich aufrichtig danach, an die Stelle des mit deutschen und schweizerischen und vielfach auch mit französischen Abenteurern in den Diggings verbrachten Lebens, und des schlimmren in der kalifornischen Hauptstadt, wieder ein Leben voll Arbeit treten zu lassen, und die Reise nach dem Osten erschien ihm als der erste Schritt dazu. Selbst der Eisenbahnunfall, der ihn traf, war nicht angetan, ihn anderen Sinnes zu machen. Im Gegenteil, die stillen Wochen in Fort Mac Culloch hatten ihn in diesen seinen Anschauungen nur noch gefestigt, und es war unter einem lange nicht gefühlten Behagen, daß er jetzt, frisch und rüstig, die Shawnee-Hills hinaufstieg, auf kaum fünfzig Schritt die beiden Cherokees vor sich, die seinen Koffer an einer über ihre Schultern gelegten Stange trugen. Von Zeit zu Zeit sahen sie sich nach ihm um, und ihr freundliches Grinsen, wenn er nach diesem oder jenem fragte, steigerte nur noch die Heiterkeit seiner Seele.

Gegen Mittag hatten alle drei, nach mehrmaliger Rast, den Kamm des ziemlich hohen Gebirgszuges erreicht, und Lehnert sah nun weit und frei nach Norden hin. Alles, was da vor ihm lag, war ein wohl an sieben Meilen breites, von der von Galveston kommenden Texas-Kansas-Missouri-Bahn durchschnittenes Quertal, an dessen entgegengesetzter Seite das Land allmählich wieder anstieg, bis es abermals einen ziemlich hohen, dem diesseitigen Zuge der Shawnee-Hills entsprechenden Bergzug bildete. Dazwischen wenig Leben. Von den Ortschaften an der Bahn hin waren nur die weiter entfernten sichtbar: Station Darlington und Station Gibson (letztere schon ganz drüben), während sich die verhältnismäßig nahe gelegene Station Holmes, samt ihrem gleichnamigen Fort, verbergen zu wollen schien. Erst als Lehnert die beiden Indianer herbeirief und nach dem Fort fragte, gaben sie seinem Auge die richtige Richtung, und nun sah er (die Station blieb versteckt) wenigstens die vier gekupferten Türmchen von Fort Holmes deutlich in der Nachmittagssonne blinken. Auch das palisadenumstandene Blockhaus sah er, samt seinem Feldsteinfundament, ja, die Luft war so klar, daß er vermeinte, die Palisadenstämme zählen zu können. Einer der beiden Indianer aber, der ein wenig Englisch radebrechte, wies unausgesetzt mit der Fingerspitze darauf hin und wiederholte dabei: »That's it ... Fort Holmes«, lächelnd und bedeutungsvoll hinzusetzend: »tea ... brandy ... six o'clock.«

Und ehe noch sechs Uhr heran war, hatte sich Fort Holmes in aller Gastlichkeit aufgetan, trotzdem der mitgebrachte Empfehlungsbrief, und zwar infolge zufälliger Abwesenheit des Kommandanten von Fort Holmes, noch gar nicht seine Schuldigkeit hatte tun können. Als nun aber, zwei Stunden später, der Kommandierende wieder daheim war und den ausführlichen Brief seines Kameraden Henry Wood von Fort Mac Culloch gelesen hatte, steigerte sich das Entgegenkommen noch um ein Erhebliches, und Aufforderungen von beinah dringlicher Natur ergingen an Lehnert, auch in Fort Holmes eine längere Rast nehmen zu wollen. Es würde sich schon ein Faden spinnen lassen, und was das Zitherspielen angehe, dessen der Brief Erwähnung tue, so woll' er nur sagen, die German Mennonites bei Station Darlington, keine fünfundzwanzig englische Meilen von hier, hätten eine Zither und würden sich gewiß bereitfinden lassen, sie für kurze Zeit nach Fort Holmes hin zu leihen. Auf der Bahn sei's nah, und wenn sie dann die Zither hätten (und er wisse wohl, eine Zither sei noch viel schöner als eine Irish harp), dann wollten sie »Yankee Doodle« spielen und die »Wacht am Rhein«. Aber nicht »God save the Queen«, nichts Englisches, alles Englische tauge nichts. Und dann sollten die Indianer tanzen oder auch die Nigger, deren sie seit kurzem ein paar von Galveston her hätten, und wenn dann der Tag auf die Neige ginge, dann wollten sie sich auf den Wallgang setzen und den Mond aufgehen sehen und bei Brandy und Whisky, er habe noch einen feinen alten Glen Fillan, ihren Schwatz haben, von Chattanooga und Grant und Sheridan und von Bismarck und Moltke und Old William.

In dieser Weise – denn Fort Holmes war ein einsamer Posten, ebenso wie Fort Mac Culloch – drang man gleich am ersten Abend in Lehnert ein, dieser aber, den ein ernstliches Verlangen erfüllte, dem vielwöchentlichen Nichtstun ein Ende zu machen, blieb nur bis über den zweiten Tag. Am Morgen des dritten nahm er Abschied und schritt vom Fort aus auf das gleichnamige Stationsgebäude zu, das, in kaum halbstündiger Entfernung, gerade da, wo der Schienenweg aus dem Gebirge trat, in einer halbmondförmigen Ausbiegung am Saum eines Ahornwäldchens lag.

Die kleine Bahnhofsuhr von Station Holmes zeigte neun Uhr früh, als Lehnert daselbst eintraf. In einer Viertelstunde mußte der von Galveston nach dem Norden führende Zug da sein, er kam aber mit erheblicher Verspätung, so daß Lehnert und die wenigen Personen, die mit ihm auf dem Bahnsteige warteten, sich beim Einsteigen in die Wagen beeilen mußten. Diese waren nur schwach besetzt, und in dem Coupé, darin sich's Lehnert alsbald bequem zu machen suchte, befand sich nur ein einziger Mitreisender, ein junger Mann von achtzehn Jahren, der, wiewohl einigermaßen abweichend von der Mode gekleidet, trotzdem leicht erkennen ließ, daß er einem guten Hause zugehörte. Seine Züge verrieten den Deutschen, während andererseits die Sicherheit und Ruhe seiner Haltung mit gleicher Bestimmtheit zeigte, daß er, wenn auch vielleicht nicht in Amerika geboren, so doch jedenfalls amerikanisch geschult sei. Die Gegend schien er zu kennen. Er las, in die Ecke gedrückt, eine Galvestonzeitung und hatte den linken Arm auf eine Ledertasche gestützt, in deren Messingschild, wenn nicht alles täuschte, der Name des jungen Reisenden eingraviert war. Lehnert suchte denn auch das Eingravierte zu lesen, was ihm unschwer glückte. »Tobias Hornbostel« stand in oberster Reihe, dicht darunter aber in etwas kleinerer Schrift: »Nogat-Ehre, Station Darlington, Indian-Territory.« Das war beinah eine Biographie, mindestens eine volle Adresse. Lehnert, als er Namen und Ortsangaben entziffert hatte, war von dem allen aufs äußerste betroffen, und wenn er schon vorher den Wunsch einer Gesprächsanknüpfung gehabt hatte, so steigerte sich dieser Wunsch jetzt bis zum festen Entschluß. Er wollte nur warten, bis der Mitreisende das Zeitungsblatt aus der Hand gelegt haben würde. Das war nun geschehen, und Lehnert sagte: »Ihr seid ein Deutscher?«

Der, an den die Frage sich richtete, bejahte mit vieler Freundlichkeit und fragte dann seinerseits, woran er ihn erkannt habe.

»Nichts leichter als das«, sagte Lehnert. »Du hast das deutscheste Gesicht, das ich all mein Lebtag gesehen habe. Lache nur! Und siehst dabei so klar aus und so gut. Du gefällst mir.«

»Du nennst mich du.«

»Und du mich auch«, fuhr Lehnert fort, »was mir nur beweist, daß ich recht habe. Du bist nicht bloß ein Deutscher, du bist auch ein Mennonit. Und die Mennoniten nennen sich, glaub' ich, ›du‹, ganz so wie die Quäker.«

»Daß ich nicht wüßte. Jedenfalls nicht immer.«

»Aber doch oft. Und wenn sie Tobias Hornbostel heißen, dann ganz gewiß. Nicht wahr?«

»Ja, dann gewiß«, antwortete Tobias und streckte ihm die Hand entgegen. »Ich sehe, du hast gute Augen und hast Namen und Ort auf dem Messingschilde gelesen. Und aus ›Nogat-Ehre‹ hast du den Schluß gezogen, daß ich ein Mennonit sein müsse.«

»Freilich. Aber du triffst es nur halb. Schon dein Name Hornbostel hätte mir alles gesagt, auch wenn ich den Ortsnamen Nogat-Ehre gar nicht gelesen hätte. Vor sechs Jahren, als ich eben herübergekommen war, war ich in Dakota, wo sie damals die Schwellen und Schienen für die Nordpazifikbahn legten, und in einem Dorfe, das uns wegen seiner Tieflage viel zu schaffen machte (wenn ich nicht irre, nannten sie's Dirschau), in ebendiesem Dorfe waren Mennoniten, und der Oberste der Gemeinde hieß Hornbostel, Obadja Hornbostel, mir noch deutlich in Erinnerung, weil wir, verzeih, über den Namen oft scherzten. Und ich weiß auch, daß die Rede davon war, in Obadja Hornbostels Farm einzutreten, wo's uns jedenfalls besser ergangen wär' als in unserem fiebrigen Sumpfloch. Aber ich hatte damals noch die Sehnsucht nach den Diggings hin, weil ich ein Narr war und reich werden wollte. Sonst hätt' ich's wahr und wahrhaftig auf der Stelle versucht ... Obadja Hornbostel, ein hübscher, aber etwas wunderbarer Name.«

»Das war mein Vater.«

Lehnert erschrak fast. »Aber das war ja doch in Dakota, neunhundert ›Englische‹ von hier.«

»Und ist doch so, wie ich sage. Wir waren erst in Dakota, da bin ich auch geboren, und meine Schwester Ruth auch. Und unsere Mutter ist da begraben. Und wir dachten auch in Dakota zu bleiben. Als aber ein Streit mit dem Government kam und die klugen Herren, die man uns nach Dakota schickte, so taten, als ob wir Mormonen seien, oder doch nicht viel anders, da machte der Vater kurzen Prozeß und ist ausgezogen wie Abraham, und die ganze Kolonie mit ihm, und diesen Herbst werden es fünf Jahre, daß wir hier sind und eine neue Heimat haben, in der man uns, bis jetzt wenigstens, nicht gestört hat. Erst sollt' es wieder Dirschau heißen, so wenigstens wollt' es der Vater, aber schließlich gab er es auf und nannt' es, wie die Gemeinde wollte. Und so wohnen wir denn in ›Nogat-Ehre‹.«

Lehnert, als sein junger Mitreisender so sprach, starrte nachsinnend vor sich hin und rauchte dabei mit verdoppelter Energie. Dann warf er den Stummel weg, und es war ersichtlich, daß er sich einen Plan gemacht und eine Frage vorbereitet hatte. Trotzdem schwieg er noch immer. Endlich nahm er den Hut vom Kopf, strich sich über das volle Haar und sagte: »Glaubst du an Bestimmungen?«

Der andere lachte. »Gewiß glaub' ich an Bestimmungen. Wenn Gott lebt und uns trägt und hält, muß es doch auch eine Bestimmung geben. Gott bestimmt alles, und er bestimmt sogar alles vorher.«

Lehnert sah unausgesetzt in die Landschaft hinaus. Erst nach einer Weile nahm er das Gespräch wieder auf und sagte: »Bestimmung. Ja, es wird schon so sein. Und wenn ich überlege ... Wie kam es? In Dakota hört' ich deines Vaters Namen und wollt' eintreten in seine Farm, oder doch beinah. Und hier, an den Shawnee-Hills, neunhundert Meilen weiter südlich, kaum berühr' ich das Land, wen seh' ich, wen treff' ich? *Dich*, deines Vaters Sohn. Ja, das ist Bestimmung. Gott will, ich soll mit euch leben. Glaubst du, daß dein Vater mich brauchen kann?«

Tobias schwieg.

»Du schweigst. Und ich sehe daraus, ihr seid sehr wählerisch geworden seit Dakota.«

»Nein. Das nicht. Ich überlege nur, wie's wohl ginge.«

»Das soll euch keine Sorge machen. Ich habe, von Kind auf, Schwielen an meinen Händen gehabt, und wenn ich sie hatte, war mir immer am wohlsten. Ich will deinem Vater in der Wirtschaft helfen, pflügen und graben, wenn es sein muß, und das Vieh austreiben. Ich weiß mit Axt und Säge Bescheid und kann Uhren reparieren und dachdecken, mit Schindel und mit Stroh, und einen Stollen in den Berg schlagen. Und ich kann auch die Schreiberei besorgen und werde mich überhaupt schon nützlich machen. Und wenn du mit deinem Vater sprichst, denn ich komme nicht gleich mit (du mußt vorauf, während ich in Station Darlington bleibe, das ist ja wohl eure nächste Station), dann sag ihm: ich glaubte, daß es so Gottes Wille sei, und deshalb früg' ich bei ihm an. Zweimal derselbe Name, derselbe Mann. Es steht mir fest, es *soll* so sein.«

Toby nickte. Lehnert aber, als er gleich danach in Erfahrung brachte, daß man in weniger als einer halben Stunde schon auf Station Darlington eintreffen werde, ließ das Thema, das er vorläufig als erledigt ansah, fallen und sprach statt dessen von Utah und den Heiligen am Salzsee, von Portland, wohin er, um von dort aus in ein Chinahandelshaus einzutreten, eigentlich habe gehen wollen, und zuletzt auch von Kalifornien.

»Kennst du Kalifornien?« fragte Toby.

»Nur zu gut. Was ich in vier Jahren in den Diggings erworben, bin ich in vier Monaten in San Franzisko wieder losgeworden. Aber es ist gut so. Bestimmung auch *das*. Ich habe nie am Gelde gehangen und will nur frei sein. Ist dein Vater streng? Ein großer Befehlshaber?«

»Er befiehlt nie. Er sagt nur: ›Ich denke, wir machen das so‹.«

Lehnert lachte: »Oh, das kenn' ich, das ist die fromme Form, aber es läuft auf dasselbe hinaus. Übrigens mir gleich. Wo Verstand befiehlt, ist der Gehorsam leicht. Bloß der Befehl rein als Befehl, bloß hart und grausam, da kann ich nicht mit, das kann ich nicht aushalten.«

Toby sah ihn groß an. »Das ist recht, was du da sagst. So denk' ich auch, und so denken wir alle. Und wenn du so bist, da bin ich auch sicher, du wirst dem Vater gefallen. Er hat es gern, wenn man frei spricht und eine Meinung hat. Aber eine Form muß es haben, darauf hält er.«

Unter diesem Gespräche hatte man Darlington erreicht, und beide stiegen aus. Ein kleines Ponygefährt war schon vorher bis dicht an das Stationsgebäude herangefahren, und ein junges Mädchen von kaum sechzehn Jahren hielt die Zügel in Händen. »Grüß dich Gott, Ruth!« Ein listig dreinschauender junger Cherokee, der den Dienst auf der Station hatte, stand neben dem Gefährt und wartete. Diesem warf das junge Mädchen mit großer Geschicklichkeit die Zügel zu, sprang vom Wagen und war im nächsten Augenblick in herzlichem Gespräch mit ihrem Bruder. Dies Gespräch aber, wenn nicht alles täuschte, drehte sich um Lehnert und ob man ihn nicht sofort nach Nogat-Ehre mit hinausnehmen solle, was die Schwester von ihrem Bruder Toby zu fordern schien. Und in der Tat trat dieser noch einmal an Lehnert heran und sprach in dem Sinne, wie's Ruth gewollt hatte. Lehnert blieb aber fest und beharrte bei seiner Ablehnung. Er werde die Nacht im Stationshause zubringen und am anderen Morgen auf die Farm hinauskommen. So sei's am besten, und Toby solle nur vorher schon für ihn sprechen und nichts von dem vergessen, was er ihm gesagt habe.

Damit trennte man sich, und eine Minute später rollte das Ponygefährt wieder in die Landschaft hinein. Toby fuhr jetzt, während Ruth den Arm um des Bruders Schulter gelegt hatte. Der blaue Schleier flog, und an einer Biegung des Weges sahen sich beide noch einmal um und grüßten.

»Unschuld ...« sagte Lehnert. »Wer dich hat, hat das Glück.«

ACHTZEHNTES KAPITEL

Am anderen Morgen wollte Lehnert nach Nogat-Ehre hinaus und daselbst sein Heil bei den Mennoniten versuchen. Aber bis dahin war noch eine lange Zeit, lang und bedrücklich, abgesehen davon, daß es Schwierigkeiten zu haben schien, auf der Station eine Bewirtung und selbst ein Unterkommen zu finden. Als dies Unterkommen aber erst bewilligt war, fand sich auch ein Essen: ein Huhn, das bei Eintreffen des Zuges noch im Wegekies umhergescharrt hatte. Dabei blieb es denn freilich – es war eine von den Einsamkeitsstationen –, und Lehnert, um die Zeit notdürftig hinzubringen, sah sich gezwungen, stundenlang alte Geschäftsanzeigen und noch ältere Fahrpläne zu lesen. Dann und wann kam ein Zug, das war etwas, aber die daraus erwachsende Zerstreuung war doch nur gering und jedenfalls immer nur von kürzester Dauer.

Der letzte Zug kam um neun Uhr vierzig Minuten und war ein Expreßtrain, der, auf der Strecke von Galveston bis St. Louis nur dreimal auf längere Zeit anhaltend, an einer so kleinen Station wie Darlington mit rasender Geschwindigkeit vorübersauste. Lehnert sah diesem Zuge nach und freute sich der am letzten Wagen ausgehängten Laterne, die, wie suchend, auf die durchflogene Strecke zurückzublicken schien; plötzlich aber schwand das Licht in einem Nebelstreifen, so wenigstens kam es ihm vor, und als Lehnert es wiederzufinden trachtete, sah er plötzlich statt des *einen* Lichtes viele Lichter, wie wenn der Zug mit seinen erleuchteten Waggons eine Biegung gemacht und aus der senkrechten Linie in die waagerechte übergegangen wäre. Jeden Augenblick war er denn auch gewärtig, das helle, lichterreiche Bild, in dem er nach wie vor den Zug vermutete, zwischen den Bergen verschwinden zu sehen. Als es aber blieb, überkam ihn eine Neugier, und er fragte den jetzt dienstfreien Beamten, was es sei.

»Das ist Nogat-Ehre.«

»Nogat-Ehre«, wiederholte Lehnert und sah unausgesetzt auf das Geflimmer, das ihn friedlich wie die Sterne zu grüßen schien.

Lehnert war früh auf und hatte wieder auf derselben Bank am Stationshause Platz genommen, von der aus er, am Abend vorher, erst auf den verschwindenden Eilzug und dann auf die bleibende Lichterreihe von Nogat-Ehre geblickt hatte. Der Morgen war frisch und steigerte das Wohlgefühl, das ihm ein guter und auskömmlicher Schlaf gegeben hatte, trotzdem war seine Zuversicht hin und einem starken Zweifel gewichen, dem Zweifel, ob er, trotz seiner Unterredung mit Tobias, den Schritt auch tun und sich in Nogat-Ehre melden solle. Wie war sein Leben verlaufen? Unter Abenteuer und Gewalttätigkeit und unter Auflehnung gegen Ordnung und Gesetz. Und *er* wollte sich bei den Mennoniten verdingen? Ja, wer waren denn die Mennoniten? Damals, als er noch im Camp in Dakota lag und abends beim Gin immer nur ein Witzeln über die Mennoniten hörte, die für reich galten und weiter nichts, da hätt' es vielleicht gepaßt, weil er's nicht besser wußte. Jetzt aber wußte er, daß es fromme Leute seien, fromm und fleißig und wahrheitsliebend und Feinde von Eid und Krieg. Und in solche Friedensstätte wollt' er einbrechen? Das durft' er nicht; er gehörte nicht dahin, er war eine Störung, und wenn er *keine* Störung war und den Frieden der Friedfertigen *nicht* trübte, war er seinerseits der Mann, den Frieden, den er da vorfand, auch nur tragen zu können? Lag es nicht so, daß der Krieg sein einzig Stück glücklich Leben gewesen war? Und was verwürfe der Mennonit mehr als den Krieg?

So sinnend, sah er auf das Bahngeleise, das, auf kaum zehn Schritt Entfernung, hart an ihm vorüber nach Norden führte. War es nicht besser, diesem eisern vorgeschriebenen Wege, wie er's ursprünglich gewollt hatte, zu folgen?

Er überlegte noch, als er, schräg neben der Bahn, ein zierliches kleines Fuhrwerk über die Felder kommen sah, und ein zweiter rascher Blick war ausreichend, ihn erkennen zu lassen, wer die Herankommenden seien. Es waren die Geschwister, die gestern auf demselben Feldwege die Heimfahrt nach Nogat-Ehre gemacht hatten, und Ruths Schleier, der auch heute wieder wehte, nahm ihm den letzten Zweifel. Und mit diesem Zweifel fielen auch all *die* Bedenken, die seit Stunden auf ihm gelastet hatten, wieder von ihm ab, und es stand wieder fest in seiner Seele, daß die gestrige Begegnung eine Schickung gewesen sei, und daß er's bei den Mennoniten versuchen müsse. Freudig erhob er sich und ging rasch auf den kleinen Wagen zu, der eben die Schienen kreuzend, mit geschickter Biegung auf den Hof des Stationsgebäudes fuhr. Derselbe junge Cherokee, der schon gestern bei Lehnerts Ankunft bereitgestanden hatte, sprang auch heute wieder dienstfertig hinzu, Tobias aber gab der Schwester die Zügel in die Hand, stieg ab und begrüßte sich mit Lehnert.
»Alles in Ordnung. Ich habe mit dem Vater gesprochen und es ist nun an dir, in unsere Farm einzutreten und sein Hausmeier

zu werden. Ob erster oder zweiter, das wird sich zeigen. Er ist froh, einen Deutschen mehr in seinem Hause zu haben. Er sagt, die Deutschen seien die besten, auch wenn sie, verzeih, nichts taugten. Und nun erlaube mir nachzuholen, was ich gestern versäumt habe, dir meine Schwester Ruth vorzustellen, ›un ange‹, wie Monsieur L'Hermite jeden Tag mehreremal versichert, eine ›verwöhnte Krabbe‹, wie Mister Kaulbars sagt. (Ruth nickte). Mister Kaulbars ist nämlich ein Landsmann von dir, ein Preuße, der dir, denk' ich, ein gut Teil von Prince Frédéric Charles erzählen wird. Aber nun steig auf und setz dich neben Ruth. Oder noch besser, wir setzen uns zwei beid' in den Fond, und Ruth kutschiert. Sie fährt nämlich wie ein Fahrer, ein Wort, das ich auch deinem preußischen Landsmann verdanke.«

Während Toby noch so plauderte, war auch der Clerk aus dem Stationshause herangetreten, dem nun Auftrag gegeben wurde, Lehnerts Felleisen nach Nogat-Ehre hinauszuschaffen. Er versprach es auch mit aller Bereitwilligkeit, denn im Stationshause hielt man auf gute Nachbarschaft mit den Mennoniten, besonders mit Obadja, der es an Hilfen und Liebesdiensten nie fehlen ließ und erst neulich wieder, bei der Krankheit des jüngsten Kindes, mit Akonit und Nux Vomica geholfen hatte.

Mittlerweile lenkte das Wägelchen in den Feldweg ein, und die Bahn in freilich immer weiter werdendem Abstande neben sich, ging es zwischen den Maisfeldern hin, deren hoher Stand den Wagen samt seinen Ponys überragte. Schließlich war man aus den Maisfeldern heraus, und gelber Raps lag vor ihnen, dessen Duft der von dem den Shawnee-Hills gegenübergelegenen Gebirge herkommende Wind ihnen zutrug. Und dazu klangen die Glöckchen, wenn die Shetländer ihre langen Mähnen schlugen, um sich der Bremsen zu erwehren. Lehnert aber sog das alles begierig ein und es war ihm, als flög' er und als wären es alte Zeiten und als täten sich Heimat und Glück noch einmal vor ihm auf.

»Ist das alles euer?« fragte er und wies auf die Fruchtfelder links und rechts.

»Ja«, sagte Toby, »das heißt alles Mennonitenland, alles Nogat-Ehre. Was aber dem Vater persönlich gehört, *unsere*

Farm, das liegt nach der anderen Seite zu, das sollst du morgen sehen, da steht es noch besser, und der Klee geht bis über die Wagenräder. Du mußt nämlich wissen, der Vater ist ein großer Farmer und Landmann und liest alle Zeitungen und Zeitschriften, und was die Gelehrten anraten, und besonders, wenn es aus England kommt, das schafft er an und scheut kein Geld. Nicht wahr, Ruth?«

Ruth, ohne sich nach ihnen umzusehen, nickte langsam und gravitätisch, und Lehnert sah aus der halb komischen Art, in der diese Zustimmung erfolgte, daß Obadja zu den Neuerungsenthusiasten gehören müsse, die den Entdeckern das Ei fortziehen, noch eh' es ausgebrütet. Überhaupt konnt' er wahrnehmen, daß das Gemisch von Offenheit und Heiterkeit, das ihn schon an dem Bruder so angezogen hatte, bei der Schwester noch stärker vertreten war. Von Ernst und Schwerfälligkeit keine Spur und dabei ihr Frohsinn von jener entzückenden Art, wie die kindlich Gläubigen ihn so oft haben, die nicht anders wissen, als daß Gottes gütige Vaterhand sie jeden Augenblick hält und trägt und schützt. Ein beseligendes Gefühl immer abwesender Gefahr.

Eine kleine Pause war eingetreten, und Toby, dem daran lag, das so glücklich eingefädelte Gespräch auch fortgesetzt zu sehen, nahm es an alter Stelle wieder auf und sagte: »Ja, kein Geld und keine Müh'. Nichts scheut er. Und das alles bei seinen hohen Jahren.«

»Ist er denn schon so alt?« fragte Lehnert. »Ihr seid ja doch beide noch so jung.«

»Dreiundsiebzig«, lachte Ruth.

»Da muß er sehr spät geheiratet haben.«

Jetzt verdoppelte sich das Lachen. Aber Toby, der wohl fühlte, daß das Lachen Lehnert verlegen machen müsse, gab nun Aufklärung und erzählte, daß der Vater dreimal verheiratet gewesen sei, so daß sie viele Halbgeschwister hätten. Die Kinder der ersten Ehe seien nach Preußen, nach Danzig und Dirschau, zurückgegangen, die der zweiten lebten in Dakota, und sie beide seien die jüngsten. Ihr ältester Halbbruder sei schon über vierzig Jahre und voriges Jahr zum Besuch in Nogat-Ehre gewesen.

In diesem Augenblicke stieg der Boden ein wenig an, und als man oben war, wurd' in kaum halbmeiliger Entfernung eine blinkende, langgestreckte, nur hie und da von hohen Pappeln überragte Häuserreihe sichtbar, auf die Ruth jetzt mit der Peitschenspitze hindeutete. »Das ist Nogat-Ehre. Siehst du's? In einer Viertelstunde sind wir da. Das letzte Gehöft da, zwischen den zwei Pappeln, das ist unser Haus. Und dann kannst du sehen, wie wir leben. Es wird dir schon gefallen. Das heißt, wenn du nicht so sauertöpfisch bist wie Mister Kaulbars, dein Landsmann. Der hat an allem was auszusetzen. Ob alle Preußen so sind? Ich kann es mir nicht denken. Du siehst um vieles freundlicher aus und so recht, als ob du glücklich und zufrieden sein könntest. Aber ich spreche so, wie wenn wir dich schon hätten. Und wir haben dich noch lange nicht. Ich weiß ja noch nicht einmal deinen Namen ... Toby, warum hast du mir seinen Namen nicht genannt?«

Toby lachte. »Weil ich ihn selber noch nicht weiß. Und der Vater hat auch gar nicht danach gefragt. Aber nun wird es freilich Zeit damit, wenn wir nicht mit einem Namenlosen in Nogat-Ehre einfahren wollen.«

»Ich heiße Lehnert Menz.«

»Ein hübscher Name«, sagte Toby.

Ruth nickte zustimmend. Aber gleich danach schien sie wieder wie wankend und schwankend zu werden und setzte hinzu: »Ja, hübsch. Aber was ist Lehnert? Ist es ein Kalendername?«

»Freilich ist er. Und du solltest ihn kennen. Lehnert ist Lienhardt. ›Lienhardt und Gertrud‹ wirst du doch noch nicht ganz vergessen haben.«

»Nein, gewiß nicht. Und war die schönste Geschichte, die wir als Kinder gelesen haben. Und der Vater kam oft dazu, wenn die Mutter sie vorlas, und nur Maruschka schlief immer ein und wurd' erst wach, wenn ich sie mit dem Grashalm kitzelte. Ja, ›Lienhardt und Gertrud‹, das kenn' ich, das war schön, wenn ich auch, offen gestanden, nichts Rechtes mehr davon weiß, und wenn Lienhardt und Lehnert ein und dasselbe sind, dann gefällst du mir noch besser. Und wenn du *so bist* wie Lienhardt, denn soviel weiß ich noch, daß er gut war, da wollen wir gute Freunde werden.«

Als Ruth noch sprach, passierte man einen Brückenbogen und bog jenseits desselben in einen breiten, mit jungen Akazien besetzten Weg ein, zu dessen einer Seite ein von den Bergen kommender Bach schäumte, während sich an der anderen Seite die Gehöfte der Mennonitenkolonie hinzogen. Man war in Nogat-Ehre. Soviel Lehnert im Passieren der langen Dorfstraße wahrnehmen konnte, schienen die Gehöfte von ziemlich gleichem Aussehen und bestanden aus einem einstöckigen Fachwerkwohnhaus, das mit breiter Front auf die Straße blickte, während die großen Stallgebäude querstanden und mit ihren Giebeln (statt mit der Front) auf die Straße sahen. Einige hatten vor ihrer Tür eine mit Geißblatt und Pfeifenkraut umsponnene Gitterlaube, von der aus vier oder fünf Steinstufen zunächst auf den Akazienweg und dann bis zum Bach hinab führten, allen Häusern gemeinsam aber war ein von einem Staketenzaun eingefaßter Vorgarten, in dem, zwischen Taxus- und Buchsbaumrabatten, einige wenige Georginen, meist aber Malven und Sonnenblumen standen, ganz als ob es Gärten aus der Nogat- und Weichselniederung wären.

Lehnert ging das Herz auf beim Anblick dieser einfachen Anlagen, die den aus Deutschland mitgebrachten Gartentypus mit so viel Vorliebe weiterpflegten, und wandte sich eben, um eine große Glaskugel und ein bemaltes Bienenhaus noch einmal flüchtig zu mustern, als er, als letztes in der Reihe, eines größeren Gehöftes ansichtig wurde. Täuschte nicht alles, so war dies das Gehöft, auf das Ruth, als sie noch durch die Felder fuhren, hingewiesen hatte. Ja, das mußt' es sein; da waren ja auch die hohen Pappeln, und wirklich, einen Augenblick später lenkte das Ponygefährt auf den etwas ansteigenden und fast eine Rampe bildenden Kiesweg hinauf und hielt nun vor dem Schwellstein eines ziemlich nüchtern wirkenden, weitschichtigen Hauses, das zum Unterschiede von den anderen bis dahin passierten ohne Staketenzaun und ohne Vorgarten war und durch seine Stille, seine hohen Fenster und nicht zum wenigsten durch ein paar gotische Holzverzierungen an ein halb kirchliches Gebäude gemahnte.

»Hier sind wir«, sagte Toby, nahm seiner Schwester die Zügel aus der Hand und wartete, bis ein Knecht (auch hier ein junger Cherokee) vom Hof her erschien, dem er das Gespann übergeben konnte. Dann traten alle drei, von der Rampe her, in ein bis hoch hinauf mit Holz bekleidetes Treppenhaus, das durch die ganze Tiefe des Hauses lief. Ruth, als man bis an die gradlinig aufsteigende Treppe gekommen war, gab Lehnert zum Abschiede die Hand, wandte sich aber auf der dritten Stufe noch einmal und sagte: »Die Hauptsache nicht zu vergessen, Gott segne deinen Aus- und Eingang.« Und nun erst eilte sie rasch ihrer im Oberstock gelegenen Wohnung zu. Toby mußte lächeln, als er sah, wie Lehnert der Erscheinung nachblickte. Dann nahm er seinerseits Lehnerts Arm und sagte: »Nun komm, daß ich dich zu dem Vater führe!«

Das einen großen Flur bildende Treppenhaus hatte zu beiden Seiten Bänke, sonst war es ein leerer Raum, der, mit Ausnahme des Frontportals, nichts als drei Türen zeigte, von denen eine kleinere nach dem Hof hinaus ging, während zwei hohe Doppeltüren in die neben dem Treppenhause gelegenen Haupträumlichkeiten führten. Beide Doppeltüren standen in diesem Augenblick auf und gestatteten einen Blick nach rechts hin in einen Betsaal oder ein Tabernakel, nach links hin in eine hochgewölbte Halle. Diese Halle – von mächtiger Wirkung, trotzdem sie von kleineren Dimensionen als das Tabernakel war – mußte von jedem, der in Obadjas Wohn- und Arbeitszimmer wollte, passiert werden. Auch hier übrigens, in dieser geräumigen Halle, gab sich, ganz so wie draußen im Flur, alles aufs einfachste; nur ein schwerer Eichentisch, um den einige Stühle standen, zog sich durch den nahezu schmucklosen und nur mit einem Geweihkronleuchter ausstaffierten Fest- und Speiseraum, dem ein großer, an der einen Schmalseite befindlicher Silber- und Geschirrschrank zugleich als Anrichtetisch diente. Des weiteren aber lief, quer durch den Raum hin, eine Matte von Kokosfaser auf eine kleine Türe zu, deren gobelinartige Portiere Toby jetzt zurückschlug. Und nun ließ er Lehnert vorgehen und folgte.

Wenn das Treppenhaus schattig und die Halle beinah dunkel gewesen war, so war hier alles hell, denn ein breiter Lichtstreifen fiel durch ein Giebelfenster von beträchtlicher Höhe; neben diesem Fenster aber, und von seinem Lichte noch halb umschienen, saß Obadja bei seiner Korrespondenz, die, sorglich von ihm unterhalten, nach den verschiedensten Teilen der Union, ganz besonders aber nach Kansas und Dakota ging. Als er hörte, daß wer eingetreten war, wandt' er sich, indem er einfach den Stuhl drehte, der Tür zu, blieb aber sitzen.

»Lieber Vater«, sagte Toby, »hier bring' ich dir Mister Lehnert Menz.«

»Lehnert Menz«, wiederholte ruhig und freundlich der Alte. »Hab' ich recht verstanden?«

»Zu Befehl«, sagte Lehnert.

Obadja lächelte, weil er sich, aus lang zurückliegenden Zeiten her, dieser preußisch-militärischen Form der Bejahung erinnerte. »Nun, Mister Lehnert«, fuhr er fort, »Ihr wollt es also mit uns versuchen? Toby hat mir davon erzählt. Und hat mir auch erzählt, daß Ihr ein Zeichen darin sähet, daß sich unsere Wege vor Jahren schon einmal gekreuzt haben. Und darin habt Ihr recht, denn es gibt solche Zeichen, so gewiß es eine Vorbestimmung und eine Gnadenwahl gibt. Und das ist unser aller Hoffnung, ein solch Erwählter zu sein. Aber, Toby, nun sorge vor allem für einen Imbiß, und wenn du Maruschka nicht findest, die wohl schon ihre Vormittagsruhe halten wird . . . es ist unsere älteste Dienerin und Freundin, und wir müssen ihr etwas zugute halten . . . so sag' es der Mistreß Kaulbars. Es wird ohnehin Zeit, daß wir ihr das Küchenwesen anvertrauen, auf das sie sich jedenfalls besser versteht, schon weil sie noch jung und noch bei Kräften ist. Aber nun, Mister Lehnert, nehmt einen Stuhl und rückt hier heran und setzt Euch ins Licht, daß ich Euch besser sehen kann. Es geht noch mit allem sonst, des Barmherzigen Gnade sei dafür gepriesen, aber mit dem Sehen will es nicht mehr recht. Und ich sehe doch jedem gern ins Auge. Das Auge sagt noch mehr als die Stimme.«

Lehnert tat, wie ihm geheißen, und erwartete nun, daß ein Fragen und Katechisieren beginnen werde, ja mehr, es lag ihm daran, es war geradezu sein Wunsch. All die Zeit über hatte seine Tat auf seiner Seele gelastet, und er sehnte sich danach, alles herunter zu beichten und in dieser Beichte Trost und Erleichterung finden zu können. Aber von dieser Erwartung erfüllte sich nichts, und wenn ihm auch nicht entging, daß Obadja, wie zufällig, seine Hand nahm und ihn dann von der Seite her ansah, so konnt' ihm doch noch weniger entgehen, daß jede direkte Frage nach Leben und Vergangenheit mit Absicht vermieden wurde.

»Ich höre von meinem Sohne Toby«, nahm er nach einer Weile wieder das Wort, »daß Ihr ein Preuße seid, also, meiner Geburt nach, ein Landsmann von mir und jedenfalls ein Landsmann meiner zwei ältesten Söhne, die diesem neuen Lande wieder den Rücken gekehrt haben und lieber drüben sind als hier. Und vielleicht haben sie recht getan. Denn die Freiheit, deren wir uns hier rühmen und freuen, ist ein zweischneidig Schwert, und die Despotie der Massen und das ewige Schwanken in dem, was gilt, erfüllen uns, sosehr ich die Freiheit liebe, mit einer Unruhe, die man da nicht kennt, wo stabile Gewalten zu Hause sind.«

Lehnerts Auge sagte, daß er dem eben Gehörten zustimme, während der Alte selbst in dem ihm eigenen lehrhaften Tone fortfuhr: »Aber das alles sind Fragen, die für mich zu spät kommen. Ich gehöre jetzt diesem Lande, dem ich für so vieles zu Danke verpflichtet bin, von ganzem Herzen an, und ich zahl' ihm meinen Dank am besten, indem ich ihm nach meiner Kraft diene. Der aber macht sich am nützlichsten, der arbeitet und vordringt und aufschließt und den Wald und das Heidentum ausrodet und den Glauben an Jesum Christum, unsern Erlöser, an seine Stelle setzt. Ja, Lehnert Menz, *der* dient ihm am besten, der in der Arbeit steht und Ordnung hält. Und Ordnung und Arbeit, worauf es ankommt, die sind in dem Lande drüben, drin wir beide geboren wurden, recht eigentlich zu Haus, und um dieser Tugenden und vor allem auch um der Nüchternheit willen sind mir die Preußen die liebsten und sind mir die nutzbarsten Mitarbeiter am Werk. Das verdanken sie von alter Zeit her ihren Fürsten und Königen, die sich selbst immer mit Stolz die ersten Diener, das will sagen die fleißigsten Arbeiter, ihres Landes genannt haben, und verdanken es ihren Schulen und ihrer guten Zucht und Sitte.«

Hier unterbrach sich Obadja, wie sich Prediger in ihrer Predigt unterbrechen, um nach einiger Zeit einen neuen Anlauf zu nehmen, und Lehnert schwieg, weil er fühlte, daß jetzt ein Übergang kommen müsse. Und der kam denn auch wirklich.

»Ihrer guten Zucht und Sitte«, wiederholte Obadja. »Und diese gute Zucht und Sitte hat auch der gute Mister Kaulbars, der jetzt meiner gesamten Wirtschaft als ein Verwalter und Hausmeier vorsteht. Er ist ein ehrlicher Mann, ohne Lug und Trug, ein treuer Arbeiter und prompt in der Erfüllung seiner Pflichten und hat, was ihn meinem Herzen am nächsten stellt, die rechte Freud' und Lust an dem Segen Gottes als solchem, und eine Ernte zugrunde gehen zu sehen, das wurmt ihn und quält ihn, auch wenn jeder Halm versichert ist. Es ist ihm nicht um den Gewinn bloß, es ist ihm um den Segen, den er nicht missen will. Ja, so ist dieser Mister Kaulbars, den ich, solang ich noch in der Arbeit steh' und hienieden ein Knecht meines Gottes bin, in Ehren zu halten gedenke. Aber Euer Landsmann ist ein Eigensinn und ein Besserwisser, der sich dem neuen Lande, drin er nun lebt, nicht anbequemen und alles nach der Weise seiner alten Heimat anordnen und regeln will. Er gehorcht wohl, weil er im Gehorsam erzogen ist, aber es ist ein toter Gehorsam, und ein toter Gehorsam ist unfruchtbar, nicht bloß in Herz und Seele, sondern auch auf dem Arbeitsfelde draußen, und so schädigt er mich, ohne es zu wollen, und mindert mein Gut, das ich, dies darf ich sagen, nicht ansammle zu meiner und meines Hauses, wohl aber zu Gottes und seiner Heiligen Ehre. Dem will ich abhelfen, da will ich Wandel schaffen, und dessen verseh' ich mich von *Euch*. Ich hab' in Eurem Auge gelesen, und ich kenne Euch nun: Ihr habt einen Ehrgeiz, und es lastet was auf Eurer Seele, das hat Euch bis diese Stunde durch die Welt getrieben, und sehe das Zeichen auf Eurer Stirn. Aber ich weiß auch, daß Ihr ein tapferes Herz habt und einen Edelsinn, der sich nicht verleugnet, wo Liebe ihn pflegt. Und diese Liebe soll Euch werden. Getröstet Euch dessen. Keiner, der unter dieses Dach getreten, ist ungetröstet von dannen gegangen. Im Namen dessen, der die Liebe war, ruf' ich Euch zu: Kommt her zu mir, die ihr mühselig und beladen seid! Lehnert Menz, deine Last soll von dir genommen werden. Ich segne dich …«

Und Lehnert, während er den Kopf neigte, fühlte, wie die Hand Obadjas seinen Scheitel berührte.

ZWANZIGSTES KAPITEL

Nebenan in der großen Halle war inzwischen für Lehnert ein Frühstück aufgestellt worden, und zwar durch Frau Rosalie Kaulbars in Person, die, weil sie der Umsicht des kleinen Cherokeemädchens mißtrauen mochte, nicht nur alles Nötige selbst herzugetragen, sondern dem angerichteten Frühstückstisch auch noch eine der preußisch-heimischen Art entsprechende Ausschmückung gegeben hatte. So kam es, daß sich, um gleich die Hauptsache zu nennen, um die Kufe mit saurer Milch ein blühender Lindenzweig legte. Eier in der Schale samt Schinken vervollständigten das einfache Mahl, dem anfänglich, einigermaßen aus der Rolle fallend, auch noch eine halbe Wassermelone beigegeben war, bis der zufällig vom Felde hereingekommene Mister Kaulbars gegen solche Zusammenstellung remonstriert hatte. »Was denkst du denn eigentlich, Röse? Soll er hier gleich mit Kullern und Schneiden anfangen?«

Das war voraufgegangen. Als aber Lehnert aus Obadjas Zimmer trat, lag nicht nur das Zwiegespräch der Kaulbarsschen Eheleute um einige Minuten zurück, sondern auch das Ehepaar selbst hatte sich, um nicht neugierig zu scheinen, aus der Halle wieder in die Wirtschaftsräume des abgetrennt stehenden Quergebäudes zurückgezogen. Statt ihrer waren jetzt Ruth und Toby da, mit ihnen Uncas, ein wundervoller, schwarz- und weißgefleckter Neufundländer, der seine Herrin Ruth auf Schritt und Tritt zu begleiten pflegte. Toby ging Lehnert entgegen, um ihn, die Honneurs des Hauses machend, bis an die Schmalseite des Tisches zu führen, wo gedeckt war.

»Stören wir dich, wenn wir uns zu dir setzen?« fragte Toby.

Lehnert suchte nach einer Antwort, aber er fand sie nicht. Er war wie benommen von dem allem. Das war *mehr* Liebe, als er sich in seinem ganzen dreiunddreißigjährigen Leben zusammenrechnen konnte. Er legte die Hand auf die Stuhllehne, drin ein Kleeblatt eingeschnitten war, und faltete die Hände zum ersten Male seit vielen Jahren. Dabei war ihm, als flimmere was vor seinen Augen.

Die Geschwister schwiegen und sahen ihm bewegt zu. Als sie aber wahrnahmen, daß er sich wieder gesammelt hatte, sagte Toby: »Nun also, Lehnert, wir bleiben und leisten dir Gesellschaft. Sieh nur, Uncas schließt auch Freundschaft mit dir. Nicht wahr, Ruth, das bedeutet was? Er ist sehr wählerisch und hält nicht gleich zu jedem.«

Lehnert nahm von der Milch und brach dann, um sie sich vorzustecken, einige Blüten von dem Lindenzweig ab, und Ruth sah wohl, daß ihn dieser Zweig ganz besonders erfreut hatte.

»Das dankst du dem Mister Kaulbars und seiner Frau«, sagte Ruth. »Die sagten, das sei so Sitte drüben. Und da bin ich selber gegangen und habe den Zweig gepflückt und um die Milchkufe gelegt, aber die Wahrheit zu gestehen, doch nur mit halber Freude. Denn die Kaulbarse, besonders aber *er*, wollen alles preußisch machen, und wenn ich denke, daß du nun auch ein Landsmann von ihnen bist, so beschleicht mich eine kleine Furcht, daß wir hier eine preußische Kolonie werden.«

»Das hat gute Wege«, lachte Lehnert, »ich habe das Alte drüben gelassen.«

»Ja«, fuhr Ruth fort, »das sagen alle, die herüberkommen, und auch die Kaulbarse haben so was gesagt; aber eigentlich halten sie fest am Alten, und da macht keiner eine Ausnahme, nicht einmal Monsieur L'Hermite, der freilich nicht am Alten hängt, aber doch an seinen alt mitgebrachten Ideen, und sich dabei einbildet, was mindestens ebenso schlimm ist, der Neueste der Neuen zu sein.«

»Und soll er es nicht?« warf Toby ein. »Ist er nicht der Allerneuesten einer? Ist er nicht ein Communard? Und wenn du von Furcht redest, von Furcht vor Lehnert und vor den Preußen, warum, wenn du doch von ›ebenso schlimm‹ sprichst, warum fürchtest du dich nicht vor Monsieur L'Hermite und seiner Commune?«

»Weil ich nicht an sie glaube.«

»Wie kannst du das sagen, Ruth! Das ist Torheit. Warum glaubst du nicht an sie?«

»Weil sie für *uns* ein Märchen ist.«

»Ein schönes Märchen! Rotkäppchen ist mir lieber.«

»Da triffst du's freilich«, lachte Ruth und war froh, von einem Gespräche loszukommen, das ganz gegen ihren Willen ins Politische hineingeraten war. Und nun tat sie noch ein paar Fragen, und als Lehnert mittlerweile sein Mahl beendet hatte, wandte sie sich wieder an den Bruder und sagte: »Nun aber ist es Zeit, Toby, daß wir Mister Lehnert auf sein Zimmer führen.«

Alle drei stiegen treppauf. Toby führte, während Ruth, im Geplauder mit Lehnert, folgte.

Der Oberstock war von ganz anderer Einrichtung als das im wesentlichen nur aus Treppenhaus, Betsaal und Halle bestehende Erdgeschoß, und wenn dieses letztere, mit Ausnahme von Obadjas Wohnzimmer, lediglich kirchlichen Zwecken oder gelegentlicher gesellschaftlicher Repräsentation diente, so diente das, was eine Treppe hoch lag, dem häuslichen Leben, der Gemütlichkeit, der Familie. Beide Hälften des Oberstockes, zwischen ihnen ein großer quadratischer Flur, waren durch einen schmalen Mittelgang wieder in eine Reihe verschiedenster Vorder- und Hinterzimmer geteilt, von denen alles Linksseitige von Maruschka, Ruth und Toby bewohnt wurde, während alles an der entgegengesetzten Seite Gelegene die Gast- und Fremdenzimmer umschloß. Eines derselben war für Lehnert bestimmt worden und lag dem Zimmer gegenüber, das von Monsieur L'Hermite bewohnt wurde.

Ruth, als man oben war, ging, sich verabschiedend, nach links hin den Gang hinunter, während Toby Lehnerts Hand nahm und ihn, nach der anderen Seite hin, auf einen in Dämmerlicht daliegenden Korridor zuführte. Nur am Ende desselben war ein Lichtschein. Dieser kam aus Monsieur L'Hermites Zimmer, das meist offen stand und dem Korridor nicht bloß einiges von seiner Helle, sondern, nicht eben zur Freude der anderen Hausbewohner, auch viel von dem »Korporal« mitteilte, der beständig darin geraucht wurde. Lehnert, als er bis heran war, warf einen Blick in das Zimmer hinein und sah hier einen hageren Mann von Mitte fünfzig, mit Zwickelbart und Käppi, der, an einem Schraubstock eifrig beschäftigt, eben in einem scharfen Profile sichtbar wurde. Auch L'Hermite sah von der Arbeit auf und schob das Käppi nach hinten, was einen Gruß bedeuten, aber auch bloße Neugier sein konnte. Weiter darüber nachzudenken, verbot sich, denn Toby hatte mittlerweile die gerad gegenübergelegene Tür geöffnet und trat ein, während Lehnert folgte.

»Das ist nun also dein Heim, Lehnert, das dir eine Friedensstätte werden möge. So soll ich dir im Auftrage des Vaters sagen. Er hat dies Zimmer für dich ausgesucht, weil er meint, die Berge drüben würden dich freuen.«

»Das werden sie; danke deinem Vater dafür! Und nun sage du mir, wie hab' ich mich drüben zu meinem Nachbar zu stellen? Er ist ein Franzose?«

»Ja. Von Geburt. Aber es ist sein nicht geringer Stolz und, wie du bald erfahren wirst, auch sein Lieblingsthema, die nationalen Vorurteile hinter sich zu haben. Er war, wie du vorhin schon aus unserem Gespräche gehört haben wirst, ein Mitglied der Commune, ja mehr, ein Führer derselben und hat den Erzbischof von Paris erschießen lassen und sollte dann später selbst erschossen werden. Nur durch ein Wunder kam er mit dem Leben davon. All das sind Dinge, wovon ich dir (wenn er's nicht selber tut) ein andermal erzählen werde. Heute nur das noch, daß er deinen Frieden nicht stören wird, höchstens deine nächtliche Ruhe. Denn er ist ein unruhiger Geist, den mitunter die Lust anwandelt, ein paar Stunden in der Nacht zu plaudern. Vielleicht ist es auch sein Gewissen, was ihn wach hält. Und dann wankt er durch das Haus und weckt jeden, und einmal war er selbst bei dem Vater. Und dann spricht er wie irr und deklamiert lange Gedichte vom Menschengeist, der seine letzten Fesseln abwerfen müsse.«

»So nehmt Ihr ihn also einfach als einen Irren?«

»O nein, durchaus nicht; er ist nicht irr, im Gegenteil, er ist grundgescheut und kann alles und weiß alles. Er hat nur eine Menschheitsbeglückungsidee, der er alles opfert und am liebsten einen Erzbischof, einen Empereur, einen Papst. In seinen Ideen ist er ein Fanatiker und tut das Äußerste, sonst aber ist er wie ein Kind. Er ist der Friedliebendste von uns allen und es ist rührend, ihn zu sehen, wenn er Ruth sieht. Dann verklärt sich sein Gesicht, und ich glaube, wenn sie's beföhle, so ging er nach Neukaledonien und Nouméa zurück. Von da floh er nämlich und kam bis hierher. Aber was sprech' ich nur von Monsieur L'Hermite. Du wirst ihn kennenlernen, und unter allen Umständen ist er kein Gesprächsstoff für deinen Einzug an dieser Stelle. Denn es ist Blut an seinen Händen, ungesühntes Blut.«

Lehnert, als Toby so sprach, brannte der Boden unter den Füßen, und es war ihm, als ob er fliehen müsse. Toby aber, völlig ahnungslos, welche Wirkung seine harmlos hingesprochenen Worte hervorgerufen hatten, trat in diesem Augenblick an ein mit allerhand Matten und Kissen belegtes, zugleich als Sofa dienendes Bambusgestell und sagte, während er auf zwei darüber aufgehängte Bildchen in schwarzem Rahmen hinwies: »Das ist der Remter in Marienburg . . . Und das hier ist Kloster Oliva. Kennst du sie? Sie sind das einzig Preußische, was wir noch von alter Zeit her im Hause haben.«

Es war nicht ohne Verlegenheit, daß Lehnert Namen und Dinge hörte, die jenseits seiner Kenntnis lagen, es blieb ihm aber erspart, diese Nichtkenntnis bekennen zu müssen, denn Toby brach ab, ohne auf Antwort zu warten, und verließ das Zimmer. Als er schon draußen war, wandt er sich noch einmal zurück und sagte: »Ich hoffe, daß nichts fehlt. Wenn aber etwas fehlen sollte, hier ist der Knopf, auf den du drücken mußt; es ist eine Drahtleitung, die wir Monsieur L'Hermite verdanken. Monsieur L'Hermite ist nämlich ein Erfindergenie; nun, du wirst ihn ja kennenlernen. Und nun Gott befohlen. Ich will zu Ruth und ihr, wozu ich gestern nicht kam, von Galveston erzählen und von Edwin Booth, der von New York auf Gastspiel da war und volle Häuser machte. Good-bye!«

Und nun war Lehnert allein, ein Moment, nach dem er sich gesehnt hatte. Benommen von der Fülle von Eindrücken, die diese wenigen Stunden ihm gebracht hatten, ging er auf das mit Matten und Kissen überdeckte Lager zu, streckte sich nieder und schloß die Augen. Er wollte nicht sehen, um die Bilder seiner Seele desto deutlicher vor Augen zu haben. Da war der Alte, lächelnd, vornehm überlegen, ein wenig zu sehr Papst.

Aber was bedeutete das, bei so viel Milde! Dann trat Monsieur L'Hermite vor ihn hin, das Käppi zurückgeschoben und das Gesicht über den Schraubstock gebeugt. Und dann wieder sah er Ruths halb noch kindliche Gestalt und ein Gefühl unendlicher Sehnsucht ergriff ihn. Wonach? Nach einer ihm verlorengegangenen Welt. Er sann nach, womit er Ruth vergleichen könne, verwarf aber alles wieder, bis ihm zuletzt die Worte Tobys gleich bei der Vorstellung wieder einfielen und daß Monsieur L'Hermite gesagt habe »un ange«. Ja das war sie, ein Lichtstrahl. Und wenn seinem Leben ein solches Licht geleuchtet hätte, ja, wenn er nur gewußt hätte, daß es Erscheinungen wie diese gäbe ... Ja, dann ... Aber nun war es zu spät.

Er stand auf und hielt in dem Zimmer Umschau. Schlicht und sauber war alles. Alle Stühle von Bambus (sogar der Schaukelstuhl am Fenster) und am Pfeiler daneben zwei Stiche: Washington und General Grant. Sonst nur noch ein Bett und ein Tisch und eine Bibel darauf. Und er nahm die Bibel, und der Gedanke kam ihm, er wollte sein Schicksal darin lesen, und ob er den Frieden finden würde. Und nun schlug er auf, es war ein Psalm, und las: »Zähle meine Flucht, fasse meine Tränen, ohne Zweifel, du zählest sie. Was können mir die Menschen tun? Ich hoffe auf dich, du hast meine Seele vom Tode gerettet.« Er war tief ergriffen und Tränen entstürzten seinem Auge. Dann schritt er auf das Fenster zu, öffnete beide Flügel und sah hinaus. Greifbar nah, so wenigstens erschien es ihm, zog sich das bis auf den Kamm hinauf mit Tannen und allen Arten von Nadelholz bestandene Gebirge, dazwischen aber schlängelte sich ein Weg hernieder, und wo der Weg ins Tal mündete, stand ein weißes Haus, zerfallen und ohne Dach, vordem ein Fort, das Fort O'Brien. Darüber lag der blaue Himmel, und ein heller Wolkenstreifen zog den Kamm entlang, den an dieser Stelle nur ein einziges mächtiges Felsenstück überragte.

»Das ist der Mittagsstein.«

Und dann sah er wieder hinaus und suchte hinauf, ob er nicht noch andere Punkte zur Vergleichung und Erinnerung fände. Zuletzt aber ruhte sein Blick immer wieder bei dem weißen Haus unten am Abhang aus, und eine Stimme rief ihm zu, daß sich seine Geschicke dort erfüllen würden.

Aber die Stimme sagte nicht, ob zu Glück oder Unglück.

EINUNDZWANZIGSTES KAPITEL

Anderthalb Wochen waren um, und Lehnert hatte sich eingelebt. Er sah kein Regieren, und einfach ein Geist der Ordnung und Liebe sorgte dafür, daß alles nach Art eines Uhrwerks ging. Der Tag begann mit einer Andacht, die der Alte klug genug war, wenigstens als Regel knapp und kurz einzurichten, weil er sich sagte, daß Ermüdung der Tod aller Erbauung sei. Gewöhnlich las er einen Psalm oder etwas aus der Patriarchengeschichte, wenn er nicht vorzog, an mehr oder weniger wichtige Tagesereignisse mit Spruch und Betrachtung anzuknüpfen. War dann unmittelbar nach der Andacht das Frühstück eingenommen, so gab er persönlich die Weisungen für den Tag, was er, gestützt auf eine genaue Kenntnis seines Grund und Bodens und andererseits auch mit Hilfe der ihm am Abend vorher durch Toby oder Kaulbars oder Lehnert erstatteten Rapporte, sehr wohl konnte. Begegnungen um die Mittagsstunde fielen aus, weil ein guter Imbiß entweder gleich mitgenommen oder auf die Felder hinausgeschickt wurde, was denn zur Folge hatte, daß man sich erst um sieben Uhr abends zum zweiten Male zu gemeinschaftlicher Mahlzeit versammelte, woran sich dann der Abendsegen und eine kurze Plauderei schloß. Bald danach zog man sich zurück, denn der Tag begann früh wieder. Es war kein herzlicher, aber doch ein unausgesetzt friedlicher Verkehr, in dem man lebte, was Lehnert um so mehr wundernahm, als die bunte Menschenmasse, daraus sich das Hauswesen von Nogat-Ehre zusammensetzte, nicht einmal durch das Band gemeinsamer kirchlicher Anschauungen zusammengehalten wurde. Die Kaulbarse, Vollblutmärker, hielten natürlich zu Luther, Maruschka, Polin, war katholisch und fuhr alle Jahre zweimal zur Beichte nach Denver, Totto, Litauer, glaubte, wenn überhaupt an was, höchstens an das schwarze und weiße Pferd seiner litauischen Urahnen, und

L'Hermite war schlechtweg Atheist, so daß von der ganzen Obadjaschen Hausgenossenschaft, selbstverständlich mit Ausnahme der eigentlichen Familie, nur die dienenden Cherokee- und Arapahoindianer, Männer und Frauen, zur »Gemeinde« gehörten, in die sie, nach zuvor empfangenem Unterrichte, meist mit zwanzig oder vierundzwanzig Jahren einzutreten pflegten. Lehnert, wenn er das überdachte, sah sich dadurch mehr als einmal an einen nach Art eines großen Vogelbauers eingerichteten Schaukasten in San Franzisko erinnert, drin nicht nur ein Hund, ein Hase, eine Maus und eine Katze samt Kanarienvogel und Uhu, sondern auch ein Storch und eine Schlange friedlich zusammengewohnt hatten. »A happy family« stand als Aufschrift darüber, und wenn Lehnert so beim Breakfast und Supper den langen Tisch musterte, kam ihm der Schaukasten immer wieder in den Sinn, und er sprach dann wohl leise vor sich hin: »A happy family.« Sann er dann aber weiter nach, wodurch dies Wunder bewirkt werde, so fand er keine andere Erklärung als den »Hausgeist«, als Obadja, der das Friedensevangelium nicht bloß predigte, sondern in seiner Erscheinung und in seinem Tun auch verkörperte.

Die Folge davon war ein Gefühl immer wachsender Verehrung und Dankbarkeit auf seiten Lehnerts. Aber so wahr und aufrichtig dies Gefühl war, so kam er demohnerachtet zu keiner rechten Freudigkeit. Er fühlte sich vereinsamt und brachte sich's gelegentlich zu geradezu schmerzlichem Bewußtsein, daß er in seinen schwersten und schlimmsten Tagen, ja, vor Jahr und Tag noch bei den zweifelhaften Leuten am Sakramento, heiterer und fast auch glücklicher gewesen sei als hier unter den Bekehrten und Nichtbekehrten von Nogat-Ehre. Friede und Freundlichkeit waren da, aber was er mehr und mehr vermißte, war Verkehr und Vertraulichkeit. Dazu sah er, daß er in seiner Herzensstellung nicht recht von der Stelle kam. Obadja, mit all seinen Vorzügen, war doch unnahbar, die Geschwister zu jung, Maruschka zu kindisch, Totto zu stumpf und Monsieur L'Hermite zu reserviert und zu superior ablehnend. Bei diesem Befunde verblieben ihm nur seine Landsleute, die beiden Kaulbarse, und das war hart, weil ihre Nüchternheit keine Grenzen kannte. Dennoch, so nüchtern sie waren und in so lächerlich wichtiger Weise sie sich mit ihrer Lieblingswendung »mein Mann sagt auch« oder »meine Frau sagt auch« aufeinander zu berufen pflegten, Berufungen, von denen aus ein weiterer Appell nicht wohl mehr möglich war, dennoch sah Lehnert ein, daß er, in Ermangelung von etwas Besserem, durchaus bemüht sein müsse, mit ihnen auf einem guten Fuße zu leben, und das um so mehr, als ihn beide die Tatsache nicht entgelten ließen, daß ihre Machtstellung, das mindeste zu sagen, durch sein Eintreten in die Wirtschaft halbiert worden war. Ob dies Gutmütigkeit oder Gleichgültigkeit oder vielleicht sogar das lauernde Warten auf den Moment war, wo sich das »Umkippen« vollziehen werde, war, so wahrscheinlich das letztere sein mochte, doch nicht mit Sicherheit festzustellen, weshalb Lehnert es, bis zum Beweise des Gegenteils, für geraten, ja für pflichtmäßig hielt, von allem das Beste zu glauben. Und so verging denn kein Tag, an dem er nicht, an der Seite von Kaulbars, den Versuch einer mal flüchtigeren, mal eingehenderen Unterhaltung über Nahes und Fernes, über Wirtschaftliches und Persönliches gemacht hätte.

Gewöhnlich ritten sie gemeinschaftlich vom Nogat-Ehrer Hof aus auf die Felder und trennten sich erst weiterhin am Vorwerk, wo der Weg gabelte.

»Ja, die Schlesier«, sagte Kaulbars, der gerad in einer landwirtschaftlichen Meinungsverschiedenheit mit Lehnert war, »die Schlesier machen es so. Glaub's schon und will auch nichts weiter dagegen sagen. Und wir haben auch ein Sprichwort: der Klügste gibt nach.«

Lehnert wollte beruhigen, Kaulbars aber, der mal im Zuge war, hatte nicht acht darauf und fuhr fort: »Ja, die Schlesier. Bei Graf Zieten-Schwerin in Wustrau, Sie werden wohl von ihm gehört haben, bei dem war auch ein Schlesier, ein kleiner Knurzel und schon so halb pol'sch und mit 'm genierten Blick un' mit richtige O-Beine. Jott mag wissen, wie der Kerl dahin gekommen war. Bei die Vierundzwanziger in Ruppin kann er nich gestanden haben, die Vierundzwanziger nehmen so einen gar nich an. Aber ich will weiter nichts sagen, Schlesien is auch ganz gut, und wo man her is, na, das is wie Vater und Mutter, und ein anderer soll nichts Böses davon sagen. Das ist alles schon richtig... *Ich* bin von 'n Glien. Kennen Sie den Glien?«

»Nein«, sagte Lehnert und lächelte.

»Na, das is so die Cremmer Gegend, alles, was da so zwischen Oranienburg und Fehrbellin liegt. Fehrbellin kennen Sie doch woll?«

»Ja, das kenn' ich. Das ist das mit dem Großen Kurfürsten.«

»Richtig. Na sehen Sie woll, es kommt schon, es dämmert schon. Und Sie soll'n mal sehen, zuletzt kennen Sie auch noch 'n Glien.«

So ging es meistens in der Unterhaltung. Aus jedem Worte, das Kaulbars sprach, sprach ein unendliches Vonobenherab, ein Dünkel, der für den reizbaren und auf seine Heimatprovinz überaus stolzen Lehnert unerträglich gewesen wäre, wenn sich dies zur Schau getragene Überlegenheitsgefühl bloß auf Schlesien und die Schlesier bezogen und sich nicht vielmehr gleicherweise, ja womöglich noch verstärkt, auch gegen Amerika gerichtet hätte. Jederzeit war er bereit, den Amerikanern ihre Sünden vorzuhalten, und diese Gelegenheit bot sich ihm täglich, weil er ein wahres Talent besaß, auf dieses sein Lieblingsthema überzulenken.

Eines Tages war es ein Gespräch über Ruth und Toby, von dem aus die Brücke mit gewohnter Geschicklichkeit geschlagen wurde.

»Die beiden Kinder sind doch der Sonnenschein von Nogat-Ehre«, sagte Lehnert. »Über Ruth ist gar nicht zu streiten; ich kann sie nicht sehen, ohne an die Lilien auf dem Felde zu denken, wovon die Bibel spricht. Aber auch Toby, wie brav und wie gescheit ist er, und wie gewandt! Wenn Obadja heute stirbt, was Gott verhüten wolle, so nimmt er die Wirtschaft in die Hand.«

»Ja, das tut er, die Einbildung dazu hat er, die haben sie hier alle. Kaum ist einer trocken hinter den Ohren, oder auch noch nich mal, so wird er ein Reverend oder ein Magistrate oder ein Justice, oder sie schicken ihn als Gesandten nach der Türkei . . . Na, für die Türken mag es gehen. Un is gar ein bißchen Krieg in der Luft, und soll es gegen Texas losgehen oder Utah oder gegen Mexiko, na, denn hast du nich gesehen, denn backen sie die Generäle und Obersten wie Semmeln. Und wer heute noch ein Advokat is oder ein Chemist oder ein Furnischer, der is morgen ein Oberst, und nu geht das Schlachtenschlagen los, das heißt, was sie hier so Schlachtenschlagen nennen, eigentlich is es ja bloß 'ne Hasenjagd. Und denn marschieren sie los und singen Yankee-Doodle und tun, als ob sie wenigstens die Welt erobern wollten, und solange sie die Schienen unter den Beinen haben, so lange geht es. Aber wenn nu das Marschieren anfängt und das erste Camp kommt oder das erste Bivouac, ja, du himmlischer Vater, da haben wir denn die Bescherung. Da is nichts da, da fehlt die Verpflegung und das Gehungre geht los, und wenn sie vierzehn Tage lang im Modder gelegen und noch keinen Feind gesehen haben, dann fallen ihnen die Stiebel vom Leibe und keine Naht hält mehr, und wenn sie dann den Feind zu sehen kriegen, das heißt, was sie so nennen, denn einen richtigen Feind haben sie hier gar nicht, dann platzen die Flinten oder gehen gar nicht los, weil das Pulver nichts taugt oder die Patrone nicht paßt. Und warum is es so? Weil es alles bloß Spielerei is und kein Ernst nich, und Ernst ist immer bloß, daß der Lieferant sein Geld kriegt für die Tornister, die von Pappe sind, und für seine Mäntel von Löschpapier. Ich habe welche gesehen . . .«

Lehnert wollte widersprechen, aber Kaulbars litt es nicht und fuhr in gleich überlegenem Tone fort: »Ich habe welche gesehen, sag' ich, die wie Zunder vom Leibe fielen. Und warum? Weil alles Geschäft is, und wo alles Geschäft is, is alles Schwindel. Und wenn ich nu frage, warum is es alles Schwindel? so kann ich bloß sagen, weil sie nichts kennen als Geld und nichts wollen als Geld und nichts anbeten als Geld und weil sie keinen richtigen Gott haben. Und wo sie keinen richtigen Gott haben, da haben sie auch keine Pflicht und keine Ehre. Und woran liegt es? Weil sie verloddert sind. Und warum sind sie verloddert? Weil sie nicht *dienen*. Und der Toby hat auch nicht gedient, und von Strammheit und richtiger Propreté ist keine Rede nich. Blaue Krawatte trägt er und hat 'ne legere Haltung, aber ein blauer Schlips ist nicht Propreté, und eine lange Stakete, die hin und her schlenkert, weil kein Rückgrat drin is, is nicht Strammheit.«

Hier hatte sich Kaulbars vorläufig erschöpft, und Lehnert fand Gelegenheit einzuwerfen: »Ich bin überrascht, Mister Kaulbars, Sie so streng zu sehen. Als hier der große Krieg war, anno 63, da waren wir beide noch drüben und haben beide nichts gehört und nichts gesehen, und was wir nachher, als wir rüberkamen, gehört haben, nu hören Sie, Mister Kaulbars, da muß man doch Respekt haben vor dem, wie's damals hergegangen ist, und haben sich geschlagen wie die besten Truppen und sind auch richtig verpflegt worden und war keine Rede von vor Hunger sterben. Und so mein' ich denn, es kann nicht alles bloß Schwindel sein.«

»Es *is* Schwindel, sag' ich, und wer gedient hat...«

»Ich habe *auch* gedient, Mister Kaulbars.«

Kaulbars lächelte. »Wobei denn?«

»Bei den Görlitzer Jägern.«

»Na, hören Sie, mit die Jäger, das ist immer bloß soso. Das is nich Fisch und nich Vogel und geht eigentlich immer bloß auf Jagd und wilddiebt ein bißchen und is kein richtiger Soldat nich. Ich habe bei die Vierundzwanziger gestanden, Hauptmann von Goerschen, fünfte Kompanie. Haben Sie von dem mal gehört? Ich meine von Goerschen. Das heißt, es gab eigentlich zwei Goerschens, einer hieß Franz, der war auch ganz gut, aber unserer hieß Otto, und wir nannten ihn ›unseren Otto‹ und war schon mit bei Düppel, Schanze drei. Ich sag' Ihnen, die Schanze war weg wie Schnupftabak. Ja, so sind die Vierundzwanziger, Ruppin und Havelberg, und Rathenow und die ›Zietenschen‹, das gehört eigentlich auch noch mit dazu. Hören Sie, die Görlitzer mögen ja so weit ganz gut sein, man soll nicht streiten und soll nicht nein sagen, wenn man's nich weiß. Aber das sag' ich Ihnen, Mister Lehnert, aufs *Dienen* kommt es an, und jeder muß mal Rekrut gewesen sein und muß die Honneurs gelernt haben und muß die Signale gelernt haben. Und das is gewiß, wenn der Hornist blies und war das Signal von der fünften Kompanie, da gab es ein Ohrenspitzen wie 'n Kavalleriepferd und mitten im Schlaf. Und wenn dann der alte Oberst von Unruh mit seiner Krähstimme kommandierte: ›Präsentiert das Gewehr,‹ und dann der Prinz, *unser* Prinz, die Front abschritt und die Spielleute spielten und wir mit ›Augen rechts‹ dastanden wie die Puppen, und ich sag' Ihnen, Lehnert, was für Puppen, ja, das hätten Sie sehen sollen, das hatte so seine Art, das war ein Vergnügen, und wenn der Prinz dann sagte: ›Ja, das sind meine Vierundzwanziger; Kinder, wenn ich Soldaten sehen will, dann seh' ich mir die Vierundzwanziger an; es lebe der Kaiser‹, ja, Mister Lehnert, *das* war was, das kommt vons ›Dienen‹ und Gehorchenkönnen und von der Strammheit und der Propreté, und wenn Sie die ganzen achtunddreißig ›States‹ umstülpen und hier unser Indian-Territory mit dazu und alle Mennoniten und den alten Obadja auch, *so* was fällt nich raus und kann auch nich rausfallen, weil's nich drin is und weil alles Schwindel is . . .Und Miß Ruth, nu ja, Miß Ruth ist ein hübsches Ding, geb' ich zu, meinetwegen, und Mister Toby kuckt in die Welt wie die Maus aus der Heede. Glau sind sie und gewaschen und haben so was wie Prinz und Prinzessin. Aber, bei Lichte besehen, das ist eben der Unsinn. Wer kein Prinz is, darf auch nicht wie 'n Prinz aussehen. Prinz Friedrich Karl, *der* durfte, der war einer. Aber Toby? Toby weiß alles am besten und is doch bloß noch ein Quack. Aber das is hier alles eins, und mit Zwanzig ist er bei der Gesandtschaft in Japan und mit Vierundzwanzig ist er Oberpriester in Nogat-Ehre. Denn der Alte wird klapprig, und ewig kann er doch nicht leben, und wenn er auch so fromm wäre wie Abraham oder wie Hiob.«

ZWEIUNDZWANZIGSTES KAPITEL

So verliefen die Gespräche, die die beiden preußischen »Kameraden«, wenn sie morgens auf die Felder hinausritten, miteinander führten, Gespräche, die Lehnert nur zu deutlich zeigten, daß mit dem guten Kaulbars (und mit der Frau lag es nicht viel besser) wohl ein friedlicher, aber kein freundschaftlicher Verkehr möglich sei. Und so würde denn das Gefühl von Vereinsamung, das ihn, sehr bald nach seinem Erscheinen in Nogat-Ehre, zu quälen begann, sehr wahrscheinlich in einem beständigen Wachsen geblieben sein, wenn ihm nicht der anfangs mit so viel Mißtrauen und Abneigung von ihm angesehęne Monsieur Camille L'Hermite mit jedem Tag teurer geworden wäre. Monsieur L'Hermite hatte nichts von der selbstgefälligen Enge, darin sich beide Kaulbarse gefielen, und so kam es, daß sich mit dem Landesfeinde – »mon cher ennemi«, wie Monsieur L'Hermite sagte – nach und nach ein Verhältnis anbahnte, das ihm der deutsche Landsmann nicht gewähren konnte.

Den ersten Anstoß zu dieser Bekehrung gab ein ganz kleiner, schon während der ersten Wochen sich ereignender Vorfall. Lehnert, wenn von Tisch aufgestanden und nach kurzem und meist die Wirtschaft betreffendem Gespräche der Rückzug in die Zimmer des oberen Stocks angetreten wurde, schloß sich diesem Rückzug nicht immer an, sondern zog es mitunter vor, in einer jenseits der Akazienallee gelegenen Garten- und Parkanlage, darin sich auch die von Obadja aus großen Feldsteinen aufgeführte Familiengruft befand, noch eine halbe Stunde lang auf und ab zu gehen, wobei Ruths Neufundländer ihn meistens begleitete. Stieg er dann, wenn's dunkel geworden, auch seinerseits die Treppe hinauf, so klang regelmäßig vom linken Korridor her ein Choral herüber oder ein geistliches Lied: Ruth sang und Toby begleitete. Was aber Lehnerts Gemüt mehr noch als dieser Gesang in Anspruch nahm, war das, daß er, wenn er an Monsieur L'Hermites Zimmer vorüberkam, mal auf mal in aller Deutlichkeit hören konnte, wie dieser die Türe leis ins Schloß drückte, ganz so, wie wenn er's verbergen wolle, dem Gesange Ruths gelauscht zu haben. Einmal aber traf es sich, daß L'Hermite, trotz aller Vorsicht, auf seinem Lauscherposten von Lehnert doch überrascht und dadurch in eine kleine momentane Verlegenheit versetzt wurde. Seine französisch gute Laune half ihm aber rasch darüber hin, und sein Käppi zurückschiebend, wie seine Gewohnheit bei jeder Ansprache war, trat er an Lehnert heran und sagte, während er nach dem linken Korridor hinüberdeutete: »Ce n'est pas mal; n'est-ce pas?« Und als Lehnert nickte, nahm er dessen Arm und sagte: »Entrez, mon cher ennemi.«

Lehnert folgte denn auch der freundlichen Aufforderung und nahm in einem Schaukelstuhle Platz, während sich L'Hermite mit übergeschlagenem Bein auf den durch eine grüne

Schirmlampe nur mäßig erleuchteten Arbeitstisch setzte. Die mäßige Beleuchtung war denn auch Ursache, daß viele Stellen des Zimmers, der eigentlichen Ecken und Winkel ganz zu geschweigen, in einem Halbdunkel verblieben, gab aber immer noch Licht genug, um den umschauhaltenden Lehnert erkennen zu lassen, daß der ganze Raum ein merkwürdiges und sehr unordentliches Durcheinander von Schlosserwerkstatt und chemischem Laboratorium, von physikalischem Kabinett und Mineraliensammlung war. Das Chemische herrschte vor, im übrigen aber lief der Gesamteindruck darauf hinaus, daß es nichts auf der Welt gäbe, was hier nicht entdeckt und erfunden werden könne. Welchem Zweck das alles diente, gab zu denken, und Lehnert, der immerhin einiges von L'Hermites Vergangenheit in Erfahrung gebracht hatte, würde beim Anblick all dieser Kolben und Retorten sicherlich auf einige für Europa bestimmte Nihilistenbomben geraten haben, wenn nicht Nogat-Ehre so ganz den Stempel des Friedens getragen und Obadja selbst bei jeder sich bietenden Gelegenheit mit einer besonderen Vorliebe von Monsieur L'Hermite gesprochen hätte.

Lehnerts Verweilen an jenem ersten Besuchsabend war nur von kurzer Dauer gewesen, aber es hatte doch ausgereicht, beide zu nähern und in weiterer Folge sogar regelmäßige Reunions herbeizuführen. An jedem dritten Tage, wobei zwischen hüben und drüben gewechselt wurde, kam man zu ziemlich später Stunde zusammen und plauderte dann bis Mitternacht. Das war die Regel, die, wenn Lehnert Wirt war, strikte galt. An den L'Hermite-Abenden aber, — an denen, außer einigen anderen Verpflegungsfinessen, auch ein in Galveston erstandener und mit Kognak und Absinthflaschen reichlich ausgestatteter Rosenholzkasten eine Rolle spielte — ging ihr Geplauder gelegentlich bis über die zwölfte Stunde hinaus. Obadja wußte von diesem Rosenholzkasten und daß ihm, vor allem von L'Hermite selbst, fleißig zugesprochen würde, was er, wie sich denken läßt, mißbilligte; trotzdem ließ er es geschehen, einmal weil ihm alles Erziehen, wenn es sich nicht von selbst machte, zuwider war, und fast mehr noch, weil er sich nicht das Recht zuschrieb, die Lebensgewohnheiten eines Mannes zu regeln, der, wenn auch ein Flüchtling, so doch immerhin ein unbeanstandeter Gast und, wie schon hier gesagt werden mag, auch eine Person von praktischer Bedeutung für Nogat-Ehre war. Und so störte denn niemand diese Zusammenkünfte, die bald beider Freunde besondere Lust und Freude wurden.

Eins nur, was übrigens die Freude nicht minderte, fiel Lehnert bei diesen abendlichen Zusammenkünften auf, und das war die Zurückhaltung, mit der L'Hermite seine »große Zeit«, seine historische Vergangenheit behandelte. Nicht als ob er Lust bezeigt hätte, sich von ihr loszusagen, durchaus nicht, er vermied nur einfach, ohne Veranlassung davon zu sprechen, und beschränkte sich, wenn diese Veranlassung eintrat, auf das unbedingt Nötigste. Der furchtbare Ernst der Szene, darin er mitgespielt, war ihm gegenwärtig, und ein feines ästhetisches Gefühl, das ihn überhaupt auszeichnete, hielt ihn ab, von einem Hergange zu sprechen, dessen Erwähnung, wenn es die Verhältnisse nicht geradezu geboten, entweder renommistisch oder zynisch berühren mußte. Lehnert, als er erst klar darin sah, stimmte seinem Flurgenossen zu, bevor dieser Zeitpunkt aber da war, war er doch wochenlang von dem Verlangen erfüllt, über den interessanten Hergang Ausführlicheres zu hören, und schwankte nur, nach welchem Plane er, um seine Neugier zu befriedigen, verfahren solle. Schließlich entschied er sich dafür, auf einem Umwege vorzugehen und das Gespräch zunächst auf die langen Einschließungstage von Paris zu lenken. Es seien langweilige Tage gewesen, auch für sie draußen, und das Zerstreuliche hab' erst eigentlich begonnen, als die Franzosen untereinander ins Bataillieren geraten seien, die Versailler gegen die Pariser. Da hätten er und seine Kameraden oft viele Stunden lang auf dem Höhenzuge zwischen St. Germain und St. Denis gestanden und dem Kriege wie einem richtigen Kriegsschauspiel zugesehen. Und einmal hab' er ganz deutlich beobachten können, wie die Parisischen durch eine geschickte Bewegung über die Brücke von Asnières alles, was von Regierungstruppen in der großen Seineschleife gestanden, abgeschnitten hätten. Aber das sei freilich auch der letzte Sieg gewesen, und schon am nächsten Tage wäre der Triumphbogen von den von St. Cloud vorgehenden Bataillonen erstürmt worden. Und wenn er sich vergegenwärtige, was er bei der Gelegenheit alles gesehen hätte, so begreif' er nur zu gut, was unmittelbar darauf von seiten der Communards geschehen sei, und könne von Grausamkeit keine Rede sein.

Monsieur L'Hermite, während Lehnert so sprach, hatte still vor sich hingeblickt und eine Zigarette gedreht und erst nach einer Weile das Wort genommen. Es sei so, wie Lehnert sage. »Die Sache da draußen am Trocadero war kein Spaß, und daraufhin wurden die Geiseln erschossen . . . Und der letzte war der Erzbischof . . . Ich übernahm selber das Kommando . . . Er ist gestorben wie ein Held, wie nur die von der Kirche zu sterben verstehen.«

Lehnert, als L'Hermite so sprach, sog jedes Wort ein und glaubte, jetzt sei der Augenblick für intimste Mitteilungen gekommen. Aber er sah sich abermals getäuscht, und sein Wissen blieb im wesentlichen auf dem Punkt, auf dem es schon vorher gestanden hatte.

Nicht viel besser erging es ihm, als er, auf einem ähnlichen Umwege, den Versuch machte, Näheres über seines Flurgenossen Flucht aus Nouméa, wohin dieser deportiert worden war, herauszuholen. L'Hermite wiegte den Kopf hin und her und sagte dann, während er, um damit zu spielen, eine große Feile vom Arbeitstische nahm: »Es machte sich schnell. Wir waren unserer drei, die's wagten, weil wir gut schwimmen konnten, und schwammen denn auch wirklich, trotz Brandung, auf ein Schiff zu, von dem wir wußten, daß der Kapitän mit unserer Sache sei. Meinen beiden Kameraden aber ging die Kraft aus; ich für mein Teil konnte noch gerad ein Tau fassen, das mir von Deck aus zugeworfen wurde. Das ergriff ich denn auch und eine Minute später zogen sie mich an Bord. In derselben Stunde noch ging's nach Portland. Und da war ich frei. Das andere wißt Ihr; Ihr kommt ja auch von San Franzisko her. Ist eins wie das andere.«

So knapp waren Monsieur L'Hermites Erzählungen, wenn es seine historische Zeit galt, aber desto mitteilsamer war er, wenn er auf seine mit Technik und Mechanik und vor allem mit dem Bergwerkswesen in Zusammenhang stehenden Pläne zu sprechen kam, was übrigens kaum verwundern konnte.

War er doch vor allem, wie schon die Geschwister gleich am ersten Tag auf der gemeinschaftlichen Fahrt von Station Darlington nach Nogat-Ehre zu Lehnert gesagt hatten, ein Entdecker und Erfinder, und wenn er auch unzweifelhaft an seiner »Idee« mit einem stillen Fanatismus festhielt, so gab es doch eins, was in seinen Augen der »Idee« gleichkam, das war das »Projekt«. Ja, er war, vielleicht, über alles andere hinaus, seiner ganzen Natur nach ein Projektenmacher, und was er die »Durchführung seiner Idee« nannte, war eigentlich auch nur Projekt und hätt' ihn, wenn es anders gewesen wäre, schwerlich in seinem Gemüte derart ergriffen, wie's jetzt tatsächlich der Fall war. Er hielt Lesseps für den größten Mann des Jahrhunderts, und Isthmusdurchstechung oder eine Tunneleisenbahn unter dem Kanal hin, Ausschöpfung des Zuydersees und Füllung der Saharawüste mit Ozeanwasser, das alles waren Dinge, die seiner Seele mindestens so hoch standen (vielleicht noch höher) als der Sieg der Commune. Sah man auf sein Leben zurück, so war es, in Gutem und Schlechtem, in Glück und Unglück, eine natürliche Folge dieser seiner Beanlagung. In der Mitte Frankreichs, in dem kleinen, aber mineralreichen Departement Creuze geboren, war er schon als Kind in den Galmei- und Bleierzbergwerken seines heimischen Departements beschäftigt gewesen, bis er 1849, damals erst neunzehn Jahr alt, nach Paris und hier wiederum (nach nur kurzer Beschäftigung in einer Fabrik, darin Bleiröhren gezogen wurden) unter die »Roten« ging, in deren Reihen er gleich danach die Junischlacht mitmachte. Verwundet, gefangen und eingekerkert, ließ er, als er wieder freikam, auf eine Weile die Politik fallen und machte, mittlerweile Soldat geworden, mit Passion den Krimkrieg mit, bei welcher Gelegenheit er sich im Minenkriege vor Sebastopol derart auszeichnete, daß ihm das Kreuz der Ehrenlegion zuerkannt und vom Obersten Niel, dem späteren Marschall, in Person an die Brust geheftet wurde. Zugleich empfing er die Galons. Aber fünf Jahre später, kurz nach Solferino, den Abschied nehmend, war auch, mit der Rückkehr in die bürgerliche Gesellschaft, sofort der »Rote« wieder da. Rasch erkannte die Parteileitung seine besonderen Meriten: ein Düftelgenie höchster Gattung, das mit Rücksicht auf Höllenmaschinen und Dynamitbomben gehegt und gepflegt werden müsse. Welchem Vertrauen er denn auch entsprach. In einem Zeitraume von zehn Jahren verging kaum eine Woche, wo nicht neue Vorschläge von ihm eingereicht worden wären, und nur wenn politisch unfruchtbare Zeiten kamen, von ihm »Vacances« genannt, entsprach es ganz seiner Natur, den nun an die Stelle von Knallsilber oder Nitroglyzerin tretenden harmlosen »Ferienarbeiten«, wohin beispielsweise Pencils mit Mechanik, neue Tornisterschnallung, Apfelschälmaschinen und ähnliches gehörten, ein nicht viel geringeres Interesse wie einer neuen Bombenfüllung entgegenzubringen. Er verfuhr dabei ganz nach dem Prinzip »wer des Kleinen nicht achtet, ist des Großen nicht wert«, und so durfte denn in der Tat von ihm gesagt werden, daß die Jahre von Solferino bis Sedan, gleichviel ob die Verschwörungschancen hoch oder niedrig standen, alles in allem eine Glücks- und Zufriedenheitsepoche für ihn darstellten, aus der ihn erst die »hundert Tage« der Commune wieder herausrissen, um ihn dann, nach kurzem Glanz, als einen auf Lebenszeit Verurteilten an die Küste von Neukaledonien zu werfen.

Seitdem, die Neukaledonien- und die Nogat-Ehre-Tage zusammengerechnet, waren zwölf Jahre vergangen, aber er war derselbe geblieben, und als seine glücklichsten Momente konnten *die* gelten, wo die lange Serie wünschenswerter oder in seinen Augen auch wohl unerläßlicher Entdeckungen und Erfindungen angesichts des oft sich öffnenden Rosenholzkastens durchgesprochen wurden. Daß alles dabei zur Sprache Kommende jetzt nach der friedlichen Seite hin lag, nahm der Debatte nichts von ihrem Reiz und Eifer. Unter der hundertmal wiederholten Versicherung von »on revient toujours à ses premiers amours« war L'Hermite, fast von dem Tag an, an dem er in Nogat-Ehre sein Refugium gefunden hatte, vor allem wieder auf das Bergwerkswesen, auf die Montanindustrie seiner frühesten Knabenjahre zurückgekommen und verfolgte dabei zu nicht geringer Befriedigung, um nicht zu sagen Erbauung Obadjas – der nach Art vieler Frommen einen starkausgebildeten Sinn für die Güter dieser Welt hatte – den Plan einer Exploitierung der Ozark-Mountains auf Blei, zu welchem

Behufe die verhältnismäßig nahe gelegenen Berge mannigfach von ihm durchforscht und wohl Hunderte von Erzstufen auf ihren Bleigehalt hin untersucht worden waren. Um das zerfallene Fort O'Brien herum und dann ansteigend bis zu dem Kamm der Mountains hinauf lag das Erz an mehr als einer Stelle fast wie zutage, und wenn Obadja, so wenigstens versicherte L'Hermite, sich vor Jahr und Tag schon zu Drangebung der jämmerlichen Feldwirtschaft, bei der nichts herauskomme, hätte bestimmen lassen, so wär' er längst schon zum Krösus, zum Roi de Lydie dieser Gegenden geworden. Denn einmal sei das Blei selbst ein wirklicher Schatz, aber wenn Obadja, der nichts davon verstehe, das auch anzweifeln wolle, so wisse doch jedes Kind, wo Blei sei, sei auch Silber, und wo Silber sei, sei auch Gold. In fünf Jahren, wenn alles geschickt exploitiert werde, müsse das ganze Territorium mit seinen Bahnen und Bergen in Händen von Obadja sein, und wenn dann Prinz Toby, königliche Hoheit, zur Regierung komme, so sei Vanderbilt ein Strohmann dagegen und Mister Mackay eine Schillingspuppe. Das Durchsprechen solcher Pläne, begleitet von spöttischen Ausfällen gegen die Frommen und Gläubigen, die zwar alle gern reich sein wollten, aber in ihrer sich Gottvertrauen nennenden Beschränktheit immer verlangten, daß ihnen alles in den Schoß falle, das war ein Thema, das an den Reunionabenden mit einer gewissen Regelmäßigkeit wiederkehrte, wenn aber – genauso wie vordem in Paris – die großen Pläne momentan zu Boden fielen, so traten auch hier im Obadjaschen Hause wieder vergleichsweise kleine Sachen dafür ein.

Eines Abends standen auch wieder solche Nipp- und Kleinkramsachen auf dem Programm, lauter Dinge, die sich nicht auf die Bleibergwerke, sondern ganz einfach auf den Hausstand und das unmittelbare Beisammenleben in Nogat-Ehre bezogen. L'Hermite, wie gewöhnlich ganz hingenommen, sprach mit Lebhaftigkeit über Gasleitung und Anbringung eines Betsaalkronleuchters, dessen Fledermausflammen, wenn gewünscht, ja mit Leichtigkeit auch aus Christus- oder Prophetenköpfchen (selbstverständlich unter Bevorzugung des Obadjakopfes) aufschlagen könnten, und als Lehnert darüber lachte, spielte L'Hermite Trumpf auf Trumpf aus und gefiel sich darin, immer grotesker zu werden. Endlich aber ließ man das Gas- und Kronleuchterthema fallen und kam überein, zunächst neue Stahlreifen und Croquethämmer für Ruth und Toby und, wenn das geschehen sein würde, ein neues, großes Spind mit Fliegenfenster für Maruschka machen zu wollen.

Es lag nah, daß man bei Besprechung dieser mit den einzelnen Hausinsassen sich beschäftigenden Dinge von den Dingen zuletzt auch auf die Personen kam, und Lehnert, als er sah, daß L'Hermite seinen Absinth ohne Wasser zu nehmen anfing, konnte, so vorsichtig er sonst war, der Versuchung nicht widerstehen, allerhand Fragen zu tun, um auf diese Weise seinen nun schon im fünften Jahr in Nogat-Ehre weilenden Haus- und Flurgenossen über die verschiedenen Mitglieder der Familie, wie des Hauses überhaupt, auszuholen.

»Es ist sonderbar«, sagte Lehnert, »man hört und sieht dies und das und stellt sich natürlich auch allerhand Fragen über die, die so neben einem her leben, und doch hat man nicht recht Antwort darauf, auch nicht einmal bei denen, die die klarsten und einfachsten zu sein scheinen.«

»Ihr seid zu schwierig, Lehnert«, lachte L'Hermite. »Zu schwierig und zu gewissenhaft, so recht ein Deutscher und wollt immer zu tief auf den Grund. Aber das glückt nicht. *Ich* für meine Person, ich wüßte keinen, über den ich auch nur im geringsten in Zweifel wäre, und verpflichte mich, ohne Besinnen, einem jeden sein Zertifikat zu geben.«

»Das wäre,« sagte Lehnert. »Soll ich einmal den Versuch machen?«

L'Hermite nickte.

»Nun denn, Kaulbars?«

»Tête carrée.«

»Und Maruschka?«

»Un peu de cochon.«

»Und Obadja?«

»Un peu de Mormon.«

»Und Toby?«

»Bon garçon.«

»Und Ruth?«

»Ange.«

»Und Monsieur Camille L'Hermite?«

»Blagueur.«

»Und Lehnert Menz?«

»Caïn le Sentimental.«

Lehnert fuhr zusammen. L'Hermite aber sah einfach zur Seite, nahm einen Absinth und riß dann ruhig ein Blättchen Seidenpapier aus dem Block, um eine neue Zigarette zu drehen.

DREIUNDZWANZIGSTES KAPITEL

Lehnert war derart getroffen, daß er unfähig war, das Gespräch weiterzuführen, und bald danach sich erhob, um in sein Zimmer hinüberzugehen. Da schritt er nun auf und ab und kam schließlich zu dem Resultat, daß alles ein Zufall gewesen sei. Sehr bald aber war es mit diesem Trost vorbei. »Nein, *nicht* Zufall. Er hat mich wissen lassen wollen: ›ich weiß‹. Nicht aus böser Absicht (ist er doch selber mit drin), aber aus Laune, vielleicht auch aus Teilnahme.«

So sann er noch weiter nach, und Mitternacht war heran, als er sich, halb angekleidet, auf das aus Bambusstäben leicht zusammengefügte Ruhebett streckte; das Bett selbst aufzusuchen, widerstand ihm. Was geschehen war, geschehen vor manchem Jahr, war ihm seit einer Stunde wieder mit vollem Gewicht auf die Seele gelegt worden, und lebhafter noch als gleich am ersten Tage bei seinem Erscheinen in Nogat-Ehre beklagte er es, daß Obadja keine Beichte von ihm verlangt habe. »Warum verlangte er sie nicht? Weil er's wohl mit mir meinte. Nun aber quält es mich und belastet mich. Was gebeichtet wird, das kann verziehen werden, aber die verborgene Schuld, vor niemand eingestanden, das ist die schwerste der Strafen.«

Und erschöpft schlief er endlich ein und nahm seine selbstquälerischen Gedanken mit in seinen Traum. Er schlief noch nicht lang, als ein Klopfen ihn weckte. Wer es sein könne, war ihm kaum zweifelhaft, und er ging auf die Tür zu und öffnete. Wirklich, es war L'Hermite, nur in Slippers und weitem Beinkleid und sein Käppi wie gewöhnlich im Nacken. In der Linken hielt er einen Blaker, drin ein Lichtstümpfchen, mit einem Dieb am Docht, rußig qualmend hin und her flackerte. Das Groteske ging unter in dem Schmerzlichen der Erscheinung. Er mühte sich, überlegen dreinzuschauen, und schien sich und die Welt ironisieren zu wollen, aber ein mächtigeres Gefühl hielt seinen Spott im Bann und er sah aus wie der Tod auf der Maskerade, der tanzen will. Endlich nahm er Platz, während Lehnert sich ihm gegenübersetzte.

»Ihr könnt nicht schlafen, Monsieur L'Hermite. Was gibt es?«

»Es sah wer in mein Fenster.«

»Wer?«

»Ich sah ihn nicht. Aber er hielt ein Kreuz vor der Brust.«

»Das war das Fensterkreuz und der Mondschein dahinter.«

L'Hermite lächelte. Lehnert aber, der das Grauen, das ihn mit erfaßt hatte, dem Freunde wie sich selber wegreden wollte, suchte bei seinem zwangsweise angeschlagenen Heiterkeitstone zu beharren und sagte: »Sinnestäuschung, Monsieur L'Hermite. Wer Euch ins Fenster sehen will, muß von unten her eine Leiter anlegen.«

»Oder von oben.«

Er sprach das so, daß Lehnert verstummte. Und nun saßen sie sich einander gegenüber und zwischen ihnen schwebte das Licht, dessen Flackerschein in dem Spiegelchen reflektierte.

So verging eine Weile. Dann sagte Lehnert: »Es gibt eine Himmelsleiter, und die Engel steigen hernieder, so steht geschrieben... Und vielleicht auch die Engel des Gerichts. Glaubt Ihr solche Dinge?«

»Nein. Aber das Ammenmärchen hat nun mal Gewalt über uns, das Eiapopeia, das uns schon von der Wiege her gesungen wird. Die pfäffische Lüge verdirbt alles. Da liegt es. Statt, wie jetzt, in der großen Lüge großgezogen zu werden, müssen wir großgezogen werden in der Idee. Bis dahin zittern wir vor dem Spuk und haben kein Mark in der Seele.«

Lehnert schwieg. Endlich sagte er: »Monsieur L'Hermite, drüben vor Eurem Fenster steht der Mond, und der Mond ist nicht jedermanns Sache. Bleibt hier, legt Euch auf das Ruhebett!«

L'Hermite aber erhob sich wieder von seinem Platz, legte seine Hand auf Lehnerts Schulter und sagte: »Nein, wir wollen lieber in die Kapelle gehen; ich will da das Kreuz vom Altar nehmen und es hoch halten und den Geist anrufen, den Saint Esprit. Denn der Geist ist die Idee. Die Kapelle soll mal etwas anderes hören als die Geschichte von Pharaos Traum und den ewigen sieben Kühen. Obadja persönlich ist eine fette Kuh, aber seine Predigt ist eine magere. Kommt! Ich will sein Tabernakel in einen Tempel der Idee verwandeln und will bloß vor zweien sprechen. Vor Euch und dem Mond. Das ist mir genug.«

Es war nicht leicht, Monsieur L'Hermite von seinem Vorhaben ab- und in sein Zimmer zurückzubringen. Endlich gelang es, und nachdem Lehnert, des noch immer draußen stehenden Mondes halber, die Läden des einen Fensters geschlossen hatte, ging er in sein eigenes Zimmer zurück, um hier wieder sein Lager aufzusuchen. Er war nun selber Zeuge gewesen von der gelegentlichen Geistesgestörtheit L'Hermites, von der er schon gehört hatte. »Wenn es nicht sein Gewissen ist«, hatte Toby damals hinzugesetzt. Und Lehnert wiederholte jetzt Tobys damalige Worte.

Der andere Tag war ein Sonntag. Lehnert erschien zur Morgenandacht, beurlaubte sich aber gleich danach für den ganzen Tag, um ins Gebirge zu reiten, in die Ozark-Mountains, deren viele Meilen langen Zug er nun seit einer Reihe von Wochen in beinah nächster Nähe vor sich sah, ohne daß es ihm bisher möglich gewesen wäre, sie zu besuchen. Die Woche gehörte der Arbeit und der Sonntag der Betrachtung und Ruhe, worauf Obadja mit einer ihm sonst nicht eigenen Strenge hielt. Ausnahmen waren aber statthaft, und Lehnerts musterhafte Innehaltung aller Hausgesetze während seiner jetzt mehr als zweimonatlichen Anwesenheit in Nogat-Ehre ließ es Obadja nicht schwer fallen, heute solchen Ausnahmefall eintreten zu lassen.

Es war der zweite September und Lehnert, als er eben eine leis ansteigende Ebereschenallee hinaufritt — er hatte sich für einen kleinen Umweg entschieden —, entsann sich mit einer gewissen Freudigkeit, daß es der Sedantag war. Er versenkte sich wieder in die Vorgänge von damals und sah wieder den Angriff der Chasseurs d'Afrique und wie die Säbel und roten Käppis der attackierenden Schimmelschwadron in der Sonne blitzten.

Solche Bilder vor der Seele, ritt er weiter, allmählich aber bog die Ebereschenallee wieder nach links ein und ging in einen Birkenweg über, der sich alsbald in geringer Entfernung von dem in Trümmern liegenden Fort O'Brien ins Gebirge hineinzog. Als er in Höhe dieser Stelle war, stieg er ab und band sein Pferd an einen Baum, um, eh er weiter ritt, erst dem interessanten Trümmerhaufen, auf den sich, von seinem Fenster aus, sein Auge manches liebe Mal gerichtet hatte, seinen Besuch zu machen. Fort O'Brien war, vor kaum mehr als zwanzig Jahren, in einem der vielen kleinen Kämpfe mit den Indianern von diesen erstürmt und zerstört worden, wobei Dach und Inneres total verbrannt, der Wallgang aber samt seinen Palisaden und vor allem ein an einer Ecke stehender abgeflachter Steinturm in leidlich gutem Zustande verblieben waren. Lehnert, als er das Fort erreicht hatte, kroch überall umher, erstieg den Turm auf einer noch wohl erhaltenen Wendeltreppe und sah nun zurück nach Nogat-Ehre hin. Die Entfernung mochte fast zwei Wegstunden sein, aber die wundervolle Klarheit der Luft ließ ihn alles aufs bestimmteste erkennen. Das Eckfenster zur Linken, das war seine, und das an der anderen Ecke, da wohnte Ruth. Es war ihm, als säh' er sie, und indem er ihrer gedachte, gedacht' er auch schon des Moments der Rückkehr und sah sich die Treppe hinaufsteigen und vernahm andächtig den Choral, den sie mit klarer Kinderstimme sang. Und nun bog er in den Korridor ein und hörte wieder deutlich, wie die Tür ins Schloß fiel und wie sich Monsieur L'Hermite, wie herkömmlich, von seinem Lauscherposten zurückzog. Und während er das alles im Geiste vorwegnahm, trat er, sich wieder erinnernd, wo er war, an die Brüstung des alten Turmes heran und pflückte, sich bückend, allerlei kleine Blumen, die hier aus dem zerbröckelten Gestein reichlich aufsproßten, und band einen Strauß, den er mitnehmen und Ruth überreichen wollte.

Das Pferd nagte noch ruhig an den Birkenzweigen, als er nach einer Weile zurückkam, um wieder in den Sattel zu steigen. Der Weg aber, der immer steiler anstieg, erschien ihm jetzt mehr und mehr wie die Krummhübler Straße zwischen dem »Goldenen Frieden« und dem »Waldhaus«, und der Gebirgsbach, der da neben ihm schäumte, das war die Lomnitz, die vom Mittagsstein und den Teichen herunterkam. Und unwillkürlich sah er auch nach dem Inselchen aus und ob er das Haus sähe, *sein* Haus, mit den zwei Brückenstegen und dem Schindeldach und dem erst sich am Hause hin und dann bis aufs Dach hinaufrankenden gelben Rosenstrauch. Er sah aber nichts als Tannen und wieder Tannen und dann und wann eine Lichtung, und dabei wurde der Weg immer enger und steiler, bis zuletzt ein Quell kam, der aus einer niedrigen, aber senkrechten Felswand sprang und dicht darunter in einen aus vier mächtigen Steinen gebildeten Kessel fiel. Und an dem Kessel hin lief ein Pfad, und dahinter kam ein Moorstreifen und verdorrtes Gras und Huflattich . . . Und dann kam ein Kusselgebüsch . . . Und da lag wer . . .

Und Lehnert hielt an und fuhr mit der Hand über Stirn und Auge, wie wenn er das Bild verscheuchen wolle. Aber es wich nicht. Und zuletzt gab er dem Pferde die Sporen und ritt, so rasch es der Weg zuließ, immer höher bergan.

Nur einmal noch sah er nach der Stelle zurück.

»Das ist *der*, der bei L'Hermite ins Fenster sah.«

VIERUNDZWANZIGSTES KAPITEL

Anfang September war die Ernte herein und zum größten Teil auf dem ziemlich in der Mitte der Obadjaschen Gesamtfarm gelegenen und mit einer guten Wasserverbindung ausgestatteten »Vorwerk« untergebracht worden, auf dem Mister und Mistreß Kaulbars schon seit Wochen die Vorwerkswirtschaft leiteten und ein kleines daselbst befindliches Wohnhaus bezogen hatten. Um dies Wohnhaus herum lagen, im Viereck, vier große Scheunen, aus denen das ausgedroschene Getreide teils zur nächsten Eisenbahnstation gefahren, teils in Flachkähne verladen wurde, prahmartige Fahrzeuge, die, von einem Dampfer geschleppt, den Red River hinuntergingen. Kaulbars war unermüdlich tätig, umsichtig und von strengem Regiment und erwarb sich, weil er hier selbständig und nach eigenem Ermessen handeln durfte, nicht nur Obadjas Anerkennung, sondern auch Lehnerts bereitwilligste Zustimmung. »Er ist schrecklich, aber das muß wahr sein, seine Sache versteht er.«

So sah es auf dem Vorwerk aus. Alle Hände rührten sich, während für Nogat-Ehre selbst minder arbeitsame Tage kommen zu wollen schienen. Und für Lehnert, wenn auch die Arbeit nicht geradezu ruhte, kamen sie wirklich, nur freilich nicht für Obadja, für den einfach die Aufgaben zu wechseln begannen. Für ihn waren jetzt die Tage da, wo sich seine Tätigkeit statt dem Landwirtschaftlichen dem Leben in der Gemeinde zuzuwenden hatte. Beratungen fanden statt, an denen zunächst die Mennoniten von Nogat-Ehre, bald aber auch die Brüder aus Kansas und sogar Abgesandte von Dakota her teilnahmen. Es war ein beständiges Kommen und Gehen, und Ruth, die neben der nur noch den Namen dazu hergebenden Maruschka den Hausstand in Abwesenheit der Mistreß Kaulbars leitete, war so beschäftigt, daß sie bei den Mahlzeiten und oft auch bei den Andachten gar nicht erscheinen und die Gesangsübungen, die sonst ihre Freude waren, nicht fortsetzen konnte. Freilich ward es ihr nicht allzu schwer, dies Opfer zu bringen, hatte sie doch vom Vater her mit der Gabe des Regierens auch die Lust dazu geerbt und führte das Regiment, wie L'Hermite mit Vorliebe zu versichern pflegte, »zur Ehre von Nogat-Ehre.«

Ja, viel Kommen und Gehen war in Nogat-Ehre, das war gewiß, da der Hausbrauch es aber mit sich brachte, daß mehr geschwiegen als gesprochen wurde, so kam es zu keinen Aufklärungen, und Lehnert blieb in Zweifel darüber, zu welchem Zwecke das alles sei. Schließlich war er gewillt, zu fragen, und zwar am selben Tage noch, als er aber um die sechste Stunde vom Felde, drauf er das Grabenziehen an einer sumpfigen Stelle beaufsichtigt hatte, hereinkam, fand er alles ausgeflogen und erfuhr von einem Cherokeemädchen, das eben neben ihm die Treppe passierte: Master (dies war Obadja) und Miß Ruth und Mister Toby seien mit dem Zehnuhrzuge gefahren und zwei Stunden später Monsieur L'Hermite; Master sei nach

Halstead. Wohin Monsieur L'Hermite sei, das wisse sie nicht. Aber auch hierüber sollte Lehnert nicht lange mehr im Dunkel bleiben, denn kaum daß er in sein Zimmer getreten war, so wurd' er eines Zettels gewahr, den L'Hermite mit Hilfe zweier Wachskügelchen auf die Tischplatte geklebt hatte. Drauf stand in einer Art Telegrammstil: »Mit dem Zwölfuhrzuge nach Galveston. Ich sehne mich nach Menschen. In drei Tagen wieder zurück. Bis dahin und weiter Ihr L'Hermite.«

Ja, das gab Aufklärung über das »Wohin«, aber über nichts weiter, und wenn schon dies Umgebensein von Geheimnissen ein gewisses unbehagliches Gefühl in ihm weckte, so wuchs dasselbe, wenn er sich sagte, daß er nun auf drei lange Tage hin in dem großen, halb kirchenhaften Hause mutterwindallein sei, Totto, Maruschka und ein Dutzend halbwachsener Cherokeemädchen abgerechnet, die doch kaum als Gesellschaft gelten konnten. Verstimmt ging er in seinem Zimmer auf und ab, ließ sich bei Maruschka, seiner alten Tischgenossin, entschuldigen und begnügte sich mit ein paar Biskuits, einem Kognak und einem Glase Wasser.

Aber diese Rolle der Absperrung und Askese war doch nicht durchzuführen und so beschloß er denn tags darauf, ein Gespräch zu versuchen und sich zunächst dem guten alten Totto zu nähern.

Totto war über siebzig und genoß schon seit etlichen Jahren eine Art Gnadenbrot. Er war, als ein litauischer Knecht, mit Obadja herübergekommen und hatte diesem, damals noch in Dakota, an zwanzig Jahre und länger in Eifer und Treue gedient. Eines Tages aber war er fort gewesen; andere hatten ihn überredet, und mit diesen war er den Missouri und dann den Mississippi hinuntergefahren, auf Neu-Orleans zu. Dort war er Cabkutscher geworden und hatte viel Geld verdient, bis er, den Herrn spielend, alles wieder verloren hatte. Von einem Rettungsinstinkt geleitet, war er dann, mit dem Reste seiner Barschaft, denselben Weg flußaufwärts zurückgefahren und nach fünfjähriger Abwesenheit wieder in Dirschau, Dakota, eingetroffen, in einem grauen Leinwandanzug und im übrigen nichts mit sich führend als ein Felleisen, darin er seinen geretteten Sonntagsstaat untergebracht hatte. »Bist du wieder da, Totto,«

waren damals Obadjas von keiner weiteren Frage begleiteten Begrüßungsworte gewesen, die zugleich den ganzen Zwischenfall als erledigt ansahen. Von Stund' an war er auf ein paar weitere Jahre hin mit einer Art Oberaufsicht über das gesamte Pferdewesen betraut worden, auf das er sich, als Litauer, gut verstand, und saß nun, nachdem er schließlich auch dazu zu alt geworden, den ganzen Tag über vor den Stallgebäuden im Hofe, mit seiner Bank, weil ihn fror, immer der Sonne nachrückend. Sonntags zog er seinen aus seiner großen Zeit in Neu-Orleans mitgebrachten Staat an: einen blauen Frack mit kurzen Schößen und hechtgraue Hosen, dazu Zylinder und Vatermörder, ganz spitz, deren Plättung er überwachte. Alle liebten ihn und ließen ihn gewähren, weil er einfältigen Herzens war.

»Nun, Totto, wieder in der Sonne,« sagte Lehnert. »Wie geht es?«

»Oh, es geht ja, Mister Lehnert. Ein bißchen kalt.«

»Ihr sitzt nicht an der richtigen Stelle. Die Sonne steht ja da.«

»Ja wahrhaftig, da steht sie. Indeed, indeed. Na da will ich doch . . .«

Und er erhob sich und nahm seine Bank, um an eine wärmere Stelle zu rücken.

»Aber Totto«, fuhr Lehnert fort, »Ihr habt ja heute schon Euren Staat an. Und ist doch erst Dienstag. Ihr werdet ihn ruinieren.«

»Ja, Dienstag is erst. Aber Sonntag auch, Mister Lehnert. The whole week is festival-week. Festwoche, Sonntagswoche.«

»Ja, was heißt das, Totto? Sonntagswoche. Warum Sonntagswoche? Was ist los?«

»Waschung ist los, Mister Lehnert. Washing feet. Und kettledrums und gunpowder-face, well; you know him . . . Und Obadja preaching. Und plenty of people.«

Lehnert tat noch ein paar andere Fragen, aber er kam damit nicht weiter und erfuhr nur so viel, daß sich ein großes Fest vorbereite. Welcher Art im übrigen dies Fest sein würde, blieb ihm unklar, teils weil er Totto nicht recht verstand, teils weil ihm manche mennonitische Gebräuche, wie beispielsweise das Fest der Fußwaschung, noch fremd waren. Und so beschloß er denn, wenn die Mittagsstunde da sein würde, statt bei Totto, bei Maruschka sein Heil versuchen zu wollen.

Maruschka, wiewohl erst sechzig, war ein ebenso altes Hausinventar wie Totto und wie dieser mit nach Amerika herübergekommen. Ihren eigentlichen Namen kannte niemand, auch Obadja nicht, und nur so viel wußte man, daß sie, Polin von Geburt, schon als Kind auf einem Flissakenfloße die Weichsel herab nach Danzig gekommen sei, wo man sie, bei Schneegestöber, verirrt auf der Straße gefunden und nach einem katholischen Krankenhause gebracht hatte, drin sie, sich nützlich machend, jahrelang geblieben war, bis das Krankenhaus aufgelöst wurde. Da habe sie denn nicht gewußt »wohin« und wäre wieder barfuß flußauf gezogen, mit einem roten Tuch über den Kopf, um sich durchzubetteln bis Polen hin. Und in einem großen Mennonitendorfe, das Obadja damals bewohnte, sei sie zurückgeblieben und ein halbes Jahr später mit in die neue Welt übersiedelt. Alle drei Frauen Obadjas hatte sie seitdem hinsterben und die Kinder, die beiden ältesten abgerechnet, geboren werden sehen: Anhänglichkeit und Treue waren allezeit ihre Tugenden gewesen und in ihren jungen Jahren auch Fleiß und wirtschaftliches Geschick. In ihrem Katholizismus aber hatte der Hausherr und Patriarch von Nogat-Ehre sie jederzeit gewähren lassen, entweder aus Respekt vor jeder aufrichtigen Glaubensform oder weil er der Ansicht lebte, daß Maruschka zu den Auserwählten gehöre, die nicht um ihres Glaubens, wohl aber (wie Totto) um ihrer Einfalt willen selig werden.

Und nun war es fünf Uhr, und Lehnert erwartete jeden Augenblick den Schlag an den Schild, der ihn auch bei zusammengeschmolzener Tafelrunde zu Tische rufen mußte. Wen durft' er dabei erwarten? Wenn sich nicht der Lehrer aus der Nachbarfarm oder aber Missionar Krähbiel aus der nächsten Indianeransiedlung eingefunden hatte, so ging er einem Tête-à-tête mit Maruschka entgegen, ein Gedanke, der ihn, trotz seiner Neugier und aller Fragen, die er vorhatte, mehr oder weniger bedrückte. Wußt' er doch, wes Geistes Kind Maruschka war und daß ihre Geistesarmut nur noch von der Unfähigkeit, sich auszudrücken, übertroffen wurde. Vom Polnischen, ohne daß sich ein gutes Englisch oder Deutsch dafür gefunden hätte, war ihr nicht viel geblieben, und so sprach sie denn ein Kauderwelsch, das mit dem des alten Litauers, mit dem ihr ohnehin so vieles gemeinsam war, um den Preis der Unverständlichkeit streiten konnte.

Lehnert hing diesen Gedanken noch nach, als der Schlag an den Schild durch das Haus hin hallte. Sofort verließ er sein Zimmer, stieg die Treppe hinab und ging langsam auf die Halle zu. Wirklich, nur für zwei war gedeckt, und hinter dem Stuhl des einen Gedecks stand Maruschka. Sie war zu ihrer Zeit nicht ohne Wünsche gewesen, und etwas davon umleuchtete sie noch jetzt und kam heut in ihrer Toilette zum Ausdruck. Ihrem mitunter ganz schräg sitzenden Scheitel hatte sie mit Sorglichkeit eine senkrechte Richtung gegeben, während auf dem schwarzen und schon etwas blanken Popelinekleide neben anderem Schmuck eine dünne, vielfach um Hals und Nacken gelegte Silberkette prangte, mit einem Kreuz. Mit diesem Kreuz machte sie sich, als Lehnert auf sie zutrat, ziemlich demonstrativ zu schaffen, wies dann aber rasch auf den Stuhl ihr gegenüber und sagte: »Now let us see, Mister Lehnert.«

Lehnert, als er Platz nahm, war in Zweifel, was er aus dieser einigermaßen intimen Äußerung der guten Alten machen sollte. Das heiterstrahlende Gesicht aber, mit dem sie gleich danach den leichten Metalldeckel von einer vor ihr stehenden Schüssel nahm, ließ ihn rasch erkennen, daß sich das gemütliche »Now let us see« nur auf das in der Schüssel verborgene Gericht: Kraut und Knödel und eine Garnitur gebratener Speckschnitten, bezogen haben konnte. Lehnert – von allem halbschlesisch angeheimelt – kam denn auch mit der Alten um die Wette sofort in eine behagliche Stimmung und bat ihr im Herzen alles ab, was er gelegentlich über sie gespöttelt hatte. Die Herzensgüte, die Gebelust, vor allem die kleinen Schelmereien, womit sie die Wirtin machte, taten ihm nach den Steifheiten der Obadjaschen Tischordnung unendlich wohl, und erst ganz zuletzt kam er auf das zu sprechen, was zu fragen er sich den Tag über vorgenommen hatte. Maruschka gab auch Antwort. Aber alles, was er daraus ersehen konnte, war nur das, was er schon wußte: daß es sich um ein bevorstehendes großes Fest handle. Was es aber eigentlich damit war, kam nicht zur Sprache, weil sie kein rechtes Interesse daran nahm, jedenfalls viel, viel weniger als an den »dumplings« und »slices of bacon«, die sie nach wie vor nicht müde wurde, Lehnert anzubieten.

Endlich stand man auf, sagte sich gegenseitig allerlei Freundliches und verabschiedete sich bis auf den anderen Morgen.

Am Abend des dritten Tages war L'Hermite, ganz wie sein Zettel versprochen, von Galveston zurück. Er hatte mancherlei schöne Sachen eingekauft und erschien, angeheitert und Tabak kauend, in Begleitung zweier Stationsindianer, die eine Kiste von mäßigem Umfange trugen. Als er Lehnert im Flur begegnete, wies er auf die Kiste und sagte: »Für unsere Abende. Der Winter ist lang.« Alle freuten sich, daß er wieder da war, am meisten Maruschka, die nicht müde wurde, sein Mienenspiel zu belachen, was sich, wenn Obadja erst wieder zurück war, einigermaßen verbot. »Der alte Kater« aber, wie L'Hermite seinen Hausherrn mit Vorliebe nannte, war noch nicht wieder da, kam vielmehr erst am übernächsten Tag, und so hatten denn, um unsern Freund L'Hermite zum zweiten Male zu zitieren, »die Mäuse noch vierundzwanzig Stunden Zeit, auf dem Tische zu tanzen«. Das geschah denn auch redlich, und Tüten mit Bonbons und Pralinés, die L'Hermite mitgebracht hatte, wurden Maruschka neben allerhand persönlich Verbindlichem überreicht, zugleich mit der Versicherung, daß Polen noch nicht verloren und die katholische Kirche, solange die Herrschaft der Idee nicht proklamiert werden könne, das einzig Vernünftige sei. Maruschka, beständig knabbernd, verstand kein Wort davon und hielt L'Hermite die Hand hin, als er ihr wahrsagen wollte, natürlich aber bloß »killekille« machte. Sie war überglücklich und unterließ nicht, als ihre Hand wieder frei war, ihn abwechselnd auf Brust und Knie zu tippen. So ging es bis neun Uhr, wo man sich trennte, Maruschka mit dem Trauerworte, daß es bald wieder ganz anders sein würde, was L'Hermite mit einem »oui, oui« bestätigte. Dann nahm dieser Lehnerts Arm, und eine Minute später stiegen beide gemeinschaftlich die Treppe hinauf.

Als man oben war, wurde noch ein Plauderabend beschlossen, was Lehnert durchaus zupaß kam, weil er nun endlich zu hören hoffte, was es mit dem »feast« und dem »festival«, von denen Totto wie von etwas geheimnisvoll sich Steigerndem gesprochen hatte, denn eigentlich auf sich habe.

L'Hermite lachte. »Ja, feast und festival; dies ist die Woche dazu. Les jours de fête sont passés pour *nous*, mais« (und er schmunzelte) »les jours de fête commencent pour *Obadja*.« Und nach diesem zugespitzten Einleitungsworte begann er dem aufhorchenden Lehnert zu erzählen, daß die letzten Septembertage regelmäßig die großen Fest- und Ehrentage von Nogat-Ehre seien. Im Laufe des nächsten oder zweitnächsten Tages werde nicht nur Obadja mit Ruth und Toby wieder von Halstead her eintreffen, sondern auch alles Mennonitische, was auf dreißig und fünfzig Meilen in der Runde zu finden sei, und dann würde der Betsaal unten seine großen Aufführungen haben. Einem zivilisierten Geschmacke könne die Sache nicht eigentlich genügen, da man indes eine wirkliche Komödie nicht haben könne, so sei solch Heiligensabbat immer noch das Unterhaltlichste, was Nogat-Ehre biete. Das Ganze hier auszuplaudern, würde zu lange dauern, weshalb er es vorzöge, sich für heut' auf ein kurzes Programm zu beschränken. Die Sache beginne mit einer Art Vorfeier, und zwar mit der sogenannten Fußwaschung, bei der Obadja den Heiland spiele. Beiläufig gut genug, nur um vierzig Jahre zu alt. Das alles (bei einer Fußwaschung übrigens selbstverständlich) sei Abendprogramm, und nun folge tags darauf der eigentliche jour de fête. Dann sei das ganze Tabernakel so gefüllt, daß kein Apfel zur Erde könne; wo noch Lücken seien, würden ein paar Indianer hineingestopft, und endlich erscheine Obadja in höchsteigener Person und spreche das Gebet. Daran schlösse sich dann am selben Tage noch, oder auch am Tage darauf, die Taufe der Neuaufzunehmenden, unter denen nur selten eine Weißhaut sei, und dann komme die Predigt, in der der Alte meistens Geschmack genug habe, sich kurz zu fassen. Im weiteren Verlauf singe Ruth, was immer das Beste sei, und zuletzt falle der Chor der Cherokee- und Arapahokinder ein, und habe man dann einen Lärm wie bei »Ferdinand Cortez ou la Conquête de la Mexique«, namentlich, wenn gleichzeitig das große Tamtam geschlagen würde, das beiläufig wirklich aus Mexiko stamme. Der alte Gunpowder-Face aber, den er (Lehnert) bisher nur von seiner Doktorseite kennengelernt habe, sei dann – weil er nicht bloß die kettledrums, sondern auch das Tamtam zu bedienen habe – auf seiner eigentlichen Höhe, sähe dabei aus wie ein mexikanischer Oberpriester, und Obadja verschwinde daneben.

L'Hermite hatte das alles in bester Laune vorgetragen und Lehnert mehr als einmal ein Lächeln abgenötigt. Aber ihn in eine wirklich heitere Stimmung zu bringen, war ihm trotzdem nicht gelungen. Im Gegenteil, Lehnert blieb befangen und unruhig und sah den Festlichkeiten fast wie mit Bangen entgegen.

Der zweitnächste Morgen brachte nicht nur Obadja samt Ruth und Toby nach Nogat-Ehre zurück, sondern auch alle Mennoniten aus dem weiteren Umkreise trafen ein, meist Lehrer und Prediger, die zwischen den Ozark-Mountains und den Shawnee-Hills ihre Wohnung und ihren Wirkungskreis hatten, und mit ihnen viele bekehrte Rothäute, Männer und Frauen, die, während des Festes, in die Gemeinde der »Taufgesinnten« aufgenommen werden sollten. Ein Teil davon, so viele waren ihrer, mußte, wegen Raummangels, in einer benachbarten Indianeransiedlung untergebracht werden, drin unser Freund Gunpowder-Face – welchen Namen er wegen seines anscheinend mit Schießpulverkörnern überstreuten Gesichts erhalten hatte – das Regiment führte. Nach diesem mehr oder weniger befreundeten Indianerdorfe kamen viele, der Rest aber verblieb teils in Nogat-Ehre, teils in Obadjas eigenem Hause, darin wieder Mistreß Kaulbars, nach inzwischen erfolgter Rückkehr vom Vorwerk, mit bewährter Umsicht das Wirtschaftliche leitete, während Ruth die Honneurs des Hauses zu machen hatte. Freitag war alles versammelt; erste Begrüßung im Tabernakel und Ansprache, woran sich dann tags darauf der Akt der Fußwaschung mit vieler Feierlichkeit anschloß. Und nun ging man dem eigentlichen großen Festtage, dem Sonntag, entgegen, dessen Programm Monsieur L'Hermite bereits in aller Kürze gegeben hatte.

Bis in die Nacht hinein und dann wieder in frühester Morgenstunde war im Betsaal alles für den großen Tag hergerichtet worden, so daß man sich, um die neunte Morgenstunde, darin versammeln und Plätze, nach vorher getroffener Anordnung, einnehmen konnte. Wie sich denken läßt, hatte das Tabernakel unter all diesen Herrichtungen seine fast an Kahlheit grenzende Schlichtheit eingebüßt: überallhin waren Laub- und Blumengirlanden gezogen, am meisten an der der Eingangstür gegenübergelegenen dreigeteilten Empore, zu deren Füßen, um ein geringes vorspringend, der von Lichtern flimmernde Altar aufragte. Hierher richtete sich denn auch die Hauptaufmerksamkeit, desgleichen nach dem breiten Mittelteile der Empore, wo Ruth in vorderster Reihe stand, um sie her die den Chor bildenden Mennonitentöchter von Nogat-Ehre. Daneben aber, in dem rechten und linken Flügelteile, befanden sich, zur Verstärkung des Chors herangezogen, viele Indianerkinder, deren eines, ein sehr hübsches Mädchen, eine Christusfahne hielt, während, ganz im Hintergrunde, Häuptling Gunpowder-Face nicht bloß mit einem mexikanischen Oberpriester-, sondern geradezu mit einem mexikanischen Götzengesicht sichtbar wurde, glühäugig und erregt, weil ihm, wie herkömmlich, so auch heute wieder die beiden Kesselpauken und vor allem das an der Wand hängende Tamtam zur Bedienung anvertraut worden waren. Die Kesselpauken, wie noch hervorgehoben werden muß, waren ein Geschenk von Monsieur L'Hermite, der sie, mit Hilfe selbstpräparierten Pergaments, erfinderisch und kunstvoll hergestellt hatte, zugleich mit der schon erwähnten, von dem jungen Cherokeemädchen gehaltenen Kirchenfahne, deren auf Wolken thronender Heiland allerdings mehr an Judas Ischariot als an Christus erinnerte — wobei selbstverständlich im Dunkel blieb, ob L'Hermite diese Dreißig-Silberlings-Physiognomie mit Absicht oder nur in totaler Abwesenheit Leonardischer Kunst geschaffen hatte.

Festlich wirkte die dreigeteilte Empore samt Altar, aber kaum minder festlich der Saal selbst, nachdem er sich unten auf allen seinen Plätzen gefüllt hatte. Vorn auf den ersten zwei Bänken erblickte man in langer Reihe die Männer und Frauen, meist vom Stamm der Arapahos, die heute noch, seitens Obadjas, in die Gemeinde der Taufgesinnten aufgenommen werden sollten, und zwischen ihnen, als Paten oder Taufzeugen, saßen die Mennonitenväter von Nogat-Ehre samt den Lehrern und Missionaren, sechs an der Zahl, die das Werk der Bekehrung geleitet hatten. Einer derselben, mit einem feinen Windhundkopf, war ersichtlich ein Engländer: Mister Anthony Shelley, während die fünf andern sämtlich gute Deutsche waren, was nicht bloß ihre vierkantigen Köpfe, sondern beinah mehr noch ihre kerndeutschen Namen bezeugten: Bartels und Nickel, Krähbiel, Stauffer und Penner. All diese hatten auf der ersten und zweiten Bankreihe Platz gefunden, unmittelbar hinter ihnen aber saßen alle die, die mit zum Obadjaschen Hauswesen, trotzdem aber nicht eigentlich zur Gemeinde von Nogat-Ehre gehörten, also Maruschka und Totto, Mister und Mistreß Kaulbars, Lehnert und L'Hermite, letzterer in einem Respektabilitätsanzuge, drin man ihn nur mühsam wiedererkennen konnte. Von Lehnert gefragt, warum er überhaupt erschienen sei, hatte er in der ihm eignen Weise geantwortet, daß er das seinem Christus in Gouache, vor allem aber seinem Freunde Gunpowder-Face schuldig sei, welcher letztere, trotz seiner Bekehrung – und, was mehr sagen wolle, trotz seiner persönlich freundschaftlichen Gefühle für ihn – doch nach seinem Skalp trachten werde, wenn er sich seiner (Gunpowder-Faces) allerdings ans Virtuose streifenden Paukenleistung entziehen wolle. Das war so L'Hermites Redeweise. Sah man ihn aber so sitzen, so schien er voll Ernst und Interesse, zumal wenn er, halb nach rückwärts gewandt, die zweite Hälfte des Saales neugierig musterte, drin die schon früher getauften Cherokees und Arapahos zu Hunderten standen und mit großen Augen nach dem Altar hinübersahen, an dessen Stufen sich der heutige Feierlichkeitsakt vollziehen sollte.

Dem großen Feierlichkeitsakte vorauf aber ging ein Gebet, darin Obadja, unter Vermeidung alles bloß Lehrsätzlichen, *das* gab, was er praktisches Christentum nannte. »Lasset uns beten!« so begann er. »Das Gebet heiligt uns und macht unsere Seele frei. Das Gebet macht uns jeden Tag zum Feiertag. Ohne Gebet wäre unser Leben ein Haus ohne Dach, ein Garten ohne Blumen, eine Wüste ohne Oase. Was unser großer Benjamin

Franklin von der Mäßigkeit gesagt hat, das sag' ich von der Frömmigkeit: sie bringt Kohlen zum Feuer, Mehl in das Mehlfaß, Geld in den Beutel, Kredit bei der Welt, Zufriedenheit in das Haus, Kleider für die Kinder, Verstand ins Gehirn und Leben in alle Verhältnisse. Das sind die Wunder der Frömmigkeit, und das Gebet ist unser Beistand und unsere Hilfe dazu!«

L'Hermite nickte Zustimmung, während er vor sich hin brummte: »Ça suffit«, Obadja seinerseits aber fuhr fort: »Unsere Hilfe, sag' ich. Aber das Gebet, das helfen und Wunder tun soll, das muß den *rechten* Weg gehen. Wer den falschen Weg geht, dem hilft kein Gebet, und vor allem hütet euch vor denen, die der armen Seele, sei's *mit* Wissen, sei's *ohne,* den falschen Weg weisen. Lasset euch erzählen von einem, der den falschen Weg wies. Ein alter Mann kam zu sterben und schickte nach dem Geistlichen, um ihm zu beichten. Und der Geistliche kam. Und nun höret, was der Alte zu beichten hatte! Leute hätten in der Wildnis einen Wegweiser gesetzt, und als der Wegweiser gestanden, da hab' er ihn umgedreht und dadurch Tausende in die Irre geführt. Das laste jetzt schwer auf seiner Seele ... So war die Beichte des Alten. Ich aber sage euch: wer die Lehre verdreht oder umkehrt, der tut Schlimmeres, denn er führt von dem rechten Weg ab, der allein zum Himmel führt. Unser Wegweiser aber, dessen bin ich sicher, zeigt in die rechte Richt, denn er ist das Wort Gottes, und wir beten, daß er uns das Licht und das Auge gebe und die Kraft dazu, die Wege zu wandeln, die er uns weist.«

Ein liturgischer Vers wurde nach dem Gebet gesungen, und als auch der Gesang schwieg, gab Obadja ein Zeichen, und die zu Taufenden traten nun vor. Und er besprengte sie mit dem Taufwasser und sprach die Formel. L'Hermite aber nickte wieder und sah zu seinem Freunde Gunpowder-Face hinauf, der, zur Antwort, ihn freundlich angrinste, während die plötzlich von einem Feierlichkeitsgefühl angewandelte Maruschka die Galvestonsche Bonbontüte, die sie bis dahin in der Hand gehabt hatte, leise beiseiteschob und das Kreuz schlug.

Obadja war inzwischen von dem Taufbecken wieder an den Altar getreten, um nun, worauf alles wartete, die eigentliche Predigt zu halten, die – wie gewöhnlich bei diesen Jahresfesten – die Hauptunterscheidungspunkte der mennonitischen Lehre betonen sollte. Der Text aber, den er seiner Predigt zugrunde gelegt hatte, war der: »Wer das Schwert nimmt, soll durch das Schwert umkommen« und daneben der andere Spruch: »Die Rache ist mein, spricht der Herr.« Er sah, als er diese Worte sprach, zu Lehnert hinüber, der sein Auge vor dem ruhigen Blick des Alten senkte. Dann aber wandte sich dieser der Auslegung seiner Texteswoorte zu und stellte die Bilder kriegerischen und friedlichen Lebens einander gegenüber. Alles Blut, was flösse, flösse zum Unheil, und nur einmal sei Blut zum Heil geflossen, freilich nicht zum Heile derer, die's vergossen, wohl aber zum Heile der Menschheit, um deretwillen es vergossen wurde. Das sei das Erlöserblut Jesu Christi gewesen. Alles andere Blutvergießen aber sei Sünde, zumeist, wenn es flösse der Rache des einzelnen zuliebe. Das führe zu sicherem Untergang und Verderben. Aber auch der große Krieg sei Sünde, auch das Blutvergießen um Land und Herrscher und selbst um Glaubens und Freiheit willen. Und so hab' er denn auch in diesem gesegneten Lande den Krieg beklagt, den Nord und Süd um die Frage der Befreiung ihrer schwarzen Brüder geführt hätten, sosehr er dieser Befreiung selbst auch entgegengejubelt habe. Fortschritt und Freiheit sollten freilich ihren Einzug halten in die Welt, aber auf einer Palmenstraße, nicht auf einer Straße, da die Kriegsknechte zu beiden Seiten am Wege stehen. Absage dem Krieg, das sei die Lehre der Taufgesinnten. »Und so höret denn zum Schluß: Übermut macht Krieg, Demut macht Frieden. Und der Frieden im Gemüt ist das Glück und die Vorbereitung zum ewigen Heil. Selig sind die Friedfertigen, selig sind, die reinen Herzens sind. Die Rache ist mein, spricht der Herr.«

Obadja schwieg jetzt, und im Augenblick, als er die Stufen verließ, klang es von der Mittelempore her:

Rühret eigner Schmerz
Irgend unser Herz,
Kümmert uns ein fremdes Leiden,
Oh, so gib Geduld zu beiden,
Richte unsern Sinn
Auf das Ende hin!

Es war Ruth, deren Stimme mit wunderbarer Klarheit durch den Saal drang, während die jungen, sie umstehenden Mädchen die Palmenzweige immer höher über ihr emporhielten. Lehnert sah hinauf, zitternd vor innerster Bewegung, und wollte die Friedensstätte meiden, die *seine* Stätte nicht mehr war. Aber eh' er sich erheben konnte, klang der Schlußvers von oben her:

Soll's uns hart ergehn,
Laß uns feste stehn
Und auch in den schwersten Tagen
Niemals über Lasten klagen,
Denn durch Trübsal hier
Geht der Weg zu Dir.

Und nun schwieg auch Ruth und trat, verdeckt fast von den über sie gehaltenen Zweigen, in den Hintergrund der Empore zurück. Aber ehe sie sich noch ganz dem Auge der unten Versammelten entziehen konnte, fiel auch schon, von rechts und links her, der Chor der Indianerkinder ein, und während das schöne Cherokeemädchen, strahlend vor Freude, die Christusfahne schwang, rührte Gunpowder-Face seine kettledrums und schlug zugleich zweimal an das hinter ihm aufgehängte Tamtam.

L'Hermite war nicht müde, stille Zeichen des Beifalls zu geben und huldigend hinaufzugrüßen, aber ehe er noch einen Gegengruß eintauschen konnte, vernahm er auch schon, unmittelbar neben sich, einen schweren Fall und sah, sich wendend, daß Lehnert, wie vom Schlage getroffen, zusammengebrochen war.

Alles drängte herzu, Maruschka und Toby und zuletzt auch Obadja und Ruth.

»Er ist tot.«

»Nein, er *lebt*«, sagte Ruth im festen Glauben ihres Herzens.

Und ihr Auge leuchtete, als sie so sprach.

FÜNFUNDZWANZIGSTES KAPITEL

Das Jahresfest konnte nicht eindringlicher abschließen, und als am andern Tage, nach voraufgegangener Beichte Lehnerts, Lehnert selbst (woran bis dahin weder er noch andere gedacht hatten) in die Gemeinde der Taufgesinnten aufgenommen worden war, war man einig, daß, bei der Beschreibung des Festes in den Blättern der mennonitischen Genossenschaft, auch speziell dieses Bekehrungsherganges, als einer wunderbaren Erweckung, gedacht werden müsse. Ganz besonders waren es die Brüder Krähbiel und Nickel, die sich in diesem Sinne vernehmen ließen und bei der Gelegenheit in Obadja drangen, sie mit der Vorgeschichte Lehnerts bekanntzumachen. Obadja aber lehnte dies Ansinnen nicht nur ab, sondern behandelte das Vorkommnis überhaupt als ein Etwas, das wohl erfreuen und zufriedenstellen, aber nicht groß in Verwunderung setzen könne. Er ging darin so weit, daß seine zur Schau getragene Ruhe den trotz tiefster Erschütterung immer noch in menschlicher Eitelkeit verbliebenen Lehnert beinah verletzte, während Krähbiel und Nickel, was wohl auch in Obadjas eigentlichster Absicht gelegen haben mochte, nicht müde wurden, aus dieser Ruhe des Alten aufs neue den Beweis seiner Überlegenheit und seines besonderen Berufenseins für sein Amt herzuleiten. Und mehr oder weniger war dies die Meinung aller. Selbst L'Hermite gab seiner Genugtuung auf seine Weise Ausdruck und sagte zu Krähbiel: »Oui, oui, c'est beaucoup plus que le prophète du Testament, c'est le prophète de Meyerbeer.«

In der Tat, jeder fühlte sich erhoben, und nur einer war da, der sowohl der Tatsache der Erweckung wie dem Erwecker gegenüber in seiner landeseigentümlichen Nüchternheit verharrte. Dieser eine war natürlich Mister Kaulbars. »Sieh, Röse«, so etwa waren seine Worte, »da siehst du, was ein Schlesier is. Die sind so . . . ja, wie sag' ich bloß, die sind so duselig, so gleich weg und fallen um wie Bleisoldaten, schon bloß, wenn einer antippt. So was kann unserein gar nich passieren. Und nun gar erst der Alte!«

»Nu höre, Martin, gegen den Alten wirst du doch woll nichts sagen wollen! Der Alte is ja doch so weit ganz gut.«

»Freilich is er. Warum soll er auch nich? Und ich *muß* auch sagen, er macht es fein und forsch genug und sieht aus, na, wie sag' ich gleich, na doch wenigstens wie Abraham oder wie Noah oder so einer von die Alleraltesten. Aber du meine Güte, ›Stehe auf und lebe‹, was er da zuletzt doch wahr und wahrhaftig gesagt hat, als Lehnert wie für dod dalag, sieh, Röse, das is ja doch schon die reine Dodenerweckung oder Jüngling zu Nain. Und so viel is doch nich los mit ihm. Er ist ja doch am Ende kein Christus nich und auch kein Heiland, und wenn ich auch nichts gegen ihn sagen will – denn darin hast du ganz recht, er ist immer noch von die Besten einer –, aber höre, so viel bleibt doch, wo Barthel Most holt, das weiß er ganz gut und weiß auch ganz gut, daß die Spargelköppe besser schmekken als die Stangen, und in Denver hat er was in der Bank liegen, und in Galveston hat er was liegen, und in Amsterdam hat er auch was liegen. Er hat überall was liegen. Und dann: ›Steh auf und lebe‹, und auch gleich niederknien lassen und ihm die Hand hinhalten, bis er seinen Handkuß weg hat ... Ne, Röse, das is mir zu viel. Unser alter Rüthnick in Schwante, na, da kniete man woll auch mal nieder, und kam auch so was vor, aber Rüthnick war arm, und dieser is reich. Und Armut, das is die Hauptsache. Glaube mir, auf die Armut kommt es an.«

Röse lachte und sagte: »Du sagst sonst immer, Martin, aufs Geld käme es an.«

»Is auch ganz richtig, aufs Geld kommt es auch an. Aber wenn einer immer dasteht, wie ›vom Himmel hoch da komm ich her‹, da muß er an das Kamel und das Nadelöhr denken und nicht rechnen können wie 'n Bankdirektor.«

»Freilich, rechnen kann er«, sagte Röse.

»Na siehst du, nu sagst du's auch schon.«

Ja, auf Kaulbars und Frau – die, bald nach der Abreise der Gäste, nach ihrem Vorwerke wieder hinausgezogen – war die Wirkung der Erweckung nicht allzu groß gewesen, desto größer aber auf Tobias und Ruth. Sie hatten von Anfang an eine Liebe zu Lehnert gehabt, die sich jetzt, nachdem er ein Mitglied der Gemeinde geworden, unbefangener zeigen durfte, was dann selbstverständlich auch das Vertrauen auf Lehnerts Seite steigern mußte, so weit, daß es allmählich zur Vertraulichkeit wurde. L'Hermite, ganz unkleinlich und jedenfalls frei von jeder Eifersuchtsregung, hatte seine Freude daran, und so begann denn bei beiden ein Wetteifer, nicht nur in ihrer Liebe zu den Geschwistern, sondern auch – wozu die großen Eisenbahnlinien nach dem Süden und Osten die Mittel und Wege schafften – in der Erfüllung aller Wünsche, die Ruth und Toby hegten. Ja, die beiden sonderbaren Schwärmer, von denen der eine den Erzbischof von Paris und der andere den Förster Opitz auf dem Gewissen hatte, kannten nichts Schöneres, als für Miß Ruth zu denken und zu arbeiten und fühlten sich belohnt, wenn sie lachte, nickte, dankte.

Der Lehnert-L'Hermiteschen Reunionabende wurden, in natürlicher Folge davon, immer weniger, und an ihre Stelle traten Familienabende, zu deren Abhaltung man sich auf Ruths oder Maruschkas Zimmer versammelte. L'Hermite, sosehr er sich dieser Abende freute, kam freilich nur selten und immer nur auf Aufforderung, desto häufiger aber stieg der Alte die Treppe hinauf, und mit herzlicher Genugtuung erzählten alsbald die Kinder, daß der Vater, seit der Mutter Tode, kaum jemals in ihrer Mitte so fröhlich und guter Dinge gewesen sei wie gerade jetzt.

Daß er dies sein konnte, war vor allem Ruths, aber doch auch Lehnerts Verdienst. Denn wenn Ruth erfinderisch und in ihren Vorschlägen immer auf einen glücklichen Wechsel bedacht war, so war es doch schließlich allemal Lehnert, der das wechselvolle Programm durchzuführen hatte. Vielleicht, daß er damit gescheitert wäre, wenn er nicht voll musikalischen Sinnes und zugleich – wie schon der alte Kommandant von Fort Mac Culloch in seinem Briefe geschrieben hatte – von einer nicht unbeträchtlichen Fertigkeit im Geigen- und Zitherspiel (und eine Zither hatte sich natürlich gefunden) gewesen wäre. Ruth ihrerseits war eine kleine Gesangsvirtuosin, als die wir sie schon im Tabernakel kennenlernten, und wenn ihre melodische Stimme, während Toby auf dem Harmonium und Lehnert auf der Geige begleitete, durch das Zimmer klang, so verklärten sich des alten Obadja Züge, und glückliche Stunden, die nun weit, weit zurücklagen, Stunden aus der Kindheit Tagen her, traten wieder lebhaft vor seine Seele. Das zurückhaltend Feierliche, das er sonst hatte, fiel in solchen Stunden von ihm ab, und im Augenblicke, wo die Kinder diesen Wechsel eintreten sahen, wechselten sie, je nach dem Maß der aufkeimenden guten Laune, rasch auch die Lieder selbst, und wenn eben noch ein Choral auf dem Notenpult gestanden hatte, so wurde jetzt ein weltliches, wenn auch zunächst noch ein elegisches Lied aus dem Choral. Eines unter diesen elegischen Liedern, welches das »Lied vom Herzen« hieß und eine sehr gefällige, ganz für die Zither berechnete Melodie hatte, war eine Zeitlang aller Lieblingsstück, so sehr, daß selbst Monsieur L'Hermite mit einstimmte.

's Herz ist ein spaßig Ding,
An sich nur klein und g'ring;
Oft ist's ganz mäuschenstill,
Dann hämmert's wie 'ne Mühl',
Oft tut mir's wohl, und oftmals wehe! –
D'rum denk'ch in meinem Sinn,
's sitzt was Lebend'ges drin,
Zeigt Freud' und Schmerzen
Ganz tief im Herzen! –

Auch Maruschka sang mit Vorliebe diese Strophe mit, trotzdem sie vom Text wenig oder nichts verstand, aber das Zittrige der Melodie tat ihr unendlich wohl und bestimmte sie, während sie weinte, Mal auf Mal auf das »Durchsingen« aller Strophen zu bestehen. Es waren ihrer sechs oder sieben, unter denen die junge Welt die zweite bevorzugte. Diese lautete:

Wenn man was Böses tut,
Da hämmert's gar nicht gut,
Dann red't man gern sich ein:
»'s wird wohl so schlimm nicht sein«,
Man möcht' die Wahrheit sich nicht sagen! –
Doch, – was hilft aller Schein,
Der *droben* schaut darein,
Er wird's am Schlagen
Dir deutlich sagen! –

In Lehnerts Auge flimmerte dann was, auch wohl bei den andern, und nur Obadja, der, infolge seines Vertrautseins mit dem Kirchenliede, dem bloß Weichlichen durchaus abhold war, außerdem auch die dünne knipsige Begleitung auf der Zither nicht recht leiden konnte, blieb ziemlich nüchtern bei diesen Sentimentalitäten, die die Kinder, in totaler Verkennung seines Geschmacks, recht eigentlich für ihn ausgesucht hatten, und kam immer erst in die richtige, von seiner Umgebung gewünschte Stimmung, wenn man aus dem Gefühlvollen offen und ehrlich in die direkten Heiterkeiten überging.

Auf Schlesiens Bergen, da wächst ein Wein,
Den trifft nicht Regen, nicht Sonnenschein . . .

Ja, das tat ihm wohl, und wenn Obadja dann am Schluß des Liedes den sich in seiner Trinkwette für überwunden erklärenden Teufel laut jammern hörte:

Noch *mehr* zu trinken solch sauren Wein,
Muß man ein geborner Schlesier sein . . .

da kam ein Lachen über ihn, so herzlich, als ob er nie der Hohepriester von Nogat-Ehre gewesen wäre.

Daß dem so sein konnte, das hing übrigens noch mit einem andern Zuge seiner Natur zusammen: Obadja, trotz beinah vierzigjährigen Aufenthalts in Amerika, hatte sich einen altheimatlichen Sinn, ganz besonders aber einen Sinn für provinziale Sitten und Vorkommnisse bewahrt, und gleich nach Kaiser Wilhelm und Bismarck gab es eigentlich nichts Unterhaltlicheres für ihn als Weichselüberschwemmungen oder Sand- und Schneeverwehungen auf der Nehrung oder Bernsteinausgrabungen — lauter ost- und westpreußische Themata, daran sich selbstverständlich auch schlesische Besonderheiten anschließen durften, und je mehr Sagen und Märchen aus dem Riesengebirge von Lehnert erzählt und je mehr Wichtelmännchen und Zwerge dem Monsieur L'Hermite für seine Schürfversuche zur Verfügung gestellt wurden, je lächelnder und glücklicher sah Obadja drein. Am meisten, und das galt für alt und jung, interessierte natürlich Rübezahl, von dem jeder immer mehr hören wollte, bis Lehnert versprach, ihnen allen einen Rübezahl in Holz zu schnitzen. Das könne jeder Schlesier, und er wolle sich für Porträtähnlichkeit verbürgen, trotzdem er Rübezahl seit über sechs Jahren nicht mehr gesehen habe.

Und gesagt, getan. Eine große Fichtenflechte, die für Haar und Bart zu sorgen hatte, wurde von den benachbarten Ozark-Mountains herbeigeschafft, und schon am nächsten Familienabende machte der alte Berggeist, dem L'Hermite ein paar rote Glasaugen eingesetzt hatte, seine Aufwartung und ging reihum und wurde bestaunt und bewundert. Nur Maruschka erklärte, ihn nicht anfassen zu wollen; der heilige Niklas sei es nicht, also sei es ein Götze. Und mit dieser ihrer naiven Erklärung behielt sie mehr recht, als sie selber erwartet haben mochte. Denn kaum drei Tage, nachdem man das Holzbild in die Halle gestellt hatte, ließen sich mehrere Mennoniten von Nogat-Ehren bei Obadja melden und stellten den Antrag, den Götzen, der bereits Anstoß in der Gemeinde gegeben habe, wieder beseitigen zu wollen, ein Antrag, dem natürlich Folge gegeben und mit dessen Ausführung: ein Autodafé drüben im Parkgarten, Monsieur L'Hermite betraut wurde. Ja, der Rübezahl ging in Flammen auf, aber diese Nachgiebigkeit machte die mal zu Wort gekommenen Unzufriedenen nicht schweigen, seitens derer die Gelegenheit benutzt und über den Einzelfall hinausgreifend ganz allgemein bemerkt wurde: Das käme davon, wenn man sein Haus zur Freistätte für all und jeden mache — eine Bemerkung, die sich übrigens, sonderbar zu sagen, nicht so sehr gegen Lehnert und Monsieur L'Hermite wie gegen Maruschka richtete, der es nichts half, das unzweifelhaft harmloseste Mitglied der katholischen Kirche zu sein. Obadja nahm daraus Veranlassung, am nächsten Sonntag im Betsaale eine Ansprache zu halten und auf den Unterschied zwischen einem Götzen und einem bloßen Spielzeug hinzuweisen. Auch gegen ein solches, ein Spielzeug, rigoros vorzugehen, verenge den Sinn und verkümmere das Leben. Und was die Dinge angehe, die nebenher noch zu seinen Ohren gekommen seien, so sei sein Haus ein Haus des Friedens und der darin herrschende Geist, nach seinem allerbestimmtesten Wunsch und Willen, ein Geist des Ausgleichs und der Versöhnung, ein Quell, der *jeden* labe, der da durstig sei. Nach dieser Ansprache beruhigte man sich wieder in der Gemeinde. Die schlesischen Geschichten aber mit ihrem verdeckten Heidentume, so viel hatte dieser Protest doch gewirkt, wurden auf längere Zeit vom Programm abgesetzt, und für Ruth lag wieder die Notwendigkeit vor, nach anderem Unterhaltungsstoff auszusehen.

Und bald war eine Hilfe gefunden, und zwar zumeist dadurch, daß man übereinkam, die Musikabende mit Leseabenden abwechseln zu lassen. Aber was sollte man lesen? Erbauliches gab es jeden Tag bei der Morgenandacht; es war also höchst wünschenswert, eine Lektüre zu finden, am besten eine Romanlektüre, deren weltlicher und vielleicht selbst liebesgeschichtlicher Inhalt immer noch, auch wenn Obadja der Vorlesung beiwohnte, für zulässig angesehen werden konnte. L'Hermite, mit dem ihm eigenen grotesken Ernst, proponierte »Madame Bovary«, dann »Nana«, Vorschläge, die von Ruth und Toby, da das Renommee dieser Romane selbst bis Nogat-Ehre gedrungen war, unter Heiterkeit niedergestimmt wurden, – eine Heiterkeit, dran auch Maruschka, wie an jeder Heiterkeit, teilnahm, ohne zu wissen, um was sich's handelte. Flaubert und Zola fielen also, alles Französische überhaupt, denn nur Englisches und Deutsches sollte Geltung haben, und nachdem man auch noch einen zweiten Abend unter Namensnennung aller möglicher alter und neuer Autoren und ihrer Werke verbracht hatte, kam man auf Ruths und Tobys Vorschlag endlich überein, mit Bret Hartes kleinen Erzählungen und Pestalozzis »Gertrud und Lienhardt« abwechseln zu wollen. Gertrud und Lienhardt wären ihnen zwar schon bekannt, aber damals seien sie Kinder gewesen, und sie wollten jetzt sehen, ob es noch Stich halte, vor allem aber, ob zwischen Lehnert und Lienhardt eine Ähnlichkeit sei und wer von beiden ihnen besser gefalle.

Mit Bret Harte fing man an, und »The luck of Roaring Camp« ebenso wie die »Outcasts of Pokers Flat« kamen gleich in der ersten Woche zum Vortrage. Sonderbarerweise kannte niemand die Sachen, auch Lehnert nicht, trotzdem er jahrelang in den Diggings und San Franzisko gelebt hatte. Dafür aber kam diesem, als es ans Kritisieren ging, sein Vertrautsein mit den kalifornischen Menschen und Zuständen zustatten, derart, daß er einfach als Autorität angesehen und selbst von Obadja, der all diesen Schilderungen mit größtem Interesse gefolgt war, um seine Meinung gefragt wurde. Lehnert, zum ersten Mal in seinem Leben vor solche Frage gestellt, geriet in eine gewisse Verlegenheit und wollte sich dem Sprechenmüssen entziehen. Als er aber kein Entrinnen sah, nahm er sich ein Herz und sagte, daß ihn alles tief ergriffen habe, besonders die »Outcasts of Pokers Flat«, denn solcher Figuren gäb' es in beträchtlicher Zahl in den Diggings. Alles in allem aber fänd' er doch, daß der Erzähler um etliche Grade zu nachsichtig und zu gelinde vorgegangen sei. Läg' es so, wie Bret Harte die Dinge geschildert, so wären alle diese sonderbaren Leute nichts als gescheiterte Prachtmenschen, bei denen, je nach der Abstammung, der Gentleman oder der Hidalgo oder der Chevalier in jedem Augenblick wieder zum Vorschein kommen müsse. Was er indessen persönlich kennengelernt habe, das seien, wenn auch mit gelegentlichen Ausnahmen, nur Rowdies gewesen, Rowdies, die mit dem Bowiemesser besser als mit dem Degen Bescheid gewußt hätten. Mit einem Wort, er fände, daß die kalifornische Natur vorzüglich getroffen, aber die kalifornische Menschheit doch allzusehr verherrlicht sei. So vornehm seien die Leute nicht.

Diese Worte Lehnerts fanden Zustimmung bei Obadja, noch mehr bei L'Hermite, der nur hinzusetzte, man müsse diese Schönfärberei möglichst milde beurteilen, weil sie sich durch alles zöge, was geschrieben würde. Der große Zola, dessen neuestem Roman er erst neulich wieder in der »Galveston-Gazette« begegnet sei, mache freilich Versuche, dem Übelstande beizukommen, aber immer noch schwächlich und mit durchaus unausreichendem Mut. Erst die Herrschaft der »Idee« werde die Lüge beseitigen, zunächst aus dem Leben und hinterher auch aus der Literatur.

Die nächste Woche begann mit »Gertrud und Lienhardt«.

»Wir wollen gründlich vorgehen«, nahm Obadja gleich am ersten Abende das Wort. »Das heißt, wir wollen auch die Vorrede lesen. Das sind schlechte Leser, die von Vorreden nichts wissen wollen.«

»Ich kenne nur langweilige«, sagte L'Hermite.

»Das kommt vor, aber nicht immer. Unter allen Umständen wollen wir's versuchen. Lies, Ruth!«

Und nun nahm Ruth das Buch und schob die Lampe nach links.

»Es waren aber Männer unter den Heiden«, so begann sie, »Männer voll Weisheit, die weit und breit auf der Erde ihresgleichen nicht hatten. Und diese sprachen: ›Lasset uns zu den Königen und ihren Gewaltigen gehen und sie lehren, ihre Völker glücklich zu machen.‹ Und sie gingen auch. Und die Könige und Gewaltigen, als sie die Lehre der Weisen gehört, lobten die weisen Männer und gaben ihnen Gold und Seide, taten aber gegen ihre Völker wie vorher. Und die weisen Männer wurden von dem Gold und der Seide blind, und nur einer war, der vergaß nicht seines Worts und seiner Pflicht und gab dem Bettler seine Hand und grüßte den Zöllner samt dem Knecht und führte den Sünder und den Verbannten in seine Hütte. Das sah das Volk und pries ihn um seines Ausharrens in der Liebe willen.«

Ruth, als sie bis zu dieser Stelle gelesen, wollte rasch fortfahren, Obadja nahm aber jetzt seinerseits das Wort und bemerkte, daß er sich keine bessere Vorrede denken könne, denn sie gäbe das *Leitmotiv* für das Ganze, welches Wort er wähle, weil es jetzt »drüben« derartig Mode sei, daß man's in jedem Zeitungsblatt finde . . .

»Oui, oui«, sagte L'Hermite. »C'est le grand mot du grand Richard . . .«

»Es ist«, fuhr Obadja fort, ohne der Unterbrechung weiter zu achten, »es ist der richtige Taktaufschlag und läßt dem Leser kaum Zweifel über den Geist, aus dem heraus das Ganze geschrieben ist. Und dieser Geist ist der republikanische Geist. Und daß derselbe hier lebendig ist, hier in dieser herrlichen alten Schweizergeschichte, das ist ein Vorzug, dessen sich nur wenig deutsche Bücher rühmen dürfen. Über allen deutschen und namentlich über allen preußischen Büchern, auch wenn sie sich von aller Politik fernhalten, weht ein königlich preußischer Geist, eine königlich preußische privilegierte Luft; etwas Mittelalterliches spukt auch in den besten und freiesten noch, und von der Gleichheit der Menschen oder auch nur von der Erziehung des Menschen zum Freiheitsideal statt zum Untertan und Soldaten ist wenig die Rede. Darin ist die schweizerische Literatur, weil sie die Republik hat, der deutschen überlegen, und alle Deutsche, die, wie wir, das Glück haben, Amerikaner zu sein, haben Grund, sich dieses republikanischen Zuges zu freuen.«

Alles nickte. Nur L'Hermite, der nichts Lächerlicheres als jene »Halbheitszustände« kannte, die sich Republik nennen, wiegte den Kopf mit überlegener Miene hin und her und war froh, als auf Weiterlesen gedrungen wurde. Ruth, weil sie lieber selbst las als zuhörte, sprach den Wunsch aus, fortfahren zu dürfen, und Obadja stimmte zu.

Noch denselben Abend kam man ein gut Stück in die Geschichte hinein, die bald wieder alt und jung ins Interesse zog. Voran in lebhafter Teilnahme stand aber Lehnert, vielleicht weil er aus vielem, was da erzählt wurde, seine eigene Lebensgeschichte heraushörte. Lienhardt, das war er selbst, und der böse Vogt, der den armen Lienhardt gequält und zum Schlechten verführt, das war Opitz. Er wollte immer mehr hören und war beinahe mißgestimmt, als man auf Obadjas Geheiß plötzlich abbrach und die Vorlesung bis auf den andern Abend vertagte. Wenigstens das nächste Kapitel, das sich »Niedriger Eigennutz« betitelte, hätt' er gern noch kennengelernt, und so nahm er denn, als man sich bald danach zurückzog, das von Ruth auf einen Ecktisch gelegte Buch zur Befriedigung seiner Neugier mit in sein Zimmer hinüber und las bis Mitternacht. Dann schritt er noch eine Zeitlang auf und ab, um seiner Aufregung Herr zu werden, und öffnete dabei das Fenster und lehnte hinaus und sah nach dem in klaren Umrissen daliegenden Gebirge hinüber. Darüber flimmerten die Sterne. Ihm war es, als erblick' er die Leiter, von der L'Hermite damals in jener Mond- und Spuknacht gesprochen hatte, nur mit dem Unterschiede, daß er, statt ihn ängstigender Schatten, Engel und Lichtgestalten auf- und niedersteigen sah. Und nun schloß er das Fenster wieder und sah Ruth, wie sie drüben in halber Beleuchtung gesessen und in den Lesepausen abwechselnd dem Vater und der alten Maruschka die Hand gestreichelt hatte.

»Ja, wer *so* geboren wird, wen das Leben *so* wiegt und trägt ... Armer Mensch ich, arm und elend und verloren, wenn Gott nicht ein Wunder tut ... Aber wie's auch komme, *doch* gut, daß ich das alles noch erlebt ... Und *wenn* er ein Wunder täte! Hab' ich es verwirkt? Ist ein Wunder unmöglich? Nie, sonst wär' es kein Wunder.«

Und er lebte sich in diese Vorstellung ein und legte sich's zurecht und sah wieder heiter in die Zukunft. Unklare, verschwimmende Bilder von Besitz und Glück und Ruhe stiegen vor ihm auf.

SECHSUNDZWANZIGSTES KAPITEL

Ruth und Toby war es nicht entgangen, daß Lehnert das Buch mit hinübergenommen hatte; beide hatten sich darüber gefreut und fast auch über die Heimlichkeit, mit der es geschah. Sie gestanden sich das, als sie tags darauf nach der Morgenandacht die Treppe hinaufstiegen, um oben in Ruths Zimmer noch ein kurzes vertrauliches Geplauder zu haben. Sie setzten sich einander gegenüber und sahen eine Weile Maruschka zu, die mit großen Holznadeln an einem mächtigen Wollschal strickte, während ein Rotfink im Zimmer hin- und herflog. Zuletzt folgten die Geschwister dem Hin- und Herfluge des schönen Tieres, und als es sich auf den Ecktisch setzte, darauf Ruth gestern das »Gertrud und Lienhardt«-Buch gelegt hatte, sagte diese:

»Sieh, Toby, da liegt das Buch wieder! So geschickt er es gestern mitgenommen, so geschickt hat er es heute wieder hingelegt. Es muß gewesen sein, als wir schon unten waren; er kam auch eine Minute zu spät, und der Vater sah ihn an. Gib das Buch her, vielleicht hat er ein Zeichen eingelegt oder gar ein paar Striche gemacht. Manche können das nicht lassen, und ich möchte beinahe sagen, er sieht mir ganz danach aus.«

Toby, gehorsam, holte das Buch, und Maruschka mit dem langen weißen Wollschal, der aber längst aufgehört hatte weiß zu sein, rückte näher heran, weil sie neugierig war. Und nun begann Toby zu blättern, während ihm Ruth, die sich von ihrem Platz erhoben hatte, neugierig über die Schulter sah.

»Siehst du«, lachte sie plötzlich auf, »da kommen schon die Striche; wie richtig ich meinen Mann erkannt habe! Das hätte nicht mit rechten Dingen zugehen müssen, wenn's anders gewesen wäre. Wer Bücher heimlich mit fortnimmt, der macht auch Striche hinein, und vielleicht sogar mit der Absicht, andere wissen zu lassen, was ihm am besten gefallen hat.«

»Woher weißt du so was, Ruth?«

»Einfach genug. Weil ich es selber ein paarmal so gemacht habe.«

»Wo denn? Hier?«

»Nein, in Halstead, in der Schule. Das ist aber gleich, laß uns lieber sehen, wie viel Striche wir finden. Hoffentlich nicht zu viele. Drei, vier, das geht; sind es mehr, so wird es albern und sagt gar nichts mehr. Wieviel Stellen sind es?«

»Du hast gut geraten, gerade vier. Und folgen alle rasch aufeinander.«

»Nun lies! Aber der Reihe nach.«

Toby blätterte wieder zurück und begann dann: »Es mißfiel ihr aber, daß ihrer so rühmend erwähnt wurde. Denn sie war bescheiden und demütig und grämte sich über den bloßen Anschein von Eitelkeit.«

Hier sah Toby Ruth an und sagte: »Da hat er an *dich* gedacht; das bist *du*.«

Ruth aber hielt ihm den Mund zu. »Rede nicht so, Toby, wer weiß, an wen er gedacht hat. Und es paßt nicht einmal; ich bin nicht demütig, und noch weniger bin ich bescheiden. Aber laß uns weiter sehen!«

»Nun denn. ›Ich sehe dir's an, du Gute, du kannst dich nicht verstellen.‹«

»Das bist du wieder, Ruth.«

»Ja«, lachte diese jetzt, »das *kann* ich wenigstens sein ... Aber nun laß uns nach einer etwas längeren Stelle suchen, das sind ja alles nur Zeilen ... Sieh hier, das ist länger, das wird sich verlohnen ...«

Und nun las Ruth selbst, während sie sich im Lesen immer weiter über Tobys Schulter vorbeugte: »Von Kindesbeinen an stak ihm zu viel Feuer in Blut und Herzen, und die Mutter, anstatt dasselbe zu löschen und zu dämpfen, gefiel sich darin, es anzufachen.«

»Ah, das ist *er*«, sagte Ruth und fuhr dann im Lesen fort: »›Er war ein Trotzkopf und redete stundenlang kein Wort, wenn man ihm nicht tat, was er wollte. Und hier, meine Lieben‹, . . . ah, nun wird es lehrhaft, und der Prediger und Erzieher kommt heraus . . . ›hier muß ich innehalten und den Vätern und Müttern meiner Gemeinde die große Lehre der Auferziehung sagen: Bieget eure Kinder, ehe sie noch wissen, was links oder rechts ist, zu dem, wozu sie gebogen sein müssen. Und sie werden's euch bis ins Grab danken, wenn ihr sie zum Guten gezogen und ins Joch des armen Lebens gebogen habt, noch ehe sie wissen, warum.‹«

»Nun sage selbst«, sagte Ruth, »ist es nicht, wie wenn der Vater spräche? Da dürfen wir uns nicht wundern, daß er so ganz besonders zu dem Buche hält und zu dem Manne, der es geschrieben. Pestalozzi. Sonderbarer Name und so gar nicht deutsch.«

»Nicht so deutsch wie Hornbostel«, lachte Toby. »So viel kannst du nicht von jedem Namen verlangen... Aber«, und dabei nahm er das Buch, das er einen Augenblick aus der Hand gelegt hatte, wieder auf, »jetzt kommt die letzte Stelle, die hat sogar *zwei* Striche und hier an der einen Stelle noch ein Nebenstrichelchen.«

»Nun gut. Nun lies *du* wieder!« sagte Ruth. »Und die Stelle mit dem Nebenstrichelchen mußt du betonen.«

»Versteht sich.«

Und nun las Toby wieder. ». . . Der Menschen Herzen müssen in Ordnung sein, wenn sie glücklich sein sollen. Und zu dieser Ordnung kommen die Menschen eher durch Not und Sorgen als durch Ruh' und Freude, Gott würde uns sonst mehr Freude gegönnt und gegeben haben. Aber weil die Menschen ihr Glück nur ertragen können, wenn ihr Herz zu vielen Überwindungen gebildet und stark und standhaft und geduldig geworden ist, so müssen wir's auch als notwendig erkennen, daß, als eine Staffel und Vorschule, so viel Not und Elend in der Welt ist.«

»Du hast schlecht gelesen, Toby; von Betonung keine Rede. Lies noch mal, lies die Stelle, wo der Nebenstrich steht!«

». . . Aber weil die Menschen ihr Glück nur ertragen können . . .«

»Ah, ich weiß schon . . . Ich dachte mir's, daß *das* die Stelle sein würde . . .«

»Warum gerade *die,* Ruth? Und dabei bist du rot geworden. Aber ich will nichts gesagt und nichts gesehen haben . . . Und nun rücke nur wieder näher an Maruschka heran und hilf ihr bei dem Schal, sonst wird er erst fertig, wenn wir ihren achtzigsten Geburtstag feiern.«

»Unsinn, Torheit!«

»Oder deine silberne Hochzeit.« Und dabei gab er ihr einen Kuß und sprang rasch aus dem Zimmer.

»Was meint er nur?« sagte Maruschka. »Was will er sagen mit meinem achtzigsten Geburtstag?«

»Ach, liebe Maruschka, was er mit deinem achtzigsten Geburtstag sagen will, das ist nicht schwer, das kann jeder verstehen. Ein achtzigster Geburtstag ist ein achtzigster Geburtstag. Aber was will er sagen mit ›silberner Hochzeit‹? Was soll das?«

Maruschka kam auf sie zu, das Wollvlies wie eine Schleppe hinter sich her, und dabei gingen und klapperten die Nadeln: »Was das heißen soll, Ruth? Silberne Hochzeit! Nun freilich, dein Vater hat nie so lange gewartet oder auch nicht gekonnt, weil der Tod immer dazwischenkam; aber du mußt doch wissen, was eine silberne Hochzeit ist?«

»Gewiß, Maruschka, gewiß weiß ich, was eine silberne Hochzeit ist. Aber er sprach ja von *meiner* silbernen Hochzeit, und da muß ich doch fragen dürfen, was soll das? Erst muß ich doch eine Braut sein und dann eine Frau . . .«

»Kommt Zeit, kommt Rat«, sagte Maruschka. »Du wirst eine Braut sein und auch eine glückliche junge Frau. Und dann werden wir zuletzt auch eine schöne silberne Hochzeit haben. Ich bin dann fünfundachtzig oder etwas drüber . . . Aber wenn man warten kann, kommt alles.«

Ruth nahm der Alten Hand. »Ach, Maruschka, ich will dir's nur gestehen, ich weiß alles, was Toby meinte . . . Die Tage hier vergehen so still, und das Leben ist so gleich und arm.« Und dabei seufzte sie.

»Nicht so, Ruth. Das kleidet dir nicht, dir kleidet bloß Fröhlichkeit und Lachen. Und die Heilige Jungfrau, die hilft. Aber das darfst du dem Alten nicht sagen, daß ich dir von der Heiligen Jungfrau gesprochen habe. Das mag er nicht.«

Und nun lachte Ruth wieder.

SIEBENUNDZWANZIGSTES KAPITEL

Ende Oktober schlug das Wetter um, und nachdem bis dahin wundervolle Herbsttage geherrscht hatten, stellten sich nun Sturm und Regen ein. Der vom Gebirge herabkommende kleine Fluß, der den ganzen Sommer über mit nur wenig Wasser durch Nogat-Ehre hingeplätschert war, stieg plötzlich über seine Ufer und überschwemmte den etwas tiefer gelegenen Park. Zum Teil standen auch die Felder unter Wasser, und nur mit großer Anstrengung hielt man die Verbindung mit dem Stationshause von Darlington aufrecht, ohne welche Verbindung man von der Welt abgeschnitten und ohne Zeitungen und Briefe gewesen wäre. Die Wege zu den über das Tal hin zerstreuten Indianerdörfern aber blieben grundlos und der Mehrzahl nach unpassierbar.

So verlief eine Woche. Da ließ endlich der Regen wieder nach, ein auftrocknender Wind ging, und Anfang November, am Allerseelentag, war alles wieder so weit passierbar geworden, daß Bruder Krähbiel, der das Bekehrungswerk und die Missionsschule bei den benachbarten Arapahos leitete, von dem kaum zwei deutsche Meilen entfernten und unter der Herrschaft von Gunpowder-Face stehenden großen Dorfe Navaconsin in Nogat-Ehre eintreffen und bei Obadja vorfahren konnte. Das Gefährt, in dem er kam, war freilich, um der schlechten Wege willen, so primitiv wie möglich gewählt worden und bestand aus einer ungefügen Schlittenschleife, vor die zwei Kühe gespannt waren. Ein alter, in eine dicke Friesdecke gehüllter Indianer, mit einem Zylinder auf dem Kopf, der mit dem Tottoschen eine bemerkenswerte Ähnlichkeit hatte, hatte die Zügel in Händen, unmittelbar hinter ihm aber saß Bruder Krähbiel selbst in einem Schafpelz und einer Otterfellmütze. Denn der austrocknende Wind, sosehr man sich seiner freute, war doch von empfindlicher Kälte.

Krähbiel, steif und klamm geworden, suchte sich, so gut es ging, aus dem Schlittenstroh herauszuwinden, eh er aber damit zustande kommen konnte, waren auch schon Lehnert und Toby, die das Herankommen des Gefährts vom Oberstock aus gesehen hatten, ihm helfend zur Seite, halb von Diensteifer und Menschenfreundlichkeit, halb auch von Neugier geleitet. Und diese Neugier steigerte sich selbstverständlich noch, als das Gesicht, das Bruder Krähbiel alsbald aufsetzte, keinen Zweifel darüber lassen konnte, daß er eine Trauerbotschaft überbringe. Volle Gewißheit aber kam erst, als Krähbiel, um aufzutauen, vor das in der Halle flackernde Kaminfeuer gebracht worden war, allwo man dann, nachdem inzwischen auch Obadja erschienen, des breiteren in Erfahrung brachte, daß Gunpowder-Face während der letzten Nacht gestorben sei. Sein Tod sei der eines gläubigen Christen gewesen, und die Bemerkungen derer, er nenne keine Namen (aber jeder wußte, daß er L'Hermite meine), die nicht müde geworden wären, den großen Häuptling als einen unentwegten Heiden anzusehen, seien jämmerlich zuschanden geworden. Er, Krähbiel, habe noch in der letzten Minute verschiedene Fragen an ihn gerichtet, darunter auch die: »Fürchtest du dich vor dem Tode?« worauf der nunmehr selig Entschlafene mit einem deutlichen Nein und gleich danach auf die weitere Frage: »Weißt du, Gunpowder-Face, daß du durch Jesum Christum selig werden wirst?« mit einem noch deutlicheren Ja geantwortet habe. Seine Bekehrung sei fest gewesen und in die Tiefe gegangen und werde ganz zweifellos die segensreichsten Folgen in der vielfach noch im argen liegenden Navaconsingemeinde haben. Als Krähbiel in seinem Berichte – dessen wesentlichster Inhalt, die Todesnachricht selbst, sofort durch das ganze Haus lief – bis an diese Stelle gekommen war, waren auch Ruth und Maruschka und gleich danach Monsieur L'Hermite erschienen, alle begierig, etwas Näheres zu hören, am begierigsten der Letztgenannte, der für die groteske Gestalt seines Paukenschlägers immer eine selbst ans Groteske streifende Vorliebe gehabt hatte. L'Hermite war es denn auch, der am lebhaftesten darauf drang, in seines Lieblings Krankheit oder sonstige Todesursache eingeweiht zu werden, was den halb erstaunten Krähbiel, der sonst wenig für den Franzosen übrig hatte, zunächst zu freundlicher Verneigung gegen denselben und dann zu Fortsetzung seines Berichts veranlaßte. Gunpowder-Face, so teilte Krähbiel mit, sei vor zwei Tagen, als das Unwetter nachließ, auf die Hirschjagd gegangen und bei der Gelegenheit — und zwar sehr wahrscheinlich, weil das Gewehr infolge des immer noch nassen Wetters versagt habe — von einem Dreizehnender aufgespießt worden. Allerdings habe er noch in diesem bejammernswerten Zustande dem Hirsch eine tödliche Wunde beigebracht, aber dieser endliche Sieg habe doch in der Hauptsache nichts ändern und seinen Freund Gunpowder-Face nicht retten können, trotzdem man ihn mit jeder erdenklichen Vorsicht nach Hause getragen und ihn vierundzwanzig Stunden lang in Wundkrautabkochung gelegt habe und zuletzt sogar in Öl.

»Comme des sardines«, warf L'Hermite dazwischen. Krähbiel aber, der sich das Ansehen gab, diese Bemerkung überhört zu haben, glitt einfach zu dem eigentlichen Zweck seines Kommens hinüber und stellte nunmehr die Frage, wann und wie der große Häuptling begraben werden solle? Sein Tod und noch mehr sein Begräbnis müßten das durch seinen Übertritt eingeleitete große Bekehrungswerk vervollständigen.

Obadja nickte zustimmend, und nachdem noch ein gut Teil hin- und hergesprochen war, wurde beschlossen, daß man am andern Tage die Fahrt nach dem Indianerdorfe machen, außerdem aber, und zwar in Nachgiebigkeit gegen Monsieur L'Hermites dreimal gestellten Antrag, sowohl die Kesselpauken wie die Kirchenfahne mit hinübernehmen wolle. Von diesem Beschlusse (so war Obadjas letztes Wort) sollten die Arapahos durch einen sicheren Boten sofort in Kenntnis gesetzt werden, Krähbiel selbst aber solle bis morgen in Nogat-Ehre verbleiben, um, wenn sich Mangel an Platz herausstelle, mit seinem Kuhgefährt zur Aushilfe herangezogen werden zu können.

In Gemäßheit dieser Beschlüsse wurde denn auch verfahren, und am andern Mittage setzten sich, nach voraufgegangener Aufladung der mehrgenannten Festrequisiten, von der Rampe her zwei Schlitten in Bewegung, auf denen Obadja und Krähbiel, ferner Toby, L'Hermite und Lehnert und schließlich, zu allgemeinem Erstaunen, auch der alte Totto Platz genommen hatte, der hier, zum erstenmal wieder, ein wohl mit den »kettledrums« zusammenhängendes Interesse zeigte. Natürlich trug er seinen Sonntagsstaat und saß zur Seite des auch heute wieder den Krähbielschen Schlitten lenkenden Arapahoindianers, also zwei hohe Zylinder nebeneinander. Den andern Schlitten lenkte Toby. Beide fuhren langsamen Schrittes und mahlten und matschten vorsichtig durch Schlamm und Tümpel hin.

Um drei Uhr war man in dem großen Dorf und hielt vor dem Hause, darin Gunpowder-Face gewohnt und das Zeitliche gesegnet hatte. Man stieg, so rasch es ging, ab und trat gleich danach in einen großen, qualmigen und nur spärlich erleuchteten Raum, in dessen Mitte die Witwe des Toten den offenen Sarg, mit zwei Fackeln zu Häupten, aufgestellt hatte. Was sich Obadja sofort bei seinem Eintreten aufdrängte, war ein deutlich erkennbarer Gegensatz im Kreise der schon Versammelten, unter denen einige, besonders Frauen und Kinder der nächsten Anverwandtschaft, einen schmerzbewegten, beinah rührenden Eindruck machten, während andererseits allerlei dunkle Gestalten in den Ecken umherstanden, denen man ansah, daß ihnen das Erscheinen der weißen Männer aus Nogat-Ehre wenig gefiel, auch nicht gefallen konnte, da von diesem Augenblicke an nur zu sicher war, daß ihnen der Tote, den ihre Zauberer in der Sterbestunde noch wieder zurückerobert zu haben glaubten, nun doch entrissen werden würde. L'Hermite hatte seine Freude daran, während Obadja ehrlich zusammenschrak, nicht um seiner selbst willen, er war furchtlos, wohl aber, weil er jetzt erst die Gefahr sah, in der die Seele des erst neuerlich Bekehrten geschwebt haben mußte. Das alles aber ging vorüber, und er begegnete fest und ruhig den feindlichen Blicken, die sich auf ihn richteten. Dann, während er der Witwe Hand nahm, trat er mit dieser zugleich an den Sarg und sagte: »Seht her, so stirbt ein Christ! Er wanderte lange Jahre durch Irrsal und Dunkel, bis ihm das Licht des Heilands und in seinem Heilande das Licht der Erlösung leuchtete. Davon seht ihr einen Abglanz in seinem Angesicht. Er starb in Frieden, und sein letztes Wort bekannte sich zu dem neuen Glauben, den er, trotz vieler Gegnerschaft, aufrichtig ergriff und ehrlich festhielt. Und nicht tot war dieser Glaube, nein, es war ihm gegeben, diesen seinen Glauben auch zu betätigen. Er brach mit der Unsitte der Vielweiberei, *einer* gehörte sein Haus (hier richtete sich sein Blick auf die Squaw), und *einer* gehören seine Kinder. Er sah, sag' ich, das Licht, und die Finsternis fiel von ihm. Und nun hebet seine irdische Hülle, daß wir sie hinaustragen und sie betten in geweihter Erde, über die der Spuk und die Zauberer und die Hölle selbst keine Macht haben.«

Einige der Hintergrundsgestalten verfielen bei diesen Worten in ein Grinsen, aber die, die mehr in vorderster Reihe standen, traten trotzdem an den Sarg heran und hoben ihn und trugen ihn hinaus, während Obadja und all die andern aus Nogat-Ehre folgten.

Der christliche Begräbnisplatz war verhältnismäßig nah und lag an einem Abhange, der den Raum zwischen dem Dorf und einem schmalen, auf der Höhe sich hinziehenden Waldgürtel ausfüllte. Das Wetter hatte sich vollkommen geklärt, und nur das Gras, daran Regentropfen hingen, und mehr noch der Lehm, der hoch aufgeschüttet zu Häupten des Grabes lag, erinnerten an das Unwetter, das so lange geherrscht hatte. Vorsichtig setzte man den Sarg auf ein paar über die Grube gelegte Bretterbohlen, und alle die, die zur Mennonitengemeinde gehörten, traten nunmehr heran und stellten sich, wie schützend, um das Grab, während alle die, die noch zu Manito hielten und die Bekehrung ihres Häuptlings nur mit Widerwillen gesehen, weiter hinauf, am Waldrande hin, ihre Aufstellung genommen hatten. Da standen sie, die meisten ein Tierfell um die Schulter, den Jagd- und Kriegsspeer in der Hand, und folgten einigermaßen ingrimmig dem Hergange, der ihnen und ihrem Gotte den Häuptling für immer entreißen sollte. Der heftige Wind hatte sich schon seit einer Stunde gelegt, und statt der Sturmwolken zogen einzelne, von der Spätnachmittagsonne durchleuchtete Nebelstreifen über die Wipfel der Bäume hin.

Obadja sah dem allem eine Weile zu. Dann gab er das Zeichen, und der Sarg, um den man Tücher und Stricke gelegt hatte, glitt nun langsam in die Tiefe. Die Squaw wollte nachspringen. Aber es war nur ein nicht allzu ernstlich gemeinter Anlauf, den zu hindern der ihr zunächststehende Bruder Krähbiel und ein jüngerer ihm unterstellter Missionar keine zu große Schwierigkeit hatten. Und nun trat Obadja bis dicht an das Grab heran und sagte: »Die Sonne, lieben Freunde, sinkt dahin, aber sie bettet sich nur, um desto schöner wieder aufzustehen. Und das ist *unser* Zeichen. Das ist das Zeichen, in dem wir siegen. Auch *du*, Freund, wirst auferstehen von der Stätte, darin wir dich gebettet haben. Es ist nur *ein* Gott, der sich eines jeden erbarmt und jeden, der an ihn glaubt, einführt in die himmlischen Freuden. Und das ist der Christengott, *unser* Gott, der Allmächtige, der Allgnädige. Die aber, die sich zurückstellen bis an den Waldrand hinauf, die sich ihm und seinem Worte stolz verschließen und ihn verhöhnen, als ob er *nicht* der Allmächtige wäre, die wird er heimsuchen, und statt des Weidegrundes, auf den sie hoffen, werden sie Steine finden und einen toten See, daraus die Flamme schlägt. So scheide denn, so fahre denn dahin. Der Herr nehme dich auf in sein Reich und seinen Frieden und sei mit dir immerdar!«

In diesem Augenblicke fiel der von Krähbiel geleitete Kinderchor ein und sang mit heller Stimme:

Herr und Heiland hier und dort,
Christus, Jesus sei mein Hort,
Ohne dich werd' ich vergehn,
Mit dir werd' ich auferstehn, –
Auferstehn, *ja* auferstehn.

In dieser Strophe, die Obadja mitsang, gipfelte die Feier, und als das Wort »auferstehn«, und zuletzt sogar mit der Vorschlagssilbe »ja«, sich dreimal wiederholt hatte, fiel L'Hermite mit den kettledrums ein und schlug und wirbelte so, daß es seine Wirkung auch auf die bis dahin größtenteils spöttisch dreinschauenden Indianer nicht verfehlte, während Totto, mit glückseligstem Gesichtsausdrucke, dreimal die Christusfahne senkte.

Hiermit war das Begräbnis vorüber, und alles kehrte nach dem Trauerhause zurück, um hier einen Imbiß zu nehmen. Auch die Manitoleute trieben den Zorn über das »gebrannte Herzeleid«, das ihnen angetan wurde, nicht bis zum Haß gegen das gebrannte Wasser, schienen vielmehr umgekehrt ein längeres Mahl, unter Heranziehung einiger Whisky-Bottles, einnehmen zu wollen. Ebenso die Getauften, die ganze Verwandtschaft von Gunpowder-Face, samt seiner Witwe. Nur alles, was zu Nogat-Ehre gehörte, lehnte jedes längere Bleiben ab, und die Sonne, die schon beim Begräbnis niedrig gestanden hatte, war eben erst unter, als man die Rückfahrt — abermals in zwei Schlitten, trotzdem Krähbiel zurückblieb — antrat. In dem zweiten saßen Lehnert und L'Hermite.

Lehnert hing ernsten Betrachtungen nach, L'Hermite dagegen war voller Behagen und fühlte sich, als ob er von einer melodramatischen Aufführung heimkäme, darin mitzuwirken ihm vergönnt gewesen wäre.

»Was war das eigentlich mit den Kienfackeln am Sarge?« fragte Lehnert.

»Nichts«, sagte L'Hermite, der sich eben die Pauke zurechtgeschoben und als Rückenlehne hergerichtet hatte. »Wenn man die Blessierten unter Öl legt, kann man auch die Toten unter Kien legen. Pourquoi pas?«

»Ich dachte, daß es eine Bedeutung habe.«

»Vielleicht. Aber ich habe in meinem betrübten Gemüte keine Zeit, mich bei solchen Nebensachen aufzuhalten. Ich kann, was mir wichtiger ist, das Bild und die Sorge nicht loswerden, wie nun die Rothäute und besonders die tätowierte Bestie, die gleich vornan am rechten Flügel stand, bemüht sein werden, unseren Freund ihrem Gott und ihrem Himmel zurückzuerobern, und ich wette, wenn Neumond oder Vollmond ist, wird der Hokuspokus seinen Anfang nehmen, und sie werden dann sein Grab mit frischem Hirschblut besprengen, wenn sie nicht das von frère Krähbiel vorziehen. Au nom de Dieu, das wäre was, und ich könnte mich, wenn das mit dem Krähbiel was würde, wahr und wahrhaftig entschließen, den Weg auf dieser Armensünderschleife noch mal zu machen.«

»Das wird aber nicht geschehen, Monsieur L'Hermite. Krähbiel ist beliebt, fast so beliebt wie Obadja.«

»Nun, wenn sie Krähbiel nicht nehmen, dann vielleicht einen andern.«

»Wen anders?«

»Wer will sagen: wen? Vielleicht mich, vielleicht Euch, vielleicht Ruth. Ihr dürft nicht so zusammenfahren. Aber lassen wir das, es wird so schlimm nicht kommen – der alte Rothaut-Furor ist hin. Aber dessen dürft Ihr sicher sein, hin oder nicht, sie werden nicht eher ruhen, als bis sie dem Segen, den ihm Obadja mit ins Grab gegeben, ihr Paroli geboten haben. Und ich sag' Euch, solch Hokuspokus ist nicht zu verachten, und wer weiß, wie die Partie steht, wenn es zum Letzten kommt. Und wenn ich mir dann ausmale, wie das Reißen und Zerren um meinen Freund Gunpowder-Face losgeht und wie Krähbiel, oder vielleicht auch Obadja selbst, ihn als weißes Schaf nach rechts und wie Manito ihn als schwarzes Schaf nach links haben will, da kommt mir doch ein Weh und ein Bangen an. Und da kenn' ich nur einen, der ihn retten kann, und dieser eine bin *ich*. Und ich werde dann zu Manito sagen: Retirez-vous! *Den* kenn' ich, *den* hab' ich wirbeln sehen. Und die Kesselpauke steht gut mit der Posaune. Basta. Nehmt ihn nach rechts, ihr, ihr Himmlischen! Und dann hat Camille L'Hermite ihn gerettet und nicht Krähbiel und nicht Obadja . . . Ja, ja, Monsieur Lehnert, die Machtfragen liegen wunderbar, und die Maus knabbert den Löwen frei.«

ACHTUNDZWANZIGSTES KAPITEL

Nach dem Begräbnis von Gunpowder-Face, das noch mehrere Tage lang ein bevorzugtes Gesprächsthema bildete, wurde die frühere Lebensweise wieder aufgenommen und durch den ganzen November hin fortgesetzt. Obadja fehlte selten an den nach wie vor stattfindenden Gesellschaftsabenden und war dabei von einer Freudigkeit und Frische, die jeden, am meisten aber die Kinder in Erstaunen setzte. Scherzworte wurden nicht nur gestattet, er erging sich sogar selber darin. Einmal sprach Toby von der verwundersamen Vorliebe, die Monsieur L'Hermite für Gunpowder-Face gehabt habe. »Nicht zu verwundern«, sagte Obadja, »sie waren wie Ordensbrüder, und ihr gemeinsames Gelübde war das Groteske.« Bald danach kam auch auf Kaulbars die Rede, der bei dem Begräbnis gefehlt habe. »Wir wollen ihn zum Häuptling vorschlagen«, sagte Obadja. »Mistreß Kaulbars gibt eine gute Squaw.«

So vergingen, wie herkömmlich, die Abende, bis mit der Adventszeit ein plötzlicher Wandel eintrat und Weihnachten auf die Tagesordnung kam. Nichts mehr von Musizieren, noch weniger von Lesen, denn mit »Gertrud und Lienhardt« hatte man längst geendet. Ja, Buch und Notenblatt verschwanden, und statt ihrer lagen große Flanellstücke durch die Stuben hin zerstreut, Flanellstücke, daraus Kappen und Kapuzen, und daneben bunte Lappen und Federn, aus denen Puppen für die Arapahokinder unter Bruder Krähbiels und für die Cherokeekinder unter Bruder Nickels Leitung angefertigt werden sollten. Alles war in Aufregung, am meisten L'Hermite, der jetzt jeden Abend kam und nicht bloß einen großen Eifer, sondern auch eine große Geschicklichkeit in Herstellung aller Arten von »german toys«, also von Hampelmännern, Stehaufs und Sägebirnen, an den Tag legte, nicht viel anders, als ob er jahrelang Obermeister in einer thüringischen Spielwarenfabrik gewesen wäre. Nicht minder gab er, weil er als Franzose dergleichen wissen mußte, für die Puppen die Moden an, und wenn Maruschka eben erst eine à l'empire gekleidete Puppe bewundert hatte, erschienen auch schon andere mit Krinolinen à la Eugénie oder mit Tournüren à la Zouave. Eine besonders hübsche, mit einer Kasawaika und einer viereckigen polnischen Mütze, führte natürlich die Bezeichnung à la Maruschka, bei deren feierlicher Überreichung der miteingeweihte Toby das Klavier aufschlagen und den Anfang von »Noch ist Polen nicht verloren« zum besten geben mußte.

Das ging so bis zum elften Dezember. An diesem Tage trafen die beiden Kaulbarse vom Vorwerk her ein, und wiewohl ihr Kommen im ersten Augenblick eine Störung und fast einen Schreck verursachte, denn sie waren um ihrer Neunmalweisheit willen bei niemand recht beliebt, so fand man sich doch schnell ins Unvermeidliche und zog sie wohl oder übel mit in die kleine Tafelrunde hinein. Ihr Erscheinen, das eigentlich außer aller Berechnung gelegen hatte, hatte seinen Grund in einem zufälligen Ereignis, und zwar in einem Briefe, der am zehnten Dezember vormittags bei Martin Kaulbars eingetroffen war und von seiner in Berlin an einen Pantoffelmacher Hecht verheirateten Schwester Ida herrührte, bei deren Verheiratung es beiläufig auf gut berlinisch geheißen hatte: die Kaulbars, nunmehrige Hecht, habe sich über ihren Stand verheiratet. Das alles lag jetzt dreizehn Jahre zurück, aus dem Pantoffelmacher von damals war – übrigens ohne irgendwelche Veränderung des Lokals, eines multrigen Berliner Kellers – eine sogenannte »Puppenschuhfabrik« geworden, und aus ebendieser »Fabrik« schrieb Schwester Ida unterm siebenundzwanzigsten November einen längeren Brief an ihren Bruder Martin, darin es gegen den Schluß hin wörtlich lautete: »Beinah, mein lieber Martin, hätt' ich vergessen, Dir von den Kindern zu schreiben. Alle sind gut; es ist so was Kaulbarsiges drin, so was, ja, wie sag' ich, so was Eigentümliches und Apartiges, was wir ja alle haben und beinah auch Deine Frau. Ulrike, unsere Älteste, ist so gut wie erwachsen und kann jeden Tag heiraten; in Amerika soll es ja schon mit zwölfe passieren, so sagt wenigstens Hecht, was aber doch wohl zu früh ist und selbst in der Freiheit nicht vorkommen sollte. Sophie, die zweite, hantiert am geschicktesten und is ein Daus im Geschäft und wird es wohl mal übernehmen. Und Philippinchen, die nun erst vier ist und die wir Pippi nennen, klebt auch schon, und ich sage Dir, alles sauber und akkurat, daß es eine Freude ist, und ganz flink. Eigentlich war ich dagegen, ich meine das mit ›Pippi‹, mit dem Namen, der mir ein bißchen genierlich vorkam, aber Hecht sagte: ›Warum nicht, Ida? Drüben die bei Geheimrats heißt Lolo, warum soll unsere nicht Pippi heißen?‹ Und seitdem heißt sie so. Recht hat er. Aber nun muß ich schließen, denn wir haben alle Hände voll zu tun, weil wir zum Fest diesmal eine Weihnachtsbude haben wollen, und Ulrike soll in der Bude sitzen und verkaufen. Und bis dahin sind bloß noch vierzehn Tage. Denn den elften fängt ja der Weihnachtsmarcht an, das wirst Du wohl noch wissen, auch wenn Ihr drüben keinen habt. Denn wenn der Bußtag in Sachsen auch anders liegt als bei uns (wobei ich die Sachsen eigentlich nich recht begreife), so denk' ich mir doch: Weihnachten ist überall gerade zu Weihnachten und auch in Amerika. Eben kommt Pippi und will Goldpapier. Gott, mir brummt der Kopf, wie wenn schon Marcht und Weihnachten wäre ... Am elften, wenn wir die Bude aufmachen, dann denkt an uns. Es ist doch ein wichtiger Schritt, auch wegen Ulrike.

Deine ewig unveränderte Schwester Ida Hecht geb. Kaulbars.«

Dieser Brief, der trotz seiner in mehr als einem Stück anfechtbaren Adresse: »Herrn Martin Kaulbars aus Preußen (Kreis Ost-Havelland), zur Zeit in Nogat-Ehre bei Darlington; Indien Trottoiry, Amerika ...«, glücklich angekommen war, hatte die bei dem Hinweis auf den elften Dezember ganz natürlich von einem weihnachtsmarktlichen Gefühl ergriffenen Kaulbarse sofort mobil gemacht und nach Nogat-Ehre hinübergeführt, wo sie, wenn auch keinen Weihnachtsmarkt, so doch ein paar weiße Christenmenschen vorfanden, in deren Gesellschaft es am Heiligen Abend immerhin besser war als auf dem Vorwerk und sich, wenn weiter nichts, wenigstens ein paar Nüsse vergolden und ein paar Lichter anzünden ließen.

Kaulbars und Frau waren nun also wieder in Nogat-Ehre, verträglicher und umgänglicher als gewöhnlich, was in einer gewissen Weihnachtsstimmung seinen Grund hatte. Trotzdem war man im Oberstocke froh, sie nur an den ersten zwei, drei Abenden erscheinen und sich bald danach auf ihr Küchen- und Wirtschaftsdepartement beschränken zu sehen. In Wirtschaft und Küche war ihnen am wohlsten, weil sie sich hier am nützlichsten machen konnten.

Frau Kaulbars, die bei der alten Pfefferküchlerin Winkler in Neu-Ruppin ihre Anlernejahre durchgemacht hatte, war in diesem Dienstverhältnis eine gute Kuchen- und Pfefferkuchenbäckerin geworden, die, wenn es sein mußte, sogar französische Zitronatgewürzkuchen backen konnte, was ihr schon beim vorjährigen Weihnachtsfeste, trotzdem Maruschka aus der Thorner Pfefferkuchengegend war, einen Oberaufsichtsposten auf diesem Gebiete eingetragen hatte. Das wiederholte sich jetzt, während er, Kaulbars, von der Mitte des Monats an, den Post- und Reisedienst übernahm und aus Halstead und selbst aus Denver alles herbeischaffte, was zu Geschenken und Bewirtung noch fehlte. Zugleich war ihm aufgetragen, sich um Tischplatten, Ständer und Holzböcke zu kümmern, für den Fall, daß der große Tisch in der Halle nicht ausreichen würde.

So war die eigentliche Festwoche herangekommen; nur noch

vier Tage standen zur Verfügung, und doch fehlte noch immer die Hauptsache: der Baum. Ihn zu beschaffen, war jetzt höchste Zeit und führte zu Verhandlungen, in denen der von seinen verschiedenen Missionen eben zurückgekehrte Kaulbars kategorisch erklärte: so wie früher ginge das nicht, und von einer Zypresse, »bloß weil sie auch Nadeln habe«, könne diesmal keine Rede sein. Er habe schon das vorige Jahr zu Obadja gesagt, Zypresse sei ganz gut, und er habe nichts gegen Zypressen, aber das Zypressige sei nun mal für die Dodigen und nich für die Lebendigen, und Weihnachten sei kein Kirchhof. Es müßte partout eine propre Tanne sein, so was Schlankes wie Miß Ruth, und wenn es eine Tanne nicht sein könne, na, denn eine Kiefer oder eine Kussel. Irgendwas werde sich doch wohl finden lassen, vielleicht schon drüben im Park, und wenn nicht da, so doch oben im Gebirge.

Es bedarf keiner Versicherung, daß die Rede Kaulbars' (Obadja war nicht zugegen) unter allseitiger Zustimmung aufgenommen und dabei festgesetzt wurde, sofort ans Werk gehen zu wollen. Und wirklich, eh noch die Fluruhr zehn schlug, fuhr auch schon ein auf niedrigen Rädern gehender, im übrigen aber langgestreckter und mit zwei starken Pferden bespannter Korbwagen vor, auf den die schon in der Halle Wartenden aufstiegen. Es waren ihrer vier, zunächst Ruth und Toby, die vorn auf einem Häckselsack Platz nahmen, dann Kaulbars und Lehnert. Hinter und zwischen ihnen lagen Axt und Grabscheit und ein paar starke Stricke zum Umwuchten, denn man hatte vor, nicht ein Bäumchen, sondern einen wirklichen Baum nach Hause zu bringen. Der fünfte von der Partie war Uncas. Er sollte, nach aller Wunsch und Plan, eigentlich mit aufsteigen, denn der Weg war weit; Uncas zog es aber vor, nebenherzutrotten, mutmaßlich, um auch heute wieder, wie das seine Art war, einen Vorsprung zu gewinnen und dann Ruth, unter Gebläff und Freudengewinsel, an sich vorbeipassieren zu lassen. Obadja, nachdem er übrigens erst nach einigem Zögern seine Zustimmung zu der Fahrt gegeben hatte, war mit auf die Rampe hinausgetreten, küßte Ruth und gab Toby Verhaltungsregeln. Er solle nicht zu hoch in das Gebirge hineinfahren und überhaupt sich mit der Rückkehr beeilen, das

Barometer sei stark gefallen und irgendwas wie Regen oder Sturm stehe mutmaßlich in Aussicht. Toby wisse ja, daß dergleichen oft schnell komme. Vor allem aber solle er nicht eigensinnig, unter Zeitverlust und Fährlichkeit, nach einer Tanne suchen; wenn solche nicht gleich da sei, so solle er nicht vergessen, Kiefer oder Fichte täten es auch. Und damit Gott befohlen. Und nun trat er wieder in den Flur zurück, und während Uncas, überglücklich, mit dabei zu sein, an den Pferden in die Höhe sprang, fuhr der Wagen von der Rampe hinunter und mit einer kleinen Biegung nach rechts auf das Waldgebirge zu.

Das Wetter war prachtvoll, dabei milde wie ein Frühlingstag, und ein von der Wintersonne durchleuchtetes Gewölk, das über den Kamm zog, steigerte nur die Schönheit des Bildes und den Genuß der Fahrt. Man sprach wenig, den wie gewöhnlich so auch heute ziemlich redseligen Kaulbars ausgenommen, der über die Küchenmädchen schimpfte, von denen eine gestern abend ein ganzes Blech voll Pfeffernüsse habe verbrennen lassen; seine Frau habe sich denn auch über solche »Veraasung« gar nicht beruhigen können. Aber das komme davon, wenn man lauter spielrige Indianergören in die Küche nähme und keinen richtigen Backofen habe. So bloß, mit Eisenblech und Steinkohlen, womit sie jetzt alles machen wollten, damit ginge so was nich – so'n richtiger alter von Lehm, der aussäh', als ob er keinen Tag mehr leben könne, *das* sei die beste Sorte, da sei Verlaß drauf, und von gleich Verbrennen und Schwarzwerden sei keine Rede nich. Aber das seien so die verdammten Verbesserungen, die, bei Lichte besehen, nie keine nich wären; immer was Neues und dann wieder was Neues, und schon sein Vater selig habe gesagt: »Glaube mir, Martin, die Bockmühlen sind *doch* besser als die holländischen.«

In demselben Augenblicke, wo Kaulbars seinen Vater selig zitierte, stieß er mit dem Fuß an das Grabscheit, das gerade vor ihm lag und mit seiner Spitze zwischen Sohle und Oberleder eindrang. Das war ihm gar nicht recht, und er sagte: »Merkwürdig! Voriges Jahr hatten wir die Zypresse, heute haben wir das Grabscheit. Immer wie Kirchhof und Dotengräber. Is doch wahrhaftig, als ob wir aus so was gar nicht mehr rauskommen sollten.«

Die Geschwister hörten das alles, trotzdem sich die Rede nur an Lehnert gerichtet hatte. Toby nahm Anstoß daran und wandte sich und sagte:

»Nicht so, Mister Kaulbars. Die Dinge sind das, wofür wir sie nehmen, in *dem* Glauben hat der Vater uns groß gezogen, und Aberglauben und Vorbedeutungen oder auch Stunden- und Tagewählerei gehören nicht unter die Mennoniten und am wenigsten nach Nogat-Ehre.«

»Na«, sagte Kaulbars, »wenn es man wahr ist. Unser alter Rüthnick war auch gegen Aberglauben, und jeder gebildete Mensch is gegen Aberglauben. Aber die Geschichte mit dem Anno dreizehn über Eck gebrachten und dann heimlich unten in'n Keller eingebuddelten französischen Tambour, der, wenn was los war, immer rumorte und trommelte, *die* hat er doch nich wegpriestern können, und die Geschichte vom ›Rotmützeken‹, der immer aufs Dach saß, wo Feuer kommen sollte, ja, sehen Sie, Mister Toby, *die* hat er auch nich wegpriestern können.«

»Dummheit«, sagte Toby.

»Nein«, antwortete Kaulbars gereizt. »Nich Dummheit. Man bloß *zu* klug sein, ist Dummheit.«

So sprach man noch eine Weile weiter, bis Lehnert beschwichtigend einfiel und lachend sagte, Rübezahl habe sich in Nogat-Ehre nicht halten können und sei verbrannt worden, und wo sich Rübezahl nicht habe halten können, da wär' auch kein Platz für den französischen Tambour und für Rotmützeken und auch nicht einmal für den Glauben an sie.

Daraufhin wurde denn wieder Friede geschlossen, und die Fahrt ging weiter, bis man nach anderthalb Stunden an dem ins Gebirge hineinführenden Eingange hielt, keine tausend Schritt von dem hügelartigen Abhang entfernt, auf dem das verfallene Fort O'Brien aufragte, dasselbe, das Lehnert noch zur Sommerzeit besucht und von dem aus er seinen ersten Ritt ins Gebirge gemacht hatte. Lehnert und Kaulbars stiegen ab, nahmen Axt und Spaten und wollten eben, am Wagen vorbei, den schluchtartig ansteigenden Pfad weiter hinaufklettern, als Toby von der Lust erfaßt wurde, mit dabei zu sein.

»Ich möchte doch mit«, wandte er sich fragend an Ruth. »Ängstigst du dich, wenn du eine halbe Stunde allein bleibst?«

Ruth lachte. »Vor wem sollt' ich mich ängstigen? Am hellen lichten Tag. Es muß gerade Mittag sein. Und Uncas ist bei mir. Der schützt mich besser als ihr alle zusammengenommen, du und Mister Kaulbars ... und Lehnert«, setzte sie zögernd hinzu.

Toby gab ihr die Leinen. Aber von einer merkwürdigen Furcht erfüllt, oder vielleicht auch, weil er sich Vorwürfe machte, drang er lebhaft in sie, nicht von der Stelle weichen zu wollen, damit man sicher sei, sie hier wieder zu finden, gerade hier. Und nun trennte man sich.

»In einer Stunde sind wir wieder da«, sagte Toby.

»Sagen wir lieber zwei«, setzte Kaulbars vorsichtig hinzu.

Sie stiegen nun einen schmalen, tiefeingeschnittenen Weg hinauf, der ziemlich parallel mit dem lief, der auf Fort O'Brien zuführte. Toby schritt voran, weil er am besten Bescheid wußte, Lehnert und Kaulbars folgten. Sehr bald verbreiterte sich die Schlucht, wenn auch nicht viel, und zeigte zu beiden Seiten allerlei Laubholz. Kaulbars, kein Bergsteiger und bald außer Atem, bat, eine kleine Rast machen zu dürfen, und so setzte man sich denn auf einen Eichenstamm, der abgebrochen am Wege lag. Der Weg selbst war immer noch schmal genug, und die Buchen, die bis dicht heran standen, wölbten mit ihrem kahlen Gezweig beinah eine Laube. Aber überall waren offene Stellen, und als Lehnert mit Hilfe derselben Umschau hielt, sah er, daß der Mittagshimmel seine Bläue verloren hatte; die Sonne war fort, Wolken zogen, und in den hohen Kronen war ein Wiegen und Wehen.

»Ich denke, wir eilen uns. Wenn mir recht ist, ist ein Wetter im Anzug; ich schmecke Regen.«

Kaulbars, der immer widersprach, widersprach selbstverständlich auch diesmal. Alles in der Welt sei trügerisch und ohne Verlaß, aber das Unverläßlichste sei doch das Wetterglas und er seinerseits glaub' an Regen immer erst, wenn er schon da sei.

Trotz dieser Rede brach er auf, weil er nicht hören wollte, er sei schuld.

Der Weg blieb so ziemlich derselbe, und erst als man abermals tausend Schritt oder mehr höher hinauf war, kam nach links hin eine große Lichtung, eine Waldwiese, darauf Gras und Huflattich und hohe Farnkräuter standen, alles winterlich vergilbt. Jenseit dieser Lichtung aber, die nicht breiter als fünfhundert Schritt sein mochte, begann der eigentliche Hochwald, mächtige Tannen, in die, soviel sich erkennen ließ, Kiefern und auch einzelne Birken eingesprengt waren. Auf diesen Hochwald wollte man jetzt zu; bevor man aber die Lichtung, geschweige den jenseitigen Wald erreichen konnte, fielen schon einzelne Flocken aus dem überallhin grau gewordenen Himmel. Noch federten sie leicht über die Bäume hin, sprang aber, was oft geschah, der Wind um und trieb die Schneewolkenmassen von der Ebene her an das Gebirge heran, so konnte sich's ereignen, daß in einer halben Stunde Wald und Wege verschneit waren.

»Laßt uns umkehren«, sagte Lehnert, der mit den Wettertücken im Gebirge am besten vertraut war. Aber Toby hatte den Leichtsinn und Übermut der Jugend, und auch Kaulbars, als er erst wahrnahm, daß Toby die Verantwortung übernehmen wollte, mochte sich's nicht versagen, sich Lehnert gegenüber mal wieder auf den superioren Mann aus dem Glien hin auszuspielen und erging sich in Bemerkungen, in denen Worte wie »feuerfest« und »man nich ängstlich« wiederholentlich und mit einiger Anzüglichkeit vorkamen.

So ging es denn wirklich weiter, schräg über die Lichtung hin, und einige Minuten später, so hatte man den Waldrand erreicht, um den sich's handelte. Aber es waren lauter starke Stämme, Stämme wie Masten, alles Jungholz fehlte, und so blieb nichts übrig, als ein Stückchen weiter waldeinwärts nach etwas Paßlicherem Umschau zu halten. Richtig, da stand eine, wie man sie brauchte, schlank und nur zweimannshoch und doch schon ein Baum, doch schon eine wirkliche Tanne. Toby, der gern einen lebendigen Baum mit heimbringen wollte, begann emsig zu graben, aber die großen Wurzeln umherstehender älterer Bäume ließen ihn nicht recht von der Stelle kommen, so daß Lehnert, der wohl wußte, daß das eigentliche Schneetreiben in jedem Augenblick beginnen könne, heftig und fast gewaltsam dazwischenfuhr.

»Darauf können wir nicht warten, Toby. Wir müssen den Baum umhaun; das spart Zeit. Von *uns* will ich nicht sprechen. Aber Ruth.«

Und dabei hieb er auch schon mit der Axt auf den Baum ein, während er dem verdutzten und deshalb plötzlich zu Gehorsam geneigten Kaulbars zuschrie, den Strick um das untere Gezweig zu legen und den Stamm mit aller Kraft niederzuwuchten, was auch gelang. Schon beim fünften Axtschlage brach der Baum dicht über der Wurzel ab, und nun griff Lehnert zu, legte den Stamm über die Schulter und setzte sich, während Kaulbars und Toby folgten, auf die Waldwiese hin in Bewegung, über die man den Rückweg nehmen wollte, wie vorher den Hinweg. Aber von der Waldwiese war nichts mehr zu sehen, und nur an dem bis dahin durch die dichten Baumwipfel gehinderten, jetzt aber massenhaften und undurchdringlichen Flockentanze ließ sich erkennen, daß man an der schräg zu passierenden Lichtung angekommen sein müsse.

»Vorwärts«, kommandierte Lehnert. »Solange wir die Flocken um uns her haben, sind wir im Freien, und haben wir erst drüben die Bäume wieder, so finden wir uns schon zurecht. Wo der Schnee durch den Wald hin am tiefsten liegt, da läuft der Weg. Vorwärts!«

Und die Tanne, die für einen Augenblick zu Boden geglitten war, wieder auf die linke Schulter nehmend, begann er aufs neue seinen Laufschritt und zog das grüne Gezweig durch den Schnee hin nach. Die Furcht war nur, in dem Flockentanze die Richtung über die Wiese hin zu verlieren; aber die Findigkeit, die Lehnert von Jugend auf in derlei Dingen gelernt und geübt hatte, sorgte dafür, daß der Waldrand drüben glücklich erreicht und bald auch die bergab steigende, durch ihre Schneemasse leicht erkennbare Straße gefunden wurde. Hier freilich brach er, erschöpft vor Anstrengung und Aufregung, auf einen Augenblick wie ohnmächtig zusammen. Aber schon im nächsten Momente stand er wieder da, rieb sich die Stirne mit Schnee und ließ nun Kaulbars und Toby gemeinschaftlich anfassen, die jetzt nach dem Beispiel, das er ihnen gegeben, die Baumspitze nachschleiften. An dem immer steileren Abfall merkten sie mit einer Art Sicherheit, daß sie nicht fehlgingen und in einer Viertelstunde, vielleicht noch schneller, wieder unten am Abhang sein mußten. Und wirklich, nicht lange mehr, so sahen sie's lichter werden (das Unwetter hatte nachgelassen) und hörten, trotzdem der Schnee den Ton dämpfte, wie Uncas mit immer lauter werdendem Gebläff ihre Hoihorufe beantwortete.

»Gott sei Dank!« so klang es jetzt von ihrer aller Lippen; und zwei Minuten später, so war man aus dem Schluchtwege heraus und erblickte Ruth und das Gefährt, ohne daß man lange danach gesucht hätte. Denn es fielen jetzt keine Flocken mehr, die Luft war klar geworden, und nur an der Schneemasse, die bis hoch über die Radachsen lag, sah man, wie mächtig eine halbe Stunde lang der von der Ebene kommende Wind den Schnee gegen das Gebirge getrieben hatte.

»Gott sei Dank!« wiederholte Toby, während er die Schwester umarmte. »Das wär' uns beinahe ein teurer Baum geworden — ein teurer Baum und ein teures Fest. Und welch ein Glück, daß du tapfer ausgehalten hast! Wie hätt' ich vor den Vater hintreten sollen! Aber das soll nicht wieder vorkommen, daß ich dich so allein lasse. Hast du dich geängstigt?«

»Nein! Wenigstens nicht um mich. *Wir* hätten den Weg gefunden, nicht wahr, Uncas? Aber ihr, du! Nun, Gott sei Dank, es ist vorüber.«

Inzwischen waren auch Kaulbars und Lehnert herangetreten und luden den so mühsam eroberten Baum auf den Wagen. Es war aber noch zu früh dazu, ja, man mußte den Baum wieder herabnehmen, weil man sich überzeugte, daß der Schnee, drin der Wagen stak, erst fortgeschaufelt werden müsse. Das bot Schwierigkeiten genug, und um so mehr, als man in der Eile und Erregung das Grabscheit oben im Walde hatte liegen lassen. Indessen, Lehnert wußte auch hier zu helfen. Er nahm ein paar Bretter heraus, welche die Rückenlehne des Wagens bildeten, und begann mit Hilfe derselben die Räder frei zu schaufeln, wobei Kaulbars und Toby natürlich halfen. Und nun konnte man das Gefährt mit verhältnismäßiger Leichtigkeit wenden und ihm die Richtung auf den Rückweg geben. Einen Augenblick noch, so setzte sich Uncas an die Spitze, den Weg durch den Schnee hin ausspürend, und ihm folgend mahlte das Fuhrwerk langsam heimwärts auf Nogat-Ehre zu.

NEUNUNDZWANZIGSTES KAPITEL

Erst um sechs Uhr – es war längst dunkel geworden, und nur der Schnee leuchtete – trafen unsere Freunde wieder in Nogat-Ehre ein, wo man ihrer Rückkehr seit Stunden in banger Erwartung entgegengesehen hatte, selbst von seiten Obadjas, zu dessen Lebensregeln es sonst gehörte, sich nicht mit Vorängstigungen zu quälen. Seltsamerweise war es diesmal Maruschka gewesen, die, während all dieser Stunden voll Angst und Sorge, das recht eigentliche Trosteswort gefunden hatte. Sie seien ausgefahren, so hatte die gute Alte gesagt, um dem Christkind einen Baum zu holen, und das Christkind werde die liebe Ruth auch schützen. Denn Ruth sei ein darling und ein pet, im Himmel geradeso gut wie auf Erden, und die liebe Jungfrau Maria – Maruschka vergaß in ihrer Aufregung ganz Obadjas Gegenwart –, die liebe Jungfrau Maria wisse nur zu gut, daß die alte Maruschka ohne Ruth nicht leben könne, und werd' ihr das nicht antun. So hatte Maruschka getröstet, und Obadja, der wohl wußte, was ein treues und gläubiges Herz bedeute, auch wenn es in der alten Irrlehre stecke und seine Gebete bloß an die heilige Jungfrau richte, hatte der Alten Hand genommen und mit bewegter Stimme gesagt: »Ja, Maruschka, du hast recht. Das Christkind wird unsere Kinder schützen.« Zeuge dieser Unterredung war auch L'Hermite gewesen, der schon seit Stunden unten war und beinah' noch ängstlicher als die beiden Alten nach dem Gefährt auslugte, noch ängstlicher, weil sein Vertrauen auf eine Hilfe von oben, trotzdem er eben ein Christkind in Wachs bossiert und es einer gleichfalls von ihm herrührenden Jungfrau Maria in den Schoß gelegt hatte, ziemlich gering war. Nebenher aber verschwor er sich ein Mal über das andere gegen diesen preußisch-hyperboreischen Tannenbaumkultus, der an all dieser Angst und Sorge törichterweise schuld sei. Warum es denn durchaus eine Tanne sein müsse? Das sei nichts als eine bêtise allemande, deren Vater oder Urahne niemand anderes als dieser wohlgenährte »Monsieur Luther« sei, ein Mann ohne Taille, so recht der Typus eines Deutschen, mit seinen Päffchen und seinem tête carrée. Schade, daß man ihn nicht zu Beginn seiner Laufbahn verbrannt habe, denn Ruth sei wichtiger als Luther.

Dieser Groll über den Tannenbaumkultus hielt aber nicht vor, ja, ging rasch in sein Gegenteil über, als man, tags darauf, den Baum ohne Rücksicht auf seine Wurzellosigkeit in eine mit kleinen Steinen und Erde gefüllte Tonne gepflanzt und beides, Baum und Tonne, neben dem in der großen Halle stehenden Eßtisch aufgestellt hatte. Ihn hier auszuschmücken, war, von Stund' an, die Freude aller, am meisten L'Hermites. Bis zu Mannshöhe machte sich dies leicht, dann aber mußten Stehleitern aushelfen, um zunächst, und zwar oben an der Spitze des Baumes, einen Weihnachtsengel anzubringen. L'Hermite, glücklich damit zustande gekommen, blieb eine Viertelstunde lang oben in seiner Höhe, während welcher Zeit Ruth und Maruschka hinaufreichten, was alles in den voraufgehenden Tagen ausgeschnitten, vergoldet und versilbert worden war. Lehnert und Toby aber beschäftigten sich mittlerweile mit Herstellung einer transparenten Krippe, in deren Vordergrund alle die bekannten auf Pappe geklebten Christnachtfiguren standen. Nur einer der drei Könige aus dem Morgenland, der Alte mit dem Bart, war von L'Hermite plastisch ausgearbeitet worden und sah aus wie Obadja. Das alles geschah im großen Hause. Natürlich verhielt sich auch Mistreß Kaulbars nicht träge. Sie buk, tagaus, tagein, ihre Mandel- und Rosinenkuchen, auch solche mit Ingwer und Kardamom, deren würziger Duft, trotzdem das Küchenwesen im Nebenhause lag, das ganze Vorderhaus durchzog. Zugleich rieb sie Mohnpielen und beschäftigte sich mit der Frage, wie Bierkarpfen auch ohne Bernauer Bier gekocht werden könne. Wie sich denken läßt, wurden auch Enten, Hühner und Gänse geschlachtet, und Totto saß in der Wintersonne und rupfte das geschlachtete Federvieh, das ihm die Arapahomädchen unter Lachen und kleinen Nekkereien beständig zutrugen. Jeder im Hause nahm teil und freute sich, und am vierundzwanzigsten früh erschienen auch noch die beiden Missionsschulen, die von Krähbiel und die von Nickel. Denn für die Kinder dieser beiden Schulen war ja recht eigentlich das Fest.

Und nun war der Abend da, und Totto wurde beauftragt, um sechs Uhr an den großen Schild zu schlagen. Das tat er denn auch. Und nicht lange, so kam man von allen Seiten herbei: Maruschka, Ruth und Toby vom linken, Lehnert und L'Hermite vom rechten Korridor her, während Mister und Mistreß Kaulbars die verschiedenen Mägde, Krähbiel und Nickel aber die Indianerkinder herbeiführten, Knaben und Mädchen, die man bis dahin im Tabernakel untergebracht und mit Tee bewirtet hatte.

Der große Flur (Totto noch immer unter dem Tamtam) war vorläufig Versammlungsplatz, und nun endlich öffnete Obadja die große Tür, und während einer der Lehrer auf dem Harmonium spielte, das man zu diesem Zweck aus Ruths Zimmer heruntergeschafft hatte, trat alles in langem Zug in die Halle, wo der Baum mit seinem Christengel und seinen Lichtern stand, vor allem aber über die lange Tafel hin die hundert Geschenke ausgebreitet lagen: in der Mitte die der Hausgenossen und Gemeinde, links und rechts die für die Cherokee- und Arapahokinder. Die Freude zu sehen, bildete doch die Hauptfreude. L'Hermite vor allem war entzückt, gab jedem der kleinen Rothäute, männlich wie weiblich, die bedenklichsten französischen Namen, unter denen petit bougre von den mildesten war, stellte dabei mehrere Jungen auf seine Schulter und blies ihnen ein Stück auf einer Blechtrompete. Das Bewundertste blieben aber doch die Tiere der Arche Noah, und Krähbiels und Nickels Anstrengungen, die Aufmerksamkeit der Kinder auf die Krippe hinzulenken, waren nur von halbem Erfolg. Das Natürliche war und blieb ihnen das liebere, und so kam es denn, daß sie von dem alten weißbärtigen König aus Morgenland, trotzdem sie lächelnd Obadja in ihm erkannt hatten, nicht viel wissen wollten und immer wieder zur Arche Noah zurückkehrten. Im Flur wurde mittlerweile das Abendbrot genommen. Aber schon nach kurzer Zeit begab man sich wieder in die Halle zurück, wo jetzt von den Kindern Obadjas Lieblingslied gesungen wurde:

Valet will ich dir geben,
Du arge falsche Welt,
Dein sündlich böses Leben
Durchaus mir nicht gefällt;

Im Himmel ist gut wohnen,
Hinauf steht mein Begier,
Da wird Gott ewig lohnen
Dem, der ihm dient allhier.

Obadja, der schon vorher mit seinen Hausgenossen am Kaminfeuer Platz genommen, erhob sich während dieses Gesanges, alle mit ihm, sogar L'Hermite, der zwischen Spott und Rührung kämpfte. Dabei zog er die Stirn in immer krausere Falten und versuchte hinter Gesichterschneiderei zu verbergen, was in ihm vorging. Als die Kinder dann zum dritten Mal an Obadja vorüberzogen, sangen sie die Schlußstrophe des schönen Liedes:

Schreib' meinen Nam'n aufs beste
Ins Buch des Lebens ein
Und bind mein Seel' gar feste
Ins schöne Bündelein
Der'r, die im Himmel grünen
Und vor dir leben frei,
So will ich ewig rühmen,
Daß dein Herz treue sei.

Die zwei letzten Zeilen erklangen schon draußen im Flur und gingen, zur Genugtuung Obadjas, der nicht nur ein Verständnis, sondern auch eine Freude für den natürlichen Menschen hatte, sofort in Kinderlachen und heiterstes Geplauder über. Dann schritten alle, die Geschenke vorläufig noch auf dem Weihnachtstische zurücklassend, bei klarem Sternenhimmel auf die Nachbargehöfte von Nogat-Ehre zu, wo man sie, je nach der Größe der Farmen, in größeren und kleineren Trupps unterzubringen wußte. Nur die, die nach ihrer Lehrer Zeugnis die besten waren, blieben zur Auszeichnung und Belohnung in Obadjas Hause zurück und bezogen hier ein paar Zimmer auf demselben Korridor, auf dem Lehnerts und L'Hermites Zimmer gelegen waren.

Die Hausangehörigen ihrerseits, während die Mehrzahl der Kinder in den Farmen verteilt wurde, blieben noch beisammen und gruppierten sich wieder um den Kamin. Nur Mistreß Kaulbars blieb in Bewegung, machte, vom Büfett her, die Wirtin und erntete viel Lob und Zuspruch für die von ihr bereiteten Weihnachtsgerichte. L'Hermite fand die Mohnpielen »un peu curieux«, aber doch »admirable« und erklärte, wenn's irgend ginge, sich auf diesem Wege milderer Observanz zum Opiumesser heranbilden zu wollen, was er, ihm selber unerklärlich, bis diesen Augenblick ungebührlich versäumt habe. Denn des Lebens Bestes sei doch immer das Ins-Vergessen-Sinken, das lehre nicht bloß le grand Buddha, sondern auch le petit L'Hermite.

Obadja lachte herzlich, gab ihm dabei die Hand und sagte: das könn' ihm in Nogat-Ehre nie und nimmer bewilligt werden; er werde hier vielmehr fortleben, genau wie die Mohnpielen »un peu curieux«, aber doch »admirable«. Was aber wichtiger sei: wenn sich ihm (Obadja) das erfülle, was er von ganzem Herzen hoffe, so werde Camille L'Hermite dermaleinst auch an anderer Stelle nicht vergessen sein. Schon die Wege des Lebens seien wunderbar, aber am wunderbarsten seien die Gnadenwege. Wer die Gnade habe, der mühe sich umsonst, sie zu verscherzen.

L'Hermite lächelte, sei's weil er im allgemeinen oder nur persönlich allerlei Zweifel unterhielt, Obadja aber sah über das Lächeln hin und fragte Lehnert, der die zuletzt gesprochenen Worte gierig eingesogen, ob er das eben von den Kindern gesungene Lied schon gekannt habe, das »Valet will ich dir geben«.

»Ja«, sagte Lehnert, er hab' es gekannt, denn es habe dem Liederschatze seiner heimatlichen Dorfkirche mit angehört.

»Dann weißt du auch wohl, von wem es ist?«

»Nein.«

»Aber das solltest du doch. Es ist nämlich ein Landsmann von dir, der es gedichtet hat, und hieß Valerius Herberger. Ein schöner Name, nicht wahr? Denn unsere Kirche soll eine Herberge sein und der, der darin waltet, ein rechter Herberger. Und ein solcher Herberger war unser Valerius auch wirklich. Ihr Schlesier seid überhaupt bevorzugt in solchen Stücken, und ich möchte wohl, ich könnte von meiner alten heimischen Weichsel- und Nogatgegend dasselbe sagen. Aber wenn ich auch stolz bin auf meine Nogatheimat, so sind uns doch die Gaben, die so viel bedeuten und so mächtig sind (auch für *die* noch, die sich der rechten Lehre rühmen dürfen), versagt geblieben. Wir sind arm und ihr seid reich. Da habt ihr den herrlichen Mann, den Zinzendorf, denn die Sachsen und Lausitzer sind schon wie halbe Schlesier, und da habt ihr den herrlichen Paul Flemming und vor allem auch den *Opitz.*«

Lehnert verfärbte sich.

Als er aber sah, daß der Name voll Unbefangenheit gesprochen worden war, kam er rasch wieder zu sich und folgte mit scharfem Ohre, während Obadja fortfuhr: »Und zu diesen Erwählten unter euch, die nun dastehen als eine Säule der neuen Kirche, zählt auch der Valerius Herberger, und wie sein Glaube in seinen Liedern lebt, so lebt er auch in seinen Werken. Und ich beuge mich vor diesem Manne. Kein Märtyrer, im Sinne der alten Kirche, hat er doch dem Tode Tag um Tag ins Auge gesehen. Er war Prediger in Fraustadt in Schlesien, und in neun Wochen starb die Stadt aus, denn der schwarze Tod ging in ihr um. Mehr als dreihundert hat er persönlich unter Schulgesang mit bestatten helfen, und doch blieb er ohne Furcht und Ekel. Manche Leiche begrub er mit dem Totengräber allein. Er ging voran und sang; der Totengräber aber führte ihm die Leiche auf einem Karren nach, an dem ein Glöckchen hing, damit die Leute der Begegnung ausweichen konnten. Sein Trost war: Wer Gott im Herzen und ein gut Gebet und einen ordentlichen Beruf hat und den Vorwitz meidet, dem kann der Teufel nicht ankommen und die Seuche noch weniger.«

»Ah, das ist schön«, sagte Ruth. Obadja aber nickte Ruth zu und fuhr dann fort: »Und als die Seuche fort und aus dem Lande war, da schrieb er: ›Es war all die Zeit über, als ob ein Engel mit dem Schwert mein Haus verteidigt hätte, so daß mir kein Leid widerfahren durfte.‹ Und während dieser Zeit war es auch, daß er das schöne Lied dichtete, das, wie's *ihn* aufrichtete, seitdem so viel tausend andere mit aufgerichtet hat.«

Die Lichter am Baum waren schon lange vorher gelöscht worden. Auch im Kamin fiel das Feuer zusammen und glühte nur noch dunkel. Aber die goldnen Nüsse blinkten in dem tiefen Licht um so goldner, und der Christengel schwebte darüber.

»Ich denke, wir trennen uns«, sagte Obadja. »Ruth, singe mir noch einmal die erste Strophe. Das soll heute mein Nachtgebet sein.«

Ruth tat, wie ihr geboten.

Dann nahm Obadja das zunächststehende Licht, grüßte die noch Versammelten und ging auf sein Zimmer zu.

Auch die anderen erhoben sich bald.

»Ihr scheint bewegt«, sagte Lehnert, als er sich an L'Hermites Tür von diesem trennte.

L'Hermite lächelte. »Oui, oui. Mais cela n'importe rien. Wir sind verpfuscht, cher Lehnert, verpfuscht durch die alte Legende. Heiland, Erlöser. Bah! Le grand Sauveur c'est l'idee.«

DREISSIGSTES KAPITEL

Früher als gewöhnlich war man am anderen Morgen auf und nahm das Frühstück, nachdem die Lichter am Baum noch einmal angezündet waren. Obadja las das Weihnachtsevangelium und zog sich dann in sein Arbeitszimmer zurück, um sich hier vorzubereiten, und zwar für die Christpredigt. Diese war, neben der Taufpredigt im September, die wichtigste Predigt im Jahre, zu der, schon weil die Mennoniten von Nogat-Ehre auf viele Meilen in der Runde die einzigen waren, die eine Gemeinde bildeten und einen Betsaal hatten, alles zusammenkam, was in der großen Talmulde zwischen den Shawnee-Hills und den Ozark-Mountains an Jesum Christum glaubte. Das waren, außer den Leuten von Station Darlington, ganz besonders auch die Besatzungen von Fort Holmes und Fort Gibson, die bei der Weihnachtspredigt nie zu fehlen und mit ihren bunten Uniformen die Kirche zu beleben pflegten.

Und sie fehlten auch heute nicht. Überhaupt war es ein großes Andrängen, und unter der nun winterlich entlaubten Akazien- und Lindenallee standen in langer Reihe die Wagen, auf denen man herbeigekommen war. Einige fuhren auch auf die zum Teil weit ausgebauten Farmen, mit deren Bewohnern man schon aus Unterhaltungsbedürfnis auf dem besten Fuße stand. Um zehn Uhr begann der Gesang, bei dem Ruth wieder das Beste tat, und dann folgte Gebet und Predigt, die der Alte mit gewohnter Geschicklichkeit nicht bloß dem Tage, sondern auch den Anschauungen seiner gemischten Zuhörerschaft anzupassen wußte. Das Predigen über die Köpfe weg war nicht seine Sache. So ließ er auch heut alles bloß Lehrhafte fallen, hütete sich, vom »geistigen Leibe Christi« zu sprechen, und beschränkte sich darauf, in der schlichten Erzählung von der Geburt des Heilands das schön Menschliche zu betonen. Aus Not und Bedrängnis, aus Armut und Niedrigkeit sei das Heil geboren worden, und der Krippe zu Bethlehem entstamme die Welterlösung. Er verweilte hierbei, sprach aber trotzdem nur kurz, so daß schon um elf Uhr der Gottesdienst mit einem Vers aus dem Weihnachtsliede schließen konnte, bei dessen Verklingen Obadja den Saal als erster verließ. Dann folgte die Gemeinde, zuletzt die Kinder, die diesen Augenblick mit Sehnsucht erwartet hatten und, vom Betsaal in die Halle hinübergeführt, hier mit kaum unterdrückter Aufregung ihre Geschenke vom Weihnachtstische nahmen, um gleich danach unter Vorantritt Krähbiels und Nickels ihren Rückweg in ihre Dörfer anzutreten.

Obadja hatte sich in sein Zimmer zurückgezogen, und eine halbe Stunde später erschien Ruth, um ihm das Frühstück zu bringen, das er um diese Zeit zu nehmen pflegte. Sie setzte das Tablett vor ihn hin und wollte wieder gehen, aber er hielt sie fest.

»Du bist so still, Ruth. Hast du mir nichts zu sagen?«

»Nein. Oder doch nur das eine, das du längst weißt, daß ich glücklich bin und dich liebe.«

»Und *bist* du glücklich?«

»Ja.«

Sie sagte das mit einem Ton, der jeden Zweifel ausschloß. Und dann küßte sie seine Hand und verließ das Zimmer.

In der Halle, darin eben noch alles so laut und lebendig gewesen war, war jetzt alles still, und diese Stille schien noch zu wachsen unter der Dunkelheit, die herrschte. Denn es war ein grauer Tag, ein rechtes Weihnachtswetter. Nichts war sichtbar als der weißgedeckte Tisch, von dem jetzt die Geschenke verschwunden waren, und daneben der Weihnachtsbaum, der wie ein dunkler Schatten in dem allgemeinen Dämmer aufragte. Ruth wollte daran vorüber, fuhr aber zusammen, als ihr Lehnert, den der Baum bis dahin verdeckt hatte, plötzlich entgegentrat. Indessen es währte nicht lang; im nächsten Augenblicke lachte sie wieder: »Lehnert, *du* hier? Du schleichst ja wie durch den Forst.«

Sie wußte nicht, wie das Wort ihn traf, und setzte scherzhaft und in wiedergewonnener guter Laune hinzu: »Du darfst nicht vorher die goldnen Nüsse zählen; dazu ist Zeit heut' abend, wenn wir den Baum plündern. Und dafür mußt du Sorge tragen, daß Maruschka das Beste kriegt, sonst ist sie traurig und weint.«

Lehnert versprach alles und fragte dann, ob der Vater in seinem Zimmer sei.

»Willst du zu *dem?*«

»Ja.«

»Und das heut' am Weihnachtstag und gleich nach der Predigt? Ei, das muß etwas Großes sein.«

»Ist es auch. Ich will ihn um etwas bitten. Und höre, Ruth, dabei fällt mir ein, du könntest mir Glück dazu wünschen.«

»Wenn es etwas Gutes ist.«

»Ich glaube, *daß* es etwas Gutes ist.«

»Nun denn von ganzem Herzen.«

Sie gab ihm die Hand, und während sie nach links hin und weit um den Tisch herum auf den offenstehenden Flur zuschritt, schritt Lehnert auf Obadjas Zimmer zu, von dessen Tür er den Vorhang zurückschlug.

Obadja saß an seinem Arbeitstisch, genau wie damals, als Lehnert zum ersten Male hier eintrat, und ganz wie damals gab er sich und seinem Stuhl eine rasche halbe Wendung und sagte: »Nun Lehnert. Was bringst du? Nimm Platz!«

Lehnert setzte sich auch wirklich, schwieg aber befangen. Endlich war er seiner Verlegenheit Herr und begann damit, ihm für die heutige Predigt zu danken, am meisten aber für das, was er gestern abend über den Valerius Herberger gesagt habe. Das hab' ihn die ganze Nacht nicht schlafen lassen. Er fühle, daß das das rechte Leben sei: sich, mit Gott im Herzen, vor dem Tode nicht zu fürchten. Und solches Leben zu führen, das sei so recht seine Sehnsucht. Und wenn ihn der Teufel der Eitelkeit und Selbstgerechtigkeit nicht verblende, so möcht' er wohl sagen dürfen, er glaube, daß er nicht bloß die Sehnsucht, sondern auch die Kraft dazu habe.«

»Glaub's, Lehnert, glaub's . . . Aber du wolltest mir etwas *anderes* sagen.«

»Ja«, bestätigte Lehnert, »das wollt' ich . . .« Und doch (so fuhr er fort) hab' er alles, was er eben über den Herberger und über sich selbst gesagt, erst sagen müssen, denn nur daraus, daß er auch so was wie der Herberger in sich fühle, nur daraus käm' ihm der Mut zu dem, was er jetzt sagen wolle. Heraus müß' es: er liebe Ruth, und wenn das vermessen und hoffnungslos sei, dann woll' er fort, und zwar lieber heut wie morgen . . .

Und nun hielt er inne, gewärtig dessen, was Obadja sagen würde.

Der aber schwieg beharrlich und schien nur durch Blick und Handbewegung andeuten zu wollen, daß Lehnert weitersprechen möge. Da fiel denn auch alle Furcht von ihm ab, und er ließ sein Herz nicht bloß reden, sondern ihm auch die Zügel schießen. Er wisse wohl, daß er ein schlechter Mensch und des Glückes, das er begehre, durchaus unwürdig sei. Aber er wisse auch, daß die Gnade groß sei, so groß wie seine Reue. Wen Gott erwählt habe (das seien Obadjas eigene Worte), der könne straucheln und fallen, aber er falle nur, um durch Gott selbst wieder aufgerichtet zu werden. Er hoffe, daß dies auch *sein* Los sein werde. Selbstgerecht und gewalttätig sein, das seien die Fehler seiner Jugend gewesen und die Wurzeln des Verbrechens, um dessentwillen er seine Heimat habe meiden müssen, aber er glaube sagen zu dürfen, das alles liege jetzt weit zurück, und seit dem Tage, der seine Bekehrung gebracht, steh' es fest in ihm, daß die Reinheit und der Friede das einzige Heil seien. Das Friedenslied, das damals gesungen worden sei, das hab' ihn bekehrt, und wenn nicht das Lied, so die Stimme.

»Und wenn nicht die Stimme, so Ruth«, lächelte Obadja.

Aber Lehnert sah das Lächeln nicht. Er hörte nur heraus,

was freundlich darin klang, und wiederholte mit Unbefangenheit: »Ja, Ruth ...« *sie* sei es, der er alles schulde, und sie werd' ihm auch *dann* noch das Glück bedeuten, wenn er es, ihm nur *zu* begreiflich, in diesem Augenblicke für immer hinschwinden sähe. Denn Ruth, das wiß' er nur zu gut, sei weit über ihn hinaus, eine Herrentochter und eine Lady, während er in Not und Armut und in noch Schlimmerem großgezogen sei. Das heimatliche Haus habe nichts für ihn getan und die Schule nicht viel, und alles, was er sei, das habe zu Gutem und Schlimmem das Leben aus ihm gemacht. Er sähe hinauf zu Ruth. Aber seine Liebe sei groß und gleich groß sein Wille, sie glücklich zu machen. Sein Wille und hoffentlich auch seine Kraft.

Und nun sah er Obadja fest an und erwartete sein Urteil.

Der Alte schwieg aber und begegnete seinem Blicke mit nichts als freundlicher Ruhe. Dann erhob er sich, ging auf Lehnert zu und sagte: »Weiß Ruth davon?«

»Nein.«

»Nun, dann gedulde dich, Lehnert! Es ist *Rahel*, um die du wirbst ... Ich werde dir Antwort sagen.«

EINUNDDREISSIGSTES KAPITEL

»Gedulde dich! Ich werde dir Antwort sagen.« Hundertmal wiederholte sich's Lehnert, und als Obadja am andern Morgen die Andacht gehalten und wie herkömmlich ein Bibelkapitel gelesen hatte, hoffte Lehnert, daß nun das Wort, das über sein Leben entscheiden sollte, gesprochen werden würde. Aber das Wort blieb aus, und er verzehrte sich tagelang darüber, daß es ausblieb. Er wurde wie krank im Gemüt und mied es nach Möglichkeit, mit Ruth und mehr noch mit Obadja zusammenzutreffen. Als aber, ohne daß ein Wort laut geworden wäre, das neue Jahr angebrochen war, war er entschlossen, mit dem Elend ein Ende zu machen und sich wieder in sein altes Leben zurückzufinden.

Das wär' ihm nun freilich einfach unmöglich gewesen, wenn die Haltung Obadjas irgend etwas gezeigt hätte, was auf Mißstimmung oder gar auf Übelwollen und Ablehnung hätte gedeutet werden können. Aber eher das Gegenteil war der Fall. Keine Begegnung verging, ohne daß Lehnert wenigstens einen freundlichen Blick erhascht hätte, was noch wuchs, als Obadja sich überzeugte, daß in der Tat keine Heimlichkeiten zwischen den jungen Leuten existierten und Ruth ohne jede Ahnung von dem Schritte war, den Lehnert getan hatte. So kehrte denn ein gewisser Zustand der Ruhe, wenigstens äußerlich, zurück, und Lehnert, wenn er jetzt, was nur zu oft geschah, seines Weihnachtzwiegespräches mit Obadja gedachte, verzichtete darauf, diesem Zwiegespräch nur *das* zu entnehmen, was ihm paßte, sondern erinnerte sich daran, daß der Alte hinzugesetzt hatte: »Es ist *Rahel*, um die du wirbst.« Das war, das sah er jetzt ein, mit gutem Bedachte gesagt worden und jedenfalls zu dem Zweck, ihn wissen zu lassen, daß es einer langen Probezeit bedürfe.

Ja, der frühere Zustand der Ruhe kehrte zurück, und als der Winter auf die Neige ging und der Frühling anbrach, wurden die Feldarbeiten sowohl von Nogat-Ehre wie vom Vorwerk aus, wohin Kaulbars und Frau zurückgekehrt waren, im ganzen Umfange wieder aufgenommen. Überall gab es ein Pflügen und Säen, und Lehnert, bei Beaufsichtigung der Arbeit, war oft bis halben Weges nach Darlington oder auch, nach der andern Seite hin, bis an den Abhang der Berge hin in Tätigkeit. Auch Toby war mit Uncas viel draußen, um auf Hühner zu jagen, welche Form der Jagd der Alte, trotz prinzipieller Bedenken, gelten ließ, ja geradezu begünstigte, da zu seinen kleinen Schwächen, ganz nach Patriarchen- und Kirchenfürstenart, auch *die* gehörte, den Freuden der Tafel nicht abgestorben und speziell in bezug auf Bekassinen ein Feinschmecker zu sein.

Eine dieser Jagden auf Hühner hatte sich an einem schönen Märztage bis an eine fast schon zu Füßen von Fort O'Brien gelegene Sumpfstrecke gezogen, und Toby, gegen Abend mit reicher Ausbeute heimkehrend, zeigte sich entzückt von dem landschaftlichen Anblick, den er kurz vor Beendigung seines Jagdausfluges von dem Wallgange des halbverfallenen Forts aus gehabt habe; der ganze Hügelabhang habe ihm den Anblick eines großen Blumengartens gewährt, viel, viel schöner als irgend etwas derart, was er je gesehen habe, denn in beinahe felderartigen Streifen sei die ganze Schrägung mit Frühlingsblumen überdeckt gewesen, mit Krokus und Konvallarien, mit Narzissen und Anemonen. Ruth, anfänglich ungläubig, war endlich doch von seiner Begeisterung mit hingerissen worden und hatte bei dem abschließenden Vorschlage, tags darauf eine Partie hinaus machen und auf der von Palisaden umstellten Bastion ein Picknick abhalten zu wollen, Maruschka wie selig am Arm genommen und war mit ihr durch die Stube getanzt. Zugleich aber hatte sie sich vorsorglich erboten, den Vater nicht bloß zur Zustimmung, sondern selbst zur Teilnahme bewegen zu wollen, was ihr, wie sie wohl wußte, nicht schwer werden konnte, da sie seine Pläne kannte, Pläne, die sich seit lange damit beschäftigten, das Fort von der Regierung in Kauf zu nehmen und nach erfolgtem Ausbau zum Mittelpunkt eines neuen Vorwerks zu machen. Ein solcher Ausflug aber, so rechnete sie, würd' ihm erwünschte Gelegenheit bieten, die ganze Sache mit unbefangenem Auge nochmals zu prüfen.

Und siehe da, Ruth hatte sich nicht verrechnet. Obadja war auf alles mit bemerkenswerter Freudigkeit eingegangen, nur immer das eine zur Bedingung stellend, daß beide Kaulbarse mit aufgefordert werden müßten, außerdem auch Bruder Krähbiel, welcher letztere seit zwei Tagen in Nogat-Ehre war, um die nach Gunpowder-Faces Tode noch immer in der Schwebe verbliebene Häuptlingserbfolgefrage endlich zum Abschluß zu bringen. Selbstverständlich hatte niemand Lust bezeigt, am wenigsten aber Ruth und Maruschka, das Vergnügen einer Landpartie mit Picknick an dieser ihnen ziemlich gleichgültig erscheinenden Kaulbars- oder Krähbielfrage scheitern zu sehen, und so war denn alles bewilligt und zwei Uhr als beste Stunde für den Ausflug nach Fort O'Brien festgesetzt worden.

In zwei Wagen fuhr man rechtzeitig hinaus und fand die noch am Abend vorher benachrichtigten Kaulbarse bereits am Eingang in die Bergschlucht vor, an einer geschützten Stelle, von der aus eine links einbiegende Steintreppe fast unmittelbar bis nach Fort O'Brien hinaufführte. Man begrüßte sich ziemlich herzlich, denn selbst Nogat-Ehre kannte die Kunst der Verstellung, und als man, oben angelangt, an ein Auspacken der seitens der Kaulbarse mitgebrachten und aus Artigkeit gleich in erster Reihe mit hinaufgenommenen Körbe ging, überzeugte man sich, daß das Vorwerk den Hauptsitz um ein Bedeutendes überflügelt habe. Topf- und Blechkuchen, Mohnstriezel und Marmeladentöpfe stiegen in solchen Mengen aus der Tiefe der beiden Körbe herauf, als ob es sich um eine Verproviantierung von Fort O'Brien oder doch mindestens um einen unverlöschlichen Eindruck auf Maruschka gehandelt hätte. Diese wurde denn auch nicht müde, der guten Frau Kaulbars ihre Bewunderung auszudrücken und sie ein Mal über das andere als »my dear Mistress Kaulbars« anzusprechen.

»Aber nun ein Feuer«, sagte Toby. »Wir können nicht die Verwegenheit haben, uns trocken durch diesen Kuchenberg hindurchessen zu wollen; daran würde selbst Maruschka scheitern. Also Kaffee, *viel* Kaffee, sonst sind wir verloren, und hier unter dieser Ahornplatane, die nicht bloß Schatten gibt, sondern auch warm und behaglich unterm Winde liegt, hier wollen wir das Feuer machen. Ich denke, wir holen uns alte Bretter aus dem Fort, das Jungholz hier herum ist noch zu naß, und wenn wir keine Bretter finden, nun, so brechen wir einen Pfahl heraus, sind ihrer ja die Menge vorhanden, und auf Vernichtung von Staatseigentum werden wir wohl nicht verklagt werden. Vater ist ja Obrigkeit und hat es in der Hand, gegen uns vorzugehen oder es niederzuschlagen.«

Und so sprechend trat er an die mit spitzen Pfählen dicht umstellte Brüstung des alten Wallganges heran und versuchte mit aller Anstrengung, eine der Palisaden herauszuwuchten; aber Bretter und dürres Holz aus den hier und da noch halbwegs geschützten Räumen des Forts waren rascher zur Hand, und ehe man noch die Nogat-Ehrener Picknickkörbe von den nach wie vor unten am Eingange der Schlucht haltenden Wagen treppauf geschafft hatte, brannte auch schon das Feuer, und drum herum standen ein paar umgestülpte Körbe, die nun als Sitz- und Ehrenplätze für Obadja und Maruschka dienten, während Krähbiel und Kaulbars und bald auch Lehnert und L'Hermite sich ihrerseits begnügten, etliche Steine heranzutragen und diese mit Plaids und Tüchern zu überdecken. Das war die

Hauptgruppe. Mistreß Kaulbars aber, unter beständigem Hin und Her die Wirtin machend, kam wie gewöhnlich auch heute nicht zur Ruhe, – noch weniger freilich die Geschwister, die voll Jubel den Palisadenzaun hinabkletterten, um sich in den den Abhang überdeckenden Blumenfeldern zu vergnügen, von denen Ruth jetzt zugestehen mußte, daß sie noch viel, viel schöner seien, als Toby sie geschildert habe. Dabei bückten sie sich, um Sträuße zu pflücken, und erst als man sie zurückrief, stiegen sie den Abhang wieder hinauf und liefen nun auf Maruschka zu, der sie den ganzen Vorrat ihrer Blumen in den Schoß warfen.

»Vierge aux fleurs«, sagte L'Hermite, was Krähbiel, der darin eine katholische Huldigung vermutete, mit sauersüßem Lächeln begleitete.

Maruschka selbst aber war glücklich wie ein Kind, und in ihrem Übermut ihrem ihr gegenübersitzenden Freunde L'Hermite ein ganzes Narzissenbündel zuwerfend, verlor sie stolpernd das Gleichgewicht und verschüttete den Kaffee, den Mistreß Kaulbars ihr eben erst in einer dicken Fayencetasse präsentiert hatte.

»Tut nichts«, tröstete diese. »Bringe gleich eine andere. Ja, liebe Maruschka, wenn es nicht Sünde wäre, müßte man's immer so machen, und mit Absicht. Eigentlich schmeckt ja nur der erste Schluck, und auch nur, wenn er heiß ist, und außer dem alten Rüthnick in Schwante hab' ich keinen Menschen gekannt, der für ›kalten‹ gewesen wäre. Gott, wenn ich daran denke! Die Leute sagten immer, ›er wolle noch schöner werden‹, und brauchen konnt' er's. Denn all mein Lebtag hab' ich solchen Flunsch und solche Lippe nich wiedergesehen wie Rüthnicken seine. War aber sonst eine Seele von Mann.«

Obadja lachte herzlich, und Ruth und Toby stimmten mit ein, und nur L'Hermite, der sonst ein feines Ahnungsvermögen für derlei Dinge hatte, konnte diesmal nicht mit und fragte:

»Qu'est ce que ça flounch?« Aber ehe Lehnert ihm antworten konnte, nahm er wahr, daß Ruth noch keinen Platz habe, weshalb er sich in der ihm eigenen Artigkeit rasch erhob, um ihr den seinigen als den vergleichsweise besten anzubieten, »weil vis-à-vis de Maruschka«.

Ruth dankte, nahm aber das Opfer nicht an und erklärte, für sich selber sorgen zu wollen. Dabei trat sie dicht an eine Palisade heran, dieselbe, daran Tobys Kräfte sich schon vorher versucht hatten, und mühte sich zunächst, einen ziemlich großen Stein loszumachen, der dicht neben dem Palisadenpfahl eingebettet lag. Ihre kleinen Hände waren aber zu schwach, und so sprang denn Lehnert herzu, um ihr bei dem Lockern des Steins nach Möglichkeit behilflich zu sein. Und es gelang auch. Aber freilich im selben Augenblicke, wo der Stein sich löste, fuhr eine Kreuzotter darunter hervor und biß Ruth in das Handgelenk, dicht neben der großen Ader, und war dann im Nu die Palisade hinab und in dem Blumengewirr verschwunden.

Mit einem Schrei sank Ruth in die Knie und sagte, während sie die Hände faltete, mit unaussprechlich trauriger Stimme: »Nun muß ich sterben.«

Aber kaum daß sie diese Worte gesprochen hatte, so warf sich Lehnert neben sie nieder, ergriff ihre Hand und sog mit einer leidenschaftlichen Gewalt und ehe sie's hindern konnte, das Gift aus der Wunde.

Das Ganze war wie ein Blitz; Tod und Rettung nur ein Augenblick.

Ruth aber verblieb in ihrer knienden Stellung und sagte: »Nun stirbst *du.*«

»Nein, Ruth, nein! Und wenn . . . Was liegt daran? Was liegt an *mir?*«

ZWEIUNDDREISSIGSTES KAPITEL

Lehnert wurde tags darauf von einem heftigen Fieber befallen, und alle fürchteten für sein Leben. Ruth und Maruschka waren in Tränen, und L'Hermite, der den regelrechten Ärzten mißtraute, sakrete durch das Haus hin und hielt Reden, selbst zu Totto, über den zu frühen Tod seines Freundes Gunpowder-Face, des einzigen, der noch, nach Indianerweise, den Mut gehabt habe, jedes Fieber durch Hineinschieben in einen Backofen zu heilen und überhaupt der beste Doktor in den ganzen United States gewesen sei. Jeder klagte, selbst Martin Kaulbars, der freilich seiner glücklichen Beanlagung nach nicht umhin konnte, seiner Klage zugleich etwas von einer Anklage beizumischen. »Das Gift auslutschen sei der reine Unsinn und sollte bloß so was sein; ausbrennen, das sei das Richtige, das wisse jedes Kind, und wenn man einen alten Nagel in das Kaffeefeuer oder auch bloß in die noch glimmenden Kohlen gelegt hätte, so wäre das für Miß Ruth das beste gewesen und für den guten Schlesier auch. Nu werd' er wohl dran glauben müssen. Und ob Miß Ruth durchkäme, das wäre auch noch soso. Aber das käme davon, wenn man von nichts wisse und in allem zurück sei.«

Zum Glück kam es anders, und alle Herzensnot Ruths und alle Neunmalweisheit Martin Kaulbars' erwiesen sich als ungerechtfertigt. Das Fieber, das Lehnert heimgesucht hatte, hatte mit dem Gift nichts zu schaffen und war einfach eine Folge großer Aufregung und hinzugetretener Erkältung gewesen, so daß am dritten Tage schon der aus der Nachbarschaft von Fort Mac Culloch herbeigerufene Doktor Morrison die Versicherung einer vollständigen Genesung geben und selbstverständlich an dem Fest- und Freudenmahl, das Obadja denselben Abend noch veranstaltete, teilnehmen konnte.

Lehnert war sehr glücklich und empfing, als nun alle Sorgen abgetan waren, noch einmal die Danksagung der Familie. Sein Glück wuchs aber noch, als am andern Morgen Obadja das Gebet sprach, worin es mit besonderer Betonung hieß, daß die Liebe der einzige Lohn für treues Dienen sei. Und gleich danach nahm der Alte die Bibel und las: »Und Jakob gewann die Rahel lieb und sprach: ›Ich will dir sieben Jahre um Rahel dienen.‹ Und Laban antwortete: ›Es ist besser, ich gebe sie dir, denn einem andern.‹ Also dienete Jakob um Rahel sieben Jahr und deuchten ihn, als wären es einzelne Tage, so lieb hatte er sie.«

Ruth errötete. Denn ohne daß ein Wort zwischen ihr und Obadja gesprochen worden war, wußte sie doch nur zu wohl, daß der Vater in ihrem Herzen gelesen hatte.

Oben umarmte sie Maruschka, und die gute Alte sagte: »Nun wird alles gut, *du* stirbst nicht, und *er* stirbt nicht. Doktor Morrison hat mir alles gesagt, und ich hab' es ihn auch noch schwören lassen, was doch immer sicherer und besser ist als euer bloßes Ja und Nein. Schwören ist doch noch was Besonderes und macht alles erst fest. Und nun werdet ihr glücklich sein. Ich habe mir unten im Garten schon eine Myrte gezogen, und wenn Toby das Getreide nach Galveston bringt, muß er mir auch ein Kleid mitbringen, ein rotseidnes. Ich habe darauf gespart, solange du lebst.«

Ja, Lehnert war glücklich, und nur eines war, was ihm fehlte: sich über sein Glück aussprechen können. Er fühlte, so widerstrebend er sich dies auch eingestand, noch kein rechtes Recht dazu, denn das Wort, das ihm Obadja verheißen hatte, war noch immer ungesprochen geblieben, und so hielt er es denn einfach für seine Pflicht, in Zurückhaltung und Schweigen zu verharren.

Vielleicht daß er trotz dieses starken Gefühls von dem, was sich vorläufig einzig und allein für ihn zieme, sein Schweigen dennoch durchbrochen hätte, wenn ihm L'Hermite, sein treuer Gefährte, mit etwas mehr Neugier entgegengekommen wäre. Dieser vermied es aber offenbar, irgendeine Frage zu tun, ja zeigte sich, wenn nicht alles täuschte, geradezu sorglich beflissen, einem solchen Gespräch aus dem Wege zu gehen. Lehnert zerbrach sich den Kopf darüber, und zu der Pein des Schweigenmüssens gesellte sich alsbald auch noch die Frage, warum L'Hermite seinerseits jede Frage vermeide? Von Neid oder Eifersüchtelei konnte keine Rede sein, das lag nicht in L'Hermites Charakter oder war etwas längst Überwundenes, und wenn dieser, wie ganz augenscheinlich, der Liebe seines Freundes zu Ruth trotzdem nicht froh wurde, so mußte was anderes vorliegen, was ihn zu diesem Gefühl und einer daraus erwachsenden ablehnenden Haltung bestimmte. Das Unbehagen, das Lehnert über diese Wahrnehmung empfand, war so groß, daß er schließlich, allen entgegenstehenden Selbstgelöbnissen zum Trotz, doch den Entschluß faßte, sich bei nächster Gelegenheit Gewißheit darüber zu verschaffen.

Diese Gelegenheit bot sich denn auch bald. Es war ein Musikabend gewesen, und Ruth hatte Lehnerts und auch L'Hermites Wunsch nachgegeben und ganz zum Schlusse noch einmal das Friedenslied vorgetragen, das sie, während der Septemberfesttage, so schön und für Lehnert so entscheidungsvoll gesungen hatte. Dieser war denn auch, ähnlich wie damals, von den Liedesworten und mehr noch von Ruths Stimme ergriffen worden und hatte Tränen im Auge, als das Lied schwieg. Auch L'Hermite war bewegt, und beide, wie wenn sie gewillt gewesen wären, sich den eben gehabten Eindruck durch Maruschka nicht stören zu lassen, brachen früher als gewöhnlich auf und gingen in ihren Korridor hinüber. Einen Augenblick schwankten sie hier, wohin sich wenden, aber L'Hermites Zimmer, überhaupt das bevorzugtere, ward auch heute gewählt, und nach rechts hin eintretend, nahmen beide Platz, Lehnert auf einem Schaukelstuhl, L'Hermite, wie gewöhnlich mit untergeschlagenen Beinen, auf seinem Arbeitstisch, den Schraubstock neben sich.

»Eh bien«, sagte L'Hermite, während er eine kleine Eisenstange aus dem Schraubstock herauszog und damit zu spielen begann, »eh bien, Lehnert, was gibt's? Ich glaube, Ihr wollt mir etwas sagen.«

»Ja, seit lange schon.«

»Nun denn.«

»Ich liebe Ruth.«

L'Hermite lächelte. »Wer nicht?«

»Ah, ich versteh'... Ihr findet es anmaßlich« (L'Hermite schüttelte den Kopf) »oder vielleicht ein Unrecht.«

»Ni l'un ni l'autre.«

»Oder Ihr meint, sie liebe mich nicht?«

»Au contraire.«

»Nun, was dann?«

»Mon cher Lehnert«, und L'Hermite setzte sich in eine Art Positur. »Ihr kennt meinen Katechismus und wißt, daß der Pfaffengott nicht darin vorkommt.«

Lehnert nickte.

»Gut denn, es gibt also keinen Gott, wenigstens nicht für mich. Aber, mon cher ami, es gibt ein Fatum. Und weil es ein Fatum gibt, geht alles seinen Gang, dunkel und rätselvoll, und nur mitunter blitzt ein Licht auf und läßt uns gerade so viel sehen, um dem Ewigen und Rätselhaften, oder wie sonst Ihr's nennen wollt, seine Launen und Gesetze abzulauschen.«

»Nun?«

»Und ein solches Gesetz ist es auch: wenn man erst mal *heraus* ist, kommt man nicht wieder *hinein*. Und da hilft kein Hoherpriester und kein Prophet, und wenn es Obadja selber wäre, gleichviel ob der alte oder der neue. Das Fatum ist eben stärker, und es ist das Beste, cher Lehnert, Ihr lebt Euch mit diesem Gedanken ein. Ich hab' es getan. Und wenn Euch das auch glückt, so werdet Ihr wenigstens eines davon haben, dasselbe, was ich davon gehabt habe: das Glück der Einsamkeit. Und steht dann von Stund' an über dieser armen Komödie, die Welt und Leben heißt.«

Lehnert starrte ihn an.

L'Hermite aber, dessen Bewegungen immer nervöser wurden, fuhr fort: »Gebt Ruth auf. Ihr kriegt sie nicht. Und wenn morgen die Hochzeit sein soll und die gute Frau Kaulbars so viel Kringel und Krausgebackenes bäckt, daß der Fettgeruch bis zu Krähbiel und den Arapahos hinüberzieht und unserem Freunde Gunpowder-Face, der dergleichen liebte, noch in seinem Grab umkitzelt – ich sag' Euch, Lehnert, Ihr kriegt sie doch nicht, Ihr fallt tot vorm Altar nieder. Und wenn nicht Ihr, so Ruth. Glaubt mir, es soll nicht sein. Es ist da so was Merkwürdiges in der Weltordnung, und Leute wie wir – pardon, ich sage mit Vorbedacht wie *wir* – die nimmt das Schicksal, der große Jaggernaut, unter die Räder seines Wagens und zermalmt sie, wenn sie glücklicher sein wollen, als sie noch dürfen.«

DREIUNDDREISSIGSTES KAPITEL

Lehnert, als er nach diesen Worten in sein Zimmer zurückkehrte, war wie vom Blitz getroffen, doppelt, weil er sich, wenn auch mit Widerstreben gestand, aus dem Munde L'Hermites nur das gehört zu haben, was ihm eine innere Stimme selber schon zugerufen hatte. Was unheimlich seinen Freund umschlich, umschlich auch ihn, immer wieder war es da. Warum war er so miterschüttert gewesen, als der mit dem Kreuz auf der Brust in jener Sommernacht bei L'Hermite ins Fenster gesehen, und warum lag da wer am Weg, als er, am Tage danach, von Fort O'Brien aus zum erstenmal ins Gebirge hinaufritt?

Sinnestäuschung? Nein. Gewissen. Es half nicht Reue, nicht Beichte; was geschehen war, war geschehen, und im selben Augenblicke, wo nur noch ein Schritt, ein einziger, ihn von seinem Glücke zu trennen schien, sah er, daß dieser Schritt ein Abgrund war.

Er konnte keine Ruhe finden und zermarterte sein Gehirn mit dem, was kommen müsse. So verging ihm die Nacht, und erst gegen Morgen schlief er ein.

Nicht lang. Aber so kurz der Schlaf gewesen war, doch war es, als wären ihm Kraft und Mut zu gutem Teile zurückgekehrt, und als er das Fenster aufstieß und Frühlingsluft und Morgensonne hereindrangen, lösten sich die Vorstellungen, die sich während der Nacht, als wären es Gespenster, seiner Seele bemächtigt hatten, wie die Nebel auf, die drüben am Gebirge hinzogen. Eine Schuld lag auf ihm; aber hieß es nicht in dem Gebet, das Christus selbst uns gelehrt, »und vergib uns unsere Schuld«? Und wenn Christus so gelehrt und geboten hatte, so mußte doch auch eine Möglichkeit der Erhörung sein und bei rechter Demut und Zerknirschung auch wohl eine Gewißheit. So sann er weiter, und als er sich's zurechtgelegt und bei der Morgenandacht das Auge des Alten so fest und freundlich wie nur je zuvor auf sich ruhen gefühlt hatte, war alles, womit L'Hermite ihn — und was schwerer war, er sich selber — geängstigt hatte, besiegt und verschwunden.

L'Hermite, der wohl sah, was in der Seele seines Freundes vorging, vermied es, auf seine düstere Prophezeiung zurückzukommen, ja schlug umgekehrt einen halb heiteren Ton an, der darauf aus war, die Wirkung seiner Worte wieder abzuschwächen. Ob die Welt eine Welt der Wunder sei, das müsse schließlich dahingestellt bleiben, aber daß die Welt eine Welt der Überraschungen sei, das sei nur zu gewiß. Mit aller Berechnung sei nicht viel getan. Es gäbe Regeln, freilich, aber der Ausnahmen seien so viele, daß es sich, ganz wie beim Unterricht im Englischen (und er spreche da aus eigner trauriger Erfahrung) eigentlich nicht recht verlohne, die Regeln zu lernen. Und was nun speziell die guten Schicksalsgöttinnen anginge, so hätten sie Launen wie alle Weiber, und die alten erst recht.

Und dabei bot er Lehnert eine Zigarette.

Der wußte wohl, daß das alles nur so hingesprochen war, um ihn zu beruhigen, aber sosehr er dies durchschaute, so trug es trotzdem nicht wenig dazu bei, seine Hoffnungen neu zu beleben.

Auch Obadjas wachsend freundliche Gesinnung gab ihm viel von seiner alten Freudigkeit und Frische zurück, was aber dies Gefühl der Frische vielleicht am meisten belebte, das war, daß sich Tobys in letzter Zeit eine wahre Jagdpassion bemächtigt hatte, zu deren Befriedigung, wie sich denken läßt, niemand geeigneter erschien als Lehnert, der die Tugenden eines guten Schützen mit denen eines erfahrenen Bergsteigers in sich vereinigte. Dies letztere war die Hauptsache. Denn von einem bequemen Absuchen, wie früher, an den niedriggelegenen Sümpfen und Teichen hin, war schon lange keine Rede mehr, vielmehr ging es, bei jeder sich bietenden Gelegenheit, hoch ins Gebirge hinein und Weihen und Bussarde wegschießen oder auch wohl einen Bartgeier beschleichen, das war jetzt das Jagdvergnügen, nach dem Toby dürstete.

Der Alte mißbilligte das alles und würde dagegen eingeschritten sein, wenn er nicht Tobys Charakter gekannt hätte, der alles mit Feuereifer angriff, aber nur um es nach kurzer Zeit schon wieder fallen zu lassen. Hierin fand er seine Beruhigung und ließ es gehen und war zufrieden, wenn Lehnert, was freilich bei den sich mehrenden Feldarbeiten immer seltener geschah, den wenigstens zunächst noch in seiner Jagdpassion beharrenden Toby auf seinen Ausflügen begleitete.

So war Ende Mai gekommen, und Toby verlangte danach, einen Steinadler zu schießen, der (er wußte genau die Stelle, wo) hoch im Gebirge nistete. Dann aber wollt' er zu dem Neste hinaufklettern und die zwei Jungen ausnehmen und großziehen, um sie den Zoological Gardens in Galveston zum Geschenk zu machen. Bei seiner letzten Anwesenheit daselbst war er nämlich eitel und unvorsichtig genug gewesen, dem Vorstande des Gartens ein solches Versprechen zu machen, und hielt nun die Durchführung für Ehrensache, worin er sich sogar von seiten Ruths bestärkt sah.

Und nun war es zwei Tage vor Sonntag Exaudi, den letzten Tag im Monat, daß sich Toby zu diesem Fange rüstete. Lehnert, der aufs Feld mußte, konnte nicht mit, weshalb – wie schon bei früheren Gelegenheiten – ein junger Arapahoindianer für ihn eintrat, ein Schwestersohn von Gunpowder-Face, der erst bei Krähbiel und dann in der Missionsschule zu Halstead erzogen, seit seiner Rückkehr von dort ein besonderer Liebling von seiten Ruths und Tobys war. Er hieß Short-arm, weil er, infolge eines Armbruchs, einen etwas zu kurzen Arm hatte.

Beide, Toby und Short-arm, waren sehr früh, schon bald nach Mitternacht, aufgebrochen und hofften mit Sonnenaufgang oben und spätestens um Mittag in Nogat-Ehre zurück zu sein. Aber die vierte Stunde war schon heran, ohne daß sich Toby gemeldet hätte. L'Hermite, von Ruth und Maruschka, die sich zu ängstigen begannen, ins Vertrauen gezogen, ging in Lehnerts Zimmer hinüber, um von dort aus nach dem Gebirge hin Ausschau zu halten, aber, so klar der Tag war, auf der ganzen zwischengelegenen Strecke war zunächst für ihn niemand sichtbar, bis er nach einer Weile Lehnerts gewahr wurde, der auf dem vom Vorwerk nach Nogat-Ehre führenden Feldwege langsam herangeritten kam und zufällig nach dem Fenster seiner Wohnung hinaufsah. Die Sonne, die stark blendete, ließ den ruhig Herantrottenden anfänglich bei seinem Aufblick nicht viel erkennen, als er aber eine Weile danach den mit seinem Käppi winkenden L'Hermite deutlich bemerkte, wurd' er stutzig und setzte sich, während er seinem Pferde die Sporen gab, in einen rascheren Trab. Und nun war er heran und erfuhr von dem in der Flurhalle seiner bereits harrenden Freunde, daß man Tobys halber in Sorge sei. Sie sprachen noch, als auch Obadja hinzutrat und seiner Unruhe, der er bis dahin nicht hatte nachgeben wollen, einen allerlebhaftesten Ausdruck gab. Die Wanduhr schlug halb. Halb fünf. Auch Ruth und Maruschka waren die Treppe herabgekommen, und die gute Alte weinte heftig. Das käme davon, wenn man einer Kreatur die Brut wegnehmen wolle oder es doch litte. Dann würden einem selber die Jungen genommen. Und sie seien alle schuld, alle, sie selber, weil sie den Toby nicht besser erzogen, und am meisten Obadja, der der Herr sei und der Vater und der Priester. Und er werde wohl Hals und Beine gebrochen haben, der arme Toby, und sie sähe schon, wie man ihn hereinbringe. Gott sei Dank, daß seine Mutter nicht mehr lebe, für die wäre das der Tod gewesen. Und dann umarmte sie Ruth und setzte sich auf die unterste Treppenstufe, wo sie viele Paternoster vor sich hinsprach und die Perlen ihres Rosenkranzes unaufhörlich durch die Finger gleiten ließ. Sonst schwieg alles, und doch war es eine Szene voll immer wachsender Aufregung. Lehnert fuhr, überlegend, mit der Hand über die Stirn, L'Hermite pfiff, und Obadja richtete sein Auge nach oben. Zwischen ihnen hin und her aber lief Uncas und winselte, und wenn er vor Lehnert stand, setzte er sich und sah ihn an und schien zu fragen: »Wo ist Toby?« Das kluge Tier wußte: *der* allein kann helfen; ihr anderen seid nichts.

In diesem Augenblick tat Ruth einen Schrei; Short-arm war die Rampe heraufgekommen, atemlos, und auf Obadja zustürzend, warf er sich vor dem Alten aufs Knie und sagte: »Master Toby . . .«

»Is dead?«

»No, not dead; but he lost his way. We missed us. I couldn't find him.«

Und nun erzählte er mit zitternder Stimme, daß Toby, dicht neben einem Vorsprung, auf einige dort auf dem Grat zusammengewürfelte Steintrümmer hinaufgestiegen, aber nach einer halben Stunde und länger noch immer nicht zurückgekommen sei. Auch kein Hilferuf. Nichts. Da sei er selber hinaufgeklettert. Aber kein Toby da. Tot könn' er nicht sein. Denn es sei nicht hoch gewesen und keine Gefahr. Aber er sei weg. Er müsse sich in den Felsen oder weiter unten im Walde verirrt haben.

Obadja rang nach Fassung. Seine Tage waren gezählt. Wenn das der Ausgang war, daß ihm Gott den Jungen nahm, den Erben, für den er gelebt hatte . . .

Und sonst so ruhig und überlegen, war er jetzt wie ratlos und schritt auf und ab. »Ich will beten«, sprach er vor sich hin. »Aber Gebete . . . Gott will nicht bloß Gebete . . . Wir sollen auch tun, *mit*tun. So will es Gott. *Dann* hilft er . . . Lehnert . . . Dear . . . Alles, alles.«

Und dabei nahm er Lehnerts Hand.

Und über Lehnerts Züge flog es wie ein Glanz von Glück, und er fühlte deutlich, der Tag, der über ihn entscheiden müsse, sei nun gekommen. Er ging auf Short-arm zu, riß ihm Gewehr und Jagdtasche von der Schulter und sagte: »Komm, Uncas!«

Und vor Freude heulend, sprang das schöne Tier in die Höh' und folgte dem voranschreitenden Lehnert.

L'Hermite sah dem Freunde nach. »Ça ira ... *Wird es?* Non.«

VIERUNDDREISSIGSTES KAPITEL

Lehnert ging in starkem Schritt auf das Vorwerk zu, bog aber, eh' er heran war, nach rechts hin in einen Querpfad ein, der, in seiner Verlängerung, fast parallel mit der an Fort O'Brien vorüberführenden Schlucht ins Gebirge hinaufstieg. Oben wollt' er dann den Kamm entlang gehen und von den höchsten Punkten aus Umschau halten. Er war von einem festen Vertrauen erfüllt, daß er Toby finden würde, wenn nicht unterwegs, was freilich das Wünschenswerteste, so doch in Nähe der weit vorspringenden Felspartie, die, wegen der mit Vorliebe darauf nistenden Adler, schon von alter Zeit her den Namen Eagles Point führte. Jeder Punkt an dieser Stelle war ihm, nach den vielen gemeinschaftlichen Jagdausflügen der letzten Monate, ziemlich genau bekannt, was aber sein Vertrauen noch stärkte, war der Umstand, daß, etwa tausend Schritte von Eagles Point entfernt, ein noch höherer Kegel aufragte, der kurzweg der Lookout hieß und nicht bloß wundervolle Fernblicke, sondern einen genauen und leichten Einblick in die nächstgelegenen Felspartien, am besten aber in die von Eagles Point gewährte. Von diesem Lookout aus mußt' er Toby sehen oder ihn abrufen können, denn dieselbe klare Luft, die das Sehen erleichterte, trug auch den Schall fort. Er mußte ihn finden, und über den an Fort O'Brien vorüberführenden Weg wollt' er dann mit ihm zurück ... Aber wenn er ihn nicht fand? Er mochte den Gedanken nicht ausdenken.

Es war um die siebente Stunde, daß er an der Stelle hielt, wo der Lookout-Kegel erst in mäßiger Schrägung, dann aber einen Knick, eine Stufe machend, in beinah senkrechter Steile anstieg. Am Fuße der gesamten Felsmasse, Sockel wie Spitze, sprang ein Quell und fiel in einen ausgehöhlten Stein. Und hier bückte sich Lehnert, um zu trinken, und stieg dann den unteren Absatz bis zu dem Einknick hinauf. Er war müde geworden und hätte hier gern eine kleine Weile gerastet, um neue Kraft für die letzte und schwerste Strecke, den eigentlichen Kegel, zu sammeln; aber die Sonne stand schon tief, und so war denn keine Zeit mehr zu verlieren, wenn er noch, mit Hilfe des Tageslichts, einen leidlich guten Einblick in die Spalten und Klüfte haben wollte. So warf er denn die Jagdtasche beiseite, die ihm beim Klettern bloß hinderlich gewesen wäre, und stieg ohne Säumen höher hinauf. Uncas wollte mit. Es war aber zu steil und zu glatt für ihn, und, unglücklich, seinem Herrn nicht folgen zu können, blieb er auf dem breiten Rande, den der Einknick bildete, zurück und legte sich mit vorgestreckten Pfoten neben die Jagdtasche. Daß er etwas zu hüten hatte, schien ihm ein Trost.

Der Aufstieg ging besser, als von Lehnert erwartet war. Die Steile zeigte sich freilich beträchtlich, aber überall waren Spalten und Risse, die dem Fuß einen Halt gaben, und an mehr als einer Stelle stand Zwergholz und hier und da selbst ein Busch, daran er sich halten und mit nicht allzuviel Schwierigkeit hinaufziehen konnte. Die ganze Höhe betrug keine hundert Fuß, und ehe fünf Minuten um waren, war er oben und genoß eines wundervollen Umblicks. Zur Linken, unmittelbar über dem Kamm, in einer Art Quer- oder Giebelstellung, stand der Sonnenball und goß seine Glut derart über die ganze lange Berglinie hin aus, daß beide Seiten des Kamms in einem hellen Lichte lagen. Weiter abwärts freilich herrschte schon Dämmerung, was übrigens nicht hinderte, daß Lehnert die weite Talmulde, bis zu den Shawnee-Hills hin, überblicken konnte. Das da drüben mußte Fort Holmes sein, und die vereinzelt aufblinkenden Lichter im Tal bezeichneten die Linie, wo die Bahn lief. Und zuletzt weilte sein Blick auf Nogat-Ehre. Da lag es. Das erste Haus, das war Obadjas, da wohnte Ruth, und er grüßte hinüber. Ja, einen Augenblick vergaß er fast, um was er hier war, und erst, als er sich's wieder in die Seele zurückgerufen, rief er Tobys Namen. Aber nur das Echo antwortete.

So vergingen Minuten. Alles blieb still. Das über den Kamm hin ausgebreitete Licht erlosch, und Lehnert fühlte, daß es keinen Sinn mehr habe, auf seiner Felshöhe zu verweilen. Und so wollt' er denn rasch wieder hinab, um wenigstens vor Beginn völliger Dunkelheit noch bis Eagles Point zu kommen, wo, wenn das Rufen vergeblich blieb, Uncas ihm Beistand leisten und in dem Gestrüpp umhersuchen konnte. Fand er ihn nicht, und seine frühere Zuversicht hatte ihn zu nicht kleinem Teil verlassen, so wollt' er nach dem Vorwerk zurück und am andern Morgen von dort aus das Suchen erneuern. Ohne Toby nach Nogat-Ehre zurückzukehren, erschien ihm unmöglich.

Er hatte sich die Stelle gemerkt, wo er aufgestiegen war, und an eben dieser Stelle wollt' er auch – schon der ziemlich vielen Sträucher und Zwergbüsche halber – wieder zurück. Die waren ihm eine Hilfe, wenn er ins Gleiten und Glitschen kam. Und wirklich, es schien fast, als ob diese seine Vorsicht sich lohnen solle. Zwei-, dreimal, beim Ausrutschen, hatte er zufassen und sich halten können, auch der Gewehrkolben kam ihm mehr als einmal zu paß, und bis zu der Stelle hin, wo Uncas die Jagdtasche bewachte, war keine dreißig Fuß mehr. Auch die Steile war hier geringer, und so gab er denn die Vorsicht auf, die er bis dahin geübt hatte. Freilich nicht zu seinem Heil. Denn mit einemmal kam er in ein halbes Stürzen, und weil zufällig kein Strauch mehr da war, dran er sich klammern konnte, schoß er, wie von einer Rutschbahn, mit aller Gewalt auf den Plateaurand nieder und mußte froh sein, unterwegs auf eine stumpfe Steinkante zu stoßen, die den Sturz einigermaßen aufhielt. In der Tat, die Erschütterung, als er auf dem Plateaurand ankam, war nicht allzu groß, ebensowenig empfand er einen Schmerz, und so stand er denn auf dem Punkt, sich zu dem den jähen Absturz hemmenden »Stein des Anstoßes« aufrichtig zu beglückwünschen, als er, bei dem Versuche, sich aufzurichten, erkennen mußte, daß der Stein des Anstoßes wohl geholfen, aber doch noch mehr geschadet habe. Mit der Hüfte gegen den Stein fahrend, war der Hüftknochen aus dem Gelenk gesprungen. Er erhob sich mit äußerster Anstrengung, aber nur, um im selben Augenblick wieder zusammenzubrechen. Jetzt kamen auch Schmerzen, begleitet von einer schweren

Ohnmacht, und als er nach einiger Zeit (er wußte nicht, wie lange) wieder erwachte, standen schon die Sterne am Himmel.

Über sich die Sterne und unten die Lichter von Nogat-Ehre, sonst alles dunkel um ihn her. Dazu kam ein Frösteln. Er hing sich mühsam die neben ihm liegende Jagdtasche um und schob sich seitwärts bis an eine Stelle, wo ein Erlenbusch stand, verkrüppelt, mit halb am Boden ausgestrecktem Gezweig. Unter dies Gezweige kroch er. Es gab ihm Schutz gegen den Nachtwind; Uncas legte sich neben ihn, und die Wärme tat ihm wohl. Und als Mitternacht heran war, schlief er ein.

Er schlief mehrere Stunden, und die Sonne stand schon über dem Horizont, als er aufwachte. Die Schmerzen hatten nachgelassen, aber das Bewußtsein seiner Lage packte ihn jetzt mit doppelter Gewalt. Gewiß, daß man im Laufe des Tages nach ihm ausziehen, ja, daß Freund L'Hermite den ganzen Arapahostamm aufbieten werde, nach ihm zu suchen. Gewiß, gewiß. Und sie würden ihn auch finden. Aber *wann?* Bis dahin war es vielleicht um ihn geschehen. »Und wenn es so kommen soll, wenn kein Entrinnen, dann, du Vater im Himmel, mach es rasch, laß es rasch vorüber sein.«

Das war das Morgengebet, mit dem er seinen Tag einleitete.

Die Sonne zog herauf, immer höher, und als es Mittag war, meldete sich Hunger und bald auch ein brennender Durst. Er durchsuchte die Jagdtasche nach etwas, das ihn erfrischen mochte, aber er fand nichts als etwas Brot, das ihm widerstand. Und so warf er's dem Hunde hin. Der aber winselte nur und kroch wieder zu Lehnert heran und leckte ihm die Hand.

Lehnert freute sich dieses Liebeszeichens und streichelte das schöne Tier. Und mit eins schoß es ihm durch den Kopf: »Uncas, *du* kannst mich retten, du bist klug. Und nun höre gut zu. Sieh, wenn du jetzt nach Hause trabst, zu Ruth, zu Miß Ruth, hörst du, dann kannst du sie hierher führen, und dann finden sie mich, und dann retten sie mich. Und nun auf!«

Uncas hatte jedes Wort verstanden, aber er schüttelte nur den Behang und streckte sich still wieder nieder und sah Lehnert an. Und dieser las aus dem treuen Auge mit Schrecken heraus: ich bleibe.

»Geh, Uncas! Lauf! Fort!«

Und als alles nichts half, nahm er das Gewehr und stieß nach ihm. Und bald danach erhob sich Uncas auch wirklich und trabte langsam und ohne sich umzusehen den unteren und verhältnismäßig wenig steilen Teil der Felspartie hinab. Lehnert sah ihm nach, und ein Hoffnungsschimmer umleuchtete seine Stirn. Aber keine Viertelstunde, so war der Hund wieder da. Er war nur bis an den Quell gegangen und hatte getrunken, und kaum wieder frisch, war er auch frisch wieder in seiner Pflicht und seinem Vorhaben. Und kurzum, da war er wieder.

»Es soll also sein«, sagte Lehnert, über den plötzlich eine volle Ergebung in sein Schicksal kam. »Es ist Gottes Wille ... Komm, Uncas ... Es ist mir eine schöne Lehre, die du mir gibst: Treue halten und tun, was recht ist.«

Und er verfiel alsbald in ein fieberhaftes Träumen und wurd' erst wieder wach, als ein Läuten aus dem Tale heraufdrang. Es war die Glocke, die sonst zum Gottesdienst läutete. »Sie wollen mir ein Zeichen geben. Und ich will ihnen antworten, so gut ich kann.«

Und dabei nahm er das neben ihm liegende Gewehr und schoß, und der Rauch zog am Gebirge hin, und das Echo trug den Schall immer weiter und weiter und vielleicht bis hinunter zu Tal.

Er horchte nach, bis es verklang. Und nun schwieg es, und im selben Augenblicke war es ihm, als höre er von weit her einen Ruf: »Hilfe.«

Wessen Stimme war das?

Er richtete sich auf und horchte noch einmal hinüber, und einen Moment überkam ihn der Gedanke, daß es Toby sein könne.

»Nein, es war ein anderer, der rief ... Gut ... Ich bin fertig ... Ich komme.«

Und nun fiel er mit dem Kopf auf das Lager zurück, das er sich gemacht hatte.

Zwischen den Feldern hin huschte was. Was es war, war nicht deutlich erkennbar, das Korn stand zu hoch, und die Dämmerung war noch zu dicht. Aber jetzt kam ein gemähter Wiesengrund, der ganz zuletzt zwischen den Maisfeldern und dem Dorfe lag, und nun ließ sich's erkennen, daß es Uncas war, der in Sprüngen auf Nogat-Ehre zujagte. Nur noch das Stück Parkland und die Brücke war zu passieren. Und nun war er heran und gab einen lauten Blaff, zwei-, dreimal, und sprang dann an dem Erdgeschoß in die Höh' und kratzte an den Läden, die das Fenster von Obadjas Zimmer schlossen.

Obadja stand auf und warf einen Pelzrock über, den zu tragen er sich in den langen Wintertagen von Dakota gewöhnt hatte. Dann ging er hinaus auf den Flur, den Hund einzulassen. Aber Uncas sprang ihm schon entgegen, weil L'Hermite – der sich für alle Fälle halb angekleidet aufs Bett geworfen hatte – schneller als Obadja zur Hand gewesen war. Gleich danach kamen auch Ruth und Maruschka die Treppe herab und mit ihnen Toby; Toby, der noch am selben Abend, wo Lehnert auf die Suche nach ihm ausgezogen, wohl und munter und jedenfalls völlig unverletzt heimgekommen war. Und ein wunderlicher Anblick war es, den die Halle jetzt bot. Front- und Hoftür standen auf, und von beiden Seiten her fiel ein fahles Dämmerlicht ein, während das Licht in der herabhängenden Flurlampe zu verschwelen begann. Am bemerkbarsten aber und jedenfalls am lautesten war Uncas. Er lief hin und her und sprang empor und beschäftigte sich vor allem mit Ruth, an deren Kleid er zerrte, wie um zu zeigen, daß sie folgen solle.

Jeder wußte, was geschehen, und war erschüttert. Am meisten Toby, der, wenn auch schuldlos, die Veranlassung von all dem war, was jetzt auf jedem lastete. L'Hermite schritt auf und ab, die Hände à la Zouave in den weiten Beutelhosen, das Käppi zurück. Toby aber nahm ihn beiseit und fragte, was er zu dem allem denke.

»Pas beaucoup de bien.«

»Und was?«

»La mort sans phrase.«

Obadja faßte sich zuerst und gab, als er sah, daß Uncas, wie um die einzuschlagende Richtung anzugeben, immer wieder auf die Steinbrücke zu lief, kurze Weisungen für das, was zunächst zu tun sei. Toby solle mit Short-arm und einem andern Indianer, Yellow Cat, von dem bekannt war, daß er wie eine Katze kletterte, zunächst nach dem Vorwerk aufbrechen und dort die weitere Führung an Kaulbars abtreten. Er, Obadja, so sehr er es wünsche, könne sich dem Zuge nicht anschließen, das würde nur Hindernisse schaffen.

Und keine fünf Minuten mehr, so brach denn auch Toby mit den zwei Gefährten auf, Uncas abwechselnd vorantrabend und dann wieder an Tobys Seite. Von L'Hermites Begleitung war all die Zeit über mit keinem Worte die Rede gewesen, was in einer Art abergläubischen Vorstellung von seiten Obadjas seinen Grund hatte. L'Hermite, wenn es sich um Leben und Sterben handelte, hatte keine glückliche Hand, was niemandem klarer war als ihm selbst, weshalb er denn auch sein Ausgeschlossensein von dieser Expedition als etwas durchaus Selbstverständliches ansah und sich begnügte, sich Miß Ruth anzuschließen, als diese mit der alten Maruschka wieder die Treppe hinaufstieg. Oben angekommen aber trat er, statt in sein eigenes Zimmer, in das von Lehnert, um von hier aus — weil es den Blick auf das Gebirge hatte — dem Zug eine Weile nachzusehen. Eine gute Strecke konnt' er es auch und sah deutlich, wie Uncas seine Freude bezeigte, daß man ihn endlich verstanden.

»Ist noch Hoffnung? . . . Keine. Seine Geschicke haben sich erfüllt.«

Es war vier Uhr und die Sonne stieg eben herauf, als Toby mit seinen zwei Gefährten auf dem Vorwerk eintraf. Das Ehepaar Kaulbars war schon auf und nahm eben seinen Morgenkaffee.

Kaulbars erhob sich sofort, um seines Herrn Sohn zu begrüßen und ihn zur Teilnahme am Frühstück einzuladen. Aber Toby dankte, nahm auch nicht Platz und beschränkte sich darauf, in aller Kürze mitzuteilen, um was sich's handle. Leider sah er nicht die Wirkung davon, auf die zu rechnen er ein Recht hatte, was ihn auf einen Augenblick ernstlich verdroß und doch eigentlich nicht verdrießen durfte. Leute hergeben und vorher bestimmte Tagesarbeit unterbrechen, das konnte bei Kaulbars in erster Reihe nur Verstimmung wecken, weil er ganz und gar und in besonders hohem Grade zu jenen ausgesprochenen Bauer- und Landwirtsnaturen gehörte, die, wenn ihnen Vater und Mutter während der Ernte sterben, zunächst nur unter dem Gefühle stehen: Vater und Mutter hätten sich auch eine bessere Zeit aussuchen können. Als indessen dies erste selbstische Gefühl in unserem Kaulbars überwunden war, war er nicht bloß gutwillig, sondern vor allem auch umsichtig in all seinen Anordnungen und wählte neben allerlei Rettungsmaterial, das man mutmaßlich brauchen würde, zugleich drei seiner besten Leute zur Verstärkung des nun von ihm zu führenden Zuges aus. Auch eine Leiter samt einer Schütte Stroh nahm er mit, weil er, ganz im Gegensatze zu L'Hermite, der bestimmten Ansicht war, daß der Verunglückte, verwundet oder nicht, noch am Leben sein müsse; dreißig Stunden könne man's aushalten, und Tobys Bemerkung, daß Uncas ihn sicher erst verlassen habe, als es mit ihm vorbei gewesen, wollt' er nicht gelten lassen. Der Hund sei klug, aber doch bloß ein Hund und eine unvernünftige Kreatur. »Und reden kann er doch am Ende nich.«

Es war gegen sechs Uhr, als man oben war und eine kurze Rast nahm. Im Tale lag noch ein Nebel, aber dünn und niedrig, und man sah die Häuser von Nogat-Ehre, die mit ihren Dächern darüber hinausragten. Und da war wieder Station Darlington, und wo der Qualm schwarz über dem weißen Nebel hinzog, da kam der Zug heran, der große Expreßtrain von Galveston. Alles ließ sich deutlich erkennen. Aber es war nicht Zeit zu solchen Betrachtungen. Uncas, solange die Rast dauerte, jagte beständig hin und her, immer auf denselben Punkt zu, so daß Toby nun in aller Bestimmtheit wußte, wohin man die Schritte zu richten habe.

»Er ist auf den Lookout hinaufgestiegen, um nach mir auszusehen. Und bei dem Aufstieg ist er verunglückt.«

Auf den Lookout also schritten sie zu, Kaulbars voran. Und nur noch wenige Minuten, so waren sie bis an den Fuß der Felspartie gekommen und tranken hier aus dem Quell (denn es war, trotz früher Stunde, schon heiß) und stiegen nun höher hinauf bis auf den Einknick, von dem aus der eigentliche Kegel anhob.

Und nun hatte man die Stufe glücklich erreicht und schritt um den mäßig breiten Rand, den sie bildete, herum. Das erste, was man sah, war der Brotrest, den Lehnert auf ein paar Schritt Entfernung dem Hunde zugeworfen, den dieser aber nicht berührt hatte.

»Hier müssen wir ihn finden«, sagte Toby, und das Zweigwerk eines ziemlich blattreichen, am Fuße des Kegels festeingewurzelten Gebüsches zurückschlagend, sah er *den,* dem die Suche galt. Unwillkürlich ließ er das Gezweig, das er in Händen hielt, wieder zurückfahren, und seine Augen füllten sich mit Tränen. Konnt' es anders sein? Der da lag, war gestorben um *ihn,* um seinetwillen. Und er sprach ein kurzes Gebet, während die andern noch zurückstanden. Und nun näherte sich auch Short-arm und brach die weit vorgestreckten Zweige fort, und gleich nach ihm traten alle heran und schlossen einen Halbkreis und blickten auf den Toten. Er sah ernst aus, aber nicht von Schmerzen verzerrt oder entstellt, und hatte die Jagdtasche unter dem Kopf; – neben ihm lag das Gewehr, und ein kurzes Jagdmesser, das er noch in seiner letzten Stunde gebraucht haben mußte, war mit der Klinge in den Sand gestoßen. Sein Rock war halb geöffnet, und man sah ein zusammengefaltetes Zeitungsblatt, das er in die Rocköffnung wie in eine Brusttasche gesteckt hatte. Darüber ruhte seine linke Hand, auf deren Oberfläche man geronnenes Blut sah, aber nur wenig, wie von einem kleinen Riß mit dem Messer. Und nun bückte sich Toby, um das Zeitungsblatt zu nehmen, auf das der Tote, wie's schien, in seiner letzten Stunde seine letzten Worte geschrieben hatte. Zwischen den Fingern der rechten Hand hielt er noch ein zugespitztes Holzstäbchen. Was er aber geschrieben, das lautete: »Vater unser, der du bist im Himmel... Und vergib uns unsere Schuld... Und du, Sohn und Heiland, der du für uns gestorben bist, tritt ein für mich und rette mich ... Und vergib uns unsere Schuld ... Ich hoffe: *quitt.*«

Der Rückweg war sehr beschwerlich, und die zehnte Stunde war schon heran, als man am Vorwerk anlangte. Toby war dagegen, den Zug gleich unmittelbar bis nach Nogat-Ehre hin fortzusetzen, und der sonst immer widersprechende Kaulbars war diesmal derselben Meinung, hinzusetzend: es ginge nicht, ihn so bloß auf einer Leiter heranzutragen; alles müsse seine Ordnung haben; und auf einer Leiter sei keine Art und keine Ordnung nich.

So wurde denn beschlossen, Short-arm und Yellow-Cat nach Nogat-Ehre hin vorauszuschicken, einfach mit der Meldung, daß man Lehnert gefunden habe.

Nach diesem Beschlusse machten sich die beiden Indianer sofort auch auf den Weg und waren um Mittag wieder zurück mit einer Bahre, darauf Lehnert nunmehr gelegt wurde, bedeckt mit einem ebenfalls mitgebrachten Bahrtuch, in das ein großes silbernes Kreuz eingestickt war. So stand er noch bis gegen Abend auf einer Scheunentenne. Dann aber brach man auf nach Nogat-Ehre. Wie Totto sie kommen sah, begann er zu läuten, aber nur Obadja ging dem Zuge bis auf die Rampe entgegen; mit ihm L'Hermite. Ruth und Maruschka mochten nicht Zeuge sein.

Von der Rampe trug man die Bahre bis vor den Altar. Und nun schlug Totto die Decke zurück und kniete nieder und sagte, während er des Toten Hand streichelte: »Poor man . . . dead . . . quite dead.« Und dann sang er vor sich hin, was keiner verstand.

»Wo bestatten wir ihn?« Das war die Frage, die denselben Abend noch das Haus beschäftigte. L'Hermite drang mit sonderbarem Ernste darauf, den Toten zu den Arapahos zu schaffen und ihn neben Gunpowder-Face zu begraben, das würde einen Eindruck machen, mehr als Krähbiels Schul- und Katechismusstunden, und er, L'Hermite, genösse dabei des Vorzugs, seine beiden besten Freunde zusammen zu haben: eine Rothaut und einen Prussien. Es war barock, wie alles, was er tat und sagte, aber es klang so herzbeweglich, daß niemand Anstoß daran nahm. Endlich sagte Obadja: »Er soll der erste drüben in unserer Gruft sein. Ich wollte den Zug eröffnen. Aber er kommt mir nun zuvor.«

Und dabei glitt sein Auge zu Ruth und Toby hinüber, die beide zustimmend nickten.

Am zweiten Tage danach erfolgte Lehnerts Beisetzung; Krähbiel und Nickel waren mit ihren Schulen gekommen und sangen. Dann sprach Obadja, diesmal nicht der Bibel, sondern dem Leben des Valerius Herberger seinen Text entnehmend. Alle würden sich noch erinnern, was er am Christfest über den Valerius Herberger, diesen treuen Diener seines Gottes gesagt habe, der dem Tode Tag um Tag ins Auge gesehen, durch nichts gehalten und getragen als durch den Spruch: »Wer Gott im Herzen hat, dem kann der Teufel nichts anhaben.« Und ebendas seien auch die Worte gewesen, die damals auf Lehnert einen so tiefen Eindruck gemacht hätten, so tief, daß er anderen Tages zu ihm gekommen sei und ihm gesagt habe: »Ja, es sei so, und er fühle deutlich, daß nur *das* ein rechtes Leben sei, sich, mit Gott im Herzen, vor dem Tode nicht zu fürchten, und solches Leben zu führen, sei seine Sehnsucht; und wenn ihn der Teufel der Eitelkeit und Selbstgerechtigkeit nicht ganz verblende, so möcht' er wohl sagen dürfen, er glaube, daß er nicht bloß die Sehnsucht, sondern auch die Kraft zu solchem Leben habe . . .« »Und diese Kraft, meine Lieben, er *hat* sie gehabt und hat sie bestätigt und ist gestorben, wie seine Sehnsucht war. Denn einen andern zu retten, den er liebte, das hat ihm den Tod gebracht. Dieser Tod war schwer, aber er war auch ein Ausgleich und eine Sühne. Das hat er selbst empfunden, und in diesem Glauben und in der Hoffnung, daß seine Schuld getilgt sei, wie sein letztes Wort uns bezeugt, ist er gestorben.«

Und nun sangen die Kinder wieder:

Valet will ich dir geben,
Du arge falsche Welt,
Dein sündlich böses Leben
Durchaus mir nicht gefällt;

Im Himmel ist gut wohnen,
Hinauf steht mein Begier,
Da wird Gott ewig lohnen
Dem, der ihm dient allhier.

Alle waren bewegt und befriedigt, sogar Kaulbars. Als er aber schließlich auf seinem Vorwerk ankam und von seiner Frau gefragt wurde, wie's denn eigentlich gewesen sei, kam doch etwas vom alten Adam wieder in ihm heraus, und so mußt' er denn wieder nörgeln, wie's nun mal seine Natur war. »Ja, Röse, wie soll es gewesen sein«, hob er an, »es war ja soweit alles ganz gut. Aber als der alte Herr von Bredow begraben wurde, war nicht halb so viel los. Sie haben immer zuviel von ihm gemacht, und eigentlich war es, wie wenn ein Prinz begraben würde. Und Obadja, denk' ich, wird nu woll auch noch Landestrauer ausschreiben. Was zuviel is, is zuviel ... Und Miß Ruth, na, die weinte, daß es ein Jammer war, und die alte Pollacksche schrie, als ob sie der Bock stieße. Und der verrückte Franzose, *den* hätt'st du sehen sollen. Der stand da, geradso; als ob er lebendig mit eingemauert werden sollte. Und wenn sie ihn mal kriegen, na, denn kann so was auch immer noch kommen.«

Um dieselbe Nachmittagsstunde aber, wo Kaulbars diese Betrachtungen seiner Frau gegenüber anstellte, saß Obadja an seinem Arbeitstisch und schloß einen längeren Brief mit der geschnörkelten Aufschrift:

An den Kirchen- und Gemeindevorstand zu Wolfshau bei Krummhübel in Schlesien. (Prussia)

Der Brief selbst aber lautete:

»Dem verehrlichen Kirchen- und Gemeindevorstande zu Wolfshau (Krummhübel) habe ich in nachstehendem die Pflicht, das Hinscheiden ihres Ortsangehörigen Lehnert Menz bekanntzugeben. Er starb hier am 1. Juni d. J. und wurde den 4. in unserer Familiengruft zu seiner letzten Ruhe bestattet. Über sein Vorleben und seine Schuld war ich durch ihn selbst unterrichtet, aber ebenso war ich, von dem Tage seines Eintritts in unser Haus an, auch ein Zeuge seiner Reue. Seine Tüchtigkeit bei der Arbeit, seine kleinen gesellschaftlichen Gaben, seine Demut und Bescheidenheit (wohl erst durch den Gang seines Lebens erworben), vor allem aber seine gute Sitte, machten ihn zum Liebling unseres Hauses, und es war beschlossen, ihn, noch im Laufe dieses Sommers, meiner Familie näher zu verbinden: die Hand meiner Tochter Ruth, die er durch seinen Mut und seine Geistesgegenwart gerettet hatte, war ihm zugesprochen. Alles ließ eine glückliche Zukunft erwarten. Als er mir aber auch den auf einem Jagdausfluge begriffenen und in eine gefährliche Lage geratenen Sohn erhalten wollte, war es ihm nach Gottes unerforschlichem Ratschluß vorherbestimmt, diese neue Liebestat mit seinem Leben zu bezahlen. Im eifrigen Suchen nach dem, den er in unserem Gebirge verirrt glaubte, glitt er einen steilen Bergkegel, den wir den Look-out nennen, herab und verletzte sich dabei derart (der Hüftknochen sprang aus dem Gelenk), daß er unfähig war, sich von der Unglücksstelle fortzubewegen, geschweige denn seinen Rückweg nach unserem Dorfe hin zu finden. Und in Einsamkeit ist er dort oben gestorben, nicht ohne daß sich zu seinem körperlichen Schmerz auch noch der Schmerz des Gewissens gesellt hätte, wie seine letzten Worte mit aller Bestimmtheit bezeugen. Wir fanden ihn den zweiten Tag, hoch auf dem Kamm des Gebirges, tot, mit einem in die Brusttasche gesteckten Zettel, auf den er, nachdem er sich eigens die Hand mit seinem Messer geritzt, all das mit Blut niedergeschrieben, was ihm in seiner letzten schweren Stunde das Herz bewegt hatte. Das Holzstäbchen, das ihm dabei gedient, hielt er noch in seiner Rechten. Die niedergeschriebenen Worte aber lauten: ›Vater unser, der du bist im Himmel . . . Und vergib uns unsere Schuld . . . und du, Sohn und Heiland, der du für uns gestorben bist, tritt ein für mich und rette mich . . . Und vergib uns unsere Schuld . . . Ich hoffe: *quitt.*‹ Mir aber, der ich, neben der Meldung vom Tode des Lehnert Menz, auch diese seine letzten Worte zu Ihrer Kenntnis zu bringen hatte, sei es gestattet, hinzuzufügen, daß ich der Überzeugung lebe, seine Buße habe seine Schuld gesühnt. ›Hoffnung läßt nicht zuschanden werden‹.

Eines verehrlichen Kirchen- und Gemeindevorstandes zu Wolfshau (Krummhübel) ganz ergebenster Obadja Hornbostel,

Prediger und Vorstand der Mennonitengemeinde zu Nogat-Ehre, Indianer-Territory. U. St.«

SIEBENUNDDREISSIGSTES KAPITEL

Es war grad am Johannistage, daß dieser Brief Obadjas in Krummhübel eintraf und nach einigem Schwanken, wer denn eigentlich als Adressat anzusehen sei (denn es gab keinen Kirchen- und Gemeindevorstand von Wolfshau), von dem neuen Arnsdorfer Pastor unter Herzuziehung von Exner und Gerichtsmann Klose geöffnet und gelesen wurde. Selbstverständlich in großer Aufregung, an der alsbald das ganze Dorf teilnahm, vor allem die Wolfshauer. Wer irgend konnte, nahm Abschrift von dem Brief, auch Exner und Klose, da das Original zu den Akten mußte.

Das war am Johannistag 1885.

Drei Tage später kam auf der Krummhübler Chaussee, von Schmiedeberg her, ein Zweispänner herauf, hinten mit einem auf die Pritsche geschnallten großen Reisekorb, vorn aber mit einem obeliskartig aufgerichteten Lederkoffer. Halb in Deckung dieses Koffers, und zugleich Schulter an Schulter mit dem Kutscher, saß ein kleiner Herr in einem modischen, grau und braun melierten Reiseanzug und sprach dann und wann lebhaft in den mit drei Damen besetzten Fond des Wagens hinein. Alle schienen heiter und ausgelassen. Aber wer sie waren, ließ sich nicht deutlich erkennen, da sich die Damen mit ihren Sonnenschirmen und der kleine Herr sogar mit einem graukattunenen Regenschirm gegen die Sonne schützten. Eins nur war gewiß, sie konnten nicht fremd an dieser Stelle sein; das sah man an ihren Bewegungen und lebhaft vorgestreckten Zeigefingern, wenn sie den einen oder anderen Punkt wiedererkannten.

So kamen sie bis an den ziemlich steilen Abhang, der von der Untermühle her zum Dorfe hinaufführt, und bogen nach Passierung dieser von allen Hauderern und Lohnkutschern gefürchteten Stelle glücklich, an der Schmiede vorüber, in die Dorfstraße ein. Und nun hielten sie vor der »Schneekoppe«, wo sie schon erwartet zu werden schienen, denn alles stand in der

Tür, um sie zu begrüßen, auch Marie, die seit den mittlerweile verflossenen sieben Jahren noch etwas korpulenter, aber, trotz aller Korpulenz, nur eleganter und hübscher geworden war. Endlich wurden auch die Schirme zugeklappt, die rotseidnen wie der kattunene, und jeder sah nun, daß es Espes waren.

Ja, es waren Espes, die, nach Begrüßung der gesamten Exnerfamilie, sofort auf die offene Halle zuschritten und hier an ihrem Stammtische Platz nahmen.

»Nun, Marie, da sind wir wieder. Alles unverändert; herrlich. Und Sie selber! Immer jünger geworden... Wenn ich Sie bitten darf, Marie: vier Schnitzel und zwei Kulmbacher. Und zwei Himbeerlimonaden . . . Oder haben die Damen vielleicht andere Befehle? Geraldine, vielleicht Mosel und Erdbeeren?«

Espe sagte das alles sehr forsch und zeigte sich überhaupt verwandelt, sogar in seiner Haltung seiner Frau gegenüber, was ihm gut stand und als ein Resultat der großen Ereignisse der letzten zwei Jahre — er war »Geheimer« geworden — angesehen werden konnte. Das eigentlich Ausschlaggebende lag aber erst ganz kurze Zeit zurück und bestand darin, daß ihm, beim letzten Ordensfeste, die dritte Klasse behändigt worden war, bei welcher Gelegenheit (ein Glück kommt nie allein) der an ihn herantretende Kronprinz mit der ihm eignen Freundlichkeit gesagt hatte: »Was Tausend, Espe, *auch* hier! Wie geht es? Freue mich sehr« — Huldbeweise, zu denen sich bei Geraldine nach und nach die ganz richtige Betrachtung gesellt hatte, daß das Eheliche, bei maßvollen Ansprüchen, eigentlich angenehmer und besser als das »ewige Gehabe« sei, das, bei Lichte besehen, wenig Vergnügen und bloß viel Klatschereien einbringe. Sie lachte jetzt mitunter über die zurückliegenden Zeiten und sagte, wenn sie mit Espe, während Selma den Tee machte, eine Partie Besik oder Rabouge spielte: »Espe, du könntest mir wohl mal einen Kuß geben.« Das tat er denn auch und war glücklich über seine verbesserte Stellung, seine Frau und seine Kinder, die, beiläufig, seit sie groß und erwachsen waren, ihrem Namensgeber womöglich noch unähnlicher sahen als früher. Im übrigen hatte er, wie alle Leute, die mit Vierzig schon fast wie Siebziger aussehen, nicht im geringsten gealtert und war beinah lebhafter und gesprächiger als früher. »Ach, da ist ja auch der Springbrunnen«, wandte er sich an die beiden Töchter. »Und da der Mittagsstein. Und da die Koppe. Sieh nur, Selma, wie scharf profiliert; welche Silhouette!«

Die Mädchen kicherten, weil sie die Schwäche des Vaters kannten, auf Reisen und an öffentlichen Orten immer zu Fremdwörtern zu greifen, waren aber sonst, was die »Silhouette« betraf, ganz derselben Meinung und suchten ihrerseits nach den Teichrändern und ob man, bei dem klaren Wetter, vielleicht die Schneegruben und die große Sturmhaube sehen könne.

In dieser Weise setzte sich das Gespräch fort und ward erst unterbrochen, als Marie mit dem Tablett kam und die Kuverts aufstellte, wie sich denken läßt mit besonderer Artigkeit gegen die Rätin, deren dominierende Stellung ihr aus früherer Zeit her noch sehr wohl in Erinnerung war. Ebenso fand sie für die Fräuleins, die, weil beide sehr hübsch, seit lange schon ein Gegenstand hochfliegendster mütterlicher Pläne waren, die allerschmeichelhaftesten Worte. Marie verstand das.

Espe selbst wurde bei diesem Tischgespräch nur gestreift, was darin seinen Grund hatte, daß er — sonst ein guter und freudiger Esser — heute das sich vorbereitende Frühstück eigentlich nur als eine Störung ansah und fortfuhr, mit seinem Opernglas an den Bergen entlang zu suchen. »Ah, da ist ja auch das Gehänge. Und da rechts, wenn mein Glas mich nicht täuscht, steht so was wie ein Denkmal; das muß ungefähr die Stelle sein, wo sie damals den Opitz gefunden haben. Sagen Sie, Marie, wie steht es denn damit? Ist es noch immer nicht heraus? War es der Menz (so hieß er ja wohl) oder war er's nicht?«

»Ja, Herr Rat, er war es . . . Oder Herr Geheimer . . . Ich weiß nicht recht, aber ich habe gehört . . .«

»Bitte, bitte, Marie.«

»Nun denn, Herr Rat, der Lehnert Menz war es. Seit drei Tagen wissen wir es gewiß. Und Herr Exner hat auch eine Abschrift genommen.«

»Eine Abschrift? Wovon?«

»Von dem Brief, der hier ankam. Aus Amerika. Den Namen hab' ich vergessen.«

»Ei, da bin ich doch neugierig, Marie. Kann man den Brief nicht lesen?«

»O gewiß, gewiß. Ich werd es in der Küche der jungen Frau Exner sagen und Ihnen den Brief bringen, das heißt die Abschrift. Es ist alles sehr rührend, und alle sind wieder *für* ihn und gegen Opitz, und die alte Frau Böhmer hat sogar geweint.«

Eine Viertelstunde später waren Espes in alles eingeweiht. Der Geheimrat hatte klüglicherweise den Brief erst überflogen, weil man doch nicht wissen könne . . ., dann aber alles vorgelesen, Zeile um Zeile, und war, was ihm nicht leicht passierte, wenigstens vorübergehend, in eine nicht geringe Bewegung geraten, von der er sich erst, als er den Brief an Marie zurückgab, durch die Bemerkung freizumachen suchte: »Ich sehe hier Namen und nehme an, daß es eine vidimierte Abschrift ist.«

Diesmal kicherten die Mädchen nicht und waren vielmehr ganz bei Lehnert und Ruth.

»Ruth«, sagte Selma zu Frieda. »Welch hübscher Name!«

»Ja. Und wie geschaffen für eine Liebesgeschichte. Hättest du ihn nehmen mögen, Selma?«

»Gewiß hätt' ich. Und noch dazu drüben in Amerika, wo man nicht das Aussuchen hat. Aber wenn auch, wer sich für einen Freund opfert, opfert sich auch für eine Braut. Und darauf kommt es an. Er muß ganz ungemein schneidig gewesen sein.«

Espe, der das plötzlich in ihm lebendig gewordene Mitleid längst wieder den Forderungen staatlich-gesellschaftlicher Sicherheit untergeordnet hatte, nahm Anstoß an diesen Gewagtheiten seiner Tochter, ganz besonders aber an dem Worte »schneidig«.

»Du weißt, Selma, daß ich das nicht liebe. Vor allem aber solltet ihr über das Nebensächliche die Hauptsache nicht vergessen. Es ist hier formell und materiell gefehlt und nichts in die rechten Wege geleitet worden. Soviel ich weiß, haben wir, wie mit anderen zivilisierten Staaten, auch mit Amerika Kartellverträge. Daraufhin mußte die Spur dieses Lehnert Menz verfolgt und auf seine Auslieferung bestanden werden. Er gehörte vor die Geschworenen und nach seiner Verurteilung (die wohl nicht ausbleiben konnte) vor Krauts, den wir ja jetzt, ich will nicht sagen auf Requisition, aber doch auf behördlichen

Antrag, auch in den Provinzen haben können. Was heißt ›*quitt*‹? Wer das Schwert nimmt, soll durch das Schwert umkommen; *das* ist ›quitt‹. Der Staat, wenn ich mich so ausdrükken darf, ist in diesem Fall in seinem Recht leer ausgegangen, und die Justiz hat das Nachsehen. Und das *soll* nicht sein und *darf* nicht sein. Ordnung, Anstand, Manier. Ich bin ein Todfeind aller ungezügelten Leidenschaften.«

»Ach, Espe, laß das«, sagte die Rätin.

Und Bilder anderer Tage standen auf einen Augenblick wieder vor Geraldinens Seele.

ANHANG

Zur Neuausgabe im Taschenbuch

Text und Anhang dieses Bandes basieren auf der im Hanser Verlag, München, erschienenen Ausgabe: Theodor Fontane: Werke, Schriften und Briefe, herausgegeben von Walter Keitel und Helmuth Nürnberger, Abteilung 1, Band 1, dritte durchgesehene und im Anhang erweiterte Auflage 1990.

Für die Neuausgabe im Taschenbuch bei dtv wurde der Anhang von Helmuth Nürnberger revidiert und ergänzt. Ein Nachwort kam neu hinzu.

Alle Verweise, die sich auf die bereits erschienenen bzw. auf die in absehbarer Zeit erscheinenden Einzelausgaben bei dtv beziehen, wurden mit Siglen und Seitenangaben neu eingerichtet. Bloße Seitenangaben beziehen sich auf den vorliegenden Band. Alle weiteren Verweise auf die Hanser-Fontane-Ausgabe verbleiben mit der Abkürzung HF.

Ausführliche bibliographische Angaben zur im Anhang verwendeten abgekürzt zitierten Literatur und zur Hanser-Ausgabe finden sich auf S. 282 f. Dort sind auch die Siglen der dtv-Bände aufgeführt.

Deutscher Taschenbuch Verlag

Zur Entstehung

Entstehungszeit: 1885–89. – *Vorabdruck* (gekürzte Fassung) in »Die Gartenlaube«, Berlin 1890, Nr. 1–11, S. 8 ff. – *Erstausgabe:* Nov. 1890 (Hertz, Berlin) mit Datierung 1891. Auch die zweite Auflage erschien bei Wilhelm Hertz, Berlin, die dritte bis fünfte Auflage bei der J. G. Cottaschen Buchhandlung, Nachfolger, in Stuttgart. 4000 Exemplare wurden in der Ausgabe »Gesammelte Werke. I. Serie« (Berlin: Fontane 1905, 1908 und 1912) gedruckt.

Textgrundlage: Erstausgabe. Der Vorabdruck in der »Gartenlaube« ist durch die Redaktion des Familienblatts weitgehend gekürzt und auch stilistisch überarbeitet worden. Wie aus seinen Briefen hervorgeht, hatte F. sich damit mehr oder weniger abgefunden. Einen authentischen Text brachte erst die Buchausgabe.

In Übereinstimmung mit dem Vorabdruck wurde auf S. 94,36 das in der Erstausgabe fehlende »sich« eingefügt. Auf S. 236,1 entschieden wir uns gegen die Erstausgabe, in der »vorherbestimmte« zu lesen ist, für »vorher bestimmte«.

Zur Entstehung: Die früheste überlieferte Äußerung F.s über seinen »Förster- und Wilddieb-Stoff« in dem Brief an Elisabeth Friedlaender vom 26. März 1885 (vgl. S. 251) setzt eine gewisse Bekanntschaft mit dem Vorgang bereits voraus und läßt vermuten, daß F. schon damals die Möglichkeit einer künstlerischen Behandlung ins Auge faßte: Fragen nach den »Details« eines solchen Stoffes sind bei ihm letztlich auf die schriftstellerische Arbeit bezogen. Wahrscheinlich erfuhr F. bei seinem Aufenthalt in Krummhübel im Sommer 1884 durch den Lehrer Loesche die Geschichte von dem Förster Wilhelm Frey aus Wolfshau bei Krummhübel, der 1877 am sogenannten Gehänge von einem Wilddieb ermordet worden war. Noch im gleichen Jahr wurde Frey auf der Kleinen Koppe ein Denkmal gesetzt. Die Ermittlungen der Polizei waren zunächst ganz ergebnislos geblieben. Später entzog sich ein Verdächtiger der in Aussicht genommenen Verhaftung durch die Flucht nach Amerika (vgl. »Neues über ›Quitt‹«, Fontane-Blätter, Bd. 2, 1969, Heft 1, S. 74).

Amtsgerichtsrat Friedlaender, F.s Freund, hatte an den Verhandlungen teilgenommen. Der Täter (ein gewisser Knobloch, wie man jedenfalls vermutete) konnte nie aufgefunden werden, es wurde mit seinem Alterstod gerechnet. Im April 1885 erbat Adolf Kröner im Anschluß an »Unterm Birnbaum« für die »Gartenlaube« von F. eine neue Novelle. Wie F.s Tagebuch festhält, wünschte Kröner die neue Novelle für 1886, und zwar als »Pendant zu der von 85. Ich verspreche ihm eine solche.« (HF III, 3/II). Es war die Entscheidung für »Quitt«, obgleich der nötige Stoff noch nicht gesammelt, übrigens auch der Titel noch nicht gefunden war. Über den Umfang der geplanten Arbeit war F. sich gewiß auch nicht klar, noch längere Zeit spricht er ausdrücklich von einer »Novelle«.

Sogleich nach der Ankunft zu einem erneuten Sommeraufenthalt in Krummhübel, am 1. Juni 1885, begann F. mit der Konzeption und ersten Niederschrift von »Quitt«. Briefliche Erkundigungen, besonders in bezug auf die Mennoniten, Gespräche mit Einheimischen, Lokalstudien gingen nebenher. Am 17. Juni kann F. seiner Tochter in einem Brief mitteilen, er habe das »Material für meine Novelle ... nun zusammen« (vgl. S. 252). In demselben Brief gibt er in bezeichnender Weise seine persönliche Anschauung der Auseinandersetzung zu erkennen, die er zu beschreiben unternommen hat. Nicht um Mord, sondern um einen »ebenbürtigen Kampf« handelt es sich für ihn. Seine Sympathie für die endliche Auflehnung des zu Unrecht Unterdrückten hat F. wiederholt und in ganz verschiedenen Zusammenhängen bekundet; bei dem »Förster- und Wilddieb-Stoff« ist das Gefühl ungleicher Wertung im tragischen Bereich wohl ein unmittelbarer Anreiz zu künstlerischer Gestaltung geworden.

Für den ersten, in Schlesien spielenden Teil von »Quitt« war F. durch Anschauung und Erfahrung wohlpräpariert – »die ›schöne Marie‹, böhmische Kellnerin aus der Halbweltsphäre«, deren »Einzug« er in einem Brief am 16. Juni meldet (vgl. S. 252), bietet ein Beispiel für die schnelle Umsetzung realer Beobachtung in literarische, für die Leserschaft der Familienzeitschrift etwas verschleierte, Milieudarstellung. Für den zweiten Teil hingegen, der in Amerika spielt, war F. fast ausschließlich auf literarische Quellen angewiesen. In diesem Zusammenhang ist vor allem auf Paul Lindaus Reisebriefe »Aus der neuen Welt« (Berlin 1885) hinzuweisen, die F. im »Magazin für die Literatur des In- und Auslandes« (Bd. 107, 1885, Nr. 25, S. 389 ff.) besprochen hat. F.s Interesse für die Mennoniten mag durch die Tatsache bedingt sein, daß sie, aus Holland vertrieben, zusammen mit den Hugenotten unter dem Großen Kurfürsten in Preußen Aufnahme gefunden hatten; zudem war Wildenbruchs »Der Mennonit« (1882) damals allgemein bekannt. Von großer Bedeutung ist auch hier wieder die Beziehung zu den Herrnhutern, die bei F. häufig für die Sekten überhaupt figurieren. Aber erst Lindaus Schilderungen und mennonitische Mitteilungsblätter haben ihm eine Vorstellung von den Kolonien der Glaubensgemeinschaft in Kansas vermittelt. Die Mehrzahl der von F. geschilderten Lokalitäten und viele Figuren sind historisch. Dennoch trägt die Schilderung der amerikanischen Landschaften auch Züge der Krummhübeler Gegend.

Eine weitere Quelle für F.s Darstellung bildeten Bret Hartes »Californian Stories«, von denen 1873 deutsche Übersetzungen erschienen waren. Im Anschluß an seine Lektüre Bret Hartes hatte F. im darauf folgenden Jahre Aufzeichnungen angefertigt, die postum im Druck erschienen sind (vgl. Theodor Fontane, »Aufzeichnungen zur Literatur. Ungedrucktes und Unbekanntes«. Hrsg. von Hans-Heinrich Reuter. Berlin und Weimar 1969, S. 368 ff.).

Zu einem Abschluß auch nur des ersten Entwurfs war es im Sommer 1885 nicht mehr gekommen; dies gelang erst im folgenden Sommer, wiederum in Krummhübel, so daß F. im September in einer summarischen Tagebucheintragung mit Erleichterung feststellen kann: »Das Beste war, daß ich, aller Unbilden unerachtet, 10 Wochen lang unausgesetzt arbeiten und meine neue für die Gartenlaube bestimmte Arbeit im ersten Entwurf beendigen konnte.« (HF III, 3/II). In diesen Sommer fällt auch die Lektüre von Pestalozzis »Lienhard und Gertrud«, die nicht zuletzt für die Namensgebung der Hauptgestalt wichtig wurde. Auf Rückseiten von Aufzeichnungen für die »Wanderungen durch die Mark Brandenburg« haben sich vereinzelte Blätter des ersten Entwurfs erhalten. Die Aufbau-Ausgabe druckt zwei Proben ab, ein Gespräch zwischen Lehnert und Opitz und das entscheidende Gespräch zwischen Lehnert und L'Hermite (A 5, S. 614 ff.).

Erst zwei Jahre später, im Sommer 1888, ging F. an die maßgebliche Korrektur der ersten Niederschrift. Im April 1889 war der Roman vollendet und erschien zu Beginn des folgenden Jahres im Vorabdruck. Aber erst mit der Buchausgabe gewann er seine endgültige Gestalt.

Briefzeugnisse zur Stoff-, Entstehungs- und Wirkungsgeschichte

An Elisabeth Friedlaender Berlin, 26. März 1885

Bei den Plaudereien, die ... Gott sei dank, in Sicht stehen, wird mir auch der Förster- und Wilddieb-Stoff in all seinen Details bekannt werden. So wenigstens hoff' ich und freue mich darauf wie auf vieles.

(HF IV, 3, S. 376)

An Emilie Fontane Krummhübel, 3. Juni 1885

Ich habe gestern viel gearbeitet, ohne daß es mir sauer geworden wäre. ... am Nachmittag und Abend, habe ich die neue Novelle entworfen, so weit man etwas entwerfen kann, zu dem noch überall das Material fehlt. Von der ersten Hälfte gilt dies halb, von der zweiten – die bei den Mennoniten in Amerika spielt – ganz. Natürlich kann ich mir auch alles erfinden und die ganze Geschichte aus dem Phantasie-Brunnen heraufholen, aber besser ist besser. Ich habe nicht die Frechheit drauf los zu schreiben, ohne Sorge darum, ob es stimmt oder nicht. Wenn Du Müller-Grote *(ihn)* sehen solltest und zufällig daran denkst, so frage ihn doch, ›an wen ich mich wohl am besten zu wenden hätte, um über die

Mennoniten überhaupt und speziell über die nach Amerika (Kansas und Dakota) hin ausgewanderten, was Gutes zu erfahren.‹ Ich denke mir, man müßte nach *Dirschau* hin schreiben; in der dortigen Gegend sind nicht blos die billigen Kalbsbraten sondern auch die Mennoniten zu Haus. Ja, es früge sich wirklich, ob man nicht bei Schreiber (alles heißt jetzt Schreiber oder Schreiner) anfrüge und ihn beauftragte, statt eines Schinken ein Mennoniten-Traktätchen von Dirschau mitzubringen. Er braucht dort blos in einem Buchladen anzufragen ›Sagen Sie, haben Sie, haben Sie nicht Bücher und Schriften über die Mennoniten-Colonien in Amerika, bez. *wer* könnte darüber Auskunft geben?‹ Denn die Mennoniten haben ein Oberhaupt, eine Art Bischof, an *diesen* (wenn ich seinen Namen erst weiß) würde ich mich wenden und bin sicher, daß ich gute Auskunft erhalten würde. Du mußt Dir das Ganze so denken, wie die Herrnhuter Missions-Berichte, hinsichtlich deren Du ja Bescheid weißt.

... Nach Tisch plauderte der Schulmeister beinah zwei Stunden mit mir, ein ganz netter Mann, der mir auch den Novellenstoff in aller Seelenruhe vortrug. Ich verschwieg ihm aber, daß ich vorhätte darüber zu schreiben. Auch die Formation des Gebirges hat er mir mit großer Klarheit auseinandergesetzt, besser als ein geognostischer Professor.

(HF IV, 3, S. 390 f.)

An Martha Fontane Krummhübel, 16. Juni 1885

Heute hat die Saison begonnen; die ›schöne Marie‹, böhmische Kellnerin aus der Halbweltsphäre, hat ihren Einzug gehalten ... (HF IV, 3, S. 398)

An Martha Fontane Krummhübel, 17. Juni 1885

... das Denkmal, das die Graf Schaffgotsch'schen Förster ihrem durch einen Wilddieb erschossenen Kameraden gesetzt haben, steht nur 500 Schritt unter der Kleinen-Koppe auf einem Felsenvorsprung, der das ganze Hirschberger Thal mit seinen Bergen, Kuppen, Städten, Dörfern, Parks und Schlössern beherrscht. Sehr schön, auch für meine Arbeit wundervoll zu verwenden, um so mehr als sich hoch oben schon alpine Sterilität, Krüppelkiefer, Knieholz und Moorgründe mit wucherndem Huflattig mit einmischen. ... Das Material für meine Novelle habe ich nun zusammen. Auf dem Denkmal steht ›ermordet durch einen Wilddieb‹. Ich finde dies zu stark. Förster und Wilddieb leben in einem Kampf und stehen sich bewaffnet, Mann gegen Mann, gegenüber; der ganze Unterschied ist, daß der eine auf d. Boden des Gesetzes steht, der andre nicht, aber dafür wird der eine bestraft, der andre belohnt, von ›Mord‹ kann in einem ebenbürtigen Kampf keine Rede sein.

(HF IV, 3, S. 398 f.)

An Gustav Karpeles Krummhübel, 2. Juli 1885

Ich behalte die Sache ... im Auge und schicke was, so wie ich wieder in Berlin bin. Schon vor etwa 3 Jahren hab ich Dr. Kürschner eine Novelle versprochen, die auch, seit fast ebenso langer Zeit im Brouillon im Kasten liegt, ich bin aber noch immer nicht dazu gekommen, sie fertig zu machen, was leider immer viel länger dauert, als das erste Niederschreiben. (HF IV, 3, S. 402)

An Friedrich Fontane Krummhübel, 21. Juli 1885

Könntest Du nicht in *Dirschau* bei der dortigen besten Buchhandlung anfragen, ob sie wohl *Menoniten*-Literatur hätte, d. h. also, Bücher und Büchelchen, die teils den in der Weichselniederung lebenden Menoniten-Gemeinden *konfessionell* dienen (Katechismus, Gesangbuch etc.), teils das gesamte Menonitentum, auch das nach Amerika hin verpflanzte, sozial, topographisch und historisch behandeln. An umfangreichen Werken liegt mir nicht; am meisten würden meinen Zwecken sogenannte »*Missions-Berichte*« dienen, wie sie die Herrnhuter von allen Ecken der Welt her veröffentlichen und wie sie, seitens andrer kleiner Religionsgemeinschaften (Quäker, Methodisten etc.) auch veröffentlicht werden. Ich denke mir, daß auch die *Menoniten* (speziell die amerikanischen, an denen mir vorzugsweise liegt) mit solchen Berichten nicht zurückbleiben werden. (Dichter über ihre Dichtungen, Bd. 2, S. 396)

An Friedrich Fontane Krummhübel, 2. August 1885

Ich werde nun an den Mennonitenprediger Mannhardt schreiben, der mir gewiß Auskunft geben wird. (A 5, S. 612)

An Friedrich Fontane Berlin, 11. Dezember 1885

Neuerdings habe ich wieder mit Kroener correspondirt, weil ich *die* Novelle, die er wünscht, vor Neujahr 87 (statt Sommer 86) nicht abliefern kann. Der Verkehr mit ihm ist höchst angenehm; immer perfekter Gentleman in Gesinnung und Form. Von *diesem* Schwaben könnten unsre Berliner viel lernen ... (HF IV, 3, S. 439)

An Georg Friedlaender Berlin, 9. April 1886

Was macht das Notizbuch von Förster Frey? Diesen Sommer will ich nun ernstlich anfangen und die Geschichte niederschreiben. (HF IV, 3, S. 464 f.)

An Adolf Kröner Berlin, 12. Mai 1886

Und nun die Novelle ... Ganz liebelos wird sie nicht verlaufen. Der Held in seinem Dakota- oder Minnesotadorf (wenigstens Minne im Lokalnamen) verliebt sich in ein schönes Mennonitenkind, und wie das Leben selbst, so verliert er auch das Letzte seines Lebens: *sie*. Trotzdem kann ich nicht wohl von einer »Liebesgeschichte« sprechen; denn das ganze Liebes- und Brautverhältnis bleibt im Idyll, im Gefühlvollen stecken. Von glühenden Küssen, so daß gleich die ganze Stube warm wird, keine Spur. Erscheint Ihnen das zu wenig, so kann ich Ihnen einen neuen brillanten Stoff ... vorschlagen. (HF IV, 3, S. 471)

An Georg Friedlaender Krummhübel, 24. Juni 1886
Mit der »Arbeit am Fenster« geht es leidlich; ich habe heute das 4. Kapitel geschrieben, alles noch roh, aber es ist doch da; »der Stil wird angeputzt« sagte mal ein Berliner Baumeister. (Briefe an Friedlaender, S. 38)

An Georg Friedlaender Krummhübel, 22. Juli 1886
Wenn wir nicht Contre-Ordre erhalten, so kommt meine Tochter am Sonnabend ... *Ich* kann nicht mit dabei sein, weil ich den Sonnabend-Vormittag noch brauche, um mit der Krummhübler Hälfte meiner Novelle (2. Hälfte in Kansas, Amerika) abzuschließen.
(Briefe an Friedlaender, S. 43)

An Georg Friedlaender Krummhübel, 6. August 1886
In der Eil gestern hab ich vergessen auf den Partie-Punkt zu antworten. Komme ich mit meiner Arbeit innerhalb der nächsten vier, fünf Tage so viel weiter, daß ich Land sehe, so machen wir's ...
(Briefe an Friedlaender, S. 44)

An Georg Friedlaender Krummhübel, 20. August 1886
Zugleich bitte ich noch dem »Universum«-Packet die 3 oder 5 Bändchen »Gertrud und Linart« (oder Linhardt) zupacken zu wollen; das betr. Kapitel ist zwar schon geschrieben, aber das Richtige für das vorläufig blos Angenommene muß noch hinein.
(Briefe an Friedlaender, S. 47)

An Elisabeth Friedlaender Krummhübel, 5. September 1886
Wechselt das Wetter bis Dienstag, so hoffe ich sagen zu können: ich komme, wechselt es nicht, so ist es mir physisch und moralisch unmöglich. War *das* ein Sommer! Ein wahres Mirakel, daß ich meine lange Novelle habe schreiben können. (Briefe an Friedlaender, S. 51)

An Georg Friedlaender Berlin, 11. Oktober 1886
... allerlei harrt nun der Erledigung, darunter auch die Rücksendung der 4 Bände »Lienhart und Gertrud« ... Ich habe die beiden ersten Bände ziemlich genau durchgelesen, die beiden letzten durchblättert und würde, bei besserem körperlichen und geistigen Befinden, mich erheblich daran gefreut haben, denn es ist, ohne jetzt noch interessant zu sein, ein Zeit- und Culturbild ersten Ranges, leider bin ich aber immer noch nicht auf dem Zeuge, was mir denn auch die Freude an der Lektüre geschmälert hat. (Briefe an Friedlaender, S. 56)

An Adolf Kröner Berlin, 29. Dezember 1886
Morgen ist mein Geburtstag, zu dem mir nichts Besseres als Ihr Weihnachtsbrief aufgebaut werden konnte. Nur das Eine, daß mir Herr v. Perfall mit seinem totgeschossenen Förster »samt Aufzeichnungen« den Vorsprung abgewinnt, ist beklagenswert, alles andre grämt mich

nicht und begegnet nirgends bei mir einem Widerstreben oder auch nur Bedenken. Kürzungen, Änderungen, Einschränkungen der französischen Brocken, Wegfall der letzten Kapitel, an nichts nehme ich Anstoß, auch nicht daran, daß bis zu Beginn des Druckes vielleicht noch zwei Jahre vergehen werden. Alles leuchtet mir in seiner Berechtigung so sehr ein, oder ist mir, wo ich anders drüber denke (wie die Schlußkapitel und das Französische) doch *so* begreiflich, daß mir ein Feilschen über alle diese Punkte, die doch schließlich nicht das Leben der Sache treffen, nur kleinlich vorkommen würde. So denn also abgemacht. Ich beginne Ende März oder Anfang April die Korrektur, setze sie bis Mitte Juni (Reisezeit) fort und frage dann bei Ihnen an, ob ich das Korrigieren und Fertigmachen auf zehn, zwölf Sommerwochen – während welcher Zeit ich eine neue Novelle schreiben würde – unterbrechen darf. Bis spätestens über ein Jahr ist das druckfertige M. S. unter allen Umständen in Ihren Händen. (HF IV, 3, S. 507)

An Emil Dominik Seebad Rüdersdorf, 14. Juli 1887

... ich kriege nun, weil es schon ein über vier Jahre altes Abkommen ist, vierhundert Mark pro »Nord und Süd«-Bogen, während mir Kroener für meine neueste, im vorigen Jahr in Krummhübel geschriebene Arbeit sechshundert Mark zahlt. Es ist mir dies aber gleichgültig, was ich mit Nachdruck hervorhebe, damit Sie nicht unter ironischem Lächeln sagen: »Donnerwetter, der ist teuer geworden.« Unter vierhundert möchte ich nicht mehr sinken, aber was darüber ist, ist mir angenehm, ohne Gegenstand der Begehrlichkeit zu sein.

(HF IV, 3, S. 551)

An Georg Friedlaender Berlin, 16. Juni 1888

Ich werde, während des Juli, wohl wieder in der Nähe von Berlin unterkriechen, irgendwo an der Stettiner Bahn hin. Da bleib ich denn bis Anfang August, dann 8 Tage in Berlin, und dann am 10. oder 12., wenn sich die großen Wasser verlaufen, nach Krummhübel. Ich will da eine Freynovelle, die ich schon vor 2 Jahren schrieb, korrigiren.

(HF IV, 3, S. 615)

An Martha Fontane Berlin, 6. Juli 1888

... ich bin ordentlich neugierig auf der Brotbaude das Packet zu öffnen und die Blätter wieder vor Augen zu haben, die ich vor 2 Jahren bei Frau Schiller beschrieb. Was wird nach wieder 2 Jahren sein? Heute kam die Nachricht von Storms Tod. Aber mit Blechmusik immer weiter ...

(HF IV, 3, S. 620)

An Emilie Fontane Krummhübel, 19. Juli 1888

... das große 5000 Mark-Packet ist angekommen und ich habe gleich gestern ausgepackt und sortirt; mit der eigentlichen Arbeit will ich warten bis der Schnupfen vorüber ist. (Briefe I, S. 345)

An Emilie Fontane Berlin, 30. September 1888
Heute habe ich ein Kapitel von ›Quitt‹ durchcorrigirt, was mein Herz ordentlich erleichtert hat. (HF IV, 3, S. 640)

An Emilie Fontane Berlin, 8. Oktober 1888
Diese Woche wird ziemlich unruhig für mich … Extra-Theaterdienst … Hoffentlich bleibe ich bei leidlicher Gesundheit … Mein 2. Gedicht für Béringuier geht morgen ab; nun wünsche ich aber vor *solchen* Zwischenfällen gesichert zu sein, damit ich mich endlich wieder an meinen Roman für Kroener machen kann. (HF IV, 3, S. 647)

An Emilie Fontane Berlin, 14. Oktober 1888
Mit meiner Correktur von ›Quitt‹ geht es ganz leidlich vorwärts, doch will ich es nicht berufen; man sitzt dann mit einem Male wieder fest …
(HF IV, 3, S. 648)

An Julius Rodenberg Berlin, 25. November 1888
Ich korrigiere jetzt an einer Arbeit, auch ein starker Band, für Kroener, womit ich Ende Januar fertig zu sein hoffe. (HF IV, 3, S. 660)

An Georg Friedlaender Berlin, 28. März 1889
Nun habe ich endlich meine Krummhübler Geschichte in die Welt hinausgeschickt und bin seit vier, fünf Tagen wieder ein Mensch, der einen alten Onkel besuchen …, ein Buch mußevoll lesen und lange Briefschulden abtragen kann. (Briefe an Friedlaender, S. 104)

An Theodor Fontane Berlin, 16. April 1889
Gleich nach Eurer Abreise von hier habe ich 'mal einen Brief geschrieben; seitdem nicht wieder. Das ist eine lange Zeit, die ganz durch die Korrektur jener Geschichte ausgefüllt worden ist, um derentwillen Du seit Jahr und Tag Abonnent der »Gartenlaube« bist, es leider auch noch bleiben mußt und abermals auf Jahr und Tag, wenn Du des Genusses der Lektüre nicht verlustig gehen willst. *Kroener* schrieb mir, »vor Ablauf eines Jahres ginge es nicht; dies sei Annahmebedingung«, worauf ich natürlich antwortete: »Die Annahme (gleichbedeutend mit Honorarempfang) sei mir wichtiger als der Zeitpunkt des Erscheinens«. Und so wird denn Frühjahr oder Sommer 1890 herankommen, eh' Krummhübel und die Welt erfährt, wie die Geschichte mit Förster Frey, den ich in einen Opitz umgetauft, eigentlich gewesen ist. In der Tat ist mir der Zeitpunkt der Publikation ziemlich gleichgültig. Wenn man mehr als 20mal ein Buch, ein Werk veröffentlicht und immer – in jungen Jahren oft in lächerlicher, weil ganz unmöglicher Weise – die Hoffnung eines großen Erfolges, der dann stets ausblieb, daran geknüpft hat, so verlernt man es schließlich, sich mit dem Gedanken an das große Los zu tragen … (HF IV, 3, S. 680 f.)

An Emilie Fontane Bayreuth, 27. Juli 1889

Eben habe ich die letzten drei Fremdenlisten gekauft ... Amerikaner noch mehr als Engländer, viele aus Denver, wo die zweite Hälfte meines schlesischen Romans spielt. (HF IV, 3, S. 706)

An Georg Friedlaender Berlin, 11. November 1889

Die Frey-Geschichte wird wohl mit dem neuen Jahr in der »Gartenlaube« anfangen, oder doch nicht viel später, wenigstens habe ich in voriger Woche schon die Korrekturfahnen in Händen gehabt. Leider wird mir die Geschichte sehr gekürzt und hier und da auch wohl verunstaltet werden; aber dagegen ist nichts zu machen und so gräme ich mich nicht weiter darüber. (HF IV, 3, S. 736)

An die Redaktion der »Gartenlaube« Berlin, 15. November 1889

Was die vorzunehmenden Kürzungen und Aenderungen angeht, so wiederhole ich meine ganz ergebenste Bitte, frei schalten zu wollen, ohne mir die Sache noch 'mal vorzulegen. Von einer nachträglichen, auch nur stillen Klage meinerseits kann gar keine Rede sein; es muß doch schließlich immer was herauskommen, was, soweit der Urstoff es ermöglicht, 300, 000 Abonnenten, oder wie viel ihrer sein mögen, ein Genüge thut, und aus der Schüssel, aus der 300, 000 Deutsche essen, ess' ich ruhig mit. Ich bin so alt, daß ich von nichts tiefer überzeugt bin, als von der Wackligkeit des Urtheils, also auch des eignen, vielleicht das eigne in erster Reihe, und so kenne ich denn, was diese Dinge angeht, kein Härmen und Grämen. Außerdem bin ich von dem immer Wiederlesen derselben Geschichte (da reichen keine 20 mal) schon ganz drehig. – Aber einen *Wunsch,* der den Blaustift vielleicht hier und da in seiner todbringenden Schnelle hemmt, möchte ich am Schlusse aussprechen dürfen. Die Kürzungen werden wohl meist das Mittelstück der 2. Hälfte treffen, und wirklich ist da vieles zu breit gerathen; ans Herz gewachsen sind mir in all diesen Kapiteln der 2. Hälfte nur zwei Gegenüberstellungen: der Gegensatz zwischen L'Hermite und Lehnert, die Beide ihren Mord auf der Seele haben, und der Gegensatz zwischen Martin Kaulbars und Lehnert, als spezifischer Schlesier und dreimal geaichter Märker. – Diese Gegensätze haben eine Bedeutung und sind auch, glaub ich, wirkungsvoll. – Außerdem, wenn's sein kann, räumen Sie unter den französischen Brocken nicht *zu* sehr auf. Vieles wird ohnehin fallen und nimmt dann die Brocken mit in den Orkus; an ein paar Stellen sind sie aber doch von Wichtigkeit, so da, wo L'Hermite, auf Lehnerts Fragen, in zwei, drei französ: Worten immer knapp die Antwort giebt. Wird das übersetzt, so ist der Effekt weg. Da haben Sie meine kleinen Wünsche; aber diese Wünsche heben von dem Eingangs Gesagten nichts auf ... (HF IV, 3, S. 737)

An Adolf Kröner Berlin, 16. Januar 1890

Ich habe Ihnen, hochgeehrter Herr, für so vieles zu danken, nicht nur für eine Gratulationskarte, sondern auch für die Haltung der Gartenlaube während dieser meiner »großen Zeit«, in der ich, nach fünfzigjähriger fast pennsylvanischer Absperrung vom Welt- und Literaturgetriebe, plötzlich meiner Nation als Theodorus victor gezeigt worden bin. Eine merkwürdige Rolle für mich. In schlimmer Lage bin ich auch R. v. Gottschall gegenüber, der sich so freundlich mit mir beschäftigt hat, und dem ich immer noch eine Besprechung seiner »Töchter Rübezahls« schulde. Daß ich selber als alter Rübezahl durchs schlesische Gebirge geschritten und Erzähler einer dort spielenden Mordgeschichte geworden bin, wird er kaum als Gegendienst gelten lassen. (HF IV, 4, S. 15 f.)

An Georg Friedlaender Berlin, 28. Januar 1890
Wie wirkt »Quitt«? Ich habe, seit der Roman in der Gartenlaube steht, noch keine Zeile davon gelesen. (HF IV, 4, S. 21)

An einen Hauptmann Lehnert Berlin, 18. März 1890
Ergebensten Dank für Ihre liebenswürdigen Zeilen. Leider sieht es mit meinen Aufklärungen über »Lehnert« sehr windig aus. In Schlesien (Krummhübel) führte der Held meiner Geschichte, der verheirathet und ein ganz gemeiner Kerl war, den prosaischen und dadurch ihm zuständigen Namen »*Knobloch*«, den ich für *meinen* stark idealisirten Helden natürlich nicht brauchen konnte, weshalb ich, wie gewöhnlich beim Beginn eines Romans, auf die Namensuche ging. Den richtigen, brauchbaren zu finden ist oft recht schwer und dauert wochenlang, weil man die schon acceptirten immer wieder verwirft. So bin ich schließlich bei Lehnert angelangt und glaube noch jetzt, daß es eine gute Wahl war. Aber weiter weiß ich nichts zu sagen; historisch oder lokal fundirt, ist der Name durchaus nicht. Sein guter Klang war für mich entscheidend. Mit dem Bedauern nichts Besseres vermelden zu können … (HF IV, 4, S 34)

An Georg Friedlaender Berlin, 1. Mai 1890
Ihr lieber Brief war eine große Freude … Vor allem hat mich natürlich auch die Knoblochstelle interessirt; danach muß man doch wohl annehmen, daß K. der Mörder gewesen ist oder mindestens die Hand mit im Spiele gehabt hat. Famos ist auch dieser Weibermuth: »Sie haben ja wohl auch den Frey gekannt *etc.?*« Übrigens werden wenige Förster todtgeschossen, von denen noch nach zehn, zwölf Jahren so viel Radau gemacht wird. …

… besten Dank für die freundlichen Worte über »Quitt«; es ist mir sehr lieb, daß meine Behandlung des Stoffs keinen Anstoß gegeben zu haben scheint; das ist mir schon genug. (HF IV, 4, S. 41)

An Georg Friedlaender Berlin, 2. Mai 1890
Wie sich »Quitt« in der Gartenlaubengestalt eigentlich ausnimmt, davon habe ich keine Ahnung. In der ersten Hälfte, bis zu dem Moment also, wo Lehnert plötzlich aus seinem Hause verschwunden ist, hat die Redaktion, so viel ich aus den Kapitelzahlen ersehen konnte (*gelesen*

habe ich im Abdruck keine Zeile), wahrscheinlich nichts oder nur sehr wenig geändert, desto mehr in der zweiten Hälfte. Hier ist kaum mehr als die Hälfte der Hälfte gegeben, wie ich wiederum aus den Zahlen ersehe. Im Manuskript waren es glaube ich 34 Kapitel und in der Gartenlaube sind es, wenn ich nicht irre, nur 26. Für die große Mehrheit der Leser wird die Geschichte durch diese starken Kürzungen nur gewonnen haben und selbst der Kenner wird das von mir Geschriebene sehr wahrscheinlich zu lang und hier und da auch zu langweilig finden. Was heißt aber langweilig? Davor darf man nicht erschrecken. In diesem Punkte ist Goethe neben Wilkie Collins ein Nachtwächter. Und so glaube ich denn, daß bei den starken Streichungen auch alle meine Finessen gefallen sind. Eine Finesse lag für mich beispielsweise darin, daß ich das Menonitenhaus in Nogat-Ehre wirklich im Stil von »A happy family« behandelte, d. h. Feindliches, diametral Entgegengesetztes *friedlich* daselbst zusammenführte: Monsieur L'Hermite, der den Erzbischof von Paris erschießen ließ, *Lehnert*, der einen Förster erschoß, und *Mister Kaulbars* und Frau, brave, klugschmusige, neunmalweise märkische Leute, die in ihrem preußischen Sechs-Dreier-Hochmuth *alles* besser wissen. Ich fürchte, daß von diesem kunstvollen Gegensatz nicht viel übrig geblieben ist.

(HF IV, 4, S. 43)

An Georg Friedlaender Berlin, 29. Mai 1890

Wenn wir uns wiedersehen ... so haben wir reichen Stoff ... wenn Zeit übrig bleibt auch Quitt und Stine. Doch bin ich auf Literaturgespräche nicht versessen, namentlich wenn sie eignes Fabrikat betreffen; was da ist, ist da, und um noch was für die Zukunft zu lernen, dazu ist man zu alt. (Briefe an Friedlaender, S. 129)

An Adolf Kröner Berlin, 28. Juli 1890

Ganz ergebensten Dank für das Manuskript von »Quitt« das Ihre gütige Weisung an mich gelangen ließ.

Zugleich frage ich an, ob ich Ihnen ... einen neuen Roman schicken darf? ... Titel: Effi Briest. Es handelt sich, ganz im Gegensatz zu »Quitt« und »Unterm Birnbaum« nur um Liebe, also stofflich eine Art Ideal.

(HF IV, 4, S. 55)

An Wilhelm Hertz Berlin, 2. August 1890

Wie für Ihre Geneigtheit das Buch zu bringen, danke ich Ihnen auch für Ihre freundlichen Zeilen vom gestrigen Tage.

Das Manuskript, gute Fahnen, wie die »Gartenlaube« sie mir geschickt hat, erlaube ich mir von Krummhübel aus in 2 Hälften an Sie gelangen zu lassen,

1. Hälfte (die im schles. Gebirge spielt) gleich am Dinstag oder Mittwoch,

2. Hälfte (die in einer Menonitenkolonie in Amerika spielt) gegen Ende der Woche, weil ich in dieser zweiten Hälfte doch einige Strei-

chungen vornehmen will. Es wird immer noch ein stattlicher Band, bis zu 400 Seiten. (HF IV, 4, S. 55)

An Wilhelm Hertz Krummhübel, 8. August 1890

Es schien mir doch besser, alles lieber gleich auf einmal zu schicken.

Corrigirt habe ich nicht viel, aber doch gerade genug, um die Bitte um Zusendung von Correkturbogen trotz alledem und alledem auszusprechen. Ich drücke mich gern von dieser Mühe, aber leider geht es nicht anders, denn so sehr man sich im Ganzen genommen auf die korrekte Wiedergabe von glattem Druck verlassen kann, so mißlich wird es, wenn man hier und da schriftliche Aenderungen gemacht hat. Confusionen und Sinnentstellungen reißen dann ein und man verwünscht es schließlich, überhaupt Correkturen gemacht zu haben. (HF IV, 4, S.56)

An Friedrich Fontane Krummhübel, 23. August 1890

Von »Quitt« habe ich die ersten Korrekturbogen erhalten, es wird sehr forsch, in Berlin bei Starcke, gedruckt, was mir imponiert.

(HF IV, 4, S. 58)

An Friedrich Fontane Berlin, 11. September 1890

Der Druck von »Quitt« schreitet rüstig vorwärts, sie sind schon bei Bogen 14; heute wurden mir schon Aushängebogen (bis Bogen 8) zugeschickt. Es sieht recht gut aus. (HF IV, 4, 63)

An Eugenie von Bredow Berlin, 21. Oktober 1890

In etwa 3 Wochen erscheint ein Buch von mir, das ich bitten wollte, Ihnen überreichen zu dürfen. Meine letzten Publikationen waren so so – nicht in meinen Augen (sonst hätte ich sie nicht geschrieben), aber doch in den Augen vieler vortrefflicher Leute –, nun aber erscheint eine Geschichte, die ganz zweifelsohne ist und die ich wenigstens ohne Verlegenheit und Bedenken überallhin präsentieren kann. So bitte ich denn, mich Mitte November wieder melden zu dürfen.

(Dichter über ihre Dichtungen, Bd. 2, S. 407)

An Wilhelm Hertz Berlin, 22. Oktober 1890

Besten Dank für den Prospekt, der sich sehr forsch und vornehm ausnimmt! Die beiden alten Freunde [Heyses »Weihnachtsgeschichten« und Fontanes »Quitt« im Weihnachtsprospekt des Verlags], Zeugen einer andern Zeit, nebeneinander! Möge nun das Publikum das Seine thun.

(Briefe an Wilhelm und Hans Hertz, S. 326)

An Wilhelm Hertz Berlin, 17. November 1890

Herzlichen Dank und noch eine Extra-Verbeugung für die 10 gebundenen. Alles nimmt sich ja vorzüglich aus und nur das Publikum hat noch das Seine zu thun. Wird es?

(Briefe an Wilhelm und Hans Hertz, S. 327)

An Paul Heyse Berlin, 5. Dezember 1890

Mit meiner Geschichte »Stine«, die vor etwa einem halben Jahre erschien, wollte ich Dich nicht behelligen, weil ich annehme, daß Dir die Richtung und vielleicht auch der Ton darin unsympathisch ist. Bei »Quitt« fallen diese Bedenken fort, und ich bin herzlich froh darüber. Denn wiewohl ich in meiner Vorliebe für das, was man ziemlich dumm die »neue Richtung« nennt (ist sie doch uralt), unerschüttert geblieben bin, sah ich mich doch schließlich durch eben diese Vorliebe in so fragwürdige Gesellschaft versetzt, daß mir angst und bange wurde. Die ganze Bewegung ebbt übrigens schon stark wieder ... (HF IV, 4, S. 73 f.)

An Eugenie von Bredow Berlin, 6. Dezember 1890

Gestatten Sie mir, Ihnen und Ihrem Herrn Gemahl mein jüngst erschienenes Buch überreichen zu dürfen. Es sollte schon Mitte November in Ihren Händen sein ... In dem Roman »Quitt« lege ich den Hauptakzent auf das friedliche Leben in einer von mir als »a trappy [happy?] family« bezeichneten Mennonistenkolonie [!] zu Nogat-Esern [!] (Indian Territories, Nordamerika), wo ich neben allem möglichen dorthin verschlagenen Volke, namentlich auch einen atheistischen Franzosen und einen Märker »aus dem Glin« gegenüberstelle. Diese Gegenüberstellung ist mein besonderer Stolz. (HF IV, 4, S. 75)

An Fritz Mauthner Berlin, 6. Dezember 1890

Besten Dank für Ihre freundlichen Worte ... Die Frage, die Sie hinsichtlich Lehnerts aufwarfen, ist mir das Allerschmeichelhafteste dabei, weil sie das Zuhausesein, das Klarsehen in der Geschichte und das Interesse daran zeigt. Liest man darüber hin, so kommt man gar nicht zu solcher Frage. Ich selbst habe mir bei der Arbeit oder schon vorher wo man alles anordnet, dieselbe Frage gestellt und gebe auch jetzt noch zu, daß ein ganz andrer Ausgang nicht blos gleichberechtigt, sondern besser, natürlicher, menschlicher und dadurch dem feinen Leser befriedigender gewesen wäre. Dann wäre die Geschichte aber doppelt so lang geworden und es hätten sich nicht zwei Hälften gegenüber gestanden, sondern die erste Hälfte wäre nichts als eine Einleitung gewesen. Ich hätte dann zeigen müssen, wie eine verbrecherische That durch eine lange Lebenstüchtigkeit und Bravheitsbewährung, menschlich angesehn, ausgeglichen werden kann. Eine schöne Aufgabe, aber schwierig – und lang.
(Fontane-Blätter, Bd. 6, 1985, Heft 1, S. 12 f.)

An Paul Schlenther Berlin, 21. Dezember 1890

Herzlichen Dank. Wie reizend, wie liebenswürdig; das, was sich sehen lassen darf, in die glücklichste Beleuchtung gerückt, das Schwache so gestellt, daß es keinen Kauflustigen, wenn es deren noch gibt, abschrecken würde. Neu-Ruppiner und Alt-Franzos, nie bin ich netter, schmeichelhafter und zutreffender charakterisiert worden. Aber der Franzose, je älter ich werde, kommt immer mehr heraus. Hoffentlich; denn die Kaulbarse sind gute Leute, aber gräßlich. (HF IV, 4, S. 79)

An Georg Friedlaender Berlin, 8. Januar 1891

Ich gebe gleichzeitig mit diesen Zeilen ein Exemplar von »Quitt« zur Post. ... Schlenther hat sehr hübsch darüber geschrieben, sonst habe ich noch nicht recht was gelesen, was übrigens auf den Verkauf des Buchs kaum einen Einfluß hat. Über Julius Wolff wurde beinah nie geschrieben und wenn doch, so meist tadelnd; trotzdem verkauften sich 40,000 Exemplare wie die warmen Semmeln. (HF IV, 4, S. 85)

An Hermann Pantenius Berlin, 8. Februar 1891 (Entwurf)

... nun einen schönen Dank für die Besprechung meines Romans ... Ich stehe längst auf dem Standpunkt, an einem wohlwollenden und wohlmotivierten Tadel mehr Freude zu haben als an einem Lob, dem man selten das rechte Vertrauen entgegenbringt. Eine Kritik noch wieder zu kritisieren, ist geschmacklos, und wenn man so viel Freundliches bringt, auch undankbar. Ich möchte nur sagen dürfen, daß das Liebevolle, die Detailmalerei, die Vorliebe für das Kleine an und für sich immer ein Vorzug bleibt und daß ein Fehler nicht in der Sache, sondern im Maße der Sache liegt. Zu breit, fängt etwas an langweilig zu werden, so nützen alle Vorzüge nichts, aber im Prinzip bleiben es doch Vorzüge.

(HF IV, 4, S. 105; dort auf »Ende Februar« datiert)

An Martha Fontane Berlin, 17. Februar 1891

Die kl. Kritik über ›Quitt‹ [B. Wille in der »Freien Bühne«] ist ganz gut, die Sache mal von einer ganz andren Seite beleuchtet, – der Staat soll seine Rechtsanschauungen dadurch modificiren lassen, was er wohl bleiben lassen wird. Das einzig Anzügliche in der Kritik ist der Hohn- und Schreckens-Ausruf: Dostojewski und Fontane! Ich schrieb an Brahm, es klänge etwa wie ›Egmont und Jetter!‹ Natürlich lache ich darüber, ich gönne den Berühmtheiten ihre dickere Berühmtheit und freue mich der Gesundheit und Natürlichkeit meiner Anschauungen. *Das* habe ich vor der ganzen Blase voraus und bedeutet mir die Hauptsache.

(HF IV, 4, S. 96)

An Julius Rodenberg Berlin, 2. Juli 1891

Was W. Bölsche sagt, ist sehr liebenswürdig und sehr fein, und ich entdecke mich auf einer gedanklichen Höhe, von der ich mir nichts hatte träumen lassen. Denn so sorglich ich schreibe, so untendenziös; mein Fleiß gilt nur der künstlerischen Ausarbeitung; außerhalb der Kunst liegende Fragen und Probleme kenne ich nicht. Ich habe ihm, unter aufrichtig herzlichem Dank, dies auch ausgesprochen.

(HF IV, 4, S. 132 f.)

An Wilhelm Bölsche Berlin, 2. Juli 1891

Gestern empfing ich durch Rodenbergs Güte die »Deutsche Rundschau« mit Ihrer Besprechung meines Romans und ich eile Ihnen aufrichtig dafür zu danken. Ich komme alles in allem sehr gut weg, schon dadurch, daß Sie das Ganze durch einen mir supponierten Grundgedanken auf eine höhere Stufe heben. Das mit dem »Mitleid« ist sehr fein und leuchtet mir ein, aber ich bin unschuldig daran. Vielleicht sollte ich schreiben »leider unschuldig daran«; ich bin aber doch schließlich in Zweifel ob das »leider« richtig wäre. Tendenzen haben, einem schönen Gedanken zum Siege verhelfen wollen, das ist eine prächtige Sache, aber das Naive geht vielleicht doch noch drüber. Ich will immer nur einen Hergang erzählen oder einen Menschen schildern, – das Andre läuft blos mit drunter. In Krummhübel, hart unterm Kamm des Gebirges, steht ein Denkstein, wo Lehnert den Opitz niederschoß. Dieser Stein machte einen großen Eindruck auf mich; trotzdem ruhte der Stoff jahrelang in mir, weil ich immer nur erfuhr: »Lehnert sei in Amerika verschollen.« Das war zu wenig. Das [!] las ich eines Tages die Berichte Lindaus über seine erste Reise durch Amerika (beiläufig das Reizendste was er geschrieben hat) und fand darin 4 Zeilen über ein Menonitendorf. Da stand es mir mit einem Male fest, wie die Geschichte verlaufen müsse und ich schrieb drauf los, in Krummhübel selbst, in einer von Geisblatt überwachsenen Baude. – Sie sind ein so famoser Kritiker; könnten Sie nicht, vorausgesetzt daß es Ihnen nicht prinzipiell widerstreitet, das Ihrige dazu beitragen, daß man wieder anfängt, erzählte Geschichte einfach als *solche* zu nehmen, anstatt ihren Werth oder Unwerth nach einer größeren oder geringeren »Zeitgemäßheit« zu bestimmen. Wer tendenziös schreibt, muß danach auch ausgemessen werden, aber die armen »Stillen im Lande!« Ihre freundliche Gesinnung wird mir diese Bemerkung zu gute halten.

(Fontane-Blätter, Bd. 5, 1984, Heft 5, S. 400 f.)

An Siegfried Samosch Berlin, 18. September 1891

Das Aufgehen der ... Geschichte wie ein Rechenexempel, ganz ohne Bruch, ist gewiß ein Fehler. (HF IV, 4, S. 157)

An Friedrich Fontane [Zillerthal, 1. August 1892]

Die Geschichte mit Hertz [»Quitt«] siehst Du nicht im richtigen Licht; Dir erscheint die ganze Verlagsfrage immer noch als eine *Rang*streitigkeit, es ist aber einfach eine *Geld*frage. Wäre es das nicht, so könntest Du den ganzen Hümpel meiner Werke flottweg und bis auf die letzte Zeile verlegen. (Dichter über ihre Dichtungen, Bd. 2, S. 410)

An Friedrich Fontane Zillerthal, 11. August 1892

»Petöfy« soll also möglicherweise übersetzt werden, mir sehr lieb und recht; ich glaube aber, daß z. B. »Quitt« (schon wegen der gelungenen Figur des L'Hermite) besser zur Übersetzung geeignet wäre. Außerdem ist die Schilderung der schlesischen Gebirgswelt eigenartig und könnte wohl französische Leser interessieren. Vielleicht läßt Du ein Wort in diesem Sinne fallen. Mich persönlich mit den betr. Herren in Verbindung zu setzen, dazu fehlen mir noch immer die Kräfte. (HF IV, 4, S. 203 f.)

An Georg Friedlaender Berlin, 27. Dezember 1893
Unsre Anna, die gewissenhaft die »Norddeutsche Allgemeine« liest brachte mir vorgestern das Blatt mit einer aus dem Riesengebirgs-Boten entlehnten Notiz. Danach ist ja in Amerika mal wieder der richtige Mörder von Förster Frey (alias Opitz) entdeckt worden. Ich glaube, es war Knobloch und der ist ja wohl todt. (HF IV, 4, S. 317)

An Martha Fontane Berlin, 19. März 1896
Grete Begas schwögte mir was von ›Quitt‹ vor, das sie eben gelesen habe. Ich sagte: ›nicht wahr, gnädige Frau, *auch* nicht übel‹, was sie und noch mehr die Tochter bestätigte ... (HF IV, 4, S. 544)

An Friedrich Paulsen Berlin, 25. April 1898
Herzlichen Dank für Ihre Berncasteler Karte ... »Quitt«, das arme Buch, das vergessen bei Wilh. Hertz lagert, hat nun doch noch eine Zukunft. Denn »*ein* Leser« so sagte mir mal der alte Herr v. Thiemus, als er seine mehrbändige Geschichte der Musik geschrieben, – »ist unter Umständen schon viel.« Wenn ich Ihnen – diese Furcht überfällt mich eben – diese Thiemussche Geschichte schon mal erzählt haben sollte, so verzeihen Sie gütigst. (HF IV, 4, S. 712)

Anmerkungen

7 *Lehnert:* Der Name wurde von F. in Anlehnung an Lienhard, den Helden in Johann Heinrich Pestalozzis pädagogischem Roman »Lienhard und Gertrud« (1781–87), gewählt; vgl. jedoch S. 258 (F.s Brief vom 18. März 1890 an einen Hauptmann Lehnert); s. auch die Anm. zu S. 128. Ferner ist bei dieser Namenswahl an den Geheimen Regierungsrat Karl Ludwig Hermann Lehnert (1808–71) zu denken, der in F.s Briefen an Mathilde von Rohr wiederholt erwähnt wird; er war, wie F. am 17. März 1872 schrieb, »ein wunderbarer Heiliger« (HF IV, 2, S. 403). – *Menz:* wohl nach der Örtlichkeit Menzer Forst, vgl. »Wanderungen«, ›Die Grafschaft Ruppin‹, ›Die Menzer Forst und der große Stechlin‹ (HF II, 1, S. 338 ff.). – *Siebenziger Kriegsdenkmünze:* silberne Gedenkmünze für die Teilnahme am Krieg 1870/71. – *Siebenhaar:* Vgl. den Artikel »Familie Pohl – 80 Jahre Schneekoppenwirte« in den Anmerkungen zu »Von, vor und nach der Reise«, ›Eine Nacht auf der Koppe‹ (HF I, 7, S. 623), wo Siebenhaar aus Warmbrunn als erster Wirt genannt wird.

9 *vom Görlitzer Scheibenstand:* von der militärischen Dienstzeit. In Görlitz garnisonierte das Jäger-Bataillon (1. schlesisches) Nr. 5. – *Kretscham:* Schenke. – *Wolfshau:* Im Forsthaus Wolfshau wurde die Leiche Freys aufgebahrt. – *Selig ...:* Matth. 5,4.

10 *Studentenblume ... Lieblingsblume:* Vgl. »Grete Minde«, 5. Kap. (GM, S. 29 und Anm.). – *Opitz:* Der Name ist durch den in Bunzlau, in der Nähe von Liegnitz, geborenen Dichter und Kunsttheoretiker des Barock Martin Opitz (1597–1639) bekannt.

11 *Friedrich Wilhelm III.:* 1770–1840, 1797 König von Preußen. – *Kronprinzen:* also wohl ein Jugendbildnis Friedrich Wilhelms IV. (1795–1861), 1840 König von Preußen. Zur Zeit der Handlung regierte dessen jüngerer Bruder, Wilhelm I. (1797–1888).

12 *glücklichen Amerika:* Vgl. »Zur Entstehung«. – *mein Jubiläum:* das 50jährige Jubiläum (die Geschichte spielt 1877).

13 *das hält alles zusammen:* Vgl. das zur gleichen Zeit entstandene Gedicht »Fester Befehl« (HF I, 6, S. 323).

14 *Jauer:* Jawor, ehemals Kreisstadt im Regierungsbezirk Liegnitz mit Zuchthaus im alten Schloß. – *Reichenberg:* Liberec, Stadt in Nordböhmen, Zentrum einer ausgedehnten Textilindustrie (Kammgarn).

15 *Wirtshaus »Zur Schneekoppe«:* Vgl. »Von, vor und nach der Reise«, ›Eine Nacht auf der Koppe‹ (HF I, 7, S. 89 ff.). – *Klose:* Name eines Krummhübler Schlächters, den F. in einem Brief an Georg Friedlaender am 11. Okt. 1886 erwähnt (Briefe an Friedlaender, S. 56).

16 *Böhmer:* Krummhübler Name. – *Exner:* Besitzer des Gasthofs »Riesengebirge« in Schmiedeberg. – *wildem Wein umwachsene:* Vgl. Anm. zu S. 52. – *eine schöne schwarze Person:* Vgl. S. 252 (F. an seine Tochter am 16. Juni 1885).

17 *Hagelversicherungsgesellschaft:* Vgl. »Der Stechlin«, 12. Kap. (DS, S. 119), sowie die Entwürfe »Onkel Ehm« und »Rudolf v. Jagorski, Globetrotter« (HF I, 7, S. 244 und 572). – *laisser aller:* den Dingen ihren Lauf lassen; vgl. F.s Brief an seine Frau am 27. Aug. 1882: »Also nochmals: laufen lassen; nichts ändern wollen ...« (HF IV, 3, S. 207).

18 *schloß immer mit Sittlichkeit ab:* Vgl. F. an Moritz Lazarus am 21. Febr. 1889: »... und nun kommen diese Urphilister und reiten den höheren Sittlichkeitsgaul. Wenn ich so was lese, möcht' ich immer gleich nach Sodom ziehn.« (HF IV, 3, S. 676).

19 *Léon Gambetta:* 1838–82, nach dem Sturz des französischen Kaiserreichs 1870 Organisator der nationalen Verteidigung, Wortführer der republikanischen Linken und der Revanchepolitik, 1881–82 Ministerpräsident. – *Skobeleff:* Michail Dmitrijewitsch Skobelew, 1841–82, russischer General, der 1878 eine türkische Armee am Schipkapaß gefangennahm. 1881 Gouverneur von Minsk, führte die deutschfeindliche panslawistische Kriegspartei und galt als designierter Oberbefehlshaber in einem Krieg in Mitteleuropa. Vgl. auch »Cécile«, 10. Kap. (Cé, S. 58).

20 *Querseifen ...:* Alle diese Ortsnamen werden in »Von, vor und nach der Reise«, ›Der letzte Laborant‹ erwähnt (HF I, 7, S. 94 ff.). – *Görlitzern:* Vgl. Anm. zu S. 9. – *Siebenundvierziger:* Niederschles. Inf.-Regt. Nr. 47. – *Königsgrenadieren:* Königsgrenadier-Regt. (2. Westpreuß.) Nr. 7, Liegnitz.

21 *im Amt und sozusagen im Recht:* nach Schiller, »Wallensteins Tod«: »Sei im Besitze und du wohnst im Recht.«(I, 4). – *von Uttenhoven:* Vgl. »Wanderungen«, ›Spreeland‹, ›Mittenwalde‹ (W 2, S. 713). – *Griepenkerl:* damals Offizier im großen Generalstab; vgl. aber »Cécile«, 6. Kap. (Cé, S. 28).

22 *Bazaine ... Ducrot:* Vgl. F., »Der Krieg gegen Frankreich 1870–71«, Bd. 1, Berlin 1873, S. 520 ff. François Achille B. (1811–88), Marschall von Frankreich, 1870 Oberbefehlshaber der Rheinarmee, mit der zusammen er in Metz eingeschlossen und gefangengenommen wurde. Der französische General Auguste Alexandre D. (1817–82) suchte in wiederholten Ausfällen den Ring um das belagerte Paris zu durchbrechen, zum letztenmal am 19. Januar 1871. – *Maywald:* »Maywald an d. Lomnitzbrücke«, in einem Brief F.s vom 26. Juni 1885 an Georg Friedlaender erwähnt (HF IV, 3, S. 400). – *Sechsundvierziger:* Niederschles. Inf.-Regt. Nr. 46. – *St. Cloud:* Saint-Cloud, damals eine kleine Stadt, am erhöhten linken Ufer der Seine, zwischen Paris und Versailles, mit einem in der Geschichte Frankreichs berühmten, im Oktober 1870 durch Kampfhandlungen zerstörten Schloß. Zum Gefecht vom 30. Nov. 1870 vgl. das obengenannte Werk, Bd. 2, S. 377 f.: »Mühelos wurde der Angriff beider abgewiesen, ein ... vorgeschobener Zug vom Görlitzer Jägerbataillon genügte ...«

24 *den Papst und das neue Dogma:* Am 18. Juli 1870 wurde auf dem Ersten Vatikanischen Konzil mit der Konstitution »Pastor Aeternus« die Unfehlbarkeit des Papstes in Entscheidungen der Glaubens- und Sittenlehre zum Dogma erhoben. Die Definition stieß in Deutschland auf offene und geheime Ablehnung. – Marie Edme Patrice Maurice *de Mac Mahon,* Herzog von Magenta: 1808–93, Marschall von Frankreich, von 1873–79 Präsident der Dritten Republik; vgl. das obengenannte Werk F.s, Bd. 1, S. 193. – Wilhelm von *Tümpling:* 1809–84, General der Kavallerie, war 1830 bei den Gardes du Corps eingetreten, von 1870–83 Kommandeur des 6. Armeekorps in Breslau. – *Zölfel:* Vgl. »Von, vor und nach der Reise«, ›Der letzte Laborant‹ (HF I, 7, S. 94 ff.). Am 19. Juli 1888 schrieb F. an Georg Friedlaender: »Ihre Charakteristik des alten Zoelfel – ich entsinne mich mehr seiner schwarzen Perücke als seiner selbst – hat mich sehr erheitert ...« (Briefe an Friedlaender, S. 348).

28 *die Kurzhalsigen:* Apoplektischen.

29 *Plempe:* Gesöff.

30 *All Ding ...:* richtig: »All Ding hat seine Weise« – so auch F. an Karl Zöllner am 31. Okt. 1874 (HF IV, 2, S. 485).

34 *fißlig:* angetrunken.

40 *nicht einsam sterben:* Vgl. dagegen F. am 20. Nov. 1889 an Friedrich Stephany: »Ich will einsam begraben sein.« (HF IV, 3, S. 738). Auseinandergehen von Meditation und Gefühl. S. auch »Irrungen, Wirrungen«, 19. Kap.: »Der Tod ist es nicht ... Aber das Sterben ...« (IW, S. 122).

42 *Die Neue Welt oder ...:* Konventiklerschreibweise, vgl. »Storch v. Adebar«, ›Was uns not tut. Ein Weckruf von Knovenagel‹ (HF 1, 7, S. 389).
43 *Pli:* Schliff.
44 *Galons:* Tressen, durchsichtige Borten. – *eines andern besann:* Vgl. ebenso »Cécile«, 14. Kap. (Cé, S. 100).
45 *»Mann der Karte«:* Vgl. F. an James Morris am 4. Nov. 1896: »... ich bin nämlich ein *Karten*mensch, was etwas sehr Wichtiges ist, weil das Orientierungsbedürfnis, der Hang nach Klarheit damit zusammenhängt ...« (HF IV, 4, S. 605).
48 *der Hildesheimsche:* der berühmte »tausendjährige« Rosenstock an der Außenwand der Grabkapelle des Hildesheimer Doms.
50 *wiederholte:* Hier folgt in der Satzvorlage ein Absatz.
52 *Willen:* Hier folgt in der Satzvorlage eine Leerzeile. – *bestätigte:* Hier folgt in der Satzvorlage eine Leerzeile.
57 *Gänseschlachten:* unvergeßliche Kindheitserinnerung; vgl. »Meine Kinderjahre«, 9. Kap.: »... die fünf Schlachtpriesterinnen, jede mit einer Gans zwischen den Knien, und sangen, während sie mit einem spitzen Küchenmesser die Schädeldecke der armen Tiere durchbohrten ... allerlei Volkslieder ...« (HF III, 4, S. 85).
60 *Er hatte sich klein und verächtlich gemacht und alles umsonst:* Vgl. »Grete Minde«, 18. Kap. (GM, S. 90).
65 *der Worte genug gewechselt:* nach Goethe, »Faust«, ›Vorspiel auf dem Theater‹, Vers 215.
66 *Schmand:* Sahne.
67 *umhertabagieren:* umherkneipen.
68 *zu den Heiligen am Salzsee:* Vgl. die Anm. zu S. 121.
69 *Trinitatis:* Der erste Sonntag nach Pfingsten, das Dreifaltigkeitsfest. Als T.-Sonntage zählen in den evangelischen Kirchen die Sonntage nach Trinitatis bis zum Ewigkeitssonntag.
72 *Wie sehr er seine Heimat liebe:* Vgl. F. an Wilhelm v. Merckel am 20. Sept. 1858 aus London: »Ich liebe nämlich das Land, in dem ich geboren wurde, mehr, aufrichtiger, selbstsuchtsloser als die Mehrzahl meiner hier lebenden Landsleute ...« (HF IV, 1, S. 626). – *Hirschfänger ... Tschako:* Ausrüstung der »Görlitzer Jäger«.
74 *Schlesierland ...:* von August Kopisch, 1842.
76 *Hampelbaude:* Vgl. »Von, vor und nach der Reise«, ›Der letzte Laborant‹ (HF I, 7, S. 95).
79 *Piston:* Zündstift.
80 *böhmische Harfenistinnen:* Vgl. »Von, vor und nach der Reise«, ›Eine Nacht auf der Koppe‹ (HF I, 7, S. 89). – *Cavaliere servente:* dienender Ritter.
82 *Convolvulus:* Winde.
84 *Artilleriehose:* Die roten Hosen der französischen Artilleristen waren sehr weit und staken in kurzen Gamaschen. – *Plüschpariser:* Plüschhausschuhe. – *ponceaurot:* mohnrot. – *geb. Lezius:* Vgl. »Von,

vor und nach der Reise«, ›Professor Lezius oder Wieder daheim‹ (HF I, 7, S. 113).

87 *Brauner:* Krummhübler Name.

89 *Birkicht:* Vgl. F. an Friedlaender, 3. Febr. 1888 (HF IV, 3, S. 581). – *Zölfel:* Vgl. Anm. zu S. 24.

90 *Neigenfink:* Julius Neigenfindt (gest. 1909) war zu F.s Zeit Kräuterhändler in Krummhübel. Vgl. Hans Reitzig, »Die Krummhübler Laboranten«, Münster 1952, S. 46: »Laborant Neigenfindt«; drei Laboranten dieses Namens (Krummhübel, Haus 21).

94 *Lehrer Lösche:* Vgl. »Zur Entstehung«, S. 249.

105 *Unverdorben:* aus der Rangliste des Regiments Gensdarmes 1805 und 1806 (dort: Feldprediger des Regiments: Karl Friedrich Lebrecht U.). – *Kakerlak:* hier Albino; wegen der Eigenartigkeit dieses Typs öfter bei F., vgl. »Irrungen, Wirrungen«, 24. Kap. (IW, S. 157 und Anm.). – *Pikee:* Baumwollgewebe.

106 2. *Garde-Grenadier-Regiment Kaiser Franz:* In diesem diente F. 1844/45; vgl. »Von Zwanzig bis Dreißig«, ›Bei 'Kaiser Franz'‹ (HF III, 4, S 292 ff.).

107 *Tannicht:* Vgl. den in Anm. zu S. 89 genannten Brief F.s; Name von Haus 15, 23 (Exner) und 35 (Hampel) in Krummhübel.

109 *Eljen* (ung.): Hoch. Die Hohe Tatra war, wie die Slowakei insgesamt, Teil der ungarischen Reichshälfte der Donaumonarchie. – *Ein Fichtenbaum steht einsam ...:* Heinrich Heine, »Buch der Lieder«, ›Lyrisches Intermezzo XXXIII‹. – *Triennium:* Zeitraum von drei Jahren. – *Gardereserveoffizier:* F. äußerte seine Abneigung gegen den Reserveoffizierskult oft, z. B. im Brief an seine Tochter Mete am 4. Aug. 1883 (HF IV, 3, S. 277).

110 *der alte Blücher:* Feldmarschall Gebhardt Leberecht v. Blücher (1742–1819).

112 *Prinzipienfragen:* Vgl. F. an seine Frau am 12. Aug. 1883: »Ich bin in nichts ein Prinzipienreiter ...« (HF IV, 3, S. 279); s. auch »Effi Briest«, 4. Kap., das Gespräch über Innstetten, der als »ein Mann von Charakter, ein Mann von Prinzipien« bezeichnet wird, auch als ein »Mann von Grundsätzen«, letzteres ist nach Effis Meinung »noch etwas mehr« (EB, S. 35).

113 *Menschen so vortrefflich:* Vgl. »Unwiederbringlich«, 18. Kap. (Un, S. 138 und Anm.). – *Sappeur:* Angehöriger der Genietruppen, Pionier.

114 *fiat justitia:* Fiat justitia et pereat mundus (Es soll Gerechtigkeit geschehen, auch wenn die Welt dabei zugrunde ginge). Wahlspruch Kaiser Ferdinands I. (1503–64). – *einer Vergangenheit rühmen:* Vgl. »Cécile«, 19. Kap. (Cé, Anm. zu S. 50).

115 James Fenimore *Cooper:* 1789–1851, amerikanischer Romancier, Verfasser der berühmten Lederstrumpfgeschichten, durch den F. zuerst, und zwar bereits in jungen Jahren, mit der amerikanischen Literatur in Berührung kam. – Francis *Bret Harte:* 1839–1902, amerikanischer Schriftsteller, Verfasser von Goldgräbergeschichten

(diggings = Goldfelder). Vgl. »Zur Entstehung«. – *Silesia:* Schlesien. – *Railway-accident:* Eisenbahnunglück. – *Gunpowder-Face:* Schießpulvergesicht. – *Chiefs:* Häuptlinge. – *Fallissement:* Zusammenbruch.

116 *Carpenter:* Zimmermann. – *Cherokee:* Indianerstamm.

118 *Mennonites:* nach ihrem Gründer Menno (1496–1561, aus Friesland) benannte Sekte. – *Yankee Doodle:* früheres Nationallied der Nordamerikaner, dann Nationalhymne. – *God save …:* Anfang und Refrain der britischen Nationalhymne, zuerst 1739 von Henry Carey (um 1696–1743) vorgetragen, von dem Text und Melodie angeblich stammen. – *Chattanooga:* am Fuß der Apalachen gelegene Stadt in Tennessee, Schauplatz einer für die Truppen der Nordstaaten siegreichen Schlacht im amerikanischen Bürgerkrieg 1863. – Uly Sidney *Grant:* 1822–85, General und Politiker der Nordstaaten, 1868–77 Präsident der Vereinigten Staaten. – Philip Henry *Sheridan:* 1831–88, amerikanischer General der Nordstaaten, kämpfte erfolgreich im Bürgerkrieg, 1883 Oberbefehlshaber der Armee der Union. – Helmuth Karl Bernhard (1870: Graf) von *Moltke:* 1800–91, preußischer Generalfeldmarschall, als Chef des Generalstabs maßgeblich beteiligt an den preußischen Waffenerfolgen im Deutschen Krieg 1866 und im Deutsch-Französischen Krieg 1870/71. – *Old William:* Kaiser Wilhelm I. (1797–1888).

119 *Hornbostel:* Diesen Namen trug der österreichische Minister und Seidenfabrikant Theodor Friedrich von H. (1815–88), 1848 Handelsminister, dann Gründer und Leiter der Wiener Creditanstalt, 1860 in den Ritterstand erhoben. – *Nogat-Ehre:* die Nogat bildet den östlichen Mündungsarm der Weichsel.

120 *Dirschau:* nach der gleichnamigen Stadt in Westpreußen (Tczew). – ›*Englische*‹: englische Meilen.

121 *Mormonen:* Latter-Day-Saints (Heilige vom Jüngsten Tag), von Joe Smith (1805–46) am 6. April 1830 gestiftete Glaubensgemeinschaft, nach Mormon, einem christlichen Kriegshelden aus dem 4. Jahrhundert, benannt. Die Mormonen gründeten den Staat Utah um den Großen Salzsee mit der Hauptstadt Salt Lake City (vgl. S. 68); 1852 erfolgte die offizielle Einführung der Vielehe. – *bestimmt … alles vorher:* Vgl. Anm. zu S. 21.

125 *Hausmeier:* im Frankenreich Vorstand der königlichen Hofhaltung (Majordomus); hier: Verwalter.

126 *un ange:* ein Engel. – *L'Hermite:* Name wohl nach »Pierre l'Hermite«, vgl. »Aus den Tagen der Okkupation«, Bd. 1, ›*Peter von Amiens*‹ (HF III, 4, S. 806 ff); unter den Vorfahren von F.s Mutter kommt der Name L'Hermet vor. In der Figur vereinigen sich Züge von F.s Vater und von einigen in »Von Zwanzig bis Dreißig«, ›Berlin 1840‹, 3. Kap., geschilderten Bekannten F.s: von Hermann Maron, von Mr. Dühring, dem »Tüftelgenie«, von Robert Blum und von »Mr. Heymann, der ›Schlesien, sein Heimatland‹ ganz vergessend, zum Engländer geworden war ...« (HF III, 4, S. 230). Der Name L'Hermite taucht auch bei Walter Scott auf, und zwar in »Quentin Durward«. – *Kaulbars:* soll das Fischhafte des Erscheinungsbildes widerspiegeln und die Pointe darauf erlauben. – *Frédéric Charles:* Prinz Friedrich Karl von Preußen (1828–82), Generalfeldmarschall, Heerführer in den drei Kriegen von 1864, 1866 und 1870/71, die F. beschrieben hat, vgl. HF III, 5 (Register). – *fährt wie ein Fahrer:* Wortspiel: Fahrer = Kutscher bei der reitenden Artillerie. – *Akonit:* Eisenhut (gegen Fieber und Husten). – *Nux Vomica:* Brechnuß.

128 *»Lienhardt und Gertrud«:* Pestalozzis Roman »Lienhard und Gertrud« hatte F. sich für die Arbeit an »Quitt« von Friedlaender ausgeliehen: vgl. die Briefe an Georg Friedlaender vom 20. Aug. und 11. Okt. 1886 (vgl. S. 254).

129 *Nogat- und Weichselniederung:* in Westpreußen, vgl. Anm. zu S. 119.

132 *Freiheit ... zweischneidig Schwert:* Vgl. das Gedicht »Fester Befehl«: »Freiheit freilich, aber ...« (HF I, 6, S. 323), und »Irrungen, Wirrungen«, 23. Kap.: »Freiheit, ein zweischneidig Schwert ..., das verletzen kann, man weiß nicht wie ...« (IW, S. 150). – *ersten Diener:* Der 1739 geschriebene »Antimachiavel, ou Examen du prince de Machiavel« des damaligen Kronprinzen Friedrich enthält den berühmt gewordenen Satz: »Der Fürst ist nicht der unumschränkte Herr, sondern nur der erste Diener [in der ersten Fassung ›domestique‹, später ›serviteur‹] seines Volkes.«

133 *Kommt her zu mir, die ihr mühselig und beladen seid:* Vgl. Matth. 11,28.

134 *Uncas:* Name einer Hauptgestalt aus Coopers »Wildtöter«.

135 *Communard:* hier Teilnehmer am Aufstand der Pariser »Commune«, die am 18. März 1871 mit der Erhebung der Nationalgarde begann und Ende Mai blutig unterdrückt wurde.

137 *Erzbischof ... erschießen:* Der Erzbischof von Paris, Georges Darboy (geb. 1818), wurde am 23. Mai 1871 als Geisel der Commune im Gefängnis La Roquette erschossen. – *Empereur:* Kaiser. – *wie ein Kind:* Vgl. »Der Stechlin«, 43. Kap.: »Er war das Beste, was wir sein können, ein Mann und ein Kind.« (DS, S. 378).

138 *Nouméa:* Hauptstadt von Neukaledonien, 1863–1931 franz. Sträflingskolonie. – *Remter ... Kloster Oliva:* Vgl. F. an Emilie Zöllner am 18. Aug. 1885: »Sehen Sie das Marienburger Schloß und den Remter mit dem berühmten Pfeiler, ›der alles trägt‹, so gedenken Sie meiner. Seit lange steht meine Sehnsucht dahin ...« (HF IV, 3, S. 413). – *Erfindergenie:* Vgl. Anm. zu S. 126 (»Tüftelgenie«). – *Edwin Booth:* 1833–93, der berühmte, wegen seiner Shakespeare-Darstellungen gefeierte Bruder von John Wilkes B., der 1865 Abraham Lincoln ermordete.

139 *Bambus:* wächst nicht dort, sondern in Südasien. – *George Washington:* 1732–99, Begründer der Vereinigten Staaten. – *Grant:* Vgl. Anm.

zu S. 118. – *»Zähle meine Flucht … .«:* frei nach dem 56. Psalm, 9,12–15. – *Fort O'Brien:* Vgl. über die Mängel der Schilderung auf Grund von Kartenarbeit Kenneth Hayens, »Theodor Fontane. A Critical Study«, London 1920, S. 101 ff.

140 *schwarze und weiße Pferd:* Der dualistische Kultus des als heilig angesehenen Pferdes wird von F. in den »Wanderungen«, ›Havelland‹, ›Die Wenden in der Mark‹, geschildert: »Im Winter 1067 auf 1068 erschien Bischof Burkhard von Halberstadt vor Rhetra, stürzte das Götzenbild um und ritt auf *dem weißen Rosse des Radigast heim.«* (W 2, S. 30). Burkhard war der Sage nach ein großer Kinderfreund; F. vielleicht aus der Kindheitslektüre des »Brandenburgischen Kinderfreunds« bekannt. Vgl. auch »Effi Briest«, 18. Kap. (EB, S. 413) und »Ellernklipp«, 15. Kap. (EL, S. 95).

142 *Graf Zieten-Schwerin auf Wustrau:* Vgl. »Wanderungen«, ›Die Grafschaft Ruppin‹, ›Wustrau‹ (W 1, S. 20). – *genierten Blick:* empfindet F. als Pointe der Natur, vgl. »Cécile«, wo beide Ehegatten dieses Merkmal haben. – *die Vierundzwanziger:* Vgl. »Wanderungen«, ›Die Grafschaft Ruppin‹, ›Regiment Mecklenburg-Schwerin Nr. 24‹ (W 1, S. 226 ff.).

143 *Glien:* »von dem wendischen Worte *Glin* der Lehm«, wie F. an anderer Stelle ausführt; vgl. »Wanderungen«, ›Havelland‹, ›Försterei Brieselang‹ (W 2, S. 117) und W 3, S. 1213. – *Fehrbellin:* Vgl. »Wanderungen«, ›Die Grafschaft Ruppin‹, ›An Rhin und Dosse‹ (W, 1, S. 390 ff.). – *Großen Kurfürsten:* Friedrich Wilhelm (1620–88), der Große Kurfürst, besiegte die Schweden 1675 bei Fehrbellin. – *Lilien auf dem Felde:* Matth. 6,28. – *gegen Texas … oder Utah oder gegen Mexiko:* Anspielung auf den Krieg gegen Mexiko 1846–47, ausgelöst durch die Aufnahme des von Mexiko abgefallenen Texas in die Union (1845).

144 *Furnischer:* furnisher, Lieferant.

145 *anno 63:* Die Kämpfe des Jahres 1863, besonders die Schlacht bei Gettysburg, bildeten den Wendepunkt des Bürgerkrieges (1861–64). – *Goerschen, fünfte Kompanie:* Vgl. F., »Der Schleswig-Holsteinsche Krieg im Jahre 1864«, Berlin 1866, S. 214 ff. dort die 12., nicht die 5. Kompanie (nicht »Schanze drei«, sondern Schanze V). – *»die Zietenschen«:* Brandenburgisches Husarenregiment (Zietensche Husaren) Nr. 3 in Rathenow und Friesack. – *die Görlitzer:* Vgl. Anm. zu S. 9. – *der Hornist blies:* Bild aus Freiligraths »Die Trompete von Vionville«. – *von Unruh:* Kommandeur der 24er war Graf Hacke; v. Unruh war Kommandeur des Kaiser Franz-Regiments, in dem F. gedient hatte. – *Prinz:* Vgl. Anm. zu S. 126 und das obengenannte Werk S. 65 und 255 ff. Über Düppel vgl. F.s Gedichte »Der Tag von Düppel«, »Am Jahrestag von Düppel« (HF I, 6, S. 234 ff., S. 237 f.).

146 *Heede:* Flachs, Werg. – *glau:* sauber, geputzt.

147 *mon cher ennemi:* mein lieber Feind. – *Neufundländer:* für F. besonders treue Hunde, vgl. den Neufundländer »Rollo« in »Effi

Briest«; s. auch »Cécile«, 12. Kap. (Cé, S. 71). – *Ce n'est pas mal ...:* Nicht übel, oder? Treten Sie ein, mein lieber Feind.

148 *Durcheinander ...:* Vgl. Anm. zu S. 126 (Dühring). – *Erziehen ... zuwider:* Vgl. »Irrungen, Wirrungen«, 19. Kap. (IW, S. 121) und »Unwiederbringlich«, 6. Kap. (Un, S. 41).

149 *langen Einschließungstage ...:* Vgl. F., »Der Krieg gegen Frankreich 1870–71«, Bd. 2, S. 147 ff. Die Belagerung von Paris währte vom 20. Sept. 1870 bis zum 2. März 1871.

150 *Trocadero:* Anhöhe auf dem rechten Ufer der Seine in Paris gegenüber dem Pont d'Jéna, benannt nach einer Landzunge in der Bucht von Cadiz und einem französischen Waffenerfolg dort 1823.

151 Ferdinand Vicomte de *Lesseps:* 1805–94, Diplomat, Erbauer des Suezkanals, gründete 1879 die Panamagesellschaft, die 1890 fallierte. – *Zuydersee:* Zuidersee; Pläne zur Trockenlegung der großen Nordseebucht an der niederländischen Küste wurden bereits im vorigen Jahrhundert, zuerst 1848, vorgelegt. – *seiner Seele ... so hoch standen:* Vgl. F. an seine Tochter Mete am 18. April 1884: »... ich lebe gern inmitten von Menschen die 5000 Grubenarbeiter beschäftigen, Fabrikstädte gründen und Expeditionen aussenden zur Colonisirung von Mittel-Afrika. Große Schiffsrheder die Flotten bemannen, Tunnel- und Kanalbauer die Welttheile verbinden ... sind meiner Huldigungen sicher ...« (HF IV, 3, S. 314). – *Creuze:* Creuse, Département in Mittelfrankreich. – *Calmei:* Zinkerz. – *Krimkrieg:* 1853–56. – *Sebastopol:* Unter Canroberts, der den am 29. Sept. 1854 gestorbenen Saint-Arnaud ablöste, begann am 9. Oktober die Belagerung, die erst am 11. Sept. 1855 ihren erfolgreichen Abschluß fand. – Adolphe *Niel:* 1802–69, während der Belagerung von Sewastopol bereits General (nicht Oberst) und Oberbefehlshaber des gesamten Geniewesens, erdachte eine zum Erfolg führende Änderung der Taktik; später Marschall von Frankreich und Kriegsminister. Vgl. »Die Poggenpuhls«, 8. Kap. (DP, S. 56). – *empfing ... die Galons:* Vgl. Anm. zu S. 44; hier Umschreibung für Beförderung. – *Solferino:* 24. Juni 1859, Sieg der Franzosen und Sardinier über die Österreicher. – *Düftelgenie:* Vgl. Anm. zu S. 126 *(L'Hermite).*

152 *wer des Kleinen ...:* Vgl. Menander: »Gibst du auf die kleinen Dinge nicht acht, wirst du Größeres verlieren.« – *on revient toujours ...:* Man kehrt immer zu seinen ersten Neigungen zurück. Verse aus der Oper »Joconde« (1814) von Niccolò Isouard (1755–1818), Text von Charles Guillaume Etienne (1778–1845), von F. viel zitiert. – *Exploitierung:* Ausbeutung.

153 *Krösus:* der sagenumwobene letzte König von Lydien, berühmt wegen der von ihm aufgehäuften Schätze. – Cornelius *Vanderbilt:* 1794–1877, amerikanischer Unternehmer und Finanzier mit Riesenvermögen, das sein Sohn William (1821–85) noch verdoppelte. Er war der Sohn eines armen Farmers von holländischer Herkunft. – John William *Mackay:* 1831–1902, erfolgreicher Unternehmer, als

Bergmann von Dublin nach Kalifornien ausgewandert, wo er durch große Metallfunde reich wurde; gründete darauf mit Bennett eine Kabelgesellschaft, die Kabel nach Europa legte. – *Schillingspuppe:* billige Puppe. – *Prophetenköpfchen ... Obadjakopfes:* Den Namen Obadja trägt einer der zwölf sogenannten kleinen Propheten (vgl. das Buch Obadja des Alten Testaments).

154 *Zertifikation:* treffende Kennzeichnung. – *Tête carrée:* Dickkopf. – *Un peu de cochon:* ein bißchen Schwein. – *Un peu de Mormon:* ein bißchen Mormone. – *Bon garçon:* guter Junge.

155 *Ange:* Engel. – *Blagueur:* Spaßvogel, Aufschneider. – *Caïn le Sentimental:* Kain der Empfindsame. – *Slippers:* Pantoffeln.

156 *Himmelsleiter:* Vgl. 1. Mose 28,12. – *das Eiapopeia ... von der Wiege her:* Vgl. Heine, »Deutschland. Ein Wintermärchen«, Caput 1, 7. Strophe.

157 *die Geschichte von Pharaos Traum:* Vgl. Anm. zu S. 156 *(Himmelsleiter).* – *Sedanstag:* 2. Sept. 1870. Unterzeichnung der Kapitulation; vgl. F.s obengenannte Darstellung des Krieges 1870–71, Bd. 1, S. 592.

158 *Chasseurs d'Afrique:* hier wohl des pittoresken Bildes wegen genannt; die Truppe war am Ausfall bei St. Cloud nicht beteiligt, jedoch bei Mars la Tour.

159 *»Goldenen Frieden«:* nach der Baude »Goldener Ausblick«, die Umbenennung gleichsam als Leitmotiv für das Gefühl Lehnerts.

162 *Sonntags zog er ... an:* Vgl. »Von, vor und nach der Reise«, ›Der alte Wilhelm‹: »... hechtgraue Kniehosen und einen blauen Frack ...« (HF I, 7, S. 109).

163 *Flissaken:* Flußschiffer. – *einem großen Mennonitendorfe ...:* Vielleicht ist Dirschau gemeint, wo der Weltreisende Johann Reinhold Forster geboren war. Der auf S. 161 genannte Name »Dirschau« für die Neugründung einer Siedlung in Dakota legt es nahe.

165 *»dumplings« und »slices of bacon«:* Knödel und Speckschnitten.

166 *Les jours de fête ...:* Die Festtage sind vorbei für uns, aber die Festtage beginnen erst für Obadja. – *Ferdinand Cortez ...:* Oper von Gasparo Spontini (1774–1851).

168 *Leonardisch:* nach Leonardo da Vinci (1452–1519).

169 *Shelley:* wohl nach dem berühmten englischen Dichter Percy Bysshe S. (1792–1822) benannt? – *Gouache:* Wasserfarbenmalerei.

170 *Benjamin Franklin:* 1706–90, amerikanischer Staatsmann, Schriftsteller und Physiker. – *Ça suffit:* Das genügt.

171 *»Wer das Schwert ...«:* Vgl. Matth. 26,52. – *»Die Rache ...«:* Vgl. 5. Mose 32,35 und Röm. 12,19. – *Freiheit ... freilich:* Anklang an die Formulierung in dem Gedicht »Fester Befehl« (HF I, 6, S. 323; vgl. auch oben Anm. zu S. 132). – *Selig sind ...:* Matth. 5,9 und 5,8. – *Rühret eigner Schmerz ...:* 3. Strophe des Liedes »Jesu geh voran« von Nikolaus Ludwig Graf von Zinzendorf und Pottendorf (1700–60); die 2. Strophe folgt auf der nächsten Seite.

173 *Oui ...:* Jawohl; das ist viel mehr als der Prophet des Testaments, das ist der Prophet von Meyerbeer. Ironische Anspielung auf die einst berühmte Oper »Der Prophet« (1849) von Giacomo Meyerbeer (Text von Eugène Scribe). – *Röse:* Die Wahl des Namens erinnert an den Schriftsteller und Privatgelehrten Ferdinand Röse (1815–59), ein vielversprechendes Talent, das jedoch bald verdarb; Röse war ein Freund Geibels und Schulgenosse Storms. In den Jahren 1853–54 wird er im Briefwechsel zwischen Fontane und Storm wiederholt erwähnt. – *Schlesier ... fallen um wie Bleisoldaten:* Vgl. F.s Brief an seine Frau vom 9. Juni 1883: »... alle Schlesier ... sind verrückt; au fond unbedeutend und eng, spielen sie sich mit Hülfe eines ganz trivialen Eigensinns auf den ›Charakter‹ hinaus. Und das kann den stärksten Mann umbringen, geschweige einen Schlesier.« (Briefe I, S. 195 f.).

174 *Jüngling zu Nain:* Lukas 7,11–15. – *an das Kamel und das Nadelöhr denken:* Vgl. Matth. 19,24.

176 *'s Herz ...:* aus dem Volksstück »Stadt und Land oder Der Viehhändler aus Oberösterreich« (1872) von Friedrich Kaiser (1814–74).

177 *Auf Schlesiens Bergen:* Trinklied von August Kopisch (1799–1853) u. d. T. »Der Schlesische Zecher« in Münchner fliegende Blätter, Bd. 1, 1845, S. 53, (anonym; vgl. Kopisch, Gesammelte Werke, 2. Bd., Berlin 1856: »Satan und der schlesische Zecher, aus des Dichters Nachlaß eingefügt«, dann im Allgemeinen deutschen Kommersbuch, Lahr 1858. Melodie von F. A. Reissiger. Aufgenommen von Hoffmann von Fallersleben in »Unsere volkstümlichen Lieder«).

178 *Autodafé:* Ketzergericht, hier im Sinne von: Verbrennung.

179 *»Madame Bovary«:* Roman (1857) von Gustave Flaubert (1821–80). »Nana«: Roman von Emile Zola (1840–1902), im Zyklus »Les Rougon-Macquart« (1871–93). Vgl. »Effi Briest«, 26. Kap. (EB, S. 225). – *Bret Harte:* Vgl. Anm. zu S. 115; »The Luck of Roaring Camp« erschien 1868, »The Outcasts of Pokers Flat« folgten 1869.

180 *Gentleman, Hidalgo, Chevalier* (engl., span., franz.): Kavalier. – *Der große Zola:* F.s komplexes Verhältnis zu Zola, mit dem er sich intensiv beschäftigt hat, belegt die Dokumentation aus Briefen F.s in dem Band »Aufsätze und Aufzeichnungen« der Hanser-Ausgabe (HF III, 1, S. 915 ff.). Vgl. auch »Graf Petöfy«, 7. Kap. (GP, S. 56 f.) und Anm. *Neuestem Roman:* »Germinal«, 1885.

181 *»Es waren aber Männer ...«:* F. verändert, wie der Textvergleich zeigt, Pestalozzis Prosa, um sie der eigenen Erzählung anzupassen: »Es waren unter den Völkern der Heiden, die ringsumher und um das Erbteil Abrahams wohnten, Männer voll Weisheit, die weit und breit auf der Erde ihresgleichen nicht hatten; diese sprachen: ›Lasset uns zu den Königen und zu ihren Gewaltigen gehn und sie lehren, die Völker auf Erden glücklich machen!‹ Und die weisen Männer gingen hinaus und lernten die Sprache des Hauses der Könige und ihrer Gewaltigen und redeten mit den Königen und mit ihren Ge-

waltigen in ihrer Sprache. Und die Könige und die Gewaltigen lobten die weisen Männer und gaben ihnen Gold und Seide und Weihrauch, taten aber gegen die Völker wie vorhin. Und die weisen Männer wurden von dem Gold und der Seide und dem Weihrauch blind und sahen nicht mehr, daß die Könige und ihre Gewaltigen unweise und töricht handeln an allem Volk, das auf Erden lebt. Aber ein Mann aus unsrem Volk beschalt die Weisen der Heiden, gab dem Bettler am Weg seine Hand, führte das Kind des Dieben und den Sünder und den Verbannten in seine Hütte, grüßte die Zoller und die Kriegsknechte und die Samariter wie seine Brüder, die aus seinem Stamme sind. Und sein Tun und seine Armut und sein Ausharren in seiner Liebe gegen alle Menschen gewann ihm das Herz des Volks, daß es auf ihn traute als seinen Vater ...« (Vorrede zur erstren Auflage, datiert »den 25. Hornung 1781«, zit. nach Schriften und Glossen, Bd. 2, S. 520.) – *Leitmotiv:* ursprünglich kurzes Thema in einer musikalischen Komposition, das als Symbol für einen Vorgang oder eine Person dient. Richard Wagner übernahm dieses Kunstmittel von Mozart, Weber, Berlioz u. a., bildete es aber, besonders in seinen späteren Werken, zu einem formalen Prinzip und bis zur thematischen Einheit ganzer Musikdramen aus. Der Ausdruck »Leitmotiv«, den Wagner selbst erst später übernommen hat, wurde sehr populär und auch für das Verständnis literarischer Werke von Bedeutung. Der damit gemeinten Technik hat sich auch F. bedient. – *Oui ...:* Jawohl, das ist das große Wort des großen Richard.

186 *silberne Hochzeit:* Vgl. die Erzählung »Goldene Hochzeit« und das Fragment »Die Goldene Hochzeitsreise« (HF I, 7, S. 203 ff. und 250 ff.).

188 *ans Groteske streifende Vorliebe:* Vgl. »Meine Kinderjahre«, 8. Kap.: die »das Groteske liebende Swinemünder Kaufmannschaft« genießt ihrerseits die Sympathie des Erzählers. (HF III, 4, S. 77).

191 *Manito:* der »Große Geist« der Indianergeschichten, indianische Bezeichnung für eine unpersönliche, geheimnisvolle Macht.

192 *das Zeichen, in dem wir siegen:* »In diesem Zeichen wirst du siegen« (In hoc signo vinces). Der Legende zufolge soll Kaiser Konstantin dem Großen vor der Schlacht gegen Maxentius an der Milvischen Brücke im Jahr 312 am Himmel das Bild des Kreuzes mit dieser Inschrift erschienen sein. Nach dem Siege nahm Konstantin das Christentum an, das dadurch zur Staatsreligion wurde. Vgl. auch »Effi Briest«, 5. Kap. (EB, S. 35). – *Herr und Heiland ...:* altes Kirchenlied.

193 *Pourqoui pas?:* Warum nicht?

194 *die Maus knabbert den Löwen frei:* nach einer Fabel Äsops. Die Maus zernagt das Netz, in dem sich ein Löwe gefangen hat, zum Dank dafür, daß er sie einst verschonte. – *Gelübde war das Groteske:* Vgl. Anm. zu S. 188.

195 *german toys:* deutsches Spielzeug. – *à l'empire:* im Geschmack des zweiten Kaiserreichs. – *Krinolinen à la Eugénie:* Reifrock, der die Kleider bauschig vom Leibe abstehen ließ. Angeblich eine Erfindung der Kaiserin Eugénie (1826–1920), der Gemahlin Napoleons III. – *Tournüren à la Zouave:* Die Tournüre folgte in der modischen Entwicklung bald auf die Krinoline, vermochte sich aber auch nicht lange zu behaupten. Die Zouaven bildeten eine von Frankreich seit 1831 rekrutierte Infanterietruppe in malerischen Uniformen, aus der aber das einheimische algerische Element immer mehr verschwand. F. hat einen Aufzug der Zouaven in seiner Korrespondenz aus Paris für die Neue Preußische (Kreuz-)Zeitung 1856 beschrieben (vgl. HF III, 1, S. 138 f.). – *Kasawaika* (Kazawaika, litauisch): kurzer Damenmantel, meist pelzverbrämt. – *Noch ist Polen ...:* Beginn des 1797 von Joseph Wybicki (1747–1822) verfaßten Dombrowski-Marschs.

196 *Kaulbars, nunmehrige Hecht:* Wortspiel mit den Fischen Kaulbarsch und Hecht, vgl. Anm. zu S. 126. – *multrig:* dumpfig. – *vergessen, Dir von den Kindern zu schreiben:* In F.s »Meine Kinderjahre« sind seine Geschwister selten erwähnt, und Holk in »Unwiederbringlich« vergißt seine Kinder. – *Daus:* As. – *»Pippi«, »Lolo«:* Modenamen der Zeit.

197 *Thorn:* Pfefferkuchen aus Thorn waren allgemein bekannt.

199 *Bockmühlen:* auch deutsche Mühlen, die um den senkrechten sog. Hausbaum drehbar sind. – *holländische Mühlen:* Mühlen mit unbeweglichem Gehäuse, aber drehbarem Dach, der sog. Haube.

200 *Aber die Geschichte mit dem ... französischen Tambour:* die Geschichte, die dem Roman »Unterm Birnbaum« zugrunde liegt. – *die Geschichte von ›Rotmützeken‹:* Vgl. Schwartz, S. 147; dort in einer Fußnote noch der Hinweis: »Die rote Farbe wird dem Kobold häufig beigelegt ... weshalb er auch ›Rotmützchen‹ genannt wird.« Franz.: »Caparoux«, welchen Namen F. in »L'Adultera für eine Rotblondine gebraucht (Ad, S. 9).

205 *pet:* Schoßkind. – *hyperboreisch:* nordländisch. – *bêtise allemande:* deutsche Einfältigkeit. – *mit seinen Päffchen:* Vgl. F. an Clara Stockhausen am 27. Dez. 1878: »Der norddeutsche pauvre Protestantismus hat blos den Neid groß gefüttert. Die Päffchenträger selbst sind der Ausdruck davon.« (HF IV, 2, S. 646).

206 *Sie buk, tagaus, tagein:* Vgl. »Meine Kinderjahre«, 9. Kap., über die ›Backwoche‹ (HF III, 4, S. 87). – *Kardamom:* Gewürz aus Indien, vor allem aus den Fruchtkapseln von Elettaria Cardamomum, für Pfefferkuchen, auch zur Bereitung von Likören und orientalischem Kaffee. – *Mohnpielen:* Mohnstreusel, in Berlin beliebtes Silvestergebäck. – *Bernauer Bier:* ein dunkles, etwas süßes Bier aus dem märkischen Bernau. – *rupfte das geschlachtete Federvieh:* Vgl. Anm. zu S. 57.

207 *petit bougre:* Schlingel. – *Valet will ich dir geben:* Kirchenlied (1614) von Valerius Herberger (1562–1627), Lehrer, später Pfarrer

in seinem Geburtsort Fraustadt in Schlesien. Bei der Schilderung von Herbergers Wirken während der Pestepidemie (vgl. S. 210) stützt sich F., wie Werner Weber aufgezeigt hat, auf die biographische Darstellung von Karl Friedrich Ledderhose, »Leben Valerius Herbergers, Predigers am Kripplein Christi zu Fraustadt in Polen«, Bielefeld 1851 (vgl. Schriften und Glossen, Bd. 2, S. 449 f.). Ledderhose erwähnt F. in »Cécile«, 6. Kap. (Cé, S. 28).

209 *des Lebens Bestes sei ... das Ins-Vergesssen-Sinken:* Vgl. das Gedicht »Denkst Du verschwundener Tage, Marie?« (HF I, 6, S. 158 f.), das auch in »Unwiederbringlich«, 33. Kap., zitiert wird und die Stimmung des Romans spiegelt (Un, S. 247). – *Valerius Herberger:* Vgl. oben und Anm. zu S. 210.

210 *Zinzendorf:* Vgl. Anm. zu S. 377; bedeutender Vertreter des deutschen Pietismus, Begründer der Herrnhuter Brüdergemeinde. Z. war in Dresden geboren und starb in Herrnhut. – *Flemming:* Paul Fleming (1609–40), der begabteste Schüler von Martin Opitz, vor allem Lyriker. – *Martin Opitz* von Boberfeld: 1597–1639, Dichter und Dichtungstheoretiker, vgl. Anm. zu S. 10. – *in Fraustadt:* Wschowa nordöstl. Glogau, gehörte, als es 1793 an Preußen fiel, zu den großen Städten Polens. Herberger, der in Fraustadt als Prediger wirkte (vgl. Anm. zu S. 207), starb auch dort.

211 *Oui ...:* Ja, ja, aber das tut nichts ... Der große Heiland ist die Idee.

215 *Es ist Rahel, um die du wirbst :* Vgl. 1. Mose 29.

216 *Bekassinen:* Schnepfen.

217 *Konvallarien:* Maiblumen.

219 *Vierge aux fleurs:* Die Jungfrau mit den Blumen. – *Schwante:* bei Kremmen, Sagenort; vgl. Schwartz, S. 157 f. (»Die stillen Frösche zu Schwante«). – *feines Ahnungsvermögen:* Vgl. »Der Stechlin«, 7. Kap. (DS, S. 80).

223 *Ni l'un ni l'autre:* Weder das eine noch das andere. – *geht alles seinen Gang, dunkel und rätselvoll:* Vgl. F.s Besprechung einer Aufführung von Goethes »Torquato Tasso« am 29. Okt. 1873: »Rätselvoll werden ewig die Geschicke schreiten, Schuld aufhäufend auch ohne unsre Schuld und uns niederwerfend ohne Antwort auf unsere Frage: warum?« (HF III, 2, S. 150). Vgl. auch »Schach von Wuthenow«, 21. Kap. (SW, S. 133 und Anm.).

224 *der große Jaggernaut:* in Indien (Puri) verehrter Gott Dschaganath oder Juggurnaut, ohne Hände und Füße; sein Standbild wird beim Wagenfest (Juni oder Juli) auf einem hohen Wagen von Gläubigen gezogen, andere Gläubige werfen sich nicht selten in Ekstase unter den Wagen; vgl. auch Albert Ostertag (geb. 1810): »Noch herrscht in seinen Reichen / Der blut'ge Juggernaut; / Er hat sein Haus auf Leichen / Entsetzlich aufgebaut: / Es knarren seine Räder / Auf Menschenleibern hin, / Und Kinder, Mütter, Väter / Umjauchzen schreiend ihn.« (Evangelischer Liederschatz von M. Knapp, Stuttgart 1865, Lied Nr. 1092, 5. Strophe).

227 *Exaudi:* 6. Sonntag nach Ostern.

229 *Ça ira:* Es wird schon gehen. Nach einem Schlager der Gartenlokale, einer Tanzweise von Bécourt, dem Trommelschläger der großen Oper, entstand 1790 ein vielgesungenes derbes Revolutionslied (»Air du Carillon National«) mit dem Refrain: »Ah! Ça ira!« In einer gemäßigten Fassung, die der Straßensänger Ladré hergestellt hatte, ersetzte das Lied jahrelang die Nationalhymne. Angeblich hatte Lafayette das Wort *Ça ira!* aus dem Munde von Benjamin Franklin in Amerika. Auch während seines Aufenthalts in Paris soll Franklin es häufig gebraucht haben, wenn er nach dem amerikanischen Unabhängigkeitskrieg befragt wurde. 1797 wurde das Lied vom Direktorium verboten.

234 *Pas beaucoup de bien:* Nicht viel Gutes. – *La mort sans phrase:* Tod ohne Aufhebens. Dies soll Emanuel Joseph Sieyès (1748–1836), alle Reden abschneidend, als Urteilsspruch über Ludwig XVI. in der Konventssitzung vom 17. Jan. 1793 vorgeschlagen haben. Allerdings hat Heine dieser Darstellung widersprochen. »Der Abbé Sieyès, angeekelt von dem widerwärtigen Geschwätze, stimmte ganz einfach für den Tod, und als er von der Tribüne herabgestiegen, sagte er zu seinem Freunde: ›J'ai voté la mort sans phrase.‹ Der böse Leumund aber mißbrauchte diese Privatäußerung; dem mildesten Menschen ward als parlamentarisch das Schreckenswort ›la mort sans phrase‹ aufgebürdet, und es steht jetzt in allen Schulbüchern, und die Jungen lernen's auswendig.« (Heinrich Heine, »Französische Maler«, ›Delaroche‹).

240 *der alte Herr von Bredow begraben wurde:* Graf Ludwig von Bredow, Reichstagsmitglied, starb 1877. Vgl. auch »Ländchen Friesack«, ›Bei den Bredows‹ (W 3, S. 665 ff.).

241 *»Hoffnung läßt nicht zuschanden werden«:* Vgl. Röm. 5,5.

242 *1885:* Die Geschichte spielt also zwischen 1878 und 1885. – *Hauderer:* oberdt. Mietkutscher.

243 *Geheimer ... die dritte Klasse:* Vgl. das Gedicht »Summa Summarum« (HF I, 6, S. 339 f. und Anm.). – *Besik ... Rabouge:* Kartenspiele.

245 *vidimierte:* amtlich beglaubigte. – *Krauts:* von F. öfters genannter Scharfrichter; vgl. F. an Friedrich Stephany, 16. Juli 1887 (HF IV, 3, S. 553). – *Requisition:* Anforderung.

246 *Wer das Schwert nimmt ...:* nach Matth. 26,52.

Zeittafel

1819 30. Dezember: Henri Théodore (Theodor) Fontane in Neuruppin geboren.

1827 Juni: Die Familie zieht nach Swinemünde.

1832 Ostern: Eintritt in die Quarta des Gymnasiums in Neuruppin.

1833 1. Oktober: Eintritt in die Gewerbeschule K.F. Klödens in Berlin.

1836 Beginn der Apothekerlehrzeit. Konfirmation in der französisch-reformierten Kirche.

1839 *Geschwisterliebe,* sein erstes gedrucktes Werk.

1840 Ende der Lehrzeit. Gedichte im »Berliner Figaro«. Roman *Du hast recht getan* und Epos *Heinrichs IV. erste Liebe* (beide nicht überliefert). Oktober–Dezember: Apothekergehilfe in Burg bei Magdeburg.

1841 1. April: Gehilfe in der Apotheke »Zum Weißen Adler« in Leipzig. Politisch-literarische Kontakte (»Herwegh-Klub«). Gedichte im Unterhaltungsblatt »Die Eisenbahn«.

1842 1. Juli: Gehilfe in der Salomonis-Apotheke in Dresden. Weitere Gedichte und Korrespondenzen für die »Eisenbahn«.

1843 Gedichte im »Morgenblatt« (Cotta). Erneuter Aufenthalt in Leipzig, gescheiterte Pläne als Redakteur. Anfang August Rückkehr nach Letschin, Defektar in der väterlichen Apotheke. 30. Juli: Gast (»Rune«) im Literarischen Sonntagsverein »Tunnel über der Spree«.

1844 1. April: Beginn des Militärjahrs. 25. Mai – 10. Juni: Erste Reise nach England. 29. September: Aufnahme in den »Tunnel«.

1845 8. Dezember: Verlobung mit Emilie Rouanet-Kummer.

1847 Approbation als Apotheker erster Klasse. Trennung der Eltern ohne Scheidung.

1848 Teilnahme an den Barrikadenkämpfen in Berlin am 18. März. Vier Aufsätze in der »Berliner Zeitungs-Halle«. *Karl Stuart* (Dramenfragment). 15. September: Anstellung im Krankenhaus Bethanien.

1849 30. September: Fontane verläßt Bethanien, arbeitet als »freier Schriftsteller«. Korrespondent der »Dresdner Zeitung« (bis April 1850).

1850 *Männer und Helden; Von der schönen Rosamunde.* Eintritt ins »Literarische Kabinett«. 16. Oktober: Heirat.

1851 *Gedichte.* 14. August: Sohn George Emile geboren.

1852 *Deutsches Dichter-Album.* Hrsg. von Theodor Fontane. 23. April bis 25. September: Aufenthalt in London.

1853 *Unsere lyrische und epische Poesie seit 1848.*

1854 *Ein Sommer in London; Argo. Belletristisches Jahrbuch für 1854*. Hrsg. von Th. Fontane und Fr. Kugler.

1855 10. September.: Beginn eines mehrjährigen Aufenthalts in London.

1856 Halbamtlicher »Presse-Agent«. 3. November: Sohn Theodor geboren.

1857 Emilie übersiedelt mit den Kindern nach London.

1858 August: Reise mit Bernhard von Lepel nach Schottland.

1859 15. Januar: Rückkehr nach Berlin. Beginn der *Wanderungen*.

1860 *Aus England; Jenseit des Tweed*. Eintritt in die Redaktion der »Kreuz-Zeitung«. 21. März: Tochter Martha (Mete) geboren.

1861 *Balladen*.

1862 *Wanderungen durch die Mark Brandenburg* (bis 1882 vier Bände).

1864 5. Februar: Sohn Friedrich geboren. Reisen nach Schleswig-Holstein und Dänemark.

1865 13. August: Tod Wilhelm Wolfsohns in Dresden. 26. August bis 21. September: Reise an den Rhein und in die Schweiz. Scott-Lektüre.

1866 *Der Schleswig-Holsteinsche Krieg im Jahre 1864*. Reisen auf die böhmischen und süddeutschen Kriegsschauplätze. *Reisebriefe vom Kriegsschauplatz* im Deckerschen »Fremdenblatt«.

1867 5. Oktober: Tod des Vaters.

1869 13. Dezember: Tod der Mutter.

1870 Bruch mit der »Kreuz-Zeitung«. Theaterrezensent der »Vossischen Zeitung«. Reise zum französischen Kriegsschauplatz. 5. Oktober: Festnahme in Domremy. Internierung auf der Île d'Oléron. 5. Dezember: Rückkehr nach Berlin. *Der deutsche Krieg von 1866* (Bd. 2: 1871).

1871 »Osterreise« nach Frankreich. *Kriegsgefangen; Aus den Tagen der Occupation*.

1872 *Willibald Alexis* in Julius Rodenbergs »Der Salon für Literatur, Kunst und Gesellschaft«. Umzug in die Potsdamer Straße 134c, Fontanes letzte Wohnung.

1873 *Der Krieg gegen Frankreich 1870–1871* (Bd. 2 in zwei Halbbänden 1875/76)

1874 Italienreise mit Emilie.

1875 *Gedichte. 2., vermehrte Auflage*. Reise in die Schweiz und nach Oberitalien. Heimkehr über Wien.

1876 6. März: Ständiger Sekretär der Akademie der Künste in Berlin. Ende Mai Rücktrittsgesuch. 2. August: Entlassung. *Vor dem Sturm* wiederaufgenommen.

1878 *Vor dem Sturm*.

1880 *Grete Minde*.

1881 *Ellernklipp*.

1882 *L'Adultera; Spreeland*.

1883 *Schach von Wuthenow.* Zola-Studien.
1884 *Graf Petöfy.* Beginn der Korrespondenz mit Georg Friedlaender.
1885 *Christian Friedrich Scherenberg und das litterarische Berlin von 1840 bis 1860; Unterm Birnbaum.*
1887 *Cécile.* 24. September: Tod des Sohnes George.
1888 *Irrungen, Wirrungen.* Friedrich Fontane gründet eigenen Verlag.
1889 *Fünf Schlösser; Gedichte. 3., vermehrte Auflage.*
1890 *Stine.* Für die naturalistische Bewegung wichtige Theaterkritiken.
1890/91 Erste Gesamtausgabe der erzählenden Werke in zwölf Bänden.
1891 *Quitt.*
1892 *Gedichte, 4., vermehrte Auflage; Unwiederbringlich.* Schwere Erkrankung.
1893 *Frau Jenny Treibel oder »Wo sich Herz zum Herzen find't«.*
1894 *Von[,] vor und nach der Reise; Meine Kinderjahre.* 8. November: Ehrendoktor der Philosophischen Fakultät der Universität Berlin auf Vorschlag Erich Schmidts und Theodor Mommsens.
1895 Beginn der Arbeit an *Der Stechlin.* Erster überlieferter Brief an James Morris.
1896 *Effi Briest; Die Poggenpuhls.*
1897 *Der Stechlin* (Beginn des Vorabdrucks. Buchausgabe nach Fontanes Tod 1898 mit Impressum 1899).
1898 *Gedichte. 5., vermehrte Auflage; Von Zwanzig bis Dreißig.* 20. Sept.: Tod Fontanes in Berlin. 24. September: Beisetzung auf dem Friedhof der Französischen Reformierten Gemeinde an der Liesenstraße.
1902 18. Februar: Tod Emilie Fontanes in Berlin.
1905 *Briefe an seine Familie.*
1906 Erstdruck des nachgelassenen Romans *Mathilde Möhring* in der »Gartenlaube«.
1910 *Briefe an seine Freunde;* Briefwechsel mit Wilhelm Wolfsohn.
1917 10. Januar: Tod der Tochter Martha (Mete) in Waren in Mecklenburg.
1940 *Theodor Fontane und Bernhard von Lepel. Ein Freundschaftsbriefwechsel.*
1941 22. September: Tod des Sohnes Friedrich in Neuruppin.
1956 *Briefe an Georg Friedlaender.*
1969 *Briefe an Hermann Kletke; Briefe an Julius Rodenberg.*
1987 *Die Fontanes und die Merckels. Ein Familienbriefwechsel.*
1994 *Tagebücher.*
1995 *»Unechte Korrespondenzen«. Ein Jahrzehnt Redakteur der Kreuzzeitung.*

Maßgebend für die Werkdaten der Zeittafel ist das Impressum der Buchausgabe, für zu Lebzeiten Fontanes nicht in Buchform erschienene Werke der Erstdruck.

Abgekürzt zitierte Literatur

A: Theodor Fontane. Romane und Erzählungen in acht Bänden. Hrsg. von Peter Goldammer, Gotthard Erler, Anita Golz und Jürgen Jahn. Berlin und Weimar: Aufbau-Verlag 1969.

Briefe: Theodor Fontane. Briefe I. Briefe an den Vater, die Mutter und die Frau. Hrsg. von Kurt Schreinert. Zu Ende geführt und mit einem Nachwort versehen von Charlotte Jolles. Erste wort- und buchstabengetreue Edition nach den Handschriften. Berlin 1968. Briefe II. Briefe an die Tochter und an die Schwester. Berlin 1969. Briefe III. Briefe an Mathilde von Rohr. Berlin 1971. Briefe IV. Briefe an Karl und Emilie Zöllner und andere Freunde. Berlin 1971.

Briefe an Friedlaender: Theodor Fontane. Briefe an Georg Friedlaender. Hrsg. und erläutert von Kurt Schreinert. Heidelberg 1954.

Briefe an Wilhelm und Hans Hertz: Theodor Fontane. Briefe an Wilhelm und Hans Hertz. 1859–1898. Hrsg. von Kurt Schreinert †. Vollendet und mit einer Einführung versehen von Gerhard Hay. Stuttgart 1971 (= Veröffentlichungen der Deutschen Schillergesellschaft. 29).

Dichter über ihre Dichtungen: Dichter über ihre Dichtungen. Bd. 12. I. II. Theodor Fontane. Hrsg. von Richard Brinkmann in Zusammenarbeit mit Waltraud Wiethölter. München (1973).

Fontane-Blätter: Fontane Blätter. Halbjahresschrift. Im Auftrag des Theodor-Fontane-Archivs und der Theodor Fontane Gesellschaft, hrsg. von Manfred Horlitz und Helmuth Nürnberger.

Schriften und Glossen: Theodor Fontane. Schriften und Glossen zur europäischen Literatur. Ausgewählt, eingeleitet und erläutert von Werner Weber. 2 Bde. Zürich und Stuttgart 1965–67 (= Klassiker der Kritik).

Schwartz: Wilhelm Schwartz. Sagen und alte Geschichten der Mark Brandenburg. Berlin 1871 (Zitate nach der 3., vermehrten Auflage).

Nur gelegentlich herangezogene Literatur wird in den Anmerkungen mit den bibliographischen Angaben zitiert.

Seitenangaben ohne weiteren Zusatz beziehen sich auf den vorliegenden Band.

Auf die übrigen Bände der Hanser-Fontane-Ausgabe (HF) wird durch Angabe der Abteilung (römische Ziffer) und der Bandnummer (arabische Ziffer) verwiesen. (Abteilung I: Romane, Erzählungen, Gedichte; 7 Bde. [in erster Auflage 6 Bde.]. Abteilung II: Wanderungen durch die Mark Brandenburg; 3 Bde. Abteilung III: Erinnerungen, ausgewählte Schriften und Kritiken; 5 Bde. [Bd. 1: Aufsätze und Aufzeichnungen; Bd. 2: Theaterkritiken; Bd. 3/I und 3/II: Reiseberichte und Tagebücher; Bd. 4: Autobiographisches; Bd. 5: Zur deutschen Geschichte, Kunst und Kunstgeschichte]. Abteilung IV: Briefe; 5 Bde.) Zitiert wird jeweils nach der neuesten Auflage der Bände.

Auf die Einzelausgabe bei dtv wird mit folgenden Siglen verwiesen:

Ad	L'Adultera
Cé	Cécile
DP	Die Poggenpohls
DS	Der Stechlin
EB	Effi Briest
El	Ellernklipp
GM	Grete Minde
GP	Graf Petöfy
IW	Irrungen, Wirrungen
JT	Frau Jenny Treibel
MM	Mathilde Möhring
Qu	Quitt
St	Stine
SW	Schach von Wuthenow
UB	Unterm Birnbaum
Un	Unwiederbringlich
VS	Vor dem Sturm
W	Wanderungen durch die Mark Brandenburg

Literaturhinweise

Aust, Hugo: Theodor Fontane. »Verklärung«. Eine Untersuchung zum Ideengehalt seiner Werke. Bonn 1974 (= Bonner Arbeiten zur deutschen Literatur. 26), S. 189–228.

Baer, Oswald: Fontane und das Riesengebirge. In: Der Wanderer im Riesengebirge, Nr. 80, 1890, S. 43 ff.

Davis, Arthur L.: Theodor Fontanes interest in America as revealed by his novel »Quitt«. In: The American-German Review 19 (1952/53), Heft 3, S. 28–29.

Demetz, Peter: Formen des Realismus: Theodor Fontane. Kritische Untersuchungen. München 1964, S. 100–112.

Graf, Andreas: Fontane, Möllhausen und Friedrich Karl in Dreilinden. Zu Entstehungshintergrund und Struktur des Romans »Quitt«. In: Fontane-Blätter 1991, Heft 51, S. 156–175.

Grawe, Christian: »Quitt«. Lehnert Menz zwischen Todesverfallenheit und Auferstehung. Zur Bildwelt des Romans. In: Interpretationen. Fontanes Novellen und Romane. Hrsg. Von Christian Grawe. Stuttgart 1991, S. 157–184.

Günther, Vincent J.: Das Symbol im erzählerischen Werk Fontanes. Bonn 1967 (= Bonner Arbeiten zur deutschen Literatur. 16), S. 49–54.

Hayens, Kenneth: Theodor Fontane. A critical study. London 1920, S. 101–120.

Kahrmann, Cordula: Idyll im Roman: Theodor Fontane. München 1973, S. 49–62.

Lowsky, Martin: Aus dem Phantasie-Brunnen. Die Flucht nach Amerika in Theodor Fontanes »Quitt« und Karl Mays »Scout«. In: Jahrbuch der Karl-May-Gesellschaft 1982, S. 77–96.

Lowsky, Martin: »Quitt« und die Kommunarden. Über Fontanes Vorbild für seine Figur Camille L'Hermite. In: Fontane-Blätter 1991, Heft 51, S. 102–112.

Martini, Fritz: Auswanderer, Rückkehrer, Heimkehrer. Amerikaspiegelungen im Erzählwerk von Keller, Raabe und Fontane. In: Amerika in der deutschen Literatur. Neue Welt – Nordamerika – USA. Hrsg. von Sigrid Bauschinger (u.a.) Stuttgart 1975, S. 78–204.

Müller-Seidel, Walter: Theodor Fontane. Soziale Romankunst in Deutschland. Stuttgart 1975, S. 228–238.

Ohl, Hubert: Theodor Fontane. In: Handbuch der deutschen Erzählung. Hrsg. von K. Polheim. 1981, S. 339–355.

Reitzig, Hans: Theodor Fontanes »Quitt«. In: Schlesien 15 (1970), S. 214–222.

Reuter, Hans-Heinrich: Grundpositionen der »historischen« Autobiographie Theodor Fontanes. In: Theodor Fontanes Werk in unserer Zeit. Symposion zur 30-Jahr-Feier des Fontane-Archivs der Brandenburgischen Landes- und Hochschulbibliothek in Potsdam. Potsdam 1966, S. 26–35.

Reuter, Hans-Heinrich: Kriminalgeschichte, Humanistische Utopie und Lehrstück. Theodor Fontane, »Quitt«. In: Sinn und Form 23 (1971), Heft 6, S. 1371-1376.

Richter, Fritz K.: Theodor Fontane in Schlesien. In: Jahrbuch der Schlesischen Friedrich-Wilhelm-Universität zu Breslau 19 (1978), S. 177-187.

Richter, Fritz K.: Theodor Fontanes schlesischer Roman »Quitt«. In: Jahrbuch der Schlesischen Friedrich-Wilhelm-Universität zu Breslau 19 (1978), S. 188–197.

Schlaffer, Heinz: Das Schicksalsmotiv in Fontanes Romanwerk. Konstanz und Auflösung. In: Germanisch-Romanische Monatsschrift NF 16 (1966), S. 392-409.

Schüppen, Franz: Paradigmawechsel im Werk Theodor Fontanes. Von Goethes Italien- und Sealsfields Amerika-Idee zum preußischen Alltag. Stuttgart/Freiburg 1993 (= Schriftenreihe der Charles-Sealsfield-Gesellschaft. 5), S. 165–175.

Schwerdtner, Hans: Erinnerungen an den Lehrer Lösche, der Fontane Kenntnis von der Ermordung des Försters Frey vermittelte (»Quitt«). In: Fontane-Blätter 3 (1976), Heft 7, S. 523–524.

Voss, Lieselotte: Literarische Präfiguration dargestellter Wirklichkeit bei Fontane. Zur Zitatstruktur seines Romanwerks. München 1985, S. 213–225.

Wandrey, Conrad: Theodor Fontane. München 1919, S. 320–325.

Zieglschmid, Andreas J. F.: Truth and fiction and Mennonits in the second part of Theodor Fontanes novel »Quitt«: The Indian territory. In: Mennonite Quarterly Review 16 (1942), S. 223–246.

NACHWORT

»Der Fontane, der hat immer of a Feranda gearbeet. Aber vorher, da hat a alle nausgeschmissen aus'm Hause, dadermitte a hatte Ruhe zum Arbeeten. Und dann hat er alle Fliega derschlagen – da liess a ooch noch ni a eenziche iebrich. Eegens ane Fliegaklatsche hot a sich daderzune gekooft. Und wenn a vom Arbeeten kam, da standen ihm de Adern aso dicke – ich sag Ihn'n aso dicke und blau uf der Stirne.« (Richter, Theodor Fontane in Schlesien, a.a.O., S. 184)

Der Maurer Schiller, in dessen direkt am Ufer der großen Lomnitz gelegenen Haus in Krummhübel Fontane im Sommer 1886 wohnte und der als alter Mann diesen tragikomischen Bericht überliefert hat, wußte vermutlich nicht, womit sein Berliner Feriengast beschäftigt war: mit der Beschreibung eines in seiner Heimat berühmten Mordfalls. »Quitt«, Fontanes lakonisch betitelte und zu einem Teil im schlesischen Riesengebirge, zum anderen in einem von Menonniten besiedelten Flecken im Indianer-Territorium südlich von Kansas angesiedelte Erzählung über seinen »Förster- und Wilddieb-Stoff«, ist in gewisser Weise noch zu entdecken. Unter seinen berühmten Romanen wirkt sie ein wenig wie ein Nachkomme, dem es an Familienähnlichkeit fehlt. Spätere Leser haben dies anscheinend noch stärker als Fontanes Zeitgenossen empfunden. Befremden ließ die Lektüre aber möglicherweise auch aus noch anderen Gründen zurück. Die Zweiteilung von Handlung und Schauplatz, ein allerdings bei Fontane nicht ungewöhnliches Phänomen, fiel stärker als sonst auf; bereits Heyse hatte sie als den künstlerischen Zusammenhang störend beklagt. Ein eigenartiger Fatalismus, der den Täter nach Jahren unter eben denselben Umständen wie sein Opfer zugrunde gehen ließ, mochte aufgesetzt und wenig glaubwürdig wirken.

An der Wiege dieses »Kindes seiner Laune«, seines »neuesten Kleinen« (so schrieb Fontane gelegentlich bagatellisierend, wenn er ein neues Werk an Kollegen oder Bekannte verschickte) standen zwei sehr ungleiche Patinnen, die scheinbar wenig mit anspruchsvoller Literatur zu tun haben – die Sommerfrische und die Familienzeitschrift. Er leistete seine Schreibarbeit unter zuweilen sehr einengenden Bedingungen, auf die auch die Erinnerungen des Krummhübler Vermieters indirekt ein Licht werfen. Die »Kinder der Laune« entstanden als Schöpfungen eines zur Produktion verurteilten »freien Schriftstellers«, der seine Kosten-Nutzen-Rechnung sorgfältig kalkulieren mußte.

Bestimmter gesagt: Der stets nach Stoffen Ausschau haltende Autor, der seine Wohnung in der Potsdamer Straße in Berlin während der heißen Jahreszeit gern verließ, weil er die Ausdünstungen des nahen Landwehrkanals scheute, aber auch weil er sich auswärts Anregungen erhoffte, interessierte sich sehr für den Mordfall, von dem man ihm wohl bereits 1884 erzählte. In den folgenden Sommern schrieb er gewissermaßen am Tatort, 1886 belastet von einem wechselnden, teils kalten, teils schwülen Klima und der für ihn ungeeigneten Unterbringung. »Schillers waren liebe, gute Leute, denen ich persönlich die freundschaftlichsten Gefühle bewahre, das ›Ozon‹ der Villa Schiller aber ging mir über den Spaß, jedenfalls über die Kraft und die Zustände, an denen meine Frau und ich so viele Wochen gelitten haben, waren einfach Malaria-Zustände, typhöse Vetterschaft.« (An Georg Friedlaender, 19. September 1886; HF IV 3, S. 487) Gleichwohl beobachtete er aufmerksam, die »Saison«, das Lokalkolorit, das er für seine Erzählung brauchte, wobei er es sich angelegen sein ließ, die Großstadt, aus der er kam, insofern einzubeziehen, als er auch die Touristen aus Berlin und ihre Reaktionen auf die Menschen des Gebirges darstellte. Dieses Vorgehen erlaubte ihm sogar einen indirekten Erzählerkommentar, wie die Äußerungen des Espeschen Ehepaars und des Assessors Unverdorben im 16. und im 37. Kapitel über den Mord und seine Sühne zeigen. Der Bericht über den etwa ein Jahrzehnt zurückliegenden Kriminalfall wurde dadurch ein Stück weit zu einem Zeitroman aus der jüngsten Gegenwart.

Wie seit langem vereinbart, präsentierte sich dann die »Novelle« – denn um eine solche sollte es sich ursprünglich handeln –, in der »Gartenlaube« dem Publikum. Aber anders als seine erste Arbeit für diese Zeitschrift, die Oderbruch-Erzählung »Unterm Birnbaum«, bei der es sich ebenfalls um Verbrechen und Strafe handelte, vermochte Fontane »Quitt« nicht zügig zu beenden, was gewiß zur Vermehrung des Umfangs beitrug. Einen ganzen zweiten Abschnitt, das Schicksal des flüchtigen Täters in Amerika, hatte er hinzuerfunden: Schauplätze und Charaktere, die er aus eigener Anschauung nicht kannte und also überwiegend aus Büchern und Berichten beschrieb. Die Redaktion strich fast ein Drittel des Manuskripts, überwiegend Partien dieses zweiten Teils. Spätere Leser der wieder vervollständigten Buchausgabe mögen ihr in Gedanken nicht völlig Unrecht gegeben haben.

»Fontane schrieb aus dem Milieu des Hohenzollernschen Bürgers von 1880–90, eines fatalen Typus; die ganze Luft dieser Periode steht um ihn«, urteilte Linke Poot (d. i. Alfred Döblin) nach dem verlorenen ersten Weltkrieg. »Er landete, wie zu erwarten war, bei der romanhaft angerührten Idylle (die 1914 sehr gestört wurde, November 1918 zu Ende ging).« Das Vorurteil verwechselt nicht selten Darstellung mit Zustimmung, das Beschriebene mit dem kritischen Geist des Beschreibers. Indessen: Es kann nicht darum gehen, »Quitt«, das vielleicht nur zweitrangige Werk eines erstrangigen Autors reinzuwaschen, während doch zugleich auch erstrangige Werke pauschal vergessener Künstler keine Aufmerksamkeit mehr finden – das literarische Gedächtnis ist kurz. Beginnen wir noch einmal: Anders als die übrigen Erzählwerke Fontanes aus dem gründerzeitlichen und wilhelminischen Deutschland, die ihren Schauplatz zumindest zum Teil in Berlin haben, handelt der 1890 erschienene Roman »Quitt« an Orten, die der Leser nicht ohne weiteres mit diesem Autor verbindet. Das gilt nicht nur für seinen zweiten Teil, der in Amerika spielt. Das schlesische Riesengebirge, wo das Buch seinen Anfang nimmt, kehrt zwar in den »Poggenpuhls« und vor allem im Briefwechsel mit Georg Friedlaender wieder, und in der großen Gesundheits- und Schaffenskrise von 1892 äußerte Fontane sogar die Absicht, Berlin aufzugeben und sich ganz dorthin zurückzuziehen: Der Charakter einer »fontanischen« Landschaft eignet ihm gleichwohl nicht. Im Bewußtsein eines größeren Publikums aber erscheint das Werk des Märkers im nicht geringen Maße durch die Besonderheit seiner Herkunftsregion geprägt – und sicher nicht ohne Grund. Die Rezeption einiger seiner Romane ist dadurch allerdings in unverdienter Weise beeinträchtigt worden.

Die Literaturwissenschaft hat dazu in ihrer Weise beigetragen, denn die Wertung Conrad Wandreys in seiner 1919 erschienenen bedeutenden Monographie hat sich jahrzehntelang als sehr bestimmend erwiesen. Für Wandrey war der »eigentliche« Fontane der Autor der Berliner Zeitromane von »L'Adultera« bis »Effi Briest«. Was an erzählerischen Werken vorangegangen war, erklärte er, soweit er sich überhaupt damit beschäftigte, zu »epischen Frühwerken«, die, wie der historische Roman »Vor dem Sturm«, noch halb und halb zur Epoche der »Wanderungen« zählten; was danach noch folgte – das war vor allem der »Stechlin« – für Schöpfungen des höchsten Alters, die nur mehr nachlassende Gestaltungskraft verrieten; Romane schließlich, die ihren Schauplatz außerhalb der märkischen Region hatten, wie vor allem der große Eheroman »Unwiederbringlich«, wurden zu »epischen Nebenwerken« erklärt. Damit war dann auch dem »schlesisch-amerikanischen Tendenzroman ›Quitt‹« sein Urteil gesprochen, wobei die »Ursachen des Mißlingens« neben dem »Außermärkischen« in der moralistischen »Tendenz« ausgemacht wurden, die sich bereits im Titel ausdrückte.

Es braucht nicht betont zu werden, wie überholt solche Auffassungen, die charakteristischen und künstlerisch modernen Werken Fontanes so wenig Verständnis angedeihen lassen, aus heutiger Sicht erscheinen; bereits Thomas Mann hat ihnen entschieden widersprochen. Allerdings sollte man auch über Wandrey den Stab zu schnell nicht brechen. Seine Monographie stellte, ungeachtet ihrer leicht erkennbaren Schwächen, einen anspruchsvollen Versuch dar, in einer Fontane eher abholden Zeit – das Döblin-Zitat ist dafür symptomatisch – bleibende Vorzüge seines Werkes herauszuarbeiten. Dafür opferte er, was seinem – leider durchaus zeitgebundenen, dabei sehr normativen – Anspruch nicht genügte.

Seither hat das Werk Fontanes eine fortdauernde Renaissance erfahren, die ein anderes Vorgehen gestattet. Seine Bedeutung für die deutsche Literatur ist in einem Maße erkennbar geworden, das die sorgfältigste Bemühung angezeigt erscheinen läßt, auch die echten oder vermeintlichen Nebenwege zu verfolgen, die er als Künstler eingeschlagen hat.

Merkwürdigerweise gehörte »Quitt« ursprünglich keineswegs zu den weniger gelesenen Romanen Fontanes, sondern zu den zahlenmäßig verbreitetsten. Das lag am Vorabdruck in der auflagenstarken Zeitschrift, deren Name später fast zu einem Synonym für beschränkte Mittelmäßigkeit und seichte Unterhaltungsliteratur geworden ist, obgleich sie doch angetreten war, der Vermittlung von neuen Erkenntnissen in den Naturwissenschaften, der gesunden Lebensführung, der gepflegten Unterhaltung, der vernachlässigten Frauenbildung, mit einem Wort dem allgemeinen Fortschritt zu dienen – gegründet von dem Buchhändler und Literaten Ernst Keil, der sich vor 1848 engagiert für die vormärzlichen Ideen eingesetzt hatte und die neue Zeitschrift 1852 in seiner Zelle im Gefängnis Hubertusburg konzipierte. Die Laube als Verbindung von Garten und Haus, Natur und Zivilisation mochte in seiner damaligen Situation fast einem Wunschtraum gleichen. Das millionenfach verbreitete Titelblatt der Zeitschrift – Friedrich Sieburg hat anregend beschrieben, wie es sich allmählich veränderte, die Grundidee eines gemeinsamen Orts der Familie aber bewahrte – ließ ein wenig glaubwürdiges Idyll daraus werden.

Wie eine andere umstrittene Frauengestalt der Literatur, Schillers Maria Stuart, hätte die »Gartenlaube« von sich behaupten können, sie sei besser als ihr Ruf. Für sie schrieben damals bedeutende Autoren wie Theodor Storm und Wilhelm Raabe, auch solche mit einer berühmt-berüchtigten politischen Vergangenheit wie Ferdinand Freiligrath. Ihre größten Erfolge auf poetischem Gebiet allerdings verdankte sie einer Frau, die besser zum späteren Image der Zeitschrift paßt. Das war die Marlitt, die mit ihren Bestsellern wesentlich dazu beigetragen hat, dem Blatt seine ungeheure Popularität zu geben, die aber nicht nur von literarisch unkundigen Lesern, sondern auch von Gottfried Keller bewundert wurde.

Auch Fontane war sich daher keineswegs zu schade, in der »Gartenlaube« zu publizieren, ganz abgesehen davon, daß er gezwungen war, den materiellen Vorteil in Rechnung zu stellen. Die Honorare für den Vorabdruck bedeuteten fast immer eine höhere, zumindest eine sicherere Einnahme als die spätere Buchpublikation, und von den Familienblättern dotierte die »Gartenlaube« ihre Autoren am besten. Als Adolf Kröner, der die Zeitschrift 1884 erworben hatte, nach dem Abdruck von »Unterm Birnbaum« bei Fontane wegen einer zweiten Erzählung anfragte, war dieser sofort zur weiteren Mitarbeit bereit, und als die Redaktion später die bereits erwähnten ausgedehnten Kürzungen vornahm, wehrte er sich kaum. Storm reagierte da anders, Fontane aber wollte offenbar seine Beziehung zu Kröners Stuttgarter Verlag nicht gefährden. Schon 1884 hatte er überlegt, ob er »Irrungen, Wirrungen« der »Gartenlaube« anbieten könne, nach dem Erscheinen von »Quitt« offerierte er »Effi Briest«.

Von den unterhaltenden Zeitschriften waren die Familienblätter in den 70er Jahren zum beherrschenden Zeitschriftentyp geworden. Die wöchentliche Auflage der »Gartenlaube« stieg von 1853 – dem Jahr ihrer Gründung – bis 1885 von 6.000 auf 270.000 Exemplare. Ihre bis dahin höchste Auflage hatte sie 1875 mit 382.000 Exemplaren erreicht, was ein Publikum von etwa einer Million Leser bedeutete. Demgegenüber lag die Normauflage eines Romans bei 1.000 Exemplaren, und oft dauerte es Jahre bis – wenn überhaupt – eine zweite Auflage herauskam. Noch immer rekrutierte sich das bücherkaufende Publikum im wesentlichen aus der sich nur langsam verbreiternden Schicht des Bildungsbürgertums. Daneben spielten die Leihbibliotheken weiterhin eine Schlüsselrolle. In den achtziger Jahren begannen sich die Verhältnisse vermehrt zu wandeln, aber Fontane war in diesem Jahrzehnt noch mit keinem seiner Bücher ein Auflagenerfolg beschieden gewesen. Die Zeitschriftenverleger hingegen erreichten auf ihren Vertriebswegen – die Kunden waren auf keine Buchhandlung angewiesen – und mit niedrigen Preisen neue, zahlenmäßig breite Käuferschichten. Abgekürzt läßt sich sagen, daß die Literatur des poetischen Realismus in Deutschland im hohen Maße von den Familienzeitschriften abhing. Das blieb nicht ohne Folgen auch für das, was veröffentlicht wurde.

Die Familie als Modell gesellschaftlichen Lebens zu hüten und zu pflegen, war das erklärte Programm dieser Blätter. Ohne Heuchelei ging das allerdings nicht ab. »Schlimm ist es für mich«, schrieb Fontane im Juni 1888, als er seine problematische »Stine« an Paul Schlenther, den Chefredakteur der »Vossischen Zeitung« sandte, »daß mir die sogenannten ›Familienblätter‹, in denen sub rosa ganz anders geschweinigelt wird, verschlossen sind.« In der Tat reichte auch »der Mut der relativ Kühnsten« zum Abdruck dieser Novelle zunächst nicht aus (schließlich wagte es Fritz Mauthner in der von ihm begründeten, naturalistisch angehauchten »Gegenwart« – das Blatt überlebte den ersten Jahrgang nicht). So akzeptierte die Redaktion eines Familienblatts keinen Beitrag, der im Verdacht stehen konnte, das bürgerliche Moralempfinden zu verletzen, wobei besonders die erotische Prüderie jahrzehntelang eine eher wachsende Rolle spielte. Wenn allerdings das Schamgefühl andernorts verletzt wurde, Grausamkeiten geübt, Sklavinnen bestraft wurden in fernen Ländern etc., berichteten sie recht ausführlich darüber. Fontanes Bitterkeit über dieses Doppelspiel ist verständlich. Allerdings hatte er Anlaß genug, die gegebenen Bedingungen in seine Strategie gegenüber Verlagen und Redaktionen einzubeziehen. Seine ursprüngliche Fehleinschätzung der voraussichtlichen Reaktion des Publikums der »Vossischen Zeitung« auf den Vorabdruck von »Irrungen, Wirrungen« beweist darüber hinaus, daß es sich bei all dem um ein glattes Pflaster handelte, auf dem auch Erfahrene zu Fall kommen konnten.

In seinen Selbstzeugnissen begegnen wir wiederholt der Erklärung, daß er mit »Quitt« – im Gegensatz zu den vorangegangen Arbeiten – eine Arbeit erscheinen lasse, die »ganz zweifelsohne« sei, die er »ohne Verlegenheit und Bedenken überallhin präsentieren« könne (an Eugenie von Bredow, 21. Oktober 1890); er dankt dafür, daß seine »Behandlung des

Stoffes keinen Anstoß gegeben zu haben scheint«, das sei ihm »schon genug« (an Georg Friedlaender, 1. Mai 1890). Dem befreundeten Paul Heyse, Exponenten einer klassizistisch geprägten Novellenkunst, schickt er das Werk, weil diesmal die »Bedenken« fortfielen, die ihn gehindert hätten, »Stine« zu übersenden. Wenn er auch eine Vorliebe für die »neue Richtung« habe, so erklärt er doch seine Befriedigung darüber, sich nicht länger in eine »fragwürdige Gesellschaft« versetzt zu sehen (5. Dezember 1890).

Fontane weicht also in gewisser Weise zurück; aber doch nur dem äußeren Anschein nach. Er ist viel zu sehr Künstler, um sich wirklich verleugnen zu können.

Was teilen uns die Selbstzeugnisse und die Erzählung selbst von seinen Gedanken mit und lassen sie erkennen, was unausgesprochen blieb? Die Gewalttat, von der er berichtete, als einen »Mord« zu bezeichnen, hatte er von Anfang an abgelehnt. Er fand dies »zu stark«: Förster und Wilderer stünden sich in einem ebenbürtigen Kampf gegenüber, und der Unterschied zwischen ihnen sei lediglich der, daß der eine auf dem Boden des Gesetzes stehe, der andere nicht. Dem entspricht es, daß Sophus Unverdorben, preußischer Assessor und Gardereserveoffizier, die in seinem Mund einigermaßen überraschende Hoffnung äußert, der Täter möge nicht gefaßt werden, weil es schade um ihn sei. Er ist kein Anhänger der Abschreckungstheorie, so begründet er seine Auffassung gegenüber dem verblüfften Rechnungsrat Espe, der seinerseits den »Händen der Gerechtigkeit« den besten Erfolg wünscht (nach Menz' Tod wird er mit Bedauern konstatieren, daß sie leer ausgegangen seien). Offensichtlich hält Unverdorben – sein Name ist von sehr deutlicher Symbolik – von der Justiz, der er dient, insgesamt wenig. Geraldine Espe ist von den Worten des jungen Assessors so angetan, daß sie ihm, wie der Erzähler weiß, am liebsten »vor aller Welt Augen einen Kuß« hätte geben mögen. Die Szene erinnert an ein Gespräch in »Effi Briest«, in dem Crampas Gesetzlichkeiten für langweilig erklärt, Effi ihm applaudiert und Innstetten Gesetz und Ordnung einklagt (EB, S. 128 f.). Freilich ist in »Quitt« der Anlaß ernster und die Rollen sind anders charakterisiert.

Während der prinzipienstrenge Innstetten vom Erzähler ohne Sympathie respektiert wird, ist Espe eine mit Abneigung gezeichnete Figur, die nicht nur durch ihren Namen der Lächerlichkeit preisgegeben wird. (Prinzipienstrenge und zitterndes Espenlaub vertragen sich schlecht.) Effis Beifallsklatschen wird registriert, nicht ausdrücklich bewertet – nur zu gut paßt es zu ihr. Geraldine, wie zum Ausgleich für manchen Spott des Erzählers, den sie in den Augen des Lesers zu erdulden hatte, empfängt nun eine kleine Liebeserklärung: »Denn sie war eine Frau, die, wie die meisten, die sich einer Vergangenheit rühmen dürfen, ein gutes und starkes Herz und jedenfalls eine Verachtung gegen alle Tugend- und Offiziositätsphrasen hatte.« (S. 114 f.)

Auch wie sich der Erzähler zu Lehnert Menz stellt, wirft kaum Fragen auf. Sein Handeln wird nicht idealisiert, die blutige Tat nicht gerechtfertigt; Menz ist mit den Worten Unverdorbens »ein wunderbarer Heiliger«, keine Heldengestalt. Der Erzähler sucht seine Entwicklung Schritt für Schritt zu erklären – und er ist während dieser psychologischen Bemühung mit seiner Sympathie so eindeutig auf seiner Seite, wie umkehrt seine Abneigung gegen Opitz und die selbstgerechtbeschränkte Ordnung des militanten Obrigkeitsstaats, die dieser vertritt, keinem Zweifel unterliegen kann. Wie einst Christian Wolf, der Wilddieb und Mörder in Schillers »Der Verbrecher aus verlorener Ehre«, ist Menz ein Gekränkter, der sich wider seinen eigenen Willen in die Auflehnung gegen diese »Ordnung« getrieben sieht, bis er fremdes und damit mittelbar sein eigenes Leben zerstört. Wenn die Leser der »Gartenlaube« nur ein wenig auch zwischen den Zeilen lasen, so war dies keine Geschichte, die in eine Bestätigung der Ordnung mündete, in der sie lebten. Aber wie war dann der Schluß zu verstehen, der – anders als bei Schiller – das Gewissen des flüchtigen Aufrührers nur um den Preis eines schicksalhaft sich vollziehenden Gerichts entlastete? Was bedeuteten die abschließenden Redensarten des nun zum Geheimrat aufgestiegenen Espe anderes als den Ausdruck des tiefsten Pessimismus, mit dem ein distanzierter Autor das Fazit zog?

Bereits Demetz erkannte 1964 in »Quitt« den politischen Roman, in den sich die ursprüngliche Kriminalgeschichte verpuppt hatte, untersuchte die beiden Erzählblöcke auf ihre strukturellen Ähnlichkeiten und die ironischen Entsprechungen, die sich darin verbargen – man denke nur an Parallelfiguren wie die Prediger Siebenhaar und Hornbostel, an den Kommunarden L'Hermite. Das ästhetische Urteil blieb dennoch ein ungünstiges.

Es mußten unruhige, ideologiebelastete Jahre kommen, bis diese teils konventionell glatte, teils subversive, in ihren Mennoniten-Kapiteln fast absonderlich anmutende, dabei mit großem artistischem Aufwand ins Werk gesetzt Erzählung eine provozierend neue Auslegung fand – »dieses in vieler Hinsicht merkwürdigsten, und interessantesten, aber auch kompliziertesten Fontaneschen Romans«, wie Hans-Heinrich Reuter 1971 in »Sinn und Form« urteilte. Bereits 1969 hatte er in einer stärker biographisch angelegten Veröffentlichung von »Quitt« als dem ersten Exilroman der modernen deutschen Literatur gesprochen. Hatte nicht der glücklose junge Fontane sich nach 1848 zeitweilig selbst mit Auswanderungsplänen getragen?

Ein Vierteljahrhundert nach ihrem Erscheinen liest sich auch Reuters Interpretation wie ein historisch gewordenes Dokument der Wirkungsgeschichte.

»Was sich Fontane in Krummhübel aus den Dingen macht, ergibt ein preußisch-deutsches Pandämonium von Borniertheit und Enge, von Heuchelei und Lebensgier, vor allem von Untertanenseligkeit, Karrierestreben und staatspatenter Willkür. Die aufrechte Volksgestalt des nach freier Entfaltung seines Menschentums strebenden Helden steht dazu in ebenso unversöhnlichem Gegensatz wie das auf einem ›Geist der Ordnung und Liebe‹ beruhende demokratische Gemeinwesen des Wilden Westens. Entsprechend hart verläuft im ersten Teil des Romans der mit zwingendster psychologischer Folgerichtigkeit entwickelte Konflikt, entsprechend scharf erweist sich im zweiten Teil die von Emigranten und Exilanten aller Schattierungen bevölkerte Mennonitengemeinde als ein zu vernichtender Vergleichung herausforderndes Gegenbild der

Realität des Hohenzollernreiches. […] Was als ebenso realistische wie kritische Milieustudie und als spannende Kriminalgeschichte aus einem Riesengebirgsdorf anhebt, schlägt scheinbar abrupt um zur humanistischen Utopie in der Nachfolge von Goethes ›Wanderjahren‹ und zum sozialreformerischen, mit bedeutsamen revolutionären Einschlägen ausgestatteten Lehrstück aus einer Pädagogischen Provinz im Indianerterritorium Amerikas.« (Reuter, Kriminalgeschichte, humanistische Utopie und Lehrstück, a.a.O., S. 1372).

Ein kurzgefaßtes Nachwort kann auf Forschungspositionen nur aufmerksam machen und anregend zu wirken suchen. An Entschiedenheit und Kühnheit der Konzeption übertrifft Reuters Deutung die der von ihm gerade im Zusammenhang von »Quitt« polemisch getadelten spätbürgerlichen Wissenschaft. Darum haben wir ihm und nicht seinen Kontrahenten an dieser Stelle ausführlich das Wort gegeben – eingedenk auch des alten Stechlin, der zugespitzte Auffassungen zu schätzen wußte. »Er hörte gern eine freie Meinung, je drastischer und extremer, desto besser. Daß sich diese Meinung mit der seinigen deckte, lag ihm ferne zu wünschen. Beinah das Gegenteil. Paradoxen waren seine Passion. ›Ich bin nicht klug genug, selber welche zu machen, aber ich freue mich, wenn's andre tun; es ist doch immer was drin. Unanfechtbare Wahrheiten gibt es überhaupt nicht, und wenn es welche gibt, so sind sie langweilig.‹ Er ließ sich gern was vorplaudern und plauderte selber gern.« (DS, S. 10)

Zuletzt liegt alles beim Leser.

Theodor Fontane
Unwiederbringlich
dtv klassik

Theodor Fontane
Der Stechlin
Roman
dtv klassik